Spencer Quinn
Ein Elefant macht die Mücke

Buch

Chet hat in seinen langen Jahren als Begleiter und Ermittlungspartner von Privatdetektiv Bernie Little ja schon so manches erschnüffelt. Doch auf die exotischen Gerüche, die mit dem altmodischen Wanderzirkus in die Stadt kommen, war er nicht vorbereitet. Bernie kauft Eintrittskarten, da sein Sohn Charlie verrückt nach Elefanten ist. Allerdings wird die Elefantendame Peanut vermisst – ebenso wie ihr Dompteur Uri DeLeath. Merkwürdigerweise hat niemand ihr Verschwinden beobachtet. Bernie und Chet werden von Popo dem Clown engagiert, der jedoch seine ganz eigenen Gründe hat, warum er diesen Fall geklärt haben will. Nachdem Chet in Peanuts Käfigwagen ihre ganz eigene Witterung aufgenommen hat, verfolgen sie ihre Spur in die dunkle Wüstennacht. Derweil heften sich ein paar sehr gefährliche Leute an die Hacken des Detektivduos, die kein Mittel scheuen, um Bernie und Chet loszuwerden. Jenseits der mexikanischen Grenze und getrennt von Bernie muss Chet all seine Kraft und hündische Intelligenz einsetzen, um sich zu retten – und natürlich auch Bernie sowie die entschieden unkooperative Peanut …

Nicht nur Krimifans aus aller Welt lieben die charmanten und spannenden Fälle von Bernie & Chet, auch Spencer Quinns Autorenkollegen zeigen sich einhellig begeistert: »Sehen Sie zu, dass Sie diesen einmaligen Krimi in die Pfoten bekommen!« *Stephen King*

Autor

Spencer Quinn ist bereits mit seinem hinreißenden Hundekrimidebüt *Ein echt harter Knochen* der Sprung in die vordersten Ränge der *New-York-Times*-Bestsellerliste gelungen. Und auch seine weiteren spannenden Fälle für Chet, den charmanten Detektiv auf vier Pfoten, und sein treues Herrchen Bernie Little fanden sich dort wieder. Spencer Quinn lebt mit seinem Hund Audrey in Cape Cod.
Mehr Informationen über Spencer Quinn und die *Chet*-Krimis: http://www.chetthedog.com/

Außerdem lieferbar:

Ein echt harter Knochen (37476), Auf sie mit Gebell (37094)

SPENCER QUINN

Ein Elefant macht die Mücke

Bernie und Chet ermitteln

Aus dem Englischen übersetzt
von Andrea Stumpf
und Gabriele Werbeck

blanvalet

Die Originalausgabe erschien unter dem Titel
»To Fetch a Thief« bei Atria Books,
a division of Simon & Schuster, Inc., New York.

MIX
Papier aus verantwortungsvollen Quellen
FSC® C014496
FSC
www.fsc.org

Verlagsgruppe Random House FSC® N001967
Das für dieses Buch verwendete FSC®-zertifizierte
Papier *Holmen Book Cream* liefert
Holmen Paper, Hallstavik, Schweden.

1. Auflage
Deutsche Erstausgabe Mai 2014
bei Blanvalet, einem Unternehmen
der Verlagsgruppe Random House GmbH, München

Umschlagmotiv: Corbis/Michael Kloth
Umschlaggestaltung: www.buerosued.de
UH · Herstellung: sam
Satz: KompetenzCenter, Mönchengladbach
Druck: GGP Media GmbH, Pößneck
Printed in Germany
ISBN 978-3-442-37892-0

www.blanvalet.de

Dieses Buch ist Diana gewidmet

Kapitel 1

»Ich wittere Unheil«, sagte Bernie.

Dazu sollte ich besser nichts sagen. Nicht dass ich an Bernie zweifeln würde, nein, ich glaube alles, was er sagt. Und für einen Menschen hat er auch eine hübsche große Nase. Aber was heißt das schon? – Nicht viel.

Fest steht, dass Unheil einen Geruch hat, insbesondere das Unheil der Menschen. Es riecht durchdringend und säuerlich. Aber Bernie hatte noch nie Unheil gewittert, und wenn doch, dann hatte er mir nichts davon gesagt. Dabei redete Bernie doch über alles Mögliche mit mir. Wir sind Partner, Bernie und ich, und betreiben die Little Detective Agency. Little ist Bernies Nachname. Ich bin Chet, schlicht und einfach Chet.

Ich schnupperte und witterte nicht das geringste Unheil, wie ich es mir schon gedacht hatte, aber dafür eine Menge anderer Sachen, unter anderem Hamburger, die auf einem Grill brutzelten. Ich sah mich um: weit und breit kein Grill. Jetzt war auch nicht die Zeit, um danach zu suchen, obwohl ich auf einmal ein bisschen Hunger hatte, vielleicht sogar mehr als ein bisschen. Wir waren bei der Arbeit, beschatteten eine Frau, deren Namen ich vergessen hatte. Sie hatte uns aus dem Valley raus zu einem Motel in einem verlausten Wüstenkaff geführt. So nannte es Bernie – verlaust –, aber ich spürte keine einzige Laus. Überhaupt war ich schon lange nicht mehr von Läusen geplagt worden, nicht, seit ich mit den Tropfen angefangen hatte. Aber das Komische war, dass es mich allein bei dem Gedanken plötzlich zu jucken begann, obwohl ich doch gar keine Läuse hatte. Ich fing an, mich zu kratzen, erst hinter dem Ohr, dann an der Seite, dann gleichzeitig auf beiden Seiten, wobei ich meine Krallen richtig tief in mein Fell grub, immer schneller und …

»Chet, um Himmels willen.«

Ich hörte auf zu kratzen, eine meiner Hinterpfoten blieb mitten in der Luft stehen. Bernie guckte mich an.

»Sag bloß, wir brauchen wieder die Tropfen?«

Ich guckte zurück. Bernie hat diese feinen Falten auf der Stirn. Wenn er sich Sorgen macht, werden sie tiefer, so wie jetzt. Ich mag es nicht, wenn Bernie sich Sorgen macht. Ich verscheuchte jeden Gedanken ans Kratzen und richtete mich kerzengerade auf dem Kopilotensitz – meinem absoluten Lieblingsplatz – auf, wachsam und lauslos.

Wir saßen im Porsche. Da draußen fahren schicke Porsches herum – die sieht man auf den Freeways; im Valley gibt es Freeways in rauen Mengen –, aber unserer gehört nicht dazu. Der ist ziemlich alt, braun mit gelben Türen, und das hintere Nummernschild hat ein Einschussloch. Vielleicht erzähle ich ein andermal, wie es dazu kam.

Auf der Straße vor dem Motel stand eine einzelne Palme, klein und mit staubigen Blättern, und wir standen dahinter. Das war eine unserer Beschattungsmethoden: hinter Bäumen verstecken. Womöglich war es auch unsere einzige; zumindest fielen mir im Moment keine anderen ein. Hinter der Palme befand sich das Motel, hufeisenförmig – das war eins von den vielen merkwürdigen Dingen bei Pferden, dass sie Eisen an den Füßen trugen – mit einem Parkplatz in der Mitte. Dort waren weit voneinander entfernt zwei Autos geparkt. Das eine, ein rotes Cabrio, gehörte der Frau, die wir beschatteten. Das andere, eine dunkle Limousine, war schon da gewesen, als wir ankamen.

Wir beobachteten die Moteltür, die dem roten Cabrio am nächsten lag. Die Frau – klein, blond, kurvenreich – war aus ihrem Auto gesprungen und schnurstracks reingegangen. Seither – nichts. Das war eins der Probleme bei Scheidungssachen: keine Action. Wir hassten Scheidungssachen, Bernie und ich – unsere Spezialität waren Vermisstenfälle –, aber in unserer finanziellen Situation konnten wir es uns nicht leisten, einen Auftrag abzulehnen. Wie es zu dieser finanziellen Situation kam, ist eine lange Geschichte, die ich nur schwer zusammenkriege. Angefangen hatte es mit den Hawaiihosen. Bernie hat eine Schwäche für Hawaiihemden – jetzt trug er gerade das mit dem Trompetenmuster –, und er hatte gedacht, dass die Hawaiihosen bei den Leuten gut ankommen würden. Am Ende waren sie bei uns angekommen. Jetzt hatten wir einen ganzen Schrank voll davon und noch jede Menge in unserem Lager in Pedroia. Später kamen dann die Zinn-Futures. Nach irgendeinem Fund in Bolivien sah es gut mit den Zinn-Futures aus, aber dann hatte ein Erdbeben alles unter sich begraben, und wir landeten wieder bei den Scheidungssachen.

Unser Klient war ein kleiner Mann mit traurigen Augen, der Marvin Winkleman hieß und in der Stadt eine Vorverkaufsstelle besaß. Fragen Sie mich nicht, was eine Vorverkaufsstelle ist. Der springende Punkt war, dass er glaubte, seine Frau würde ihn betrügen, und fünfhundert Dollar Vorschuss hingeblättert hatte. Was es mit diesem Betrügen auf sich hat, weiß ich auch nicht. Das ist eine von diesen Menschensachen, bei meinem Völkchen funktioniert das alles anders.

»Finden Sie es heraus«, sagte Winkleman. »Ich muss es wissen, so oder so.«

Später, als wir wegfuhren, fragte Bernie: »Warum wollen sie es unbedingt immer wissen? Sagt man nicht: Was man nicht weiß, macht einen nicht heiß?« – Ich hatte keine Ahnung.

Wir saßen da. Nichts passierte. Die Blätter der verstaubten Palme hingen reglos herunter. Bernie wurde kribbelig. Er machte das Handschuhfach auf, schaute hinter der Sonnenblende nach, klopfte seine Taschen ab. Armer Bernie. Er kaufte keine Zigaretten mehr, versuchte aufzuhören. Nach einer Weile gab er auf, lehnte sich zurück, verschränkte die Arme. Bernie hat schöne starke Arme. Ich behielt sie im Blick. Zeit verging. Dann hörte ich ein leises metallisches Geräusch und sah aus dem Porsche. Die Moteltür öffnete sich, und die blonde Frau kam heraus und strich sich die Haare glatt. Ich sah zu Bernie. Hey! Er hatte die Augen geschlossen. Ich bellte, kein lautes Bellen, sondern eins von den leisen, halb verschluckten. Bernies Augenlider klappten hoch. Er strich mir übers Fell, richtete sich auf, griff nach der Kamera und fotografierte die Frau.

Sie stieg in das Cabrio und betrachtete sich im Spiegel. Bernie machte noch ein Foto. Sie legte Lippenstift auf, dehnte ihre Lippen. Ich dehnte auch mein Maul, ohne besonderen Grund.

»Sieht ziemlich glücklich aus, was?«, sagte Bernie.

Sie stieß rückwärts aus der Parklücke, verließ den Parkplatz und fuhr die Straße hinunter, weg von uns. Bernie machte Fotos von dem Motel, dem blinkenden Schild davor, der Palme und mir. Danach beobachteten wir wieder die Moteltür.

»Vielleicht ist da ja gar keiner drin«, meinte Bernie. »Vielleicht fährt sie nur von Zeit zu Zeit raus in die Wüste, um ungestört ein Nickerchen zu halten, und das Ganze war wieder mal ein Schlag ins Wasser.«

Ein Schlag ins Wasser? Das hatte ich schon öfter gehört, aber es blieb mir ein Rätsel, warum Wasser geschlagen wurde. Abgesehen davon war weit und breit keins zu sehen. Einmal – war das damals, als die Hawaiihosen zurückkamen? – hatte ich Bernie sagen hören: »Jetzt steht uns das Wasser wirklich bis zum Hals.« Da war auch nirgends Wasser zu sehen gewesen. Bei dem Gedanken an Wasser bekam ich Durst. Und dazu ein bisschen Hunger. Der Geruch der Hamburger auf dem Grill, er war zwar nicht so stark wie …

Die Moteltür öffnete sich. Ein Mann kam heraus – ein großer Mann in einem weißen Hemd und einer dunklen Hose – und knotete seine Krawatte.

»Bingo«, sagte Bernie. Ich weiß nicht genau, warum. Ich kannte Bingo – ein Spiel, das immer beim Wohltätigkeitsfest der Police Athletic League gespielt wurde. Ich war nur einmal dabei gewesen und würde wahrscheinlich nicht noch einmal dabei sein, weil alles so aufregend gewesen war und es diesen unglücklichen Zwischenfall mit meinem Schwanz und den vielen kleinen Plastikchips auf der Karte des Polizeichefs gegeben hatte, aber war jetzt die Zeit zum Spielen? Bernie richtete die Kamera auf den Mann, guckte durch und stöhnte auf: »Mein Gott.«

Langsam ließ er die Kamera sinken.

Der Mann sah sich rasch nach allen Seiten um – das erinnerte mich an die vielen Bösewichte, die wir schon zur Strecke gebracht hatten – und ging zu der dunklen Limousine auf der anderen Seite des Motelparkplatzes.

»Erkennst du ihn, Chet?«, fragte Bernie leise.

Ich war mir nicht sicher. Nicht dass mit meinen Augen irgendwas nicht in Ordnung gewesen wäre – obwohl Bernie immer sagt, wenn es um Farben geht, kann man sich nicht auf mich verlassen; also setzen Sie lieber nicht darauf, dass das Cabrio wirklich rot war –, aber eigentlich sind sie mehr zur Unterstützung meiner Nase und meiner Ohren da, und der Mann war viel zu weit weg, als dass ich seine Witterung hätte aufnehmen können. Allerdings bewegte er sich auf eine Art, die mir irgendwie bekannt vorkam, steif und langbeinig, wie einer dieser Vögel, die nicht fliegen können – im Moment fällt mir ihr Name nicht ein. Der Mann schloss die Limousine auf.

»Diese Software-Fuzzis«, sagte Bernie. »Eigentlich hätte ich es sofort an den Flip-Flops erkennen müssen. Das ist Malcolm.«

Malcolm? Dieser Scheidungssache-Typ war jemand, den wir kannten? Ich sah mir seine Füße an: lange, dünne Füße mit langen, dünnen Zehen. Ich erinnerte mich an den Geruch dieser Füße. Er hatte etwas von dem großen runden Käse, den Bernie ein, zwei Tage lang draußen hatte liegen lassen. Ja, ganz klar, Malcolm. Ich mochte Malcolm nicht, obwohl ich sonst fast jeden Menschen mag, dem ich begegne, sogar einige von den Bösewichten und Bandenmitgliedern. Malcolm mochte mich auch nicht, er gehörte zu den Menschen, die in der Nähe von meinesgleichen nervös werden.

Malcolm stieg in sein Auto und fuhr weg.

»Was zum Teufel machen wir jetzt?«, fragte Bernie. Was? Würden wir denn nicht das machen, was wir bei Scheidungssachen immer machten, nämlich die Beweise abliefern, den letzten Scheck einsammeln, irgendwo einen Happen essen gehen? »Vor allem, was machen wir mit Leda?«

Leda? Was hatte die denn …? Aber dann fing ich an zu begreifen, halbwegs. Bernie ist geschieden. Er hat einen Sohn, Charlie, den wir nur manchmal an den Wochenenden und Feiertagen zu sehen bekommen. Die meiste Zeit wohnte Charlie in einem großen Haus in den High Chaparral Estates, einer der schicksten Siedlungen im Valley, bei Bernies Exfrau Leda und ihrem Freund. Der Freund war Malcolm. Was sollten Sie sonst noch wissen? Vielleicht, dass Bernie Charlie sehr vermisst – ich auch? Aber Leda vermisst er nie – ich auch nicht. Und dann gibt es da noch Suzie Sanchez, sie ist Journalistin bei der *Village Tribune* und sozusagen Bernies Freundin. Suzie riecht toll – nach Seife und Zitrone – und hat in ihrem Auto immer eine volle Schachtel Hundekekse. Sie ist ein Schatz.

Bernie tastete unter dem Sitz herum, fand eine zerdrückte Zigarette, zündete sie an. Er nahm einen tiefen Zug und blies eine große Rauchwolke aus. Ich mag den Geruch; wenn ich könnte, würde ich selbst rauchen. Sein Körper entspannte sich. Ich konnte es spüren. Außerdem konnte ich spüren, dass er nachdachte, ein angenehmes Gefühl, als würde eine sanfte Brise wehen. Ich wartete. In meinem Kopf war alles leer und friedlich.

»Wir könnten es ihr erzählen«, sagte er nach einer Weile. »Oder auch nicht.«

Er zog ein paarmal an seiner Zigarette.

»Was passiert, wenn wir es ihr erzählen? Irgendwas auf jeden Fall. Wenn wir es ihr nicht erzählen, passiert vielleicht nichts. Nichts ist oft das Beste, was passieren kann.«

Bernie streckte geistesabwesend die Hand aus, wie er es manchmal tut, und tätschelte mich. Bernie ist ein toller Tätschler, der beste überhaupt.

»Trotzdem ist es eine Zeitbombe, die vor sich hin tickt. Aber gehen alle Zeitbomben auch hoch?«

Bomben? Wir hatten es hier mit Bomben zu tun? Ich dachte, es war eine Scheidungssache. Bomben kannte ich, versteht sich, ich konnte sie aufspüren, das hatte ich auf der K9-Hundeschule gelernt. Ich war in der Hundeschule sehr gut gewesen, bis zum allerletzten Tag. Ich hatte nur noch die Sprungprüfung machen müssen. Und Springen ist das, was ich mit am besten kann. Dann gab es ein Durcheinander. War nicht eine Katze daran beteiligt? Und Blut? Es endete jedenfalls damit, dass ich von der Hundeschule flog, aber auf diese Weise kamen Bernie und ich zusammen, und alles nahm ein gutes Ende. Aber das ist eine andere Geschichte. Wichtig ist, dass ich Bomben riechen kann, und hier draußen vor dem Motel lag kein Bombengeruch in der Luft. Detektivarbeit konnte gelegentlich etwas verwirrend sein. Man musste Geduld haben. »Wir müssen Geduld haben, mein Großer.« Das sagte Bernie oft. Es bedeutete, dass man nur dasaß, was nicht immer so einfach war.

Bernie zog ein letztes Mal an der Zigarette, dann stieg er aus und zertrat die Kippe im Staub. Er hatte es immer mit Waldbränden, obwohl es hier draußen in der Wüste überhaupt keine Wälder gab, nur diese eine Palme, ein paar Büsche, Felsen, Sand. Bernie drehte sich zu mir.

»Ist es wirklich besser, etwas nicht zu wissen? Sieht so aus, als hätten wir das Problem im eigenen Haus, was, Chet?«

Ich begriff nicht ganz, was er meinte. Fuhren wir nach Hause? Das war mir recht, aber sollten wir nicht vorher noch bei unserem Klienten vorbeifahren und den Scheck abholen? Warum geben wir uns denn sonst mit Scheidungssachen ab?

Bernie stieg wieder ein, streckte die Hand nach dem Zündschlüssel aus, hielt inne.

»Und was ist das Beste für Charlie?«, fragte er.

Wir verließen die Wüste, fuhren hinauf in die Berge und über den Pass, wo die Luft immer so frisch ist – ich streckte den Kopf weit aus dem Fenster –, und zurück ins Valley. Das Valley ist riesig, es dehnt sich unendlich in alle Richtungen aus. Die Luft wurde weniger frisch und begann zu schimmern, der Himmel färbte sich von Blau in ein verschwommenes Orange. Bernies Hände umklammerten das Lenkrad. »Stell dir mal vor, wie es hier ausgesehen hat, als Kit Carson durchgeritten ist«, sagte er. Von Kit Carson war immer wieder die Rede. Ich konnte mich nicht erinnern, was er angestellt hatte, aber falls es etwas Schlimmes war, würden wir ihn irgendwann zur Strecke bringen. Lass es dir gesagt sein, Kit Carson: Auf dich wartet ein orangefarbener Overall.

Die Bürotürme im Zentrum tauchten auf, nur die Spitzen davon, der Rest verschwand im Dunst. Wenig später waren wir selbst mitten im Dunst. Wir parkten vor einem der Bürotürme und gingen in einen Coffeeshop im Erdgeschoss. Niemand war da außer Martin Winkleman, der an einem Fenstertisch saß und mit gesenktem

Kopf in seine Kaffeetasse starrte. Hey! Er war einer von den Quer-über-den-Kopf-Kämmern. Ich mag diese quer gekämmten Haare! Menschen können sehr lustig sein. – Nichts für ungut.

Winkleman blickte auf.

»Haben Sie Neuigkeiten für mich?«

Menschenschweiß ist ein Riesenthema, aber im Moment reicht es, dass die nervöse Sorte einen ganz besonderen Geruch hat, der weit trägt und leicht zu wittern ist, und genau das tat ich jetzt.

Bernie nickte und setzte sich an den Tisch. Ich setzte mich neben ihn auf den Boden.

»Gute oder schlechte?«, fragte Winkleman.

Bernie stellte den Laptop auf den Tisch, drehte ihn so, dass Winkleman eine gute Sicht hatte, und stöpselte die Kamera ein.

»Die Bilder sind chronologisch angeordnet«, erklärte er, »die Zeit sehen Sie links unten.«

Winkleman betrachtete die Bilder. Im Schein des Monitors sah sein Gesicht grau aus. Seine traurigen Augen wurden noch trauriger.

»Wer ist der Mann?«, fragte er.

Bernie schwieg eine Weile. Dann sagte er: »Spielt das eine Rolle?«

Winkleman dachte nach. Seine Gedanken waren nicht wie eine sanfte Brise, sondern eher wie ein finsterer Schatten, den ich nicht um mich haben wollte.

»Vermutlich nicht«, räumte er ein. »Wozu?«

Er legte den Kopf in die Hände. Das passiert manchmal, wahrscheinlich ist den Menschen dann ihr Kopf zu schwer.

»Hm …« Wenn Bernie sich unbehaglich fühlt, kaut er

immer auf seiner Lippe herum, so wie jetzt. »Haben Sie … äh … Kinder?«

»Wir wollten noch warten.« Oder so ähnlich: Mit den Händen vorm Gesicht war Winkleman nur schwer zu verstehen.

»Tja«, sagte Bernie. »Dann, äh …«

Winkleman nahm die Hände weg. Aus einem seiner Augen lief eine Träne. Tränen – darauf achtete ich immer besonders. Menschentränen schmecken salzig. Das wusste ich, seit ich mal eine von Ledas Tränen probiert hatte, die auf den Boden getropft war. Ich hatte keine Lust, hier den Boden abzulecken.

»Wollen Sie damit sagen, es könnte alles noch schlimmer sein?«, fragte er.

»Das mag ein Klischee sein … Und ist wahrscheinlich nicht besonders hilfreich.«

Winkleman wischte die Träne weg.

»Tut mir leid«, sagte er. »Sie können ja nichts dafür.« Er schlug sein Scheckbuch auf. »Wie viel bin ich Ihnen noch schuldig?«

Bernie sah auf seine Uhr. »Heute zählt nicht als voller Tag.« *Oh, Bernie.* »Sagen wir, achthundert.«

Winkleman überreichte ihm den Scheck.

»Haben *Sie* Kinder?«

»Eins.«

Winkleman griff in seine Tasche, zog einen dicken Packen Eintrittskarten heraus und gab Bernie zwei davon. »Hier.« Neue Tränen quollen aus seinen Augen und blieben zitternd am unteren Augenlid hängen. »Kinder lieben Zirkus.«

Bernie stand auf. In diesem Moment sprang mir eine Kleinigkeit auf dem Boden ins Auge. Eine ganze Weile wollte mir nicht einfallen, wie die Kleinigkeit hieß, erst als ich sie mir geschnappt und runtergeschluckt hatte – Croissant: das war's. Nicht so eins wie das mit Schinken und Ei, das ich mal hinter einem Müllcontainer in der North Valley Mall gefunden hatte, aber trotzdem sehr lecker, außerdem hatte mich die Beschattung hungrig gemacht. Um ehrlich zu sein, hätte ich noch ein Croissant vertragen und danach vielleicht sogar noch eins.

»Chet? Kommst du?«

Wir gingen zur Tür. Kurz davor drehte ich mich noch einmal um und sah Winkleman neben einem Abfallbehälter stehen. Er zog den Goldring von seinem Finger und warf ihn hinein. Bernie hatte auch so einen Goldring. Der lag in einer Schreibtischschublade im Büro. Um ein Haar wäre ich zu einer wichtigen Erkenntnis gelangt, aber dann doch nicht.

Gerade als Bernie den Motor anließ, klingelte das Telefon. Bernie hatte die Freisprechanlage eingeschaltet, sodass die Stimme des Anrufers aus den Lautsprechern kam.

»Bernie? Hier ist Amy.«

Ich kannte Amy. Sie war die Tierärztin. Eine nette Frau, groß und dick, mit sanften Händen, aber ich ging trotzdem nicht gern zu ihr.

»Ich habe das Laborergebnis für den Tumor.«

Bernie beugte sich nach vorne.

Kapitel 2

Tumor? Da war Dan Tumorenko, ein Lastwagendieb aus South Pedroia, der jetzt unter der heißen Sonne Steine klopfte – ich konnte mich noch gut daran erinnern, wie er gekreischt hatte, als ich ihn am Hosenbein packte, die übliche Art, wie wir in der Little Detective Agency einen Fall abschlossen –, aber von ihm mal abgesehen fiel mir kein Tumor mehr ein. Außerdem hatte ich inzwischen auf der Straße einen von meinesgleichen entdeckt, angeleint – ich selbst ging so gut wie nie an der Leine; das letzte Mal war es bei einer Gerichtsverhandlung gewesen, in der ich Beweisstück A war und Beweisstück B eine 44er Magnum, die ich aus dem Blumenbeet irgendeines Bösewichts ausgebuddelt hatte –, der das Bein an einem Hydranten hob. Das wollte ich auch, meine Markierung auf seine draufsetzen, und zwar sofort. Gab es vielleicht eine Möglichkeit, wie ich aus dem Porsche …

»Und?«, fragte Bernie und streckte im gleichen Moment die Hand nach mir aus, genauer gesagt nach meinem Halsband.

»Und … das Ergebnis ist negativ«, tönte Amys Stimme aus den Lautsprechern.

Bernies Gesicht war plötzlich ganz ohne Farbe. Von einem Moment auf den nächsten wechselte sein Aussehen von fantastisch zu furchtbar, wie bei diesem kranken alten Mann, der manchmal in seinem Rollstuhl an unserem Haus vorbeifährt. »Mein Gott«, flüsterte er. »Negativ?«

»Das sind gute Neuigkeiten, Bernie«, sagte Amy. »Die allerbesten. Negativ ist gut.«

»Negativ ist gut?«

»Das heißt, es ist nichts Bösartiges. Es handelt sich um eine gutartige Geschwulst, die sich vielleicht von allein wieder zurückbildet und verschwindet, und sonst lässt sie sich auch ohne Probleme entfernen.«

Die Farbe kehrte in Bernies Gesicht zurück. Es wurde knallrot – da hatte ich nicht den geringsten Zweifel, egal, was man über mich und Farben sagt –, und er lächelte so breit, dass seine Augen praktisch völlig verschwanden. Was bedeutete das alles?

»Danke«, sagte Bernie. »Danke, danke, danke.«

Amy lachte und verabschiedete sich. Bernie tätschelte mir den Kopf, ziemlich fest, wenn man es genau nimmt. »Braver Junge. Gut gemacht.«

Freute mich, aber was hatte ich denn gemacht? Hatte es damit zu tun, dass ich Dan Tumorenko zur Strecke gebracht hatte, oder meinte er etwas anderes? Der Dan-Tumorenko-Fall schien schon lange her zu sein, aber vielleicht stimmt das gar nicht – die Zeit spielt einem oft einen Streich, sagt Bernie. Ich wusste es nicht, es war mir im Grunde auch egal, aber offenbar war Bernie wegen irgendetwas aufgeregt. Also war ich auch aufgeregt. In diesem Augenblick hielten wir vor einem Stoppschild. Als ich zurückschaute, konnte ich immer noch den Hydranten sehen, ein Stück die Straße hinunter. Habe ich schon erwähnt, dass der Porsche ein Cabrio ist, genau genommen überhaupt kein Dach hat? Ehe ich michs versah, stand ich an dem Hydranten und hob das Bein, markierte ihn von oben bis unten und wieder zurück – wenn schon, denn schon. Die Luft war von einem leisen Plätschern erfüllt, so ähnlich wie bei einem Springbrunnen. Ich mag Springbrunnen. Einer meiner Lieblingsspringbrunnen steht in der Lobby des Ritz, dieses schicken Hotels in Beaumont Hills, im schönsten Teil des Valley, wo Bernie und ich einmal an einem Fall gearbeitet haben. Dieser spezielle Springbrunnen führte leider zu Problemen mit der Hotelleitung, aber das ist eine zu komplizierte Geschichte, um sie jetzt zu erzählen.

Eine Frau in einem vorbeifahrenden Auto warf mir einen Blick zu, keinen besonders freundlichen. Ich warf einen Blick zurück, weder freundlich noch unfreundlich, einfach nur diesen höflichen Blick, den ich draufhabe, wenn ich in Gedanken woanders bin.

Zu Hause ist unser Haus in der Mesquite Road. Unser Teil des Valley ist nicht so schick wie Beaumont Hills, aber kann man woanders wohnen wollen als hier? Zum einen haben wir gleich hinterm Haus den Canyon – offenes Gelände, das überhaupt nicht mehr aufhört, und dazu so viele Eidechsen, Kojoten und Nabelschweine, dass man beinahe drauftritt. Das ist etwas, was die Menschen sagen. Ich zum Beispiel aber bin noch nie auf ein Nabelschwein draufgetreten, nicht mal beinahe. Meistens machen sie sich nämlich sofort aus dem Staub, wenn ich komme.

Etwas anderes Gutes an unserem Haus sind meine Näpfe in der Küche. Und dann ist da noch Iggy. Iggy ist mein Kumpel. Er wohnt im Haus nebenan bei diesem alten Ehepaar, Mr. und Mrs. Parsons. Vor nicht allzu langer Zeit haben sie einen elektrischen Zaun aufstellen lassen, und Iggy hatte einige Probleme damit. Jetzt kommt er nicht mehr raus, sondern schaut nur noch aus dem Fenster, was er auch tat, als Bernie und ich zu Hause ankamen. Er bellte und wedelte mit dem Schwanz. Ich machte das Gleiche. Iggy bellte zurück und wedelte ein bisschen stärker. Ich auch. Damit konnten wir endlos weitermachen, Iggy und ich, und ich freute mich schon darauf, als er plötzlich vom vorderen Fenster verschwand. Kurz darauf tauchte er in dem Fenster an der Seite auf. Vielleicht konnte er mich von dort aus besser sehen oder vielleicht – was war das? Iggy hatte etwas im Maul, es sah aus wie ein Pantoffel. Ja, es war ein Pantoffel. Ich hätte ihn Iggy zu gern weggenommen, aber wie sollte ich das anstellen? Deshalb lief ich schnell ins Haus, als ich Bernie sagen hörte: »Zum letzten Mal, Chet, rein mit dir.«

»Das muss gefeiert werden«, sagte Bernie. Feiern kannte ich – und ich war auch kein bisschen überrascht, als Bernie den Schrank über der Spüle öffnete und eine Flasche Bourbon rausholte –, aber warum gerade jetzt? Bernie holte außerdem eine Schachtel Kaustreifen von Rover and Company – eine tolle Firma, wo ich mal einige Zeit in der Versuchsküche verbracht hatte – raus und warf mir einen davon zu. Mit Rindfleischgeschmack – das konnte ich bereits riechen, während er sich noch in der Luft drehte. Ich fing ihn auf und flitzte damit unter den Küchentisch, als ... als wäre dieser Kaustreifen ein Pantoffel oder so was. Ein wenig verwirrt machte ich mich darüber her. Einer der Eiswürfel in Bernies Glas zischte leise, und gleich darauf knackte er. Das gefiel mir immer sehr. Ich vergaß alles, worüber ich mir Sorgen gemacht hatte, und verputzte den Kaustreifen.

Ich überlegte gerade, ob ich noch einen zweiten kriegen könnte und, falls ja, wie ich das am besten anstellte, als es klopfte. Owei. Ich hatte nicht einmal gehört, dass jemand den Weg zum Haus hochgegangen war, und das war doch eine meiner Aufgaben. Ich rannte zur Tür und bellte, dieses scharfe Bellen, das manchen Menschen Angst machte, wie ich festgestellt hatte. Irgendwie seltsam, weil ich es meistens dann bellte, wenn ich wütend auf mich selbst war. An der Tür angekommen, roch ich dann aber, wer es war, und hörte auf zu bellen.

Bernie öffnete die Tür und blinzelte, wie es Menschen gelegentlich tun, wenn sie überrascht sind. »Leda?«

»Was zum Teufel ist mit deinem Telefon los?«, fragte sie. Leda hat blasse Augen, wie der Himmel im Winter. Sie war einer der Menschen, die mich nie anzusehen scheinen, so als wäre ich gar nicht da. »Beide Telefone, Festnetz und Handy. Ich habe ununterbrochen angerufen.«

»Wirklich?«, fragte Bernie. Er zog das Handy aus der Tasche seines Hawaiihemds. Ledas blasser Blick wanderte über das Hemd; einen Moment lang dachte ich, sie würde etwas dazu sagen – als sie noch verheiratet gewesen waren, hatte sie viel zu Bernies Hawaiihemden gesagt und zu seinen Sachen im Allgemeinen, aber jetzt nicht. Leda selbst trug eine dunkle Hose und eine kurze Jacke mit interessanten Knöpfen, die die Farbe von Knochen hatten. Wie würde sich einer dieser Knöpfe wohl zwischen den Zähnen anfühlen? Die Frage drängte sich einem einfach auf. Währenddessen verpasste Bernie seinem Handy einen Schlag, die Art Schlag, die er auch dem Toaster verpasst, wenn das Toastbrot zu rauchen anfängt und nicht rauskommt, nur nicht so fest.

»Da scheint irgendwas …«

»Hast du vergessen, die Rechnung zu bezahlen?«, fragte Leda. »Wahrscheinlich haben sie es gesperrt.«

»Nein, ich bin sicher, ziemlich sicher, dass ich …«

»Egal«, sagte Leda. »Jetzt bin ich da.«

»Ja.« Bernies Gesichtsausdruck veränderte sich, so als wäre ihm ein Gedanke gekommen, womöglich ein wichtiger. Das hatte ich schon mal gesehen, und ich machte mich auf alles gefasst.

»Willst du … äh … reinkommen?«

»Reinkommen?«

»Ja, ins Haus.«

»Warum sollte ich das wollen?«

Bernie hob seine Hände, die Handflächen nach oben, das tat er sonst fast nie.

»Keine Ahnung«, sagte er. Er räusperte sich, aber das bedeutete nicht, dass er einen Knochen im Hals stecken hatte, was für mich der einzige Grund wäre, mich zu räuspern. Irgendwas bedeutete es allerdings, da war ich ziemlich sicher. »Wie steht's so?«

Leda sah ihn mit zusammengekniffenen Augen an. Zusammengekniffene Augen machen die Menschen niemals hübscher.

»Wie steht's so? Was ist denn das für eine Frage?«

»Reine Gewohnheit.«

»Gewohnheit?«

»Du weißt schon. Konversation.«

Leda hörte auf, die Augen zusammenzukneifen, legte stattdessen den Kopf in den Nacken.

»Machst du dich über mich lustig, Bernie? Wird dir das nie langweilig?«

»Ich mache mich nicht lustig. Tut mir leid, wenn … und ich habe auch nie …«

»Vergiss es.« Sie wedelte mit der Hand. »Eigentlich wollte ich dir einen Vorschlag machen, von dem ich dachte, dass er dir gefallen würde, aber wenn du dich so benimmst, dann …«

»Geht es um Charlie?«, fragte Bernie.

»Ja.« Ihr Gesicht wurde weicher, sah nicht mehr so ärgerlich aus. »Es geht um Charlie. Ich weiß, es entspricht nicht der Vereinbarung, aber könntest du ihn übers Wochenende nehmen?«

Bernies Augenbrauen – er hat buschige Augenbrauen, die einem eine Menge erzählen, wenn man sie genau beobachtet – gingen in die Höhe, und gleichzeitig lächelte er. Dieses Lächeln war einfach toll!

»Ja, klar«, sagte er, »natürlich.« Bernie warf ihr einen kurzen Blick zu, nicht die Art von Blick, mit dem er sie vorher angesehen hatte, eher die Art von Blick, wenn wir bei der Arbeit waren. »Hast du etwas vor?«

»Einen Wochenendausflug. Wir wollen heute Abend los.«

»Du und Malcolm?«

»Wer denn sonst? Natürlich Malcolm und ich.«

»Irgendein interessantes Ziel?«

»Nein, natürlich irgendwohin, wo es stinklangweilig ist.«

Wieder im Haus, probierte Bernie die Telefone in der Küche und im Büro aus, drückte auf verschiedene Tasten, schlug ein bisschen auf die Apparate ein. Anschließend wühlte er in einem Stapel Papier auf dem Schreibtisch herum. Das brachte mich so in Fahrt – vor allem, als der Stapel umkippte und all die Blätter durch die Luft segelten –, dass ich eine kleine Pause hinten im

Garten einlegen musste. Wir haben einen hübschen Garten, mit einem hohen Zaun drum herum und einem hohen Tor am Ende. Und hinter dem Tor: der Canyon. Ich trabte schnurstracks hin. Verriegelt. Ein sehr hohes Tor, aber was niemand wusste: Ich war schon mehr als einmal darübergesprungen. Da hatte es zum Beispiel diese »Sie« gegeben, die in der Ferne bellte. Ich blieb ruhig stehen und lauschte mit aufgestellten Ohren auf das Bellen dieser »Sie«, hörte aber nichts. In einer Ecke unseres Gartens steht ein kleiner Zitronenbaum. Ich legte mich in seinen Schatten, genoss den Duft der Zitronen. Auf einmal wurden meine Augenlider schwer. Finden Sie es nicht auch schwierig, in so einem Fall die Augen offen zu halten? Und außerdem, warum sollte man?

Ich träumte von der »Sie«, ein ausgesprochen aufregender Traum, aber aus einem unerfindlichen Grund gingen meine Augen im aufregendsten Moment dieses aufregenden Traums auf. Der Traum zerbrach in kleine Stücke, die schnell verblassten. Ich lag im Garten unter dem Zitronenbaum, und Bernie saß am Tisch, vor sich das aufgeschlagene Scheckbuch. Das Scheckbuch kannte ich. Ein kleines Ding mit einem Umschlag, der wie Leder aussieht, aber keins ist, wie ich zufällig weiß; ein kleines Ding, das immer große Probleme zu verursachen scheint.

»Ich fasse es nicht, dass mir so was passieren konnte«, sagte er. Ich stand auf, machte eine ausgiebige Dehnübung, streckte die Vorderpfoten weit nach vorn und bog den Rücken durch – ah, tat das gut! Bernie sah zu mir her. »Mein verflixtes Gekritzel. Ich habe eine Acht mit einer Drei verwechselt und den Scheck für die Telefonrechnung platzen lassen.« Acht? Drei? Das sind

Zahlen, aber was sie genau bedeuten, ist mir nicht ganz klar. Ich zähle nicht weiter als bis zwei. Zwei reicht. Ich ging zu Bernie und stellte mich neben ihn. Er kraulte mich zwischen den Ohren. Ich hatte gar nicht gewusst, wie dringend es nötig war, dass ich an dieser Stelle gekrault wurde. Ah. Bernie war ein echter Fachmann. »Wie konnte ich bloß so dumm sein?«, fragte er. Bernie? Dumm? Niemand, der dumm war, konnte so kraulen. Sein Blick ging in die Ferne. »Wir brauchen einen Fall, mein Großer.« Ich rückte ein bisschen näher zu ihm, setzte mich auf seinen Fuß, wartete auf einen Fall.

Wenig später klingelte es. Wir gingen zur Tür, machten auf – und da stand Charlie mit seinem Rucksack. »Hi, Dad.«

»Hi«, sagte Bernie.

Er sah an Charlie vorbei auf die Straße, ich auch. Leda beobachtete uns vom Beifahrersitz eines Autos aus, genauer gesagt, der dunklen Limousine, die wir vorhin auf dem Motelparkplatz gesehen hatten. Und neben ihr, hinter dem Lenkrad, erkannte ich Malcolm. Manchmal hatte ich in meinem Kopf so ein merkwürdiges Gefühl, eine Art Druck, vor allem wenn es kompliziert wurde. Wie in diesem Moment. Leda winkte kurz. Bernie winkte zurück, mit einem komischen Ausdruck in den Augen. Aber ich hatte keine Zeit, darüber nachzudenken, denn im nächsten Moment schlang Charlie die Arme um mich, und gleich darauf rannte ich mit ihm auf dem Rücken kreuz und quer durch den Vorgarten.

»Chet the Jet!«, rief er. »Chet the Jet!«

Gab es etwas Schöneres?

Wir gingen ins Haus und gönnten uns einen kleinen Snack. Charlie liebt Snacks und ich auch.

»Rate mal, was ich habe«, forderte Bernie ihn auf.

»Was denn, Dad?«

»Der Zirkus ist in der Stadt. Draußen auf dem Rummelplatz.«

Er legte die Eintrittskarten auf den Tisch.

»Cool!«, rief Charlie. Er musterte die Karten. »Gibt es da auch Elefanten? Wir nehmen in der Schule gerade Elefanten durch.«

»Bestimmt haben sie Elefanten«, sagte Bernie. »Was ist ein Zirkus ohne Elefanten? Aber wir können ja mal nachsehen.« Er machte den Laptop auf und klapperte mit den Tasten. »Da haben wir es schon. Wie wär's, wenn wir es uns auf dem großen Bildschirm ansehen?«

Wir gingen ins Wohnzimmer. Bernie klapperte ein bisschen weiter, fummelte mit der Fernbedienung herum, murmelte ein paarmal: »Verflixt und zugenäht!«, drückte noch ein paar Tasten, und schließlich erschien auf unserem Fernseher ein Mann. Er hatte einen großen Kopf, trug einen großen Zylinder und hielt in der einen Hand eine Zigarre und in der anderen eine Peitsche.

»Meine Damen und Herren«, rief er, »liebe große Kinder, liebe kleine Kinder, ich bin Colonel Drummond, und es ist mir eine Freude, Sie alle im Drummond Family Traveling Circus zu begrüßen, dem größten und besten und ältesten und gefeiertsten Familienzirkus nicht nur in den Vereinigten Staaten von Amerika, sondern auf der ganzen Welt und in diesem Sonnensystem, mit drei Manegen und ...«

»Springen wir ein Stück vor«, sagte Bernie. Bilder sausten durch den Fernseher: ein Mann auf einem Fahrrad mit nur einem Rad – ich kann mir nie merken, wie diese Fahrräder heißen –, der mit massenhaft Kegeln jonglierte; Tiger, die durch einen brennenden Reifen hin und her sprangen; jede Menge Leute in einem großen Zelt, die in die Hände klatschten; eine Frau, die auf dem Kopf eines Mannes stand, der auf dem Kopf eines anderen Mannes stand, der auf dem …; eine Frau, die etwas trug, das wie ein Badeanzug aussah, und auf zwei Pferden gleichzeitig ritt, einen Fuß auf jedem – und ließ sie dabei wirklich auch noch all die Teller herumwirbeln? Ich war mir nicht sicher. Das alles sauste so schnell vorbei. Eine Frau, die Feuer spuckte, und – war das möglich? – ein Mann, der aus einer Kanone geschossen wurde, und ein Bär auf einem Motorrad – Moment mal! –, und dann sagte Bernie: »Das müsste es sein«, und die Bilder bewegten sich wieder normal.

»Meine Damen und Herren, liebe große Kinder, liebe kleine Kinder«, sprach Colonel Drummond sein Publikum an, »wenn ich Sie nun bitten dürfte, Ihre Aufmerksamkeit auf die Manege ganz rechts zu richten. Der Drummond Family Traveling Circus ist stolz, Ihnen den großartigsten Elefantendompteur der Welt und den großartigsten Elefanten der Welt vorzustellen. Wir haben keine Kosten und Mühen gescheut, um Ihnen die beiden zusammen im Zelt des Drummond Family Traveling Circus präsentieren zu können. Applaus für Mr. Uri DeLeath und Peanut!«

Von oben leuchtete ein Licht in die Dunkelheit hinter Colonel Drummond, die Musik machte »Ta-da!«, und plötzlich standen ein Elefant und ein Mann in einem engen Glitzerkostüm da. Elefanten kannte ich von Animal Planet auf dem Discovery Channel. Würde ich jemals diese eine Sendung vergessen, in der sie zeigten, wie gute Elefanten böse wurden? Und das ganze Haus zusammenkrachte? Der Mann in dem Glitzerkostüm – Uri DeLeath, wenn ich mich nicht irrte – hatte ein breites Lächeln im Gesicht, ein dunkles Gesicht mit großen dunklen Augen und einem dieser bleistiftdünnen Schnurrbärte, die ich ungeheuer interessant finde. Neben Peanut sah er winzig aus. Peanuts Gesicht war schwer zu erkennen. Immerzu war dieser erstaunliche Rüssel im Weg. Peanut hob einen ihrer riesigen Vorderfüße. Uri DeLeath legte sich darunter. Peanut senkte den Fuß und berührte ihn damit, aber nur sehr sachte. Nach einem Weilchen hob sie den Fuß, trat einen Schritt zurück, hob DeLeath rasch, aber vorsichtig mit ihrem Rüssel hoch und setzte ihn hinter ihren Kopf. Danach begann Peanut um die Manege herumzulaufen. Uri DeLeath lächelte und schwenkte seinen Glitzerhut, und – was war das? Streckte Peanut etwa ihren Rüssel in die Zuschauerreihen, schnappte sich das Popcorn aus der Tüte von jemandem und bot es Uri DeLeath an? Er aß eine Handvoll davon, und dann bog Peanut ihren Rüssel zu ihrem Maul und verschlang den Rest, und jetzt ... ja, jetzt streckte sie irgendwie die Brust raus, als hätte sie jemandem einen tollen Streich gespielt. Hey! Dieses Brustrausstrecken kannte ich! Das bedeutete, dass Peanut und ich etwas gemeinsam hatten. Die Zuschauer lachten und riefen Bravo. Peanut kehrte in die Mitte der Manege zurück und verbeugte sich, und Uri DeLeath glitt von ihrem Rücken und verbeugte sich ebenfalls.

»Cool«, sagte Charlie. »Da will ich unbedingt hin.«

Das Gefühl kannte ich auch.

Kapitel 3

»Peanut ist ein afrikanischer Elefant«, erklärte Charlie. »Das sind die größten.«

»Ach ja?«, sagte Bernie. Wir saßen im Porsche, und alles war prima, abgesehen davon, dass Charlie auf meinem Platz saß, dem Kopilotensitz, und ich auf der Rückbank. Aber ich hatte Charlie gern, deshalb nahm ich es ganz gelassen und kaute nur ein klitzekleines bisschen an Bernies Kopfstütze.

»Sie hat große Stoßzähne, Dad. Bei den asiatischen Elefanten haben die Elefantenkühe keine. Und ihre Ohren sind auch groß. Die asiatischen Elefanten haben kleinere Ohren.«

Bernie warf Charlie einen raschen Blick zu. »Du hast dir das Video ziemlich genau angesehen, was?«, fragte er.

»Miss Creelman sagt, dass sie sich mit ihren Ohren abkühlen können. Wir müssen die Elefanten schützen, Dad.«

Die Elefanten schützen? Das war mir zu hoch. Selbst wenn sie nicht böse wurden – man musste sich bloß mal ansehen, wie groß sie waren. Warum konnten die sich nicht selbst schützen?

Wir fuhren durchs Valley, die Sonne schien, eine warme Brise strich über mein Fell. Ich fühlte mich tipptopp, inmitten all der Freeway-Gerüche, die an uns vorbeizogen: verbranntes Öl, Schmierfett, Benzin, heißer Gummi, heißer Asphalt. Freeway-Gerüche sind einfach toll! Ehe ich michs versah, nahmen wir eine Ausfahrt und fuhren auf den Rummelplatz zu – ich erkannte ihn an dem großen Riesenrad in der Ferne. Einmal hatten wir auf dem Rummelplatz an einem Fall gearbeitet, ich weiß nicht mehr genau, worum es ging, womöglich um Zuckerwatte. Daran erinnerte ich mich jedenfalls am besten, an die Probleme, die ich mit Zuckerwatte gehabt hatte, wie sie mir überall an der Schnauze klebte und sogar innen in der Nase: Ich hatte durch mein Maul atmen müssen und war den Geruch von Zuckerwatte tagelang nicht losgeworden.

»Da ist das Zirkuszelt«, sagte Charlie, als wir durch das Tor fuhren. Ich sah es auch – es stand hinter dem Riesenrad, nicht weit entfernt von den Hügeln, die sich hinter der anderen Seite des Rummelplatzes erhoben. Wir haben auch ein Zelt, wenn wir Campingausflüge machen. Meine Aufgabe ist es, den Hammer zu tragen, mit dem die Heringe – fragen Sie mich nicht, warum die Dinger so heißen – in den Boden geklopft werden, aber in dem Zelt riecht es irgendwie seltsam – nicht nach Hering, falls Sie das jetzt denken. Das mag ich nicht, und deshalb schlafe ich lieber draußen. Bernie kriecht oft mitten in der Nacht aus dem Zelt. Er schläft gern unter den Sternen. Er erzählt mir viel über Sterne, und es ist nicht immer einfach, ihm zu folgen, aber das macht nichts: Seine Stimme hört sich so angenehm an, dass ich oft gar nicht erst versuche, ihn zu verstehen.

Wir erreichten das Zelt und hielten in der Nähe des Kassenhäuschens. »Auf dem Video sah das Zirkuszelt irgendwie größer aus«, meinte Charlie.

»Das habe ich auch gerade gedacht«, stimmte Bernie ihm zu.

»Und weißer«, sagte Charlie.

Vor dem Kassenhäuschen standen Leute in Grüppchen zusammen, wie es die Menschen tun, wenn irgendetwas nicht in Ordnung ist. Charlie deutete auf einen Zettel, der am Fenster des Häuschens klebte.

»Steht da ›Heute keine Vorstellung‹ drauf?«, fragte er.

»Ja«, bestätigte Bernie und ging zu dem Kassenhäuschen; es war leer. »›Bitte kommen Sie morgen wieder.‹«

»Wieso?«, fragte Charlie. »Was ist los, Dad?«

Bernie sah sich um.

»Keine Ahnung.«

Er nahm Charlies Hand und ging weg. Ich trottete hinterher, nahm jede Menge Gerüche wahr, von denen mir einige völlig neu waren. Sie schienen alle aus dem Inneren des Zirkuszelts zu kommen. Gleich darauf lief ich an dem Zelt entlang und beschnüffelte das untere Ende, wo die Leinwand auf den Boden traf. Tiergerüche, gar kein Zweifel, aber was für Tiere? Welche Gerüche waren so durchdringend, so kräftig, so überwältigend? Ich schob meine Schnauze unter …

»Chet?«

Ich blickte hoch.

»Versucht Chet, in das Zelt zu kriechen, Dad?«

»Ich bin sicher, dass er so etwas nie tun würde.«

Ich trabte zu ihnen hinüber, den Schwanz kerzengerade aufgerichtet. Wir waren Partner, Bernie und ich, wir vertrauten einander. Mein Verhalten war ohne Fehl und Tadel, was immer das auch heißen mochte.

»Lass uns noch schnell die Lage hinter dem Zelt sondieren, bevor wir wieder fahren«, sagte Bernie.

»Wieso?«, fragte Charlie.

»Nur so aus Neugier.«

Mir war es recht. Die Lage sondieren war eine meiner Spezialitäten. Wir liefen um das Zelt herum. Auf der Rückseite stand eine Reihe Wohnwagen, die bis zu einem niedrigen Maschendrahtzaun am Fuß der Hügel reichte. Einige davon waren riesig, die größten Wohnwagen, die ich jemals gesehen hatte – und was war das? Streifenwagen des Metro Police Department und einige uniformierte Polizisten, die Absperrband spannten? Ich wusste, dass man sich von Absperrband fernhalten musste. Das hatte ich auf der K9-Hundeschule gelernt.

Einer der Polizisten blickte hoch. Ich kannte ihn: Sergeant Rick Torres, unser Kumpel aus der Vermisstenabteilung.

»Hallo Bernie«, grüßte er. »Bist du schon an der Sache dran?«

»An was für einer Sache?«, fragte Bernie.

Rick Torres duckte sich unter einem Stück Absperrband durch, kam zu uns und schüttelte Bernie die Hand. Dann tätschelte er mich. »Hallo Chet. Siehst gut aus. Wächst er immer noch, Bernie?«

»Scheint kaum möglich«, erwiderte Bernie. »Das ist übrigens mein Sohn Charlie. Gib Sergeant Torres die Hand, Charlie.«

Rick streckte die Hand aus. Charlie starrte auf den Boden.

»Ich beiße nicht«, sagte Rick. Natürlich tat er das nicht! Kaum ein Mensch tat das. Ihre winzigen Zähne taugen ja auch nicht viel als Waffe. Ich erinnerte mich an einen Bösewicht namens Clancy Green, der auf dem Arm eines anderen Bösewichts herumgekaut hatte, aber das war an Halloween gewesen, dem einzigen Feiertag, den ich nicht mag – Halloween bringt bei den Leuten das Schlimmste zum Vorschein, sagt Bernie. Am liebsten mag ich Thanksgiving, abgesehen von dem einen Mal, wo es diesen Zwischenfall mit der Truthahnkeule gab. Vielleicht erzähle ich die Geschichte ein andermal.

Charlie hob die Hand, eine kleine Hand, die in der großen von Rick völlig verschwand. Rick schüttelte sie vorsichtig.

»An Ihrem Gürtel hängt eine Pistole«, stellte Charlie fest.

»Ja, aber die habe ich noch nie abgefeuert«, behauptete Rick, obwohl ich nicht wusste, warum, denn ich konnte riechen, dass sie abgefeuert worden war, und zwar vor noch gar nicht so langer Zeit.

Die Tür eines Wohnwagens öffnete sich, und ein Polizist schaute raus. »Wollen Sie den Zeugen jetzt befragen, Sarge?«

»Du arbeitest wirklich nicht an dieser Sache, Bernie?«

»Ich weiß ja nicht einmal, worum es geht«, sagte Bernie. »Wir wollten uns die Vorstellung ansehen.«

»Schlechtes Timing. Der Elefantendompteur wird vermisst. Und der Elefant ist auch verschwunden.«

»Peanut?«

Rick zog einen Notizblock aus seiner Brusttasche und blätterte darin. »Ja, Peanut.«

»Wie kann denn ein Elefant verschwinden?«, fragte Bernie.

Rick zuckte mit den Achseln. »Hast du Lust mitzukommen?«

Bernie schüttelte den Kopf. »Wenn die Vorstellung ausfällt, sollten wir vielleicht …«

»Dad?« Charlie stand mit weit aufgerissenen Augen da. »Ist Peanut etwas passiert?«

Bernie sah zu ihm hinunter. »Es gibt keinen Grund, das anzunehmen, Charlie.«

»Aber wo ist sie dann?«

»Das versucht Rick gerade herauszufinden«, entgegnete Bernie.

»Ich wette, Corporal Valdez würde sich mit Vergnügen ein paar Minuten um Charlie kümmern«, sagte Rick.

Bernie dachte nach. Ich spüre es immer, wenn er nachdenkt, auch wenn ich Ihnen nicht sagen könnte, worüber er nachdenkt. »Aber nur kurz.«

Rick winkte eine der Polizistinnen heran. Corporal Valdez sagte Charlie, er könnte sie Mindy nennen, und dass sie auch einen Sohn hätte, der Charlie hieß und jetzt im Irak war. Da hatte Bernie seine Verletzung her – manchmal, wenn er müde war, hinkte er ein bisschen –, aber er sprach nie darüber. Daher war das alles, was ich über den Irak wusste.

»Willst du mal das Blaulicht einschalten?«, fragte Corporal Valdez. Sie führte Charlie zu einem der Streifenwagen. Bernie und ich folgten Rick die Stufen in den Wohnwagen hinauf.

Dort erwartete mich ein großer Schreck. Wir waren in einer Art Büro – Schreibtisch, Stühle, Computer, nichts Erschreckendes –, und neben dem Schreibtisch stand der Polizist, mit dem Rick gesprochen hatte. Der erschreckte mich auch nicht. Was mich erschreckte, war der Clown, der auf einem der Stühle saß. Clowns kannte ich aus dem Fernsehen. Sie machen mir jedes Mal Angst, und der hier war noch viel schlimmer. Er hatte ein fürchterliches weißes Gesicht mit einem roten Mund und grünen Augen und hässlichen orangefarbenen Haaren, die hier und da aus seinem Kopf sprossen. Und es war nicht nur sein Anblick: Was war das für ein Geruch? Zum Teil roch er wie Livia Moon, die in Pottsdale ein verrufenes Haus betrieb, was immer das heißen mochte, und zum Teil roch er wie ein Mann. Ich gehe nur selten rückwärts, aber jetzt tat ich es, und dabei bellte ich, so laut ich konnte.

»Ruhig, Chet«, sagte Bernie.

»Hunde können mich nicht leiden«, klagte der Clown.

Er hatte eine sanfte Stimme, eigentlich sogar ganz angenehm, aber natürlich nicht so angenehm wie die von Bernie. Ich hörte auf zu bellen, aber nicht sofort, mehr dieses langsame Runterdrehen.

»Popo«, sagte der Polizist, »das ist Sergeant Torres von der Vermisstenabteilung.«

»Und mein Partner Bernie Little«, ergänzte Rick.

Ich bellte ein letztes runtergedrehtes Bellen, leise und tief.

»Und Chet«, fügte Rick hinzu.

»Angenehm«, sagte Popo.

»Wie ist Ihr richtiger Name?«, fragte Rick.

»Mein richtiger Name?«, wiederholte der Clown. »John Poppechewski.« Oder irgendetwas ähnlich Kompliziertes. »Aber alle nennen mich Popo.«

»Auch im normalen Leben?«, fragte Rick.

»Ich weiß nicht, was der Unterschied zwischen dem normalen Leben und dem Zirkusleben ist«, sagte Popo. Auf seinem Gesicht lag ein breites rotes Lächeln, aber er klang nicht fröhlich. Seine Augen waren klein und dunkel; alles andere an ihm war groß und bunt. Beinahe hätte ich wieder angefangen zu bellen.

»Okay, Popo, dann erzählen Sie mal Ihre Geschichte.«

Der uniformierte Polizist ging zur Tür, blieb dort stehen und sah nach draußen. Rick setzte sich und griff nach seinem Notizblock. Bernie lehnte sich gegen den Schreibtisch und verschränkte die Arme vor der Brust. Ich setzte mich neben ihn auf den Boden und merkte zu spät, dass ich mir eine klebrige Stelle ausgesucht hatte. Ich rutschte ein Stückchen weiter, das war besser.

»Also«, begann Popo, »meine Ururgroßeltern kamen in den frühen Zwanzigerjahren in der Hoffnung auf ein besseres Leben nach Ellis Island …«

»Wie wäre es, wenn wir zu den Ereignissen in der vergangenen Nacht vorspulen?«, fragte Rick.

Über Bernies Gesicht huschte ein Lächeln. Ich wusste nicht genau, warum, aber ich hatte das Gefühl, dass ihm das hier Spaß machte, und ich hatte auf einmal sehr gute Laune, wobei ich schon vorher gute Laune gehabt hatte.

Popo nickte, und der große rote Ball auf seiner Nasenspitze hüpfte dabei auf und ab. Bälle finde ich ungeheuer interessant, und ich schaffte es nicht, meinen Blick davon abzuwenden.

»Soll ich Trumpy auch auslassen?«, fragte er.

»Wer ist Trumpy?«, fragte Rick zurück.

»Mein Mentor. Er hat mir alles beigebracht, was ich weiß.«

»War er letzte Nacht hier?«

»Nein. Trumpy ist schon vor Jahren gestorben.«

»Das heißt, er kann nichts mit dem Verschwinden von DeLeath und dem Elefanten zu tun haben«, schloss Rick daraus.

»Nein, nicht einmal dann, wenn er noch am Leben wäre«, sagte Popo.

»Verzeihung?«

»Trumpy war ein Mann mit festen moralischen Grundsätzen.«

Zum ersten Mal ergriff Bernie das Wort. »Und die hat er Ihnen ebenfalls beigebracht?«

Popo drehte sich zu Bernie. »Ich bemühe mich«, sagte er. Ja, Popo hatte wirklich eine angenehme Stimme, und auch diese dunklen Augen waren eigentlich ganz hübsch.

»Schön zu hören«, ergriff Rick wieder das Wort. »Also, zurück zu letzter Nacht.«

Popo fuhr sich mit der Zunge über die Lippen. Dieser Anblick, wie seine Zunge – eine normale Zunge, zumindest für einen Menschen – die lächelnden roten Lippen berührte, hatte etwas sehr Merkwürdiges. Ich streckte meinerseits die Zunge heraus und leckte mir damit über die Schnauze, ich weiß auch nicht genau, warum. »Nach der Vorstellung«, sagte Popo, »ich meine die Spätvorstellung, die recht gut lief – recht gut in Anbetracht der momentanen Lage, das Haus war nicht ganz halb voll –, war ich bei den Filipoffs und …«

Bernie hob eine Hand. »Welchen Filipoffs?«

»Sie kennen die Filipoffs nicht?«, wunderte sich Popo. »Die Furchtlosen Filipoffs, die berühmteste Familie am fliegenden Trapez?«

Bernie schüttelte den Kopf.

»Das sagt mehr über den Zirkus aus als über Sie«, sagte Popo. »Vor hundert Jahren war der Name in aller Munde.«

Was sollte das heißen? Jeder hatte einen Namen im Mund gehabt? Warum? Ich war verwirrt und hechelte ein bisschen.

»Der Wohnwagen der Filipoffs steht neben meinem,

direkt bei den Käfigen. Wir stellen sie immer in der gleichen Anordnung auf. Wir haben was zusammen getrunken, und danach bin ich ins Bett. Irgendwann in der Nacht hat mich ein Trompeten geweckt, jedenfalls glaubte ich das. Ich horchte, aber es kam nichts mehr. Deshalb dachte ich, ich hätte nur geträumt, und ...«

»Trompeten?«, fragte Rick. Ich kannte Trompeten. Wenn wir unterwegs sind, hören wir oft Musik, und die Trompete ist mein Lieblingsinstrument, obwohl die Slide-Gitarre auch ziemlich gut ist. Die Trompete macht in meinen Ohren komische Dinge, schwer zu beschreiben, vor allem wenn Roy Eldridge »If You Were Mine« spielt, das Bernie eine Zeit lang ununterbrochen laufen ließ.

»Ich spreche vom Trompeten eines Elefanten.«

Moment mal. Elefanten konnten Trompete spielen? In diesem Moment wurde mir klar, dass dieser Fall ganz schön kompliziert werden würde.

»Wollen Sie damit sagen, dass es kein Traum war?«, fragte Rick.

»Im Nachhinein betrachtet«, erwiderte Popo. Ich konnte ihm nicht mehr folgen. »Aber zu dem Zeitpunkt habe ich einfach weitergeschlafen. Heute Morgen habe ich als Erstes mein Kostüm angezogen und den Rummelplatz abgeklappert.«

»Was meinen Sie mit abgeklappert?«, fragte Rick.

»Die Werbetrommel gerührt«, sagte Popo. »Das gehört zu meiner Arbeit.«

Erst Trompeten und jetzt Trommeln? Dieser Fall gefiel mir nicht, kein bisschen. Arbeiteten wir überhaupt schon daran? Und wenn ja, wer bezahlte uns? Plötzlich verspürte ich den Drang zu gähnen, so stark, dass ich ihn nicht unterdrücken konnte. Daher gab ich nach und gähnte, ein ausgiebiges Gähnen mit weit aufgerissenem Maul. Danach fühlte ich mich gleich besser.

»Etwa eine halbe Stunde später kam Filomena mit der Hiobsbotschaft«, berichtete Popo weiter.

»Filomena?«, fragte Bernie.

»Filomena Filipoff, Enkelin und derzeitiger Star der Nummer.«

»Und was für eine Hiobsbotschaft war das?«

»Dass Uri nirgends zu finden war.«

»Der Elefantendompteur?«

»Er selbst betrachtet sich nicht als Dompteur.«

»Als was betrachtet er sich denn?«

Popos dunkle Augen füllten sich mit Tränen. »Als Freund. Aber er hat nichts gegen die Bezeichnung Trainer. Uri DeLeath ist der beste und humanste Tiertrainer in der gesamten Branche.«

»Und der Elefant war ebenfalls nicht aufzufinden?«, fragte Rick.

Popo nickte. »Spurlos verschwunden.«

»Ein wenig verfrüht«, warf Bernie ein.

»Ich verstehe nicht«, sagte Popo.

»Bernie meint, es ist zu früh, um davon auszugehen, dass es keine Spuren gibt«, erklärte Rick. »Dieser Elefant, äh …« Er warf einen Blick auf seine Notizen. »Peanut, wie wird er normalerweise transportiert?«

»Nicht ›er‹ – ›sie‹«, verbesserte ihn Popo. »Sie hat einen eigenen Anhänger – eine Art Pferdeanhänger, nur viel größer.«

»Der ist vermutlich auch verschwunden«, meinte Rick.

Popo schüttelte den Kopf. Darauf achte ich immer besonders: Es bedeutet Nein.

»Was ist mit den anderen Anhängern, Lastwagen, sonstigen Fahrzeugen?«, fragte Rick.

»Alle da, soweit ich weiß.«

»Was wollen Sie damit sagen?«, fragte Rick. »Dass die beiden einfach so davonmarschiert sind? Dass im Valley ein Elefant frei herumläuft und nicht ein Anwohner auf die Idee kommt, das zu melden?«

»Ich habe keine Erklärung dafür.«

Eine von Bernies Augenbrauen hob sich ein kleines bisschen. Manchmal übernehmen seine Augenbrauen das Reden – habe ich das schon erwähnt?

»Wo schläft der Trainer?«, fragte er.

»Wenn wir unterwegs sind, meinen Sie?«

Es folgte eine kurze Pause. Dann sagte Bernie: »Ja.«

»Sein Wohnwagen steht auf der anderen Seite der Käfige.«

Bernie drehte sich zu Rick. Wahrscheinlich wollte er, dass Rick etwas sagte.

»Wie wär's, wenn wir uns den mal ansehen?«, fragte Rick.

»Klingt gut«, fand Bernie.

Wir gingen zur Tür. Ich konnte Charlie hinter dem Lenkrad von Corporal Valdez' Streifenwagen sitzen sehen – sein Kopf reichte kaum übers Lenkrad, so klein war er –, neben ihm saß Corporal Valdez, und das Blaulicht blinkte. Aus den Lautsprechern tönte Charlies Stimme: »Die Hände dahin, wo ich sie sehen kann. Ich verhafte Sie wegen Mordes.«

Kapitel 4

Wir verließen den Wohnwagen – Bernie, Rick Torres, Popo und ich. An der Tür gab es einen kleinen Stau, dann ein kurzes Hin und Her, und ich sprang als Erster nach draußen. Das passiert oft, wenn wir von irgendwo weggehen, ich weiß auch nicht, warum. Popo stolperte und wäre beinahe hingefallen, und als ich mich umblickte – ich kann das, praktisch ohne mich zu drehen –, sah ich den Grund: Seine Füße waren riesig, diese schlabbrigen gepunkteten Schuhe hörten gar nicht mehr auf.

Wir gingen ein Stück über den Platz – wohin man auch schnupperte, kräftige Tiergerüche, von denen ich keinen einzigen kannte – und kletterten die Stufen auf der Rückseite eines anderen Wohnwagens hinauf. Die Tür stand offen, und ein vertrauter, pudriger Geruch stieg mir in die Nase – sie hatten überall Fingerabdruckpulver verteilt, und das war noch gar nicht lange her.

»Halt!« Bernie hob die Hand wie ein Verkehrspolizist, als wir gerade reingehen wollten. »Habt ihr nach Fingerabdrücken gesucht?« Wir arbeiteten schon lange zusammen, Bernie und ich, es hätte mich also nicht überraschen sollen. Er hatte zwar eine Nase, sogar eine ziemlich große für einen Menschen, aber wofür war sie gut?

»Jep«, sagte Rick. »Nebbich.«

Nebbich? Ich konnte mich an keinen Bösewicht mit diesem Namen erinnern.

»Wo lernst du bloß solche Wörter?«, fragte Bernie.

»Von dem Typ hinter der Theke im Brooklyn Deli«, klärte Rick ihn auf.

Bernie lachte. Wenn das ein Witz war, begriff ich ihn nicht, aber das Brooklyn Deli kannte ich. Das war ein Lebensmittelladen im Zentrum, in den ich nicht annähernd oft genug durfte.

Wir betraten den Wohnwagen. Ich gab mir alle Mühe, nicht an Pastrami zu denken. Wir standen in einem kleinen Raum mit einem Bett und einem Schaukelstuhl auf der einen Seite – von Schaukelstühlen hielt ich mich lieber fern, nach diesem einen Zwischenfall mit meinem Schwanz – und einem Schreibtisch und einer Kochplatte auf der anderen. Von Kochplatten hielt ich mich ebenfalls fern.

»Kein Anzeichen für gewaltsames Eindringen oder sonstige Gewaltanwendung«, stellte Rick fest. »Für einen Tatort sieht es hier ausgesprochen ordentlich aus.«

Bernie ging zum Bett.

»Scheint so, als wäre er gar nicht in den Federn gewesen.«

»Uri hat Schlafprobleme«, sagte Popo. »Oft liest er bis spät in die Nacht.«

Bernie nahm ein Buch, das auf dem Schaukelstuhl lag. »*Mammut – Rückkehr der Giganten?*«, las er vor. Er schlug es auf, blätterte ein paar Seiten um. Wenn Bernie etwas interessant findet, bekommt sein Gesicht einen abwesenden Ausdruck – so wie jetzt.

»Was ist?«, fragte Rick.

»Nichts.« Bernie schlug das Buch zu. Aber er legte es nicht weg.

An der Wand hingen zwei Bilder. Auf dem einen stand

Peanut auf einem Feld, und der Mann mit dem Bleistiftschnurrbart, jetzt in Jeans und T-Shirt, stand neben ihr – genauer gesagt lehnte er sich an sie – und rauchte eine Zigarette.

»Uri mit Peanut.« Popo seufzte.

Rick beugte sich zu dem Bild. »Er wirkt ziemlich entspannt dafür, dass er neben so einem …« Er verstummte, wie es die Menschen gelegentlich tun, wenn sie darauf warten, das ihnen ein Wort einfällt. Mir ist das noch nie passiert.

»Vertrauen«, sagte Popo. »Uris Methode besteht in erster Linie darin, Vertrauen aufzubauen.«

Auf dem zweiten Bild stand Uri genauso lächelnd und entspannt neben einem anderen Mann, und sie hatten einander den Arm um die Schultern gelegt.

»Wer ist dieser Mann?«, fragte Rick.

»Ich.«

Dieser Mann war Popo? Er sah überhaupt nicht wie Popo aus, sondern wie ein normaler Mann, mit dunklen Haaren und einer Brille, und er trug normale Männersachen. Und ganz anders als Popo hatte er fröhliche Augen: Fröhliche Augen gehören bei unserer Arbeit zu den Dingen, die uns sofort auffallen. Dieser Fall gefiel mir nicht, kein bisschen. War es überhaupt unser Fall? Ich wusste es nicht. Ich konnte mich nicht daran erinnern, dass uns jemand einen Scheck ausgestellt hätte – so was vergesse ich nie –, also wahrscheinlich nicht.

Bernie ging zum Bett, schlug die Decke zurück, betrachtete das Laken.

»Haben wir alles schon gemacht«, erklärte Rick.

»Ich will nur ein Gefühl bekommen«, sagte Bernie. Er bückte sich, warf einen Blick unter das Bett. Ich ging zu ihm und schnüffelte herum. Einen Blick unters Bett zu werfen war sehr wichtig: Wir hatten schon alles mögliche Zeug unter Betten gefunden, Bernie und ich, aber diesmal fanden wir nichts. Bekam Bernie ein Gefühl? Sein Gesicht verriet nichts.

Wir gingen raus.

»Zu den Käfigen geht's da lang. Wir folgten Rick hinter die Wohnwagen. Die Käfige standen in einer Reihe. Sie sahen aus wie große Kisten mit Wänden und Deckel und hatten nur auf der Vorderseite ein Gitter. Als Erstes nahm ich die Gerüche wahr, ausgesprochen kräftig, katzenartig, aber hoch zehn, was immer das heißen mochte. Und dann der Anblick: Oh Mann. Tiere, die ich bei Animal Planet gesehen hatte: Tiger und Löwen und …

Genau gesagt nur zwei Tiger im ersten Käfig, im nächsten ein Löwe und im letzten nichts. Die Tiger und der Löwe hatten große Gummibälle zum Spielen, aber sie spielten nicht damit. Sie lagen einfach nur auf dem Boden und beobachteten uns mit riesigen gelben Augen. Meine Nackenhaare stellten sich auf; jetzt, da ich genauer hinschaute, bemerkte ich, dass ihr Fell irgendwie stumpf und räudig aussah. Bernie öffnete den Mund, als wollte er etwas sagen, aber dann sagte er doch nichts, und auf seinem Gesicht erschien ein grimmiger Ausdruck. Ich wusste nicht genau, warum, aber ich konnte Käfige auch nicht leiden. In der Vergangenheit hatten mich böse Leute ein paarmal in einen eingesperrt. Vielleicht dachte Bernie gerade daran.

»Ich hätte angenommen, dass es in einem Zirkus mit drei Manegen mehr Tiere gibt.«

»Inzwischen nur noch mit einer. Wir haben schon seit Jahren keine drei Manegen mehr.«

»Wie das?«, fragte Rick.

Popo zuckte die Achseln.

Vor dem dritten Käfig blieben wir stehen. Was für ein Geruch! Auf einen Schlag vertrieb er den Katzengeruch aus meiner Nase.

»Peanuts Käfig«, sagte Popo.

Der Geruch von Peanut nistete sich in meinem Kopf ein, unvergesslich.

»Das funktioniert so.« Rick ging auf die andere Seite. »Man öffnet das Schloss, und dann kann man die Wand zurückschieben. Aber als die erste Zeugin hierherkam, war der Käfig offenbar geschlossen.«

»Und wer war diese Zeugin?«, fragte Bernie.

Rick antwortete irgendwas, das ich nicht mitbekam, weil ich inzwischen Peanuts Witterung aufgenommen hatte – nichts leichter als das – und ihr folgte. Die Spur begann an der Seitenwand des Käfigs, genau da, wo Rick stand, und führte direkt …

»Chet? Komm wieder her, mein Großer.«

Aber … Ich kehrte um und stellte mich neben Bernie.

»Und da ist sie auch schon«, sagte Rick. Eine kleine Frau in einem Trainingsanzug kam um die Ecke und näherte sich uns mit schnellen Schritten. Die Bewegungen der Menschen sind ein Riesenthema – erstaunlich, dass sie nicht öfter umfallen –, aber belassen wir es im Moment dabei, dass sich manche Menschen besser bewegen als andere, und sie war einer davon. »Bernie«, sagte Rick, »das ist Filomena Filipoff. Miss Filipoff – Bernie Little, Privatdetektiv.«

Sie streckte den Arm hoch und schüttelte Bernie die

Hand. Sie hatte einen von diesen straff zurückgebundenen Pferdeschwänzen, bei denen sich die Haut um die Augen herum spannte; tat das nicht weh?

»Alle nennen mich Fil.« Ach wirklich? Wir kannten schon einen Phil: Phil »Shoulders« Schraft, der jetzt unter der heißen Sonne Steine klopfte. Diese Fil war aber ganz anders.

»Äh …«, sagte Bernie. »Hm.« Manche Frauen machten das mit ihm. »Ich bin Bernie.«

»Das habe ich mitbekommen.«

»Und das … äh … ist Chet.«

Fil drehte sich zu mir. »Was für ein hübscher Kerl«, sagte sie.

Eins wusste ich auf der Stelle. Wenn das ein Fall war und es um irgendetwas Schlimmes ging, dann war diese Frau nicht der Bösewicht. Sie streckte die Hand aus, eine kleine Hand, aber sehr schön geformt. Ich leckte rasch drüber und fing den schwachen Duft von Orangen auf, sehr angenehm.

»Sie waren als Erste hier?«, fragte Bernie.

Fil nickte. »Ich war joggen – es wurde gerade hell –, und als ich an dem Käfig vorbeikam, war Peanut verschwunden. Ich bin sofort zu Uris Wohnwagen gerannt, aber Uri war ebenfalls verschwunden. Dann habe ich den Colonel informiert, und der hat wohl Sie angerufen.«

»Wer ist der Colonel?«, fragte Rick.

»Colonel Drummond«, sagte Fil. »Ihm gehört der Zirkus.«

»Ist er da?«, fragte Rick.

»Er ist auf dem Weg«, antwortete Fil.

»Von wo?«, fragte Bernie.

»Der Colonel hat ein Haus im Norden des Valley.«

»Er wohnt im Valley?«

»Niemand von uns wohnt in dem Sinn irgendwo. Wir sind achtundvierzig Wochen im Jahr unterwegs.« Fil wandte sich dem leeren Käfig zu. »Ich weiß, es hört sich wie ein Klischee an, aber wir sind wie eine Familie.«

Popo kam näher und legte den Arm um sie. Er trug weiße Handschuhe aus irgendeinem Material, das weich aussah; ich dachte unwillkürlich darüber nach, wie sich solche Handschuhe wohl anfühlen mochten, in meinem Maul zum Beispiel. Während ich noch nachdachte, sagte Rick etwas, das ich nicht mitbekam, und dann gingen Popo und Fil weg, er immer noch mit dem Arm um ihre Schulter.

»Wie eine Familie – das hat Vor- und Nachteile«, meinte Bernie.

»Das habe ich auch gerade gedacht«, stimmte Rick ihm zu.

Bernie streckte die Hand aus und rüttelte an dem Schloss. »Wer hat die Schlüssel dafür?«

»Das wird noch überprüft.«

Bernie blickte auf den Boden. Kreuz und quer Reifenspuren, übereinander, untereinander, ein einziges Durcheinander.

»Die werden uns wohl nicht weiterhelfen.« Rick blickte zu mir. »Ich frage mich, ob Chet vielleicht eine Spur finden könnte.«

»Keine Ahnung«, sagte Bernie. »Er hat noch nie mit Elefanten gearbeitet, und wenn wir davon ausgehen, dass Peanut nicht per pedes von hier verschwunden ist, dann …«

So ging es noch eine Zeit lang weiter, aber ich hörte nicht mehr zu. Manchmal ist es an der Zeit zu handeln –

die meiste Zeit, meiner Meinung nach. Ich schnupperte kurz am unteren Ende der Wand, nahm ohne Schwierigkeiten wieder Peanuts Witterung auf und folgte ihr. Ein Kinderspiel, wie die Menschen sagten. Ich machte mir im Allgemeinen ja nicht so viel aus Kinderspielen, allerdings gab es da dieses eine mit den verbundenen Augen und den Würstchen an der Schnur …

Ich verscheuchte alle Gedanken an Würstchen aus meinem Kopf – auch an die bei Charlies letztem Geburtstag; was für ein Glück, dass noch eine zweite Packung da gewesen war – und folgte der Geruchsspur, in dem langsamen Trab, den ich den ganzen Tag beibehalten kann.

»Hey, Chet, beruhige dich.«

Die Spur führte zurück zu den Wohnwagen und von dort in einem engen Bogen zu einer asphaltierten Straße, die am Zaun um den Rummelplatz entlangführte. Auf dieser Straße gab es eine Menge anderer Gerüche – einschließlich Zuckerwatte. Eine solche Menge anderer Gerüche kann einen manchmal ganz schön verwirren, aber dieses Mal nicht: Peanuts Geruch war stärker als sie alle. Ich folgte dem Geruch bis zu der Stelle, wo die Straße vor einem geschlossenen Tor endete. Daneben stand ein Wächterhäuschen, aus dem ein Mann heraussah.

Bernie und Rick rannten keuchend und ächzend hinter mir her. Es ist immer lustig, Menschen zum Keuchen und Ächzen zu bringen. Nehmen wir mal an, man hat etwas im Maul, eine Zeitschrift zum Beispiel, und jedes Mal wenn ein Mensch danach greift, weicht man aus und lässt ihn dabei immer näher kommen: Bei diesem Spiel fangen die Menschen ziemlich schnell an zu keuchen und zu ächzen. Aber jetzt war nicht die Zeit für

Spiele. Wir waren bei der Arbeit, und außerdem waren weit und breit keine Zeitschriften zu sehen.

Der Wachmann kam aus dem Häuschen. Hey! Aus seinem Mund ragte ein Zahnstocher. So was hatte ich schon viel zu lange nicht mehr gesehen. Menschen – man musste sie einfach mögen.

Rick zeigte seine Marke. »Torres, Vermisstenabteilung.«

»Hab schon gehört, was passiert ist«, sagte der Wachmann, und der Zahnstocher wackelte auf und ab. »Ich weiß nichts.«

»Meiner Erfahrung nach«, wandte Rick ein, »weiß nie jemand nichts.«

»Hä?«, machte der Wachmann.

Bernies Lippen verzogen sich leicht, als würde er gleich lächeln. Ich wusste nicht, warum, ich wusste nur, dass er und Rick Kumpel waren.

»Ist dieser Posten hier nachts besetzt?«, fragte Rick.

»Rund um die Uhr, sieben Tage die Woche«, sagte der Wachmann.

»Wer hatte letzte Nacht Dienst?«

»Meine Wenigkeit. An den Wochenenden geht die Schicht von Mitternacht bis Mittag.«

»Sie arbeiten für den Zirkus?«

»Hm-hm.«

»Können Sie sich irgendwie ausweisen?« Der Wachmann gab Rick seinen Ausweis. Rick musterte ihn, dann sah er den Wachmann an. »Darren P. Quigley?«

»Jep.«

»Würde es Ihnen was ausmachen, mal die Sonnenbrille abzunehmen, Darren?«

Sonnenbrille? Die war mir vor lauter Zahnstocher gar

nicht aufgefallen. Darren nahm die Sonnenbrille ab, vielleicht ein wenig zu langsam. Ich merkte, wie sich Bernie neben mir anspannte. Darren hatte kleine blutunterlaufene Augen mit dunklen Ringen darunter. Mit Sonnenbrille gefielen sie mir besser.

»Sie haben also um Mitternacht Ihre Schicht angetreten?«, fragte Rick.

»Jep.«

»Und?«

»Und was?«

»Darren«, sagte Rick. »Ein Elefant wird vermisst.«

»Hab's doch schon gesagt. Ich hab nichts gesehen und nichts gehört.«

»Waren Sie die ganze Zeit hier?«

»Das ist mein Job.«

Ricks Stimme wurde lauter. »Beantworten Sie meine Frage.«

»Ja, ich war hier.«

»Wach?«

Darren nickte. Der Zahnstocher bewegte sich schnell auf und ab, als würde er heftig darauf rumkauen.

»Wiederholen Sie das mal in Worten.«

»Ja. Jede verdammte Minute hellwach. Niemand kam rein. Niemand ging raus.«

Schweigen.

»Kann ich jetzt meinen Ausweis wiederhaben?«

Rick drehte sich zu Bernie. »Was meinst du?«

»Darren«, sagte Bernie. »Das ist Chet.«

Mein Schwanz begann sich aufzurichten.

»Und?«, fragte Darren.

Das »Und« blieb stehen, einfach so.

»Chet ist ein guter Spürhund«, sagte Bernie.

»Der beste«, korrigierte Rick.

Dieser Rick! Was für ein Mann! Mein Schwanz richtete sich noch weiter auf und begann zu wedeln.

»Und«, fuhr Bernie fort, »er ist der Spur des Elefanten von seinem Käfig bis hierher gefolgt. Wahrscheinlich ist der Elefant in einer Art Anhänger weggebracht worden. Weniger wahrscheinlich ist es, dass man ihn zu Fuß weggebracht hat. So oder so konnte ihn jemand, der hier zufällig Wache stand, kaum übersehen.«

»Es sei denn, dieser Jemand hat geschlafen«, ergänzte Rick.

»Oder war sturzbetrunken«, warf Bernie ein.

Darren sah Bernie finster an. »Ich hab alles gesagt, was ich zu sagen hab.«

»Aber das ergibt keinen Sinn.«

»Sie glauben dem Köter mehr als mir?«

»Das sagt man nicht!«

»Hä?«

»Sein Name ist Chet.«

»Und?«

Jetzt sah Bernie Darren finster an. Darren sah weg und spuckte seinen Zahnstocher aus. Wir standen da, Bernie, Rick und ich, die Augen auf Darren gerichtet. Keiner sagte etwas. Schließlich gab Rick den Ausweis zurück. »Hier ist meine Karte« – seine Stimme klang nicht besonders freundlich –, »für den Fall, dass sich an Ihrer Geschichte etwas ändert.«

»Da ändert sich gar nichts«, sagte Darren und ging zurück zu dem Wächterhäuschen.

Ich ging zu dem Zahnstocher, der auf dem Boden lag, und schnupperte daran. Hey! Darren hatte sich übergeben, und zwar erst vor Kurzem. Irrtum ausgeschlossen:

Ich hatte schon jede Menge Erbrochenes gerochen – meistens in den Seitenstraßen hinter Kneipen, aber auch auf den Parkplätzen davor und sogar in Kneipen, selbst in den schicken. Ich bellte ein, zwei Mal und tastete mit der Pfote nach dem Zahnstocher, aber keiner achtete auf mich. Sie beobachteten stattdessen ein langes weißes Cabrio, das sich dem Tor von der anderen Seite her näherte.

Kapitel 5

Das lange weiße Auto blieb vor dem Tor stehen. Der Fahrer, ein braun gebrannter Mann mit einem großen Kopf und einer Zigarre im Mund, drückte auf die Hupe, obwohl Darren P. Quigley, der Wachmann, bereits auf dem Weg war. Der Krach einer Autohupe tut meinen Ohren weh. Ich schüttelte kräftig den Kopf und fühlte mich gleich besser. Inzwischen hatte Darren das Tor geöffnet.

»Morgen, Colonel«, grüßte er.

Rick trat zu dem Auto. »Colonel Drummond?«, fragte er.

Der Colonel nahm die Zigarre aus dem Mund. »Ja, Sir.«

»Besitzer des Drummond Family Traveling Circus?«

»Zusammen mit ein, zwei Banken«, präzisierte der Colonel. »Was kann ich für Sie tun?«

»Rick Torres, Vermisstenabteilung«, stellte Rick sich vor. »Ich leite die Ermittlungen.«

Colonel Drummond stellte den Motor ab, steckte sich die Zigarre wieder in den Mund und redete darum herum. »Setzen Sie mich bitte ins Bild«, sagte er. Oder so etwas Ähnliches: Menschen sind manchmal schwer zu verstehen, sogar ohne Zigarren.

»Im Augenblick lässt sich noch nicht viel sagen«, erklärte Rick. »Ihr Trainer, Uri DeLeath, und sein Elefant werden vermisst. Dieser Herr hier ist Bernie Little, Privatdetektiv.«

Der Blick des Colonel wanderte zu Bernie. »Howdy«, sagte er. »Ich kann mich gar nicht erinnern, Sie engagiert zu haben.«

Bernie lächelte, vielleicht mochte er den Colonel. »Haben Sie auch nicht. Ich hatte Karten für die heutige Vorstellung.«

»Die behalten ihre Gültigkeit. Kommen Sie morgen wieder. Und hier haben Sie einen Gutschein im Wert von zwanzig Dollar, den Sie an jedem unser Stände einlösen können. Ich empfehle Ihnen unsere Splitterbomben, damit haben wir schon in sechs Staaten Preise gewonnen.«

Schon wieder Bomben? Hatten denn neuerdings alle unsere Fälle mit Bomben zu tun? Und warum roch ich sie nicht?

»Die Sache ist die«, sagte Rick, möglicherweise ein Weilchen später, weil ich den Gedanken an diese Splitterbomben nicht so schnell abschütteln konnte, »dass Bernie mit Chet zusammenarbeitet. Chet ist wahrscheinlich der beste Spürhund im gesamten Valley, und er ist der Spur des Elefanten von seinem Käfig bis hierher gefolgt, was uns zu der Annahme veranlasst, dass der Elefant durch dieses Tor weggebracht wurde, höchstwahrscheinlich in einem Anhänger.«

Der Colonel sah mich an. »Das ist aber mal ein hübscher Kerl.« Hey! Er mochte ja ein Hupendrücker sein, aber ich fand Colonel Drummond nett. Außerdem trug er eine von diesen Westernkrawatten, auf denen es sich so schön rumkauen lässt, wenngleich ich sicher bin, dass ich in diesem Moment nicht im Entferntesten an so etwas dachte.

»Das Problem ist«, sagte Rick und drehte sich zu Darren, »dass Ihr Wachmann diese Annahme nicht untermauern kann.«

Colonel Drummond betrachtete Darren. »Soll heißen?«

»Ich hab nichts gesehen, Colonel. Und auch nichts gehört.«

»Sie heißen Quigley, stimmt's?«

Darren nickte.

»Wie ich gerade gehört habe, ist dieser große Bursche hier ein hervorragender Spürhund, und ich habe keinen Grund, daran zu zweifeln«, sagte der Colonel. Das Ende seiner Zigarre glühte rot. »Muss ich noch mehr sagen, Quigley?«

Darren schüttelte den Kopf.

»Somit gibt es zwei Möglichkeiten. Entweder Sie sind eingeschlafen, oder Sie haben Ihren Posten verlassen.«

Darren schüttelte den Kopf noch ein bisschen heftiger.

»Habe ich eine Möglichkeit übersehen?«, fragte der Colonel.

Darren hörte auf, den Kopf zu schütteln, und ließ ihn stattdessen hängen. Unter meinesgleichen gibt es das auch. Es bedeutet, man gibt sich geschlagen.

Colonel Drummond nahm die Zigarre aus dem Mund und schnippte ein großes Stück Asche über die Autotür. Es behielt seine Form, hörte aber rasch auf zu glühen. Ich ging hin und schnupperte an dem Rauch, der sich in die Luft kringelte. Ich habe eine Schwäche für Zigarrenrauch!

»Schaffen Sie Ihren Hintern ins Büro, Quigley«, sagte der Colonel. »Sie sollen Ihnen einen Scheck über den ausstehenden Lohn ausstellen plus ein Wochenlohn als Abfindung.«

»Sie schmeißen mich raus?«, fragte Darren.

»Eine Frage des Prinzips.« Der Colonel blieb unnachgiebig. »Der Drummond Family Traveling Circus hat sich in seiner langen Geschichte immer kooperativ gegenüber den Ermittlungsbehörden gezeigt.«

Darren ging weg, holte seine Lunchbox aus dem Wächterhäuschen – er hatte ein Erdnussbuttersandwich drin, der Geruch war unverkennbar – und trottete in Richtung des Zirkuszelts.

»Das tue ich äußerst ungern bei der gegenwärtigen Wirtschaftslage«, sagte der Colonel, »aber es gibt einfach Grenzen.«

Rick nickte. »Haben Sie irgendeine Idee, was hier passiert sein könnte, Colonel?«, fragte er. »Ist so etwas schon mal vorgekommen?«

»Dass sich mein Trainer mit dem Star der Show aus dem Staub macht? Natürlich nicht – dann hätte sich DeLeath hier besser nicht mehr blicken lassen.«

Bernie hob die Augenbrauen. Habe ich schon erwähnt, wie ausdrucksvoll sie sind, so als hätten sie eine eigene Sprache? »Sie glauben, dass das passiert ist? Dass er Peanut gestohlen hat?«

»Was denn sonst?«, fragte der Colonel.

Bernie und Rick wechselten einen Blick. »Entführung, zum Beispiel«, sagte Rick.

Der Colonel lachte. Seine dicken Wangen fingen an zu wackeln. Das gefällt mir immer sehr bei einem Menschen. »Einen Elefanten entführen? Sie haben wirklich Humor.«

»Warum halten Sie das denn für ausgeschlossen?«, erkundigte sich Bernie.

»Was hätte es für einen Sinn?«

»Lösegeld.«

»Was glauben Sie, wie viel so ein Elefant kostet?«, fragte der Colonel.

»Keine Ahnung.«

»Nicht mehr als zehntausend Dollar«, sagte der Colonel. »Ein asiatischer, die afrikanischen kosten natürlich mehr, wobei ich nur von den Weibchen spreche. Afrikanische Elefantenbullen sind zu gefährlich, um mit ihnen zu arbeiten. Das Problem sind die Kosten für Pflege und Futter: Gehen Sie mal von dreitausend pro Monat aus, Minimum. Das heißt, selbst wenn Ihr Entführer das Lösegeld kriegen würde, könnte es leicht sein, dass er letzten Endes draufzahlt. Nein, meine Herren, DeLeath hat Peanut gestohlen, ganz klar.«

»Warum sollte er das tun?«, fragte Rick.

»Das müssen Sie ihn schon selbst fragen. Wenn Sie mich jetzt entschuldigen würden, ich habe ein Geschäft, um das ich mich kümmern muss, und um all die Leute, die für mich arbeiten.«

Er streckte die Hand nach dem Zündschlüssel aus. Bernie stützte beide Hände auf die Autotür. Ein großes Auto, trotzdem senkte es sich ein wenig. Bernie ist stark, das darf man nicht vergessen.

»Möglicherweise sind zwei Leben in Gefahr, Colonel«, sagte er. »Wir müssen wissen, warum Sie sich so sicher sind.«

Der Colonel blickte auf Bernies Hände. Bernie hat sehr schöne Hände, aber der Colonel schien das nicht zu würdigen.

»Bernie hat recht«, stimmte Rick zu. »Wie können Sie so sicher sein?«

Der Colonel holte tief Luft und stieß sie langsam wieder aus. Keine Ahnung, wozu das gut sein soll, aber ich achte immer darauf. »Niemand, weder Mensch noch Tier, ist in Gefahr, das dürfen Sie mir glauben«, sagte er. »Uri DeLeath ist einfach auf die andere Seite gewechselt.«

»Die andere Seite?« Rick verstand nicht, was damit gemeint war.

»Die Tierrechtsfanatiker. Was gibt es denn sonst für eine andere Seite? Wir wollen nichts weiter als auf eine gute alte Weise Kinder und ihre Eltern unterhalten, aber die werden nicht eher Ruhe geben, bis sie uns das Geschäft ruiniert haben.«

»Ich dachte, DeLeath gilt allgemein als humaner Trainer«, wandte Bernie ein und trat einen Schritt von dem Auto zurück.

»Genau deshalb haben die Fanatiker sich ja auch ihn ausgesucht«, sagte der Colonel. »So wie sich Sekten auch immer an die gutmütigen Leute ranmachen. Die sind schlau. Glauben Sie mir – wir werden Peanut nie wiedersehen.«

Bernie schien noch etwas sagen zu wollen, aber bevor es dazu kam, fuhr mit blinkendem Blaulicht Corporal Valdez in ihrem Streifenwagen vor, Charlie neben sich. Aus dem Lautsprecher tönte Charlies Stimme: »Charlie an Dad – ich will nach Hause.«

Wenig später saßen wir im Porsche und verließen den Rummelplatz, Charlie auf dem Kopilotensitz, ich auf der Rückbank, aber das machte mir nichts aus.

»Mindy und ich haben uns Verbrecherfotos angesehen«, sagte Charlie.

»Und, hast du jemand Bekanntes entdeckt?«

Charlie lachte. Lachen: Das ist das schönste Geräusch, das die Menschen machen, und Kinderlachen ist das allerschönste. Dann hörte Charlie auf zu lachen, und sein Gesicht wurde ernst. Diesen ernsten Ausdruck auf dem Gesicht eines Kindes zu sehen ist immer sehr interessant. »Es gibt echt viele böse Leute, Dad. Wie kommt das?«

Bernie warf Charlie einen Blick zu. »Das weiß niemand so genau. Aber ich kann dir sagen, was ich denke.«

»Okay.«

»Es hat etwas mit dem Gewissen zu tun.« Owei, schon kam ich nicht mehr mit. »Du weißt doch, ein Gefühl dafür, was richtig und was falsch ist.« Ach so, das. »Am Anfang hat jeder eins, aber je öfter man sich darüber hinwegsetzt, desto schwächer wird es. Erinnerst du dich daran, wie die Hülle an diesem Ding, das die Propangasflasche mit dem Grill verbindet, durchgescheuert ist?«

»Dad?«

»Ja?«

»Ich hab Hunger.«

Ich auch, im gleichen Moment, in dem Bernie den Grill erwähnte, bekam ich Hunger.

»Wir nehmen auf dem Nachhauseweg was mit.«

Was denn? Ich wartete darauf, dass Bernie es sagte, das tat er aber nicht. Und fuhren wir denn überhaupt nach Hause? Wir nahmen nicht die Auffahrt zum Freeway, sondern fuhren auf der Straße weiter, die am Zaun entlang um den Rummelplatz führte. Bald darauf waren wir auf der anderen Seite und näherten uns dem Wächterhäuschen.

Nichts mehr zu sehen von Colonel Drummond und seinem langen weißen Auto. Das Tor war geschlossen, das Wächterhäuschen leer. Bernie hielt an.

»Was machen wir hier, Dad?«

»Äh, nur schnell was nachsehen«, sagte Bernie. »Du kannst im Auto bleiben.«

»Was denn nachsehen?«

»Weiß nicht genau«, erwiderte Bernie und öffnete die Tür. »Ich habe so ein Gefühl.«

Ich war bereits aus dem Auto gesprungen und schnüffelte herum. Ich nahm Peanuts Witterung auf, die inzwischen ein bisschen schwächer war – die Zeit verging – und folgte ihr auf der Straße in die Richtung, aus der wir gekommen waren.

»Mach langsam, mein Großer.«

Ich versuchte, langsam zu machen, vielleicht wurde ich sogar langsamer. Gleich darauf standen wir vor einem Stoppschild. Einen Moment lang verlor ich die Witterung, lief schnüffelnd einmal im Kreis herum, und dann fand ich sie wieder. Sie war jetzt nicht mehr auf der Straße um den Rummelplatz, sondern führte zu einer Auffahrt zum Freeway auf der anderen Seite. In der Nähe hörte ich Freeway-Geräusche. Es klang ein bisschen so, als würde ein Sturm heulen.

»Die Auffahrt nach Süden«, sagte Bernie. »Das reicht, Chet. Komm, wir kehren um.«

Ich drehte mich um und trabte zu Bernie. Er tätschelte mich ausgiebig. Ah. Sein Tätscheln sagte mir, wie gern er mich hatte. Wir waren ein gutes Team, Bernie und ich.

Seite an Seite gingen wir zurück zum Auto. Charlie stand auf dem Fahrersitz, drehte am Lenkrad und machte »Brumm, brumm«. Es war so lustig anzuschauen, dass ich beinahe das merkwürdige stockähnliche Ding übersehen hätte, das im Straßengraben lag. Ich flitzte hin und hob es auf, ein schwerer Holzstock mit einer scharfen Metallspitze an einem Ende, und nicht nur eine scharfe Spitze, sondern dazu noch ein scharfer Haken mit zwei spitzigen Enden, vor denen man sich in Acht nehmen musste.

»Was hast du denn da?«, fragte Bernie.

Ich ging zu Bernie und ließ das Stockding vor seinen Füßen fallen. Er bückte sich danach, doch dann hielt er inne und ging zurück zum Porsche. Er zog Latexhandschuhe an, kam zurück und hob das Stockding auf.

»Was ist das?«, rief Charlie aus dem Auto.

»Keine Ahnung«, sagte Bernie. »Sieht wie eine Art Waffe aus.« Sein Gesicht hellte sich auf. Das passiert manchmal, wenn er einen guten Einfall hat. »Habe ich dir schon mal von General Beauregard erzählt?«

»Das ist ein Freund von Chet, stimmt's, Dad?«

Um genau zu sein, einer meiner besten Freunde. General Beauregard wohnte in Gila City, zusammen mit Otis DeWayne, unserem Waffenexperten. Gila City lag irgendwo im Valley oder vielleicht auch nicht, das Entscheidende war das riesige offene Gelände in den Hügeln hinter dem Haus. Offenes Gelände ist einfach unschlagbar, und da hinten wurden oft zu Testzwecken Waffen abgefeuert, was immer viel Spaß machte, aber das Beste von allem war General Beauregard, ein wirklich großer Kerl – der größte Deutsche Schäferhund, den ich jemals gesehen hatte –, der jederzeit für eine kleine Rauferei zu haben war.

Der Porsche stand noch nicht richtig, als der General auch schon angerannt kam, die großen weißen Zähne entblößt. Ich sprang aus dem Auto. Er rannte direkt auf mich zu und warf mich um. Ich überschlug mich, rannte auf ihn zu, warf ihn um. Er überschlug sich, rannte auf mich zu, warf mich um. Ich überschlug mich, rannte …

»Was zum Teufel ist denn hier los?« Otis kam aus dem Haus gelaufen. Die Haare reichten ihm bis zur Schulter und der Bart bis zur Brust.

»Hätte ich mir eigentlich denken können, dass du es bist«, sagte er. Meinte er damit mich oder Bernie? Ich hatte keine Zeit, mir darüber den Kopf zu zerbrechen, weil mich der General in diesem Moment zwickte. Ich zwickte zurück. Aus irgendeinem Grund begann er daraufhin, ums Haus zu rennen. Ich rannte hinterher. Kopf an Kopf, die Ohren flach angelegt, rannten wir immer wieder ums Haus. Was gab es Schöneres? Staubwölkchen stiegen auf, keine Ahnung, warum. Wir rannten einfach mittendurch. Ich hatte schon einige Sandstürme miterlebt, und Sie können mir glauben, das war nichts im Vergleich zu …

Peng! Zuerst dachte ich, jemand hätte einen Schuss abgefeuert – so was war bei Otis nichts Ungewöhnliches, falls ich das noch nicht erwähnt habe –, aber gleich darauf ertönte das Geräusch noch einmal, und ich sah, dass Otis in die Hände klatschte. Er war einer von diesen wirklich lauten Klatschern. Wir hielten vor der Veranda an, der General und ich, blieben hechelnd nebeneinander stehen. Bernie, Charlie und Otis saßen an einem Tisch, vor sich kalte Getränke – die Männer Bier, Charlie etwas, das wie Limonade roch. Auf der Stelle war mir auch nach einem kalten Getränk, vorzugsweise Wasser, meinem Lieblingsgetränk.

Bernie hatte das Stockding mit seinem Hemdzipfel gepackt und legte es auf den Tisch.

»Weißt du, was das ist?«, fragte er. »Chet hat es gefunden.«

»Wo?«

»In einem Straßengraben hinter dem Rummelplatz.«

»Ist vielleicht zufällig ein Zirkus in der Stadt?«, fragte Otis. Oder so etwas Ähnliches – er hatte so viel Bart, dass sein Mund davon verdeckt war, und ich verstehe besser, wenn ich sehen kann, wie sich der Mund bewegt.

»Ja«, sagte Bernie. »Wie kommst du darauf?«

Otis trug kein Hemd. Er hatte viele Haare auf der Brust, die sich mit seinem Bart zu einem Riesendurcheinander vermischten, aber das war nicht der Punkt. Der Punkt war, dass er keinen Hemdzipfel hatte, um das Stockding anzufassen. Deshalb benutzte er einen Fetzen Papier, der zufällig vorbeigeweht wurde. Otis hob das Stockding auf und musterte es.

»Gibt es in dem Zirkus Elefanten?«, fragte er.

»Komm schon, Otis«, drängte Bernie, »spuck's aus.«

Spucken ist etwas, was die Menschen von Zeit zu Zeit machen – aus einem unerfindlichen Grund allerdings fast nie die Frauen –, und sie sehen dabei nicht besonders hübsch aus, nichts für ungut. Ich machte mich darauf gefasst, dass gleich ein Klumpen Spucke rumfliegen würde, aber nichts geschah. Stattdessen legte Otis das Stockding wieder hin und sagte: »Ein Ankus, Bernie. Auch Elefantenhaken, Elefantenstab oder Stachelstock genannt.«

Charlie stellte seine Limonade ab. »Ist der dazu da, um den Elefanten weh zu tun?«

»Ich fürchte, ja.«

Kapitel 6

Wir fuhren bei Burger Heaven vorbei und aßen rasch einen Happen. Zurück zu Hause, ging ich in die Küche, legte mich unter den Tisch und streckte die Beine aus. Auf einmal begannen meine Pfoten zu zittern. Ich kann nicht von selbst damit anfangen oder aufhören, aber es gefällt mir. Als das Zittern vorbei war – es hörte einfach so auf –, schloss ich die Augen. Ein Nickerchen war jetzt genau das, was ich brauchte, keine Frage. Das ist immer so nach einem Besuch bei General Beauregard.

Als ich wieder aufwachte, war es Abend, womöglich sogar schon Nacht, im Haus war alles dunkel und still. Irgendwo im Canyon heulten Kojoten. Ich trabte zur Hintertür, in meinem Kopf entstand ein Plan, der sich darum drehte, in den Garten zu gehen, das Tor auszuprobieren, vielleicht drüberzuspringen, etwas, das ich schon ein paarmal gemacht hatte, eine Art Geheimnis. Aber die Hintertür war geschlossen.

Ich ging durch den Flur, blieb vor Charlies Tür stehen. Er klang unruhig, wälzte sich in seinem Bett, murmelte etwas vor sich hin, Worte, die ich nicht verstand. Ich stand still da, wartete, bis er sich wieder beruhigt hatte und sein Atem wieder leise und regelmäßig ging. Das Kojotenheulen verstummte, aber aus irgendeinem Grund blieben meine Ohren weiter hoch aufgerichtet und horchten angestrengt. Haben Sie auch manchmal das Gefühl, dass irgendetwas vor sich geht? Dieses Gefühl hatte ich jetzt, aber nichts passierte, nichts ging vor sich. Ich schlich mich in Bernies Zimmer, stellte mich vor sein Bett. Er schlief friedlich, der Mond schien auf sein Gesicht und ließ es wie Stein aussehen. Dieses steinerne Gesicht gefiel mir nicht, außerdem war ich sowieso schon ein bisschen nervös. Ich sprang aufs Bett, legte mich neben ihn.

»Schlaf, mein Junge. Es ist schon spät«, murmelte Bernie. Seine Stimme klang schläfrig und heiser.

Ich schloss die Augen, aber der Schlaf wollte nicht kommen. Nach einem Weilchen stand ich auf, ging in die Diele und legte mich mit dem Rücken zur Haustür. Durch die Ritze am unteren Ende sickerte die Nacht herein. Ich roch den Duft von Blumen, vor allem von diesen großen gelben im Garten des alten Heydrich. Der Schlaf kam.

»Dad«, fragte Charlie am nächsten Tag, »suchen wir jetzt Peanut?«

»Geht nicht«, wehrte Bernie ab.

»Wieso?«

»Wir haben in diesem Fall keine Handhabe.«

»Was ist eine Handhabe?«

»Ein Grund, sich einzuschalten.«

»Ist dir Peanut denn egal?«

»Nein.«

»Dann ist das doch ein Grund.«

Bernie streckte die Hand aus und strubbelte Charlie durch die Haare. Charlie drehte den Kopf weg, als wäre er wütend oder so was. Bernie zog seine Hand zurück. »Wir sind nicht die Polizei«, sagte er. »Die schaltet sich ein, sobald ein Verbrechen geschieht – das ist ihre Aufgabe. Die Little Detective Agency ist ein Privatunternehmen. Wir können nicht ohne Klient tätig werden.«

Natürlich nicht: Wer sonst stellt die Schecks aus?

»Könnte Colonel Drummond das sein?«

»Ja, aber der hat uns nicht gerade die Tür eingerannt.«

Und wenn er oder irgendjemand anders das jemals versuchen sollte, bekäme er es auch mit mir zu tun, das können Sie mir glauben.

Charlie starrte auf den Tisch. Bernies Hand bewegte sich. Einen Moment lang dachte ich, es gäbe noch mehr Haarestrubbeln, obwohl Charlies Haare schon ziemlich strubbelig waren und nach allen Seiten abstanden, aber stattdessen wurde seine Hand wieder ruhig – hey, Charlies Haare sahen genauso aus wie die von Bernie, nur viel heller –, und er sagte: »Hör mal, was hältst du davon, wenn ich dir zeige, wie man beim Porsche das Öl wechselt?«

Nichts, da musste ich nicht lange überlegen – es reichte, wenn ich daran dachte, was beim letzten Mal passiert war, als Bernie das Öl gewechselt hatte. Nicht viele Frauen hätten es so gelassen wie Suzie hingenommen, wie danach ihr Kleid aussah. Suzie war ein Schatz, sie brachte mir immer was von Rover and Company mit. Kam sie heute eigentlich zu uns? Ich horchte auf ihr Auto – einer dieser VW-Käfer, leicht zu erkennen –, hörte aber nichts.

Wenig später waren wir in der Garage. Bernie und Charlie trugen alte Sachen, ich trug mein braunes Halsband; das schwarze ist zum schick Ausgehen, zum Beispiel, wenn ich ins Gericht muss. Einmal war ich Beweisstück A. Der Richter wollte, dass ich zu ihm raufkam und mich neben ihn setzte. Sein freundliches Tätscheln zeigte mir, dass er mich und meinesgleichen mochte. Wenn Sie mich fragen, gibt es an Richtern nichts auszusetzen. Der Bösewicht ist jetzt im Northern State und trägt einen orangefarbenen Overall.

»Erstens«, sagte Bernie und schob sich unter das Auto, »muss der Motor kalt sein, wenn du das machst. Zweitens: Schau, wo die Ölwanne ist – hier – und die Ablassschraube, die ist …«

»Was passiert, wenn man das Öl nicht wechselt?«

»Dann wird es schmutzig …« Grunzen. Ich wich ein Stück zurück. »Bei den vielen beweglichen Teilen könnte sich der Motor festfressen und …« Bernie stieß einen Schrei aus, aber nicht vor Schmerz, das würde er nie tun. Ich wurde überhaupt nicht vollgespritzt, und das war gut, denn wenn ich erst mal Öl im Fell habe, bleibt der Geruch wochenlang oder monatelang oder sonst eine lange Zeit drin hängen.

Nachdem Bernie und Charlie geduscht hatten, nahmen wir auf der Terrasse einen kleinen Snack zu uns: blauer Himmel, nicht zu heiß, eine angenehme Brise, Thunfischsandwiches für die beiden, ein paar Hundespaghetti für mich.

»Wann machen wir das wieder?«, fragte Charlie.

»In zehntausend Kilometern.«

»Wie weit ist das?«

»Von hier nach New York und zurück.«

»Da ist Mom dieses Wochenende hingefahren.«

»Ach ja?«

»Mit Malcolm.«

»Hm.«

»Warst du schon mal in New York, Dad?«

»Einmal.«

»Wie ist es da?«

»Ich kann mich nicht erinnern«, sagte Bernie. »Ich war auf Urlaub.«

Charlie nickte, als würde das irgendeinen Sinn ergeben. Ich wurde allerdings nicht daraus schlau.

»Also«, fragte Bernie, »wie … äh … wie läuft's so?«

»Was denn, Dad?«

»So im Allgemeinen. Gut? Alles in Ordnung? Keine großen Probleme?«

»Na ja«, entgegnete Charlie, »ein großes Problem.«

»Ach?« Bernies Stimme klang normal, aber sein Körper spannte sich an.

»Peanut«, sagte Charlie.

»Abgesehen davon«, hakte Bernie nach. »Alles in Ordnung bei euch?«

»Zu Hause, meinst du?«

»Ja.« Bernies Kinn zuckte ein bisschen, das passierte manchmal. »Zu Hause.«

»Ja.«

»Und wie ist es mit, äh … hm, also …«

»Malcolm?«

»Ja, Malcolm.«

»Das ist ein schottischer Name.«

»Ach ja?«

»Sie werfen Baumstämme.«

»Wie bitte?«

»Die Schotten. Das ist dort ein Sport, Dad. Malcolm hat es mir erzählt.«

»Hat er das auch schon mal gemacht?«

»Nein. Er ist nicht so stark wie du. Neulich musste Mom die Mixed Pickles aufmachen.«

Bernie grunzte. Nicht so ein Grunzen, wie es die Menschen von sich geben, wenn sie Öl wechseln oder etwas Schweres heben oder einen Schlag in den Magen verpasst bekommen; dieses Schlag-in-den-Magen-Geräusch habe ich bei meiner Arbeit schon oft gehört. Nein, so grunzten sie, wenn das, was gerade gesagt worden war, irgendetwas klärte. Falls all das – Mixed Pickles, Baumstämme und was gerade sonst noch rumgeschwirrt war – etwas für Bernie klärte, prima. Ich für meinen Teil fühlte mich jedenfalls klar genug.

Ein Weilchen später kamen Leda und Malcolm, um Charlie abzuholen. Leda klingelte, Malcolm wartete im Auto. Leda schlang die Arme um Charlie, hob ihn hoch und gab ihm einen lauten Kuss. Sie sah wirklich glücklich aus, ihre Augen und ihr Mund lächelten gleichzeitig; ich konnte mich nicht erinnern, dass das früher oft passiert war.

»Hattest du ein schönes Wochenende?«, fragte sie.

»Ja.«

»Was habt ihr gemacht?«

»Nichts.«

»Also, das kann ich mir nicht vorstellen.« Sie setzte Charlie ab. »Wo ist dein zweiter Schuh?«

»Weiß nicht.«

»Dann geh ihn mal suchen«, sagte Leda. »Eia, popeia, was raschelt im Stroh? Die Gänschen geh'n barfuß und hab'n keine Schuh!«

»Hä?«, machte Charlie. Seine Augenbrauen waren so hell, dass sie kaum zu sehen waren, aber sie gingen genau wie die von Bernie in die Höhe, und zwar im gleichen Moment.

Leda lachte. »Such ihn einfach. Bitte.«

Charlie ging zurück ins Haus, um seinen Schuh zu suchen, und ließ Bernie, mich und Leda in der Diele zurück. Bernie musterte Leda kurz.

»Schönes Wochenende, hm?«, fragte er.

»Ein sehr schönes Wochenende«, bestätigte Leda. Sie sah ihm in die Augen. »Wir werden heiraten.«

Bernie Augenbrauen hoben sich erneut, dieses Mal sogar noch höher, und sein Mund blieb einen Moment lang offen stehen. »Heiraten? Du und ...«

»Malcolm, natürlich, was hast du gedacht?« Wieder lachte sie und schien Bernie sogar mit dem Ellbogen anstupsen zu wollen, aber in dem Moment ertönte Charlies Stimme.

»Ich kann ihn nicht finden.«

»Ach, Charlie«, sagte sie und verschwand im Haus.

Bernie sah mich an. »Sie wird Malcolm heiraten?«

Ich wedelte mit dem Schwanz. Mir fiel kein Grund ein, warum ich es nicht tun sollte.

Bernie drehte sich zur Straße. Malcolm saß in seinem Auto, in dieser dunklen Limousine, und drückte mit den Daumen auf irgendeinem kleinen Gerät herum. Bernie ging zu ihm. Ich folgte Bernie.

»Hi«, sagte Bernie.

Malcolm blickte hoch. Das Autofenster glitt nach unten. »Bernie? Irgendwas nicht in Ordnung?«

»Nicht in Ordnung?«, fragte Bernie zurück.

Malcolm blickte an uns vorbei zum Haus. »Mit Charlie?«

»Er kann seinen Schuh nicht finden.«

Malcolm sah auf seine Uhr. »An seinen organisatorischen Fähigkeiten muss er noch arbeiten.«

»Wie jeder andere Sechsjährige auf diesem Planeten.« Bernie und Malcolm wechselten einen Blick. Die beiden mochten sich nicht, das konnte ich riechen.

»Glückwunsch«, sagte Bernie.

»Wozu?«

»Wie ich höre, werden Sie heiraten.«

»Ach so«, sagte Malcolm. »Ja. Danke, Bernie. Sehr nett von Ihnen.«

»Steht das Datum schon fest?«, fragte Bernie.

»Da müssen wir uns noch einigen. Es soll nichts Großes werden.«

»Nein.«

»Schließlich ist es für uns beide die zweite Ehe. Wir sind keine zwanzig mehr, keiner von uns.«

»Das können Sie laut sagen.«

Malcolm blinzelte. »Aber es ist natürlich trotzdem aufregend.«

»Bestimmt«, sagte Bernie.

»Ein großer Schritt, meine ich.«

»Klar. Warum haben Sie sich gerade jetzt dazu entschlossen?«

»Wozu?«

»Zu neuen Ufern aufzubrechen.«

»Sie meinen, in den Hafen der Ehe einzulaufen?«

Ufer und Häfen – falls das irgendeinen Sinn ergab, lassen Sie es mich bitte wissen. Bernie sagte nichts dazu. Vielleicht wollte er, aber in dem Moment kam Leda wieder aus dem Haus, gefolgt von Charlie, der jetzt an beiden Füßen einen Schuh hatte.

»Hi«, grüßte Malcolm. »Bernie hat mich gefragt, warum wir uns gerade jetzt dazu entschlossen haben, in den Hafen der Ehe einzulaufen.«

»Was hast du geantwortet?«

»Ich wollte gerade antworten«, sagte Malcolm, immer noch an Leda gerichtet, aber mit dem Blick auf Bernie – Menschen konnten trickreich sein –, »dass man es einfach weiß, wenn die richtige Zeit gekommen ist.«

Leda lächelte.

Dann stiegen sie und Charlie in das Auto. Als sie wegfuhren, hörte ich Charlie fragen: »Was ist ein Hafen der Ehe?«

Donut Heaven liegt gegenüber von Burger Heaven. Wir trafen uns mit Rick Torres davor, parkten polizeistilmäßig neben seinem Streifenwagen, Fahrertür an Fahrertür. Er hielt eine Tüte aus dem Fenster.

»Bärentatzen«, sagte Rick. »Gibt's nach vier zum halben Preis.«

Bei Animal Planet hatte ich schon jede Menge Bären gesehen, im echten Leben dagegen noch nie – was mir ganz recht war –, und ich hatte beobachtet, was sie mit ihren Tatzen anstellen konnten. Oh Mann, deshalb war es mir ein Rätsel, was sie mit diesen leckeren Bärentatzen zu tun hatten. Wir machten uns darüber her, Rick und Bernie tranken Kaffee dazu.

»Irgendwas Neues?«, fragte Bernie.

»Nichts. Ein Elefant verschwindet, und keiner hat was gesehen.«

»Mitsamt dem Trainer.«

»Ja, mitsamt dem Trainer. Wir haben sein Bankkonto überprüft. Ein paar Tausend Dollar drauf, keine nennenswerten Abhebungen in letzter Zeit.«

»Aber er könnte irgendwo was beiseitegeschafft haben«, wandte Bernie ein.

»Danke. Das ist eine große Hilfe.«

»Da wäre außerdem noch das hier.« Bernie gab ihm den Ankus, der jetzt in Plastikfolie eingewickelt war.

Rick drehte ihn hin und her. »Was ist das?«

»Ein Ankus«, sagte Bernie.

»Sieht gemein aus.«

»Das ist offenbar eine uralte Gerätschaft aus Asien. Um Elefanten zu dressieren und zu führen.«

»Man bohrt ihnen dieses Ding rein?«

»Man treibt sie eher damit an.«

»Lieber Himmel.«

»Ja. Chet hat ihn im Straßengraben gefunden, nicht weit entfernt von dem hinteren Tor auf dem Rummelplatz.«

Ich klopfte mit dem Schwanz auf den Sitz, oder zumindest dachte ich daran. Das war die beste Bärentatze, die ich jemals bekommen hatte, keine Frage.

»Du meinst, jemand hat ihn weggeworfen?«, fragte Rick.

»Oder er fiel von einem Anhänger«, überlegte Bernie. »Kaum vorstellbar, dass Peanut zu Fuß unterwegs war und kein einziger unserer lieben Mitbürger das gemeldet hat.«

»Ich kann mir das gut vorstellen«, meinte Rick. Er tippte auf die Stelle, wo sich die Spitze des Ankus durch die Plastikfolie drückte. »Ich dachte, DeLeath ist so human.« Er trank einen Schluck von seinem Kaffee. »Ich lasse ihn auf Fingerabdrücke untersuchen.«

»Siehst du?«, sagte Bernie, und es war mir nicht ganz klar, mit wem er redete. »So geht das.«

Rick bewarf Bernie mit dem Deckel seines Kaffeebechers. Bernie lachte. Manchmal ist es unmöglich, die

Menschen zu verstehen, aber ich lasse mich nicht unterkriegen.

Als wir nach Hause kamen, senkte sich bereits die Nacht herab; so drücken es die Menschen aus. Mir kommt es immer eher so vor, als würde die Nacht vom Boden hochsteigen und der Himmel als Letztes dunkel werden. Tag und Nacht riechen auch verschieden, sogar im Haus. Aber egal. Der springende Punkt war, dass jemand in dunklen Sachen – ein dünner Jemand mit schmalem Gesicht und dunklen, kurz geschnittenen Haaren – vor unserer Haustür stand, kaum zu sehen vor lauter Schatten. Bernie bemerkte ihn zuerst gar nicht, ich dagegen schon. Ich sprang aus dem Porsche, flitzte hin zu … und dann roch ich den Geruch, roch und erkannte ihn. Ich bremste ab. Hinter mir tauchte Bernie auf.

»Suchen Sie jemanden?«, fragte er.

»Sie. Sie und Chet.«

»Kennen wir uns?«

»Das passiert mir dauernd«, sagte Popo.

Kapitel 7

»Niemand kennt Ihr wahres Ich?«, fragte Bernie.

»So würde ich es nicht ausdrücken«, sagte Popo. »Eher, dass mich ohne Kostüm niemand erkennt.«

»Aber das ist doch nicht so schlimm. Es kann sogar recht nützlich sein.«

»Was meinen Sie damit?«, fragte Popo.

»Von Leuten, die meinen, Sie zu kennen, nicht erkannt zu werden«, sagte Bernie.

»Was hätte ich davon für einen Nutzen?«

Bernie legte den Kopf schief. Manchmal schaut er Leute so an, ich weiß nicht genau, warum. Mir war auch nicht ganz klar, worum es gerade ging. Außerdem hatte ich ein bisschen Durst, nach Bärentatzen kriege ich immer Durst. Zeit, ins Haus zu gehen. Ich drückte mich an Bernie. Popo drehte sich zu mir.

»Ist es wahr, was man über Chets Spürsinn sagt?«

»Warum fragen Sie?«

»Ich möchte Sie engagieren«, sagte Popo.

»Um was zu tun?«

»Uri zu finden und ihn gesund zurückzubringen.«

»Dafür ist die Polizei da.«

»Vielleicht.«

Ein Stück die Straße hinunter tauchten Scheinwerfer auf. Ein Auto näherte sich, hielt an, wendete und fuhr wieder weg. »Gehen wir rein«, schlug Bernie vor.

Wir saßen in der Küche, ich neben meinem Napf, der bis zum Rand mit frischem Wasser gefüllt war, so wie ich es mag, Bernie auf seinem gewohnten Stuhl am einen Ende des Tischs, Popo am anderen Ende, wo früher immer Leda gesessen hatte. Jetzt setzte sich niemand mehr dorthin: Wenn Suzie uns besuchte, zog sie einen der Stühle von der Seite neben den von Bernie.

»Wie hoch ist Ihr Honorar?«, fragte Popo und griff in seine Jacke, wie Männer es tun, bevor ein Scheckbuch zum Vorschein kommt.

»Dazu kommen wir später«, sagte Bernie, und das Scheckbuch blieb außer Sichtweite. Oh, Bernie, komm doch bitte gleich dazu. Unsere Finanzen waren ein Desaster. »Erst würden wir gern mehr darüber hören, warum Sie mit den polizeilichen Ermittlungen unzufrieden sind.« Ach ja, würden wir das? Warum konnten wir den Auftrag nicht einfach annehmen, ins Auto springen und loslegen?

»Ich habe nicht gesagt, dass ich unzufrieden bin«, erwiderte Popo.

»Dann überlassen Sie die Sache der Polizei«, sagte Bernie. »Sergeant Torres ist äußerst kompetent.«

»Er legt nur keine besondere Eile an den Tag.«

»Das ist nicht sein Stil.«

Popo rieb sich das Gesicht. Er hatte hervorstehende Wangenknochen; für einen Menschenmann sah er vielleicht sogar ganz gut aus, aber nicht so gut wie Bernie, versteht sich. »Ich kann nicht einfach tatenlos zusehen. Wenn Sie mir nicht helfen wollen, wäre ich Ihnen dankbar, wenn Sie mir jemanden empfehlen könnten, der es tut.«

Das hörte ich gar nicht gern.

»Warum haben Sie ein so großes Interesse an der Sache?«, fragte Bernie.

Popo saß still da, bis auf seine Hände, die zitterten ein wenig. »Ich dachte, das wäre offensichtlich.«

Bernie schwieg eine Weile. Übernimm den Fall! »Wir übernehmen den Fall«, sagte er. »Der Vorschuss beträgt fünfhundert Dollar.«

Endlich kam das Scheckbuch zum Vorschein! »Danke.« Popo begann zu schreiben. »Ich …«

Bernie unterbrach ihn. »Aber ich hoffe, Sie haben sich das gut überlegt.«

Das Schreiben hörte auf. Popo blickte hoch. »Wie meinen Sie das?«

»Angenommen, Uri will nicht gefunden werden.«

»Warum sollte er nicht gefunden werden wollen?«

»Colonel Drummond glaubt, dass er zu den radikalen Tierschützern übergelaufen ist.«

»Unmöglich. Uri ist ein ausgesprochen humaner Trainer, seit jeher, das habe ich Ihnen doch schon gesagt. Außerdem hat er sich mit Leib und Seele dem Zirkus verschrieben.«

»Klingt, als könnte das für Spannungen sorgen.«

Ich wusste, was Spannungen waren, spürte gerade selbst eine, und das würde so lange so bleiben, bis sich dieser Stift wieder bewegte.

»Zwischen wem?«, fragte Popo.

»Ich spreche von inneren Spannungen«, sagte Bernie. »Es ist vielleicht nicht so einfach, sich gleichzeitig human zu verhalten und beim Zirkus zu arbeiten.«

Popo reckte auf eine irgendwie aggressiv wirkende Weise das Kinn vor. Ich machte mich sprungbereit, auf alles gefasst. »Klingt so, als wären Sie selbst ein Tierrechtsaktivist.«

Ich kannte viele Menschenberufe, zum Beispiel Gefängniswärter und Mordermittler, aber Tierrechtsaktivist war etwas Neues für mich. Bernie sagte weder Ja noch Nein. Stattdessen forderte er Popo auf: »Beschreiben Sie mir Uris Ankus.«

»Uris Ankus?«

»Elefantenhaken, Elefantenstab – Sie müssen den Begriff doch kennen.«

»Uri hat keinen Ankus«, sagte Popo. »Er verwendet schon seit Jahren keinen mehr.«

»Wie hat er Peanut abgerichtet?«, fragte Bernie.

»Warum sprechen Sie in der Vergangenheitsform?«

»Tut mir leid.«

»Glauben Sie, dass er tot ist?« Popos Stimme zitterte ein wenig, wie es gelegentlich klingt, bevor ein Mensch anfängt zu weinen.

»Nein.«

»Oder haben Sie Grund zu der Annahme, dass er tot ist?«

»Nein«, räumte Bernie ein, »das war ein Versprecher. Wie richtet Uri Peanut ab?«

»Er spricht mit ihr.«

»Und was sagt er?«

»Ganz normale Sachen«, sagte Popo. »So was wie – Fuß höher, braves Mädchen. Oder: Mach einen kleinen Ausritt mit deinem Kumpel – wenn sie Uri mit ihrem Rüssel auf ihren Rücken heben soll. Außerdem gibt es ein Handzeichen für jeden Befehl und eine Menge Leckerbissen.«

Leckerbissen? Ich versuchte mich zu erinnern, worüber sie gerade gesprochen hatten, aber es gelang mir nicht ganz. Hatte Bernie vor, zu dem Schrank über der Spüle zu gehen? Ich wartete.

»Was für Leckerbissen?«, fragte Bernie.

»Bananen und Brezeln mag sie am liebsten.«

Bananen konnte ich nicht viel abgewinnen, eine Brezel war mir dagegen immer recht. Ich wartete weiter.

»Sie dürfen nicht vergessen, dass Uri mit Peanut gearbeitet hat, seit sie klein war«, sagte Popo.

»Wie viel ist Peanut wert?«

»In welcher Hinsicht?«

»Wie viel müsste man hinblättern, wenn man sie kaufen wollte?«

»Als Zirkustier?«, sagte Popo. »Ich schätze, ziemlich viel, aber dann müssten Sie Uri mit kaufen. Ein neuer Trainer müsste ganz von vorn anfangen, wahrscheinlich wäre das gar nicht mehr möglich, jetzt, wo Peanut erwachsen ist.«

»Colonel Drummond meinte, dass man einen Elefanten für zehntausend bekommt.«

»Colonel Drummond«, sagte Popo, lehnte sich auf seinem Stuhl zurück und verschränkte die Arme vor der Brust, »gehört zu den Leuten, die von allem den Preis kennen und von nichts den Wert.«

Von allem den Preis und von nichts den Wert? Ich ließ mir die Worte durch den Kopf gehen. Sie gingen ein paarmal hin und her, dann verschwanden sie.

»Wie lange arbeiten Sie schon für ihn?«, fragte Bernie.

»Sechs Jahre«, anwortete Popo. »Aber ich arbeite nicht für ihn. Ich arbeite für den Zirkus.«

»Der ihm gehört.«

»Er hat ihn geerbt.«

»War er vorher beim Militär?«

»Beim Militär?« Popo lachte. Es war kein normales Menschenlachen, eins meiner Lieblingsgeräusche, sondern klang hart und metallisch. »Wenn Sie den Ehrentitel eines Kentucky Colonel dazuzählen wollen.«

»Sie scheinen ihn nicht besonders zu mögen.«

»Wir haben ein passables Arbeitsverhältnis.«

»Wie ist sein Verhältnis zu Uri?«

»Geschäftsmäßig.«

»Haben Sie und Uri gemeinsam bei ihm angefangen?«

Popo schüttelte den Kopf. »Uri hatte einen kleinen Zirkus, den Drummond vor ungefähr zehn Jahren gekauft hat.«

»Uri wurde also vom Chef zum Angestellten?«

»Ein außergewöhnlich talentierter und unentbehrlicher Angestellter.«

»Wie ging er mit dem Abstieg um?«

»Auf seine übliche Art – wie ein Gentleman«, sagte Popo. »Aber ich verstehe nicht, worauf Sie mit all diesen Fragen hinauswollen.«

»Wenn jemand verschwindet, nehmen wir als Erstes seine Feinde etwas genauer unter die Lupe.«

»Drummond ist kein Feind.«

»Wer dann?«

»Uri hat keine Feinde.«

»Wie kommt er mit seiner Familie aus?«

»Er hat keine Familie. Außer mir. Wir sind einer des anderen Familie, falls Sie verstehen.«

Bernie war ein großartiger Nicker, er hat verschiedene Nicken für verschiedene Gelegenheiten. Das Nicken jetzt war nur eine winzige, kaum wahrnehmbare Aufwärts-abwärts-Bewegung. Was bedeutete das? Keine

Ahnung, aber es schien, als würde sich Popo ein bisschen entspannen, und er löste seine verschränkten Arme.

»Was ist mit Peanut?«, fragte Bernie. »Hat sie irgendwelche Feinde?«

»Meinen Sie das ernst?«

»Eigentlich nicht«, gestand Bernie. »Aber falls sie welche hat, sollten die sich in Acht nehmen.«

»Warum das denn?«

»Weil ein Elefant nie etwas vergisst.«

Moment mal. Ein Elefant vergaß nie etwas? Hatte ich davon schon mal was gehört? Ich konnte mich nicht erinnern. Was wollte Bernie damit sagen? Doch nicht etwa, dass Elefanten irgendwie besser waren als …? Mein Verstand stemmte sich gegen diesen Gedanken, weigerte sich, ihn weiter zu verfolgen.

»Schwer vorstellbar, dass ein Mann mittleren Alters mit so einem Job keine Feinde hat«, sagte Bernie gerade.

Popo zuckte mit den Achseln. Es gefiel mir, wie er mit den Achseln zuckte, genau genommen sah ich ihm bei allen seinen Bewegungen gern zu. »Uri ist etwas Besonderes«, erklärte er. Seine Augen wurden feucht. Er senkte den Blick und – ja! – schrieb weiter den Scheck aus. »Deshalb möchte ich, dass Sie sich der Sache annehmen.«

»Wir sind schon mittendrin.« Bernie nahm den Scheck und steckte ihn ein, ohne einen Blick darauf zu werfen. »Wie ist es um den Zirkus bestellt?«

»Die Kinder lieben uns nach wie vor«, meinte Popo.

»Ich meinte, finanziell«, sagte Bernie.

»Da müssen Sie Drummond fragen.« Popo stand auf. »Sonst noch was?«

»Wir brauchen die Namen aller Tierrechtsaktivisten, die Kontakt zu Uri hatten.«

»Wie kommen Sie auf die Idee, dass einer von ihnen Kontakt zu ihm hatte?«, fragte Popo.

»Liege ich falsch?«

Popo sah weg. »Nadia Worth.«

»Wer ist das?«

»Eine von diesen Fanatikern, die am liebsten alle Vorführungen mit Tieren verbieten würden. Sie folgen uns von Stadt zu Stadt, demonstrieren fast jeden Abend vor dem Zirkus. Irgendwann hat sich Uri dann mit ihr getroffen, und sie hat sich seither nicht mehr blicken lassen.«

»Wie hat er sie dazu gebracht?«

»Er hat ihr seine Methoden erklärt.«

»Wo können wir sie finden?«

»Sie hat eine Website – *Freiheit für Tiere*«, sagte Popo. »Aber Sie sind auf dem falschen Dampfer.«

Hä? Dampfer kannte ich aus dem Fernsehen. Das waren Schiffe, die aussahen, als würden sie brennen, während sie mitten auf dem Wasser rumfuhren.

»Und was wäre der richtige Dampfer?«, fragte Bernie.

»Keine Ahnung.«

Ich spitzte die Ohren. Wir waren mal am Meer gewesen, damals nach diesem Fall, an den ich mich im Moment nicht erinnern konnte, aber Dampfer waren wir noch nie gefahren. Wollte Bernie jetzt Dampfer fahren? Wie aufregend!

»Wir brauchen außerdem ein gutes Foto von Uri«, sagte Bernie. Und dann: »Ganz ruhig, mein Junge.« Huch. Ich stand vor ihm und hatte eine Pfote auf sein Bein gelegt. Wie war das denn passiert?

Popo griff wieder in seine Jacke und zog ein Foto heraus. Bernie stand auf und hängte es an den Kühlschrank:

der lächelnde Mann mit dem Bleistiftschnurrbart von dem Video, auf dem er unter Peanuts Fuß gelegen hatte. Auf diesem Foto trug er seinen hohen Glitzerhut und streckte die Arme in die Luft.

»Er bekommt immer tosenden Beifall«, schwärmte Popo.

Wenig später waren wir bei der Arbeit, Bernie hinter dem Lenkrad, ich auf dem Kopilotensitz. Wir verließen den Freeway und fuhren durch einen Stadtteil, den ich nicht kannte, die Straßen waren dunkel und glänzten, als wären sie nass, dabei hatte es gar nicht geregnet, und es sah auch nicht danach aus. Ich schnupperte, die Luft kam kühl und trocken von der Wüste her. Nachts war alles anders, Mündungsfeuer zum Beispiel waren viel heller. Ich hatte schon oft Mündungsfeuer gesehen, im Moment sah ich allerdings keins. Nicht in jedem Fall, den wir übernahmen, wurde geschossen, nur in meinen Lieblingsfällen.

»Sie wollen heiraten«, murmelte Bernie, »und gleichzeitig geht dieser Mistkerl …« Seine Stimme verlor sich. Das passiert bei den Menschen. Ununterbrochen gehen ihnen irgendwelche Sachen im Kopf herum, und manchmal kommt was davon raus. Wovon redete Bernie? Ein Mistkerl war eine Art Gauner, aber ich wusste nicht genau, was für einer. Ich rückte näher zu Bernie, legte eine Pfote auf sein Bein.

Wir bogen in eine Straße mit Backsteinhäusern ab, manche dunkel, in anderen brannte da und dort Licht. »Das sind Lagerhäuser aus der Zeit, als hier die erste Eisenbahn fuhr«, sagte Bernie. »Der Anfang vom Ende für den alten Westen.« Wir fuhren an einem Café vorbei, vor dem Leute an Tischen auf dem Bürgersteig saßen, und hielten bei einem Haus, vor dem ein Mann und eine Frau auf der Eingangstreppe saßen. »Jetzt ziehen die Künstler ein, oder vielleicht ziehen sie auch schon wieder aus, und die Hipster ziehen ein.« Kein Problem. Wir hatten mit Künstlern und Hipstern zu tun gehabt, und keiner von ihnen schien besonders viel fürs Schießen übrig zu haben.

Wir stiegen aus, näherten uns der Treppe. Der Mann und die Frau sahen auf uns herunter. Sie trugen beide eine Irokesenfrisur. Hieß das jetzt, dass sie Hipster waren oder Künstler? Ich konnte mich nicht erinnern. Ein Irokese war ein Indianer. Wir kannten Indianer. Sheriff Tom Flint unten in Ocotillo County zum Beispiel, aber seine Haare sahen eher wie die von Bernie aus und standen mehr oder weniger in alle Richtungen ab.

»Suchen Sie jemanden?«, fragte der Mann.

»Tun wir«, antwortete Bernie.

»Wir?«

»Ja, wir. Chet und ich.«

»Und Chet ist vermutlich Ihr Anführungszeichen Hund Anführungszeichen Ende?«, sagte der Mann.

»So würde ich es nicht ausdrücken«, entgegnete Bernie.

»Nein?«, fragte der Mann. »Wie würden Sie es denn ausdrücken?«

Ich mag fast jeden Menschen, dem ich begegne, sogar einige von den Bösewichten und Bandenmitgliedern, aber dieser Mann ging mir auf den Keks – ein Ausdruck der Menschen, den ich noch nie so richtig verstanden habe. So ein Keks war doch viel zu klein, als dass jemand drauf rumgehen konnte.

»Da fände sich bestimmt was Passendes, und dann wären wir auf immer und ewig die besten Freunde«, sagte Bernie, »aber dafür haben wir jetzt leider keine Zeit.« Er wandte sich der Frau zu. »Wir suchen Nadia Worth.«

Die Frau sah weiterhin auf Bernie herunter, ohne ein Wort zu sagen. Ihr Gesicht blieb ausdruckslos, aber sie war nervös. So was lässt sich nur schwer vor mir geheim halten.

»Nadia gibt sich nicht mit Leuten ab, die Tiere ausbeuten«, sagte der Mann.

»Gut zu wissen«, meinte Bernie, »es sei denn, sie macht eine Ausnahme, wenn es darum geht, ihnen zu schaden.«

»Wovon reden Sie eigentlich?«, fragte die Frau.

»Sind Sie Nadia?«

Die Frau nickte.

Bernie zeigte ihr seinen Ausweis. Der Mann beugte sich vor, um ebenfalls einen Blick darauf zu werfen. »Wir würden gern ungestört mit Ihnen sprechen«, erklärte Bernie.

»Worüber?«

»Das ist nur für Ihre Ohren bestimmt.« Ich musterte Nadias Ohren: flach am Kopf anliegend und ziemlich groß für einen Menschen – sie gefielen mir, schwer zu sagen, warum. In dem einen steckten ein paar Knöpfe, in dem anderen nichts.

Der Mann stand auf. »Falls Sie der Ansicht sind, es wäre bewundernswert, Tiere so hinzuzüchten, dass sie gar nicht anders können, als ständig um uns herumzuschwänzeln, dann sind Sie ein gefährlicher Irrer«, sagte er.

Was hatte das alles zu bedeuten? Keine Ahnung, aber aus irgendeinem Grund bekam ich Lust, diesen Typen zu beißen.

»Sie würden es also vorziehen, sich ausschließlich mit

Angehörigen Ihrer eigenen Spezies abzugeben?«, fragte Bernie.

»Das habe ich nicht gesagt«, erwiderte der Typ. »Die menschliche Rasse ist das Krebsgeschwür dieser Erde.«

Er drehte sich um, lief rasch ins Haus und knallte die Tür hinter sich zu.

»Ihr Freund ist nicht besonders gut drauf«, stellte Bernie fest.

»Er verfügt über einen ausgeprägten Gerechtigkeitssinn.«

»Ich auch«, entgegnete Bernie. »Deshalb sind wir hier. Kennen Sie Uri DeLeath?«

Ihr Blick wanderte von Bernie zu mir. Wenn die Leute mich ansehen, verändert sich oft der Ausdruck in ihren Augen, so als würden sie überlegen, ob sie mich vielleicht tätscheln sollen. Mein Schwanz fing an zu wedeln, nicht sehr heftig, nur ein bisschen. Der Ausdruck in Nadias Augen veränderte sich nicht. Sie wandte sich wieder Bernie zu. »Ich würde nicht sagen, dass ich ihn kenne. Allenfalls oberflächlich.«

»Woher kennen Sie ihn?«, fragte Bernie.

»Ich bin die Vorsitzende unseres Zirkus-Komitees.«

»Und?«

»Im Rahmen meiner Arbeit bin ich ihm ein paarmal begegnet.«

»Zum Beispiel, wenn Sie vor dem Zirkus demonstriert haben?«

»Das ist mein gutes Recht.«

»Das bestreite ich gar nicht«, sagte Bernie. »Worüber haben Sie gesprochen?«

»Über unsere Haltung. Ich meine, die Haltung der FFT zu Zirkustieren.«

»DeLeath steht in dem Ruf, ein sehr humaner Trainer zu sein.«

»Egal«, sagte Nadia. »Allein die Vorstellung, Tiere zu dressieren, ist pervers.«

»Mir scheint allerdings ein Unterschied zu bestehen zwischen einem Trainer, der einen Ankus verwendet, und einem Trainer wie DeLeath, der das nicht tut.«

»Wenn er Ihnen erzählt hat, dass er keinen Haken verwendet, hat er gelogen – das tun alle.«

»Haben Sie versucht, ihn davon zu überzeugen, damit aufzuhören?«

»Ich habe versucht, ihn davon zu überzeugen, dass er diesen ganzen sogenannten Beruf aufgibt.«

»Und, waren Sie erfolgreich?«

Nadia schnaubte. Ich kann das auch, Pferde ebenfalls. Pferde sind ein Riesenthema, das ich mir lieber für ein andermal aufhebe, aber das Schnauben von Menschen ist irgendwie anders. Es verheißt nichts Gutes.

»Wurde die Diskussion hitzig?«, fragte Bernie

»Das würde ich nicht sagen«, antwortete Nadia. »Nicht so wie andere Diskussionen, die ich mit Zirkusleuten geführt habe.«

»Wann haben Sie ihn zum letzten Mal gesehen?«

»Vor sechs Monaten ungefähr«, sagte Nadia. »Sie kommen zweimal im Jahr auf den Rummelplatz.«

»Sie sind jetzt im Moment da.«

»Das weiß ich. Ein paar von uns fahren morgen hin.«

»Ich habe einen Zeugen, der sagt, dass DeLeath Ihnen seine Methoden erklärt hat und dass Sie danach Ihre Protestaktionen eingestellt haben.«

»Da irrt sich Ihr Zeuge.«

»Haben Sie vor, morgen mit DeLeath zu sprechen?«

»Ich werde es auf jeden Fall versuchen. Wir müssen den Druck aufrechterhalten. Es steht zu viel auf dem Spiel.«

»Was für eine Art Druck meinen Sie?«

»Was eben nötig ist.« Nadia sah zu Bernie herunter, ihr Blick entschlossen.

»Einschließlich Gewalt?«

»Kein Kommentar.«

»Ich bin kein Reporter«, stellte Bernie klar. »Ich bin Privatdetektiv und ermittle im Zusammenhang mit einem Verbrechen, und ›kein Kommentar‹ gilt bei mir nicht.«

»Was für ein Verbrechen?«

»Könnte es sein, dass Sie DeLeath nicht vor sechs Monaten, sondern erst kürzlich das letzte Mal gesehen haben? Gestern Nacht zum Beispiel?«

»Ganz bestimmt nicht.«

»Oder vielleicht nicht Sie«, sagte Bernie. »Vielleicht Ihr schlecht gelaunter Freund oder jemand anders aus Ihrer Gruppe?«

»Nein. Worauf wollen Sie hinaus?«

»Ist es möglich, dass Ihre Überzeugungskraft stärker ist, als Sie es erkennen lassen?«

»Was soll das heißen?«

»Vielleicht haben Sie es geschafft, DeLeath davon zu überzeugen, auf Ihre Seite zu wechseln.«

»Ich wollte, es wäre so.«

Bernie blickte an dem Haus hoch. »Sie könnten ja auch in diesem Moment dabei sein, ihn zu überzeugen.«

»Unsinn.«

»Ich würde mich gerne mal in Ihrer Wohnung umsehen.«

»Kommt nicht in Frage.«

»Ich kann dafür sorgen, dass die Polizei mit einem Durchsuchungsbeschluss vor Ihrer Tür steht, wenn es sein muss.«

»Aber warum denn? Was soll das alles?«

»Uri DeLeath wird vermisst«, antwortete Bernie.

Nadia lachte, das zweite unangenehme Lachen, das ich an diesem Tag hörte. Was ging hier vor sich? »Und Sie glauben, ich habe etwas damit zu tun?«, fragte sie. »Da sind Sie an der falschen Adresse.«

»Peanut wird ebenfalls vermisst«, sagte Bernie.

Nadia hörte auf zu lachen. In ihren Augen erschien dieser geistesabwesende Ausdruck. Darauf achten wir immer besonders, Bernie und ich.

Kapitel 8

Wir gingen ins Haus. Nadia hatte eine Wohnung im obersten Stock, eine kleine Wohnung, in der es viele Pflanzen gab und den Geruch von Essen auf dem Herd, aber kein Essen, das ich mochte – war so etwas schon mal vorgekommen? – und, das war das Wichtigste, keinen Uri DeLeath.

»Wollen Sie nicht unterm Bett nachschauen?«, fragte Nadia. »Und die Dielenbretter anheben?«

»Wenn er hier wäre, hätte Chet es schon gemerkt«, winkte Bernie ab.

Nadia drehte sich zu mir. Wir standen in ihrer Küche. »Macht es Ihnen gar nichts aus, dieses Tier auszubeuten?«

»Ich glaube nicht, dass Chet sich ausgebeutet fühlt«, wandte Bernie ein.

»Sie schmeicheln sich selbst«, sagte Nadia. »Und geht es bei Haustieren letztlich nicht genau darum – dem Menschen zu schmeicheln?«

Was bedeutete das alles? Ich hatte keine Ahnung, und es interessierte mich auch nicht. Wir mussten uns auf unsere Arbeit konzentrieren. Wo war DeLeath? Ich schnüffelte ein bisschen, roch Nadia und ihre Nervosität, Mausköttel und was immer in dem Topf auf dem Herd war, aber nicht viel mehr.

»… ein andermal darüber diskutieren«, sagte Bernie

gerade, »aber jetzt im Augenblick brauchen wir Ihre Hilfe.«

»Ich habe Ihnen nichts weiter zu sagen«, beschied ihn Nadia. »Ich habe nichts mit seinem Verschwinden zu tun und weiß auch nichts darüber.«

Bernie ging zum Herd, warf einen Blick in den Topf. »Was kochen Sie da?«, fragte er. Unter dem Topf flackerten winzige leuchtend blaue Flammen, denen ich immer gerne zusah.

»Chili«, sagte Nadia. Chili kannte ich, aber das Chili, das ich kannte, roch anders: Es hatte einen Geruch, bei dem man Lust bekam, auf der Stelle die Schnauze reinzustecken. Nadias Chili roch anders.

»Vegetarisch?«, fragte Bernie.

»Selbstverständlich.«

Bernie drehte sich zu ihr. »Es mag Ihnen egal sein, dass DeLeath in Gefahr sein könnte, aber was ist mit Peanut?«

Nadia drehte an einem Knopf am Herd. Die leuchtend blauen Flammen verschwanden. »Ich denke, Sie haben sich jetzt genug umgesehen.«

»Ist es möglich«, fragte Bernie, »dass Sie sich keine Sorgen um Peanut machen, weil Sie wissen, wo sie ist?«

Nadia nahm den Topf vom Herd und öffnete den Kühlschrank, nahm aber nichts heraus. »Nein«, sagte sie, »das ist nicht möglich.«

»Dann müssten Sie sich aber Sorgen um Peanut machen.«

Nadia schloss die Kühlschranktür, aber vorher entdeckte ich noch eine lange Reihe Eier. Ich liebe Eier – Bernie rührt mir immer eins unter mein Trockenfutter.

»Ich habe Ihnen nichts mehr zu sagen«, erklärte Nadia.

»Wenn Sie wollen, dass Peanut gesund und munter zurückgebracht wird, dann sind wir Ihre einzige Hoffnung, Chet und ich.«

»Gesund und munter? Das klingt kaum nach dem Leben eines Zirkuselefanten.«

Bernie öffnete den Mund, als wollte er etwas erwidern, tat es dann aber doch nicht. Das war etwas, was ich bei Bernie nur selten sah. Wir gingen zur Tür, Nadia folgte uns. Sie machte die Tür auf, und wir traten ins Treppenhaus, zuerst Bernie, dann ich. Nadia schloss die Tür hinter uns, aber vorher spürte ich noch ein Tätscheln – ganz zart, ganz rasch – auf meinem Rücken.

Wieder im Porsche, schwieg Bernie eine Weile. Dann sagte er plötzlich: »Szenario eins – Nadia zieht DeLeath auf ihre Seite, und sie lassen Peanut irgendwo verschwinden. Wenn das der Fall ist, wird DeLeath wahrscheinlich mit irgendeiner Räuberpistole wieder auftauchen.« Owei. Mit Räuberpistolen hatten wir es schon öfter zu tun gehabt, und das waren immer die gefährlichsten Fälle gewesen. »Szenario zwei – es handelt sich um eine Entführung, von Nadia geplant, und in diesem Fall …« Bernies Stimme verlor sich. Ich rollte mich auf dem Kopilotensitz zusammen, machte es mir bequem. Die Scheinwerfer der vorbeifahrenden Autos leuchteten Bernie ins Gesicht. Seine Augen waren dunkel, die Falten auf seiner Stirn tief. »Szenario drei – es handelt sich um eine Entführung, aber geplant von …«

Auf einmal war ich im Traumland, einfach so. Sagte Bernie: »Ausbeutung? Aber was ist mit der Liebe?« Oder gehörte das zu meinem Traum?

Als ich aufwachte, erwartete mich ein erstaunlicher

Anblick: das große Riesenrad auf dem Rummelplatz, hell erleuchtet, und gerade als ich die Augen öffnete, wurde es dunkel. Was für eine Welt! Ich blickte mich um, stellte fest, dass wir auf der Ringstraße waren und uns dem hinteren Tor näherten. Es stand offen, und Autos kamen heraus. Wir fuhren hinein. Der Wachmann kam aus seinem Häuschen und hob die Hand.

Nicht unser Wachmann, Darren Quigley, der kleine Mann mit den blutunterlaufenen Augen und dem Zahnstocher; dieser Wachmann war groß und das Weiß seiner Augen sehr weiß. »Wir schließen gerade.«

»Schon gut«, sagte Bernie. »Wir sind auf der Suche nach Darren Quigley.«

»Der arbeitet nicht mehr hier.«

»Nein?«, tat Bernie ahnungslos. »Dann bräuchte ich eine Adresse, an die ich den Finderlohn schicken kann.«

»Finderlohn?«

»Ich habe neulich meine Uhr hier verloren. Er hat sie gefunden. Ich hab ihm versprochen, nach dem nächsten Zahltag mit seinem Finderlohn vorbeizukommen.«

Der Blick des Wachmanns wanderte zu der Uhr an Bernies Handgelenk – die Uhr für jeden Tag, nicht die Uhr von Bernies Großvater, unser wertvollster Besitz –, dann zu mir, dann zu unserem Auto, das in diesem Moment zu zittern anfing, wie es das gelegentlich tut.

»Einem bescheidenen Finderlohn«, ergänzte Bernie.

Der Wachmann streckte die Hand aus. »Ich kann's ihm geben.«

»Danke«, sagte Bernie. »Aber ich will Ihnen keine Umstände machen.«

»Äh …« Der Wachmann überlegte und blinzelte ein paarmal. Das habe ich schon bei vielen Menschen gesehen. Taten sie das, weil in ihnen drin irgendetwas zu zittern anfing, so wie gerade bei unserem Auto? Hey! Wo kam dieser Gedanke auf einmal her? Bedeutete das … Was immer als Nächstes gekommen wäre, entschwand, wurde zu einem verschwommenen Schatten. Inzwischen war der Wachmann in das Häuschen gegangen. Jetzt kam er wieder raus und gab Bernie ein Stück Papier.

Bernie warf einen Blick darauf, sagte: »Für Ihre Mühe«, und gab dem Wachmann einen Dollar. Zumindest hoffte ich, dass es nur ein Dollar war; ich kann die einzelnen Scheine nicht gut auseinanderhalten, nicht mal aus der Nähe. Wer sind diese Typen auf den Bildern? Sie sehen unheimlich aus, einer wie der andere, lauter Bösewichte wahrscheinlich.

Der Wachmann tippte an den Schild seiner Mütze. Wir fuhren weg. Ich drehte mich um, keine Ahnung, warum. Der Wachmann stand in seinem Häuschen und hatte den Telefonhörer in der Hand.

Das Valley reicht endlos in alle Richtungen. Nachts wird der Himmel dunkelrosa, und hier und da funkeln ein paar Sterne. Wir fuhren auf dem Freeway den ganzen Weg zurück, vorbei an den Bürotürmen im Zentrum, und nahmen die Ausfahrt nach South Pedroia. Dass wir in South Pedroia waren, erkannte ich immer an dem hohen Schornstein, der unablässig Rauch ausspuckte, der nach zu lange in der Sonne liegen gelassenen Eiern roch; manchmal sah man nachts an seiner Spitze auch eine Stichflamme. So wie jetzt: sozusagen ein himmlisches Mündungsfeuer.

Bernie tätschelte mich. »Eine wunderbare Nacht, mein Junge.«

Ja, eine wunderbare dunkelrosa Faule-Eier-Nacht mit riesigen Mündungsfeuern und uns bei der Arbeit. Was konnte man mehr wollen? Meine Wenigkeit jedenfalls nichts, Amigo.

Wir fuhren eine Straße entlang, deren Belag voller Risse zu sein schien, auf beiden Seiten heruntergekommene kleine Häuser, einige davon mit Brettern vernagelt. Vor einem dieser Häuser blieb Bernie stehen, einer braunen oder vielleicht auch gelben Betonschachtel, hinter deren vorderem Fenster blaues Fernseherlicht flackerte. In dem winzigen Vorgarten aus trockener Erde lagen Papier- und Plastikfetzen und wurden vom Wind hin und her geweht. Bernie drehte sich zu mir und legte einen Finger auf die Lippen. Das bedeutete, dass wir leise sein sollten.

Wir stiegen aus. Ich sprang ohne das geringste Geräusch auf den Boden, Bernie stieß gegen irgendetwas, wahrscheinlich einen Mülleimer, als er die Tür öffnete. In einem Fenster auf der anderen Straßenseite tauchte kurz ein Gesicht auf und verschwand sofort wieder. Wir gingen zur Tür des Betonschachtelhauses. Die Vorhänge hinter dem Fenster waren zugezogen, aber nicht ganz, und wir konnten Darren Quigley sehen. Er saß in einem Sessel, mit nichts weiter als blauen Boxershorts bekleidet, eine Dose Bier in der einen Hand, eine Zigarette in der anderen, auf seinem schlaffen Gesicht und der mageren bloßen Brust flackerndes blaues Fernsehlicht. Den Fernseher selbst konnte ich nicht sehen, aber am Geräusch erkannte ich, dass er sich ein NASCAR-Rennen ansah. Wir sahen uns auch manchmal eins an, Bernie und ich, ich für meinen Teil allerdings nie sehr lange, weil ich dabei immer furchtbar müde wurde. Wir gingen zur Tür.

Bernie klopfte. Von drinnen kamen Autogeräusche. Er klopfte noch mal, lauter. Die Autos verstummten.

»Wer ist da?«

»Freunde«, antwortete Bernie.

Ich hörte Schritte. Sie näherten sich der Tür und blieben dahinter stehen. »Freunde?«

»Jeder hat ein paar Freunde«, sagte Bernie.

»Jocko? Das klingt nicht nach dir, Jocko.«

»Sogar bessere als Jocko.«

»Ich hab keine besseren Freunde als Jocko.«

Bernie schwieg. Er war stets der klügste Mensch weit und breit, falls ich das noch nicht erwähnt habe, deshalb war es sicher richtig zu schweigen. Die Tür ging auf – nur einen Spalt, wegen der Kette. Darren guckte raus, seine Augen waren glasig, sein Atem roch nach Bier.

»Ich kenn Sie nicht«, sagte er.

»Aber ja doch«, widersprach Bernie. »Sie erinnern sich bestimmt an Chet.«

Darren sah mich an, dann wieder Bernie. »Sie sind der Blödmann, der mich meinen Job gekostet hat.«

»Darüber würden wir gerne mit Ihnen reden.«

»Ach, Schuldgefühle? Ist es dafür nicht ein bisschen spät?«

»Schuldgefühle würde ich es nicht unbedingt nennen, aber es ist nie zu spät, etwas wiedergutzumachen.«

»Und wie soll das aussehen?«

»Ein paar Dinge klarstellen.«

»Meinen Sie, der Colonel gibt mir meinen Job zurück? Da kennen Sie ihn aber schlecht.«

»Stimmt«, räumte Bernie ein. »Aber vielleicht können Sie ein paar unserer Wissenslücken füllen.«

Darren kniff die Augen zusammen. Glasig und zusammengekniffen gleichzeitig: kein schöner Anblick. »Und was haben Sie davon?«

»Gar nichts, sagte Bernie. »Wir wollen nur, dass alles wieder in Ordnung kommt.«

»Jetzt erinnere ich mich«, kam es von Darren. »Sie sind ein Schnüffler.«

»Ich ziehe ›Privatdetektiv‹ vor.«

»Ach nee, wieso denn das?«

»Dreimal dürfen Sie raten.«

Darren verdrehte die Augen. Ich konnte spüren, dass er nachdachte, irgendwie jedenfalls. »Keine Ahnung«, sagte er schließlich. »Außerdem reicht's mir jetzt mit dem Gequatsche.« Er machte Anstalten, die Tür zu schließen. Bernie stellte seinen Fuß in den Spalt, einer seiner besten Tricks. Es gefiel mir immer sehr, wenn er das machte.

»Was zum Teufel soll das?«, fragte Darren.

»Wissen Sie was, vergessen wir das mit dem Schnüffler. Nennen Sie mich, wie Sie wollen, und machen Sie sich keine Gedanken darüber – machen Sie sich am besten überhaupt keine Gedanken. Es ist kalt; können wir reinkommen?«

»Kalt? Was reden Sie denn? Seit Wochen ist es nie kälter als achtundzwanzig Grad.« Darren streckte die Hand aus, um die Temperatur zu fühlen. Ich überließ es Bernie, Darrens Handgelenk zu packen; er stand näher. Darren wehrte sich ein bisschen, aber er war klein und mager, und Bernie war Bernie, außerdem knurrte ich womöglich ein bisschen, ließ mich von meiner Ungeduld mitreißen. Bald darauf standen wir in Darrens Zuhause.

Nicht viel Zuhause: ein Zimmer vorne, das mir zu klein war, sodass ich möglichst schnell wieder rauswollte, ein Flur, der nach hinten in die Finsternis führte, und außerdem – hey! – der Geruch von Cheetos. Alles in allem hätte es schlimmer sein können. Wir setzten uns, Darren in seinen Sessel, Bernie auf die Lehne eines durchgesessenen Sofas, ich auf den Boden. Die Cheetos waren auch auf dem Boden, in einer Tüte am Fuß des Sessels, neben ein paar leeren Bierdosen. Ein paar Cheetos waren tatsächlich schon rausgefallen, ganz von allein. Mir passieren dauernd gute Dinge.

»Wir wär's, wenn wir auf den Fernseher verzichten?«, fragte Bernie.

»Hä? Das ist ein Flachbildschirm, hat mich eine Stange Geld gekostet.«

»Ich meinte, ihn ausschalten, damit wir besser verstehen, was der andere sagt.«

»Mann, das sind die Highlights der Rennen«, sagte Darren, aber er schaltete den Fernseher aus. Es wurde still, und gleichzeitig wurde das Zimmer dunkel.

»Und vielleicht das Licht einschalten«, setzte Bernie nach.

»Das Licht funktioniert nicht.«

Es endete damit, dass wir den Fernseher wieder einschalteten, aber ohne Ton. Die winzigen Autos fuhren ununterbrochen im Kreis herum. Bernie lächelte Darren freundlich an, seine Zähne sahen im Fernseherlicht blau aus.

»Wie läuft's so, Darren?«, fragte er.

»Mittel.«

»Aber zumindest haben Sie in Jocko einen guten Freund.«

»Das stimmt.«

»Ist er vielleicht ganz zufällig ein Tierrechtsaktivist?«

»Hä?«

»Womit verdient Jocko seinen Lebensunterhalt?«

»Jocko? Der kommt klar. Jocko hat keine Probleme.«

»Wie steht's mit Ihnen? Sind Sie ein Tierrechtsaktivist?«

»Was ist das?«

»Jemand, der zum Beispiel findet, Tiere sollten nicht im Zirkus vorgeführt werden.«

»Hä? Was ist denn ein Zirkus ohne Tiere?«

Ich wusste, dass das ein Verhör war. Schon bei vielen Verhören war ich dabei gewesen. Lief es gut? Schwer zu sagen. Ich rückte näher zu den Cheetos.

»Kennen Sie Nadia Worth?«

»Nie von ihr gehört.«

»Was ist mit FFT – Freiheit für Tiere?«

»Was ist damit?«

»Jemals was mit dieser Gruppe zu tun gehabt?«

»Davon hab ich auch noch nie was gehört.« Darren griff nach einer Dose Bier, trank einen großen Schluck, den Kopf nach hinten gelegt, die Kehle entblößt. Dieses Kehle-Entblößen finde ich immer äußerst interessant, schwer zu sagen, warum.

»Wissen Sie, wir haben da ein Problem, Darren«, sagte Bernie. »Ihre Geschichte ergibt einfach keinen Sinn, und wenn so was passiert, dann gehen Chet und ich immer wieder alles von vorne durch, so lange, bis es Sinn ergibt. Wenn Sie also wollen, dass dies unsere letzte Unterhaltung ist, dann sollten Sie damit rausrücken.«

»Womit?«

»Mit der Wahrheit über Peanut und DeLeath. Oder wenigstens mit einer Lüge, die nicht drei Meilen gegen den Wind stinkt.«

»Ich hab nicht gelogen.« Darren trank einen weiteren

großen Schluck, oder es sah zumindest so aus, als sollte es ein großer Schluck werden, doch plötzlich beugte sich Bernie zu ihm hinüber und schlug ihm die Dose aus der Hand. Sie wirbelte durch das blaue Licht und verspritzte glitzernde blaue Biertropfen, wunderschön.

»Was zum Teufel soll das?«, fragte Darren empört und machte Anstalten aufzustehen. Ich stand auch auf. Er setzte sich wieder. Weil ich sowieso schon stand, schnappte ich mir ein oder zwei Cheetos. Diese Cheetos schmeckten sogar noch besser, als ich sie in Erinnerung hatte.

»Was Ihnen offenbar entgeht – vielleicht weil Sie momentan nicht ganz klar denken können –, ist, dass wir auf Ihrer Seite stehen«, sagte Bernie.

»Stimmt, ist mir bis jetzt entgangen.«

»Anders als der Colonel, der eindeutig nicht auf Ihrer Seite steht. Wie könnte er auch, wo er doch denkt, dass Sie während Ihrer Schicht entweder eingeschlafen sind oder Ihren Posten verlassen haben? Wir wissen, dass Sie nicht so blöd sind.«

»Da haben Sie verdammt recht.«

»Also, dann sollten Sie uns jetzt mal was über Ihr nicht so blödes Ich erzählen.«

»Mein nichts so blödes Ich?«

»Das Ich, das nicht eingeschlafen ist oder seinen Posten verlassen hat«, sagte Bernie. »Das pflichtbewusste Ich. Was hat das für eine Geschichte zu erzählen?«

Darren fuhr sich mit der Zunge über die Lippen. »Das pflichtbewusste Ich …« In manchen Momenten erscheint in den Augen der Menschen ein Ausdruck, der zeigt, dass es ihnen gefällt, wie ihre Worte klingen; das war so ein Moment. »Da haben Sie verdammt recht«, sagte er wieder. »Angeblich ist der Colonel nicht mal ein richtiger Colonel, ist das zu glauben?«

»Ohne Weiteres. – Kommen wir zurück zu Ihrem pflichtbewussten Ich.«

»Das pflichtbewusste Ich.« Darren drehte sich zu Bernie und erwiderte seinen Blick, zumindest kurz. »Das schläft nicht während der Schicht ein, niemals, und es verlässt auch nicht seinen Posten – da können Sie Ihre Großmutter drauf verwetten.«

Sollte das heißen, dass sie im Wettbüro statt Geld auch Großmütter nahmen? Aber wo sollten wir eine Großmutter herkriegen? Hey, vielleicht nahmen sie ja auch Bernies Mutter! Dann wäre es nicht mal so schlimm, wenn …

»Sie haben mich überzeugt«, sagte Bernie. »Aber lassen Sie mich raten – gestern Nacht ist dem pflichtbewussten Kerl irgendetwas Unerwartetes widerfahren.«

Darren warf Bernie einen raschen Blick zu. »Sie sind gut im Raten.«

Bernie zuckte mit den Achseln. Manchmal fügte er noch ein »Was soll's?« hinzu, wenn er das tat, aber nicht jetzt. Stattdessen fuhr er fort: »Erzählen Sie es uns.«

Darren holte tief Luft, stieß sie langsam wieder aus. Das war für gewöhnlich ein Zeichen, allerdings konnte ich mich im Moment nicht daran erinnern, wofür. »Dieser gottverdammte JB, jedes Mal das Gleiche«, sagte er.

»Wer ist das?«, fragte Bernie.

»JB? Dieser Mistkerl Jim Beam. Noch nie von Jim Beam gehört?«

»Doch, schon.«

»Um die Wahrheit zu sagen, ich habe eine gewisse Schwäche für den guten JB.«

»Da sind Sie nicht der Einzige.«

Darren wirkte überrascht. »Nein?«

»Nein.«

Darren beugte sich ein bisschen näher zu Bernie, als wären sie jetzt Kumpel. »Die Sache ist die: Ich trink nie während der Arbeit.«

»Verstehe.«

»Fast nie.«

»Niemand ist vollkommen.«

»Und wenn, dann nur Bier.«

»Kluge Entscheidung.«

»Und was passierte letzte Nacht?«

»Eine Art unglückliche Fügung.«

»Das können Sie laut sagen. Ich schieb also meine Schicht – es ist eine ruhige Nacht, ich hab noch ein paar Stunden vor mir. Da bekomm ich Besuch.«

»Ach ja?«

»Ja.« Darren verstummte, atmete ein paarmal tief ein und aus, schüttelte den Kopf.

Bernie sah auf seine Uhr. »Besuch von wem, wenn ich fragen darf?«

»Von Jocko.«

»Ihr Freund.«

»Mein bester Freund. Hin und wieder schaut er vorbei, wissen Sie, wenn wenig los ist. Bei ihm in der Arbeit, meine ich.«

»Und die wäre?«

»Problemlösung.«

»Welche Art von Problemen?«

»Was so anfällt.«

»Und für wen?«

»Ich schätz mal, für jeden, der zahlt. Jocko ist so eine Art Berater.«

»Ein Berater bei Problemen?«

»Ja.«

»Und letzte Nacht gab es keine Probleme, deshalb ist Jocko mit einer Flasche JB vorbeigekommen«, sagte Bernie.

Darren lehnte sich zurück, weiter weg von Bernie. »Sie sind wirklich verdammt gut im Raten.«

»Eigentlich nicht«, widersprach Bernie. »Also, Sie und Jocko haben sich ein, zwei Gläschen genehmigt?«

»Jep.«

»Vielleicht auch drei oder vier?«

»Muss noch einiges mehr gewesen sein.«

»Wieso?«

»Oder ich hab was Falsches gegessen. Als ich wieder zu mir komm, lieg ich jedenfalls auf dem Boden und kotz mir die Seele aus dem Leib.«

»War Jocko noch da?«

»Nee. Ich war allein. Nicht lange – ich hatte kaum wieder sauber gemacht, als es überall von Bullen wimmelte. Und ich hab ihnen die Wahrheit gesagt – ich hab nichts gesehen und nichts gehört.«

»Da will ich Ihnen nicht widersprechen. Haben sie Sie gefragt, ob Sie was getrunken haben?«

»Nee.«

»Na bitte.«

»Jep.«

»Seitdem was von Jocko gehört?«

»Nee. Aber er steht hinter mir.«

»Woher wissen Sie das?«

»Mann, ich dachte, Sie sind schlau.« Darren wackelte mit dem Finger vor Bernie hin und her. Der letzte Typ, der das gemacht hat, war Flatfoot Bardiccio. Jetzt klopft er Steine unter der heißen Sonne. »Weil niemand was von dem JB weiß, daher«, sagte Darren. »Jocko ist kein Verräter.«

»Klingt nach einem echt guten Freund«, meinte Bernie. »Hat er auch einen Nachnamen?«

Kapitel 9

Jockos Nachname gehörte zu den Dingen, die ich sofort wieder vergaß. Aber ich merkte mir, dass er in seinem Pick-up schlief, auch wenn ich mir wiederum nicht merkte, wo das war. Wir verließen South Pedroia, zuerst auf dem einen Freeway, dann auf dem anderen, vorbei an den Bürotürmen im Zentrum. Der Faule-Eier-Geruch hing mir in der Nase. Ich versuchte ihn wegzuschnauben und machte dabei ein komisches kleines Geräusch, das mir gefiel. Daher machte ich es gleich noch mal.

»Müde, mein Großer?«

Müde? Ich steckte voller Tatendrang, konnte es kaum erwarten loszulegen, fühlte mich tipptopp.

Bernie tätschelte mich. »Ich weiß, es ist spät, aber man muss das Eisen schmieden, solange es heiß ist.«

Bitte nicht, nicht das Eisen. Die meiste Zeit stand es im Schrank, aber wenn es mal rauskam – zum Beispiel, wenn Bernie der Ansicht war, dass seine Hosen zu zerknittert waren, um damit zum Gericht zu gehen –, dann Vorsicht; obwohl Feuerwehrmänner sehr nett waren, wie sich zeigte, und eine große Tüte Hundekekse in ihrem Löschwagen hatten. Ich behielt Bernie den Rest der Fahrt über im Blick. War er müde? Wohl eher nicht – nicht nach dem Funkeln in seinen Augen zu urteilen.

Wir nahmen eine Ausfahrt, fuhren durch ein paar ruhige Straßen – im Scheinwerferlicht entdeckte ich eine

Katze, die auf einen Mülleimer sprang; ich finde es nervtötend, wie sie dabei gleiten –, und ehe ich michs versah, waren wir wieder auf der Ringstraße hinter dem Rummelplatz. Das Wächterhäuschen tauchte auf – ich sah den Wachmann, mit den Füßen auf dem Tisch –, aber wir hielten nicht an, sondern fuhren weiter über eine kleine Anhöhe, auf der einen Seite der Zaun und auf der anderen ein kahler Hang. Bernie fuhr langsamer, suchte den Hang ab. »Hier müsste es irgendwo sein … ja.«

Wir bogen auf eine holprige Piste, die sich den Hang hinaufwand, umrundeten einen großen Felsbrocken und fuhren ein Stück in die andere Richtung. Gleich darauf kam ein Pick-up in Sicht, der mit dem Kühler zu uns neben der Piste stand. Bernie hielt an, stellte den Motor ab. Wir saßen still da. Ich hörte ein leises metallisches Klopfen, das von unserem Motor kam, außerdem das Rauschen des Verkehrs auf dem Freeway und andere Stadtgeräusche, aber nichts von dem Pick-up. Bernie spähte mit zusammengekniffenen Augen in dessen Richtung. Es überraschte mich immer wieder, wie seine Augen nachts funktionierten. Oft machte er in solchen Momenten eine Bemerkung darüber, dass sie sich an die Dunkelheit gewöhnen sollten.

Seine Stimme war ganz leise. »Am besten warten wir noch, bis sich meine Augen an die Dunkelheit gewöhnt haben.« Warten, dass sich Bernies Augen gewöhnten, bedeutete einfach dazusitzen. Das taten wir eine Zeit lang da, bis er schließlich sagte: »Okay. Mucksmäuschenstill jetzt.«

Wie bitte? Ich wartete kurz, dann sprang ich geräuschlos aus dem Auto. Wie kam Bernie bloß auf die Idee, dass Mäuse still waren? Und warum wollte er, dass ich mich wie eine Maus verhielt? Er stieg ebenfalls aus und trat sofort auf einen Zweig, der so laut knackte, dass es wie ein Gewehrschuss durch die Nacht hallte. In solchen Momenten erstarren wir immer, und deshalb erstarrten wir auch jetzt. Der Pick-up stand ruhig und friedlich da. Haben Sie im Mund auch manchmal den Geschmack von etwas, das Sie irgendwann vorher gegessen haben? Das passierte mir jetzt, während ich auf Bernies Zeichen wartete, dass das Erstarren vorbei war, und der Geschmack war der von Cheetos. Ich wollte noch welche.

Bernie machte mit der Hand eine kleine Bewegung, und wir gingen weiter, auf den Pick-up zu, nicht Seite an Seite, sondern ein Stück auseinander, etwas Neues, das wir in letzter Zeit geübt hatten. Wir erreichten den Pick-up. Bernie holte die Stifttaschenlampe heraus, leuchtete damit erst durchs Fenster, dann auf die Ladefläche.

»Niemand zu Hause«, sagte er. Er ging hinter den Pick-up, richtete den Lichtstrahl auf das Nummernschild, beugte sich nach unten. »Leicht zu merken – JOCKO 1.« Bernie richtete sich auf. Blickte den Hang hinauf. »Gibt es irgendeinen Grund, nicht Feierabend zu machen?«

Nicht dass ich wüsste. Wir gingen zurück zum Porsche. Ich schnüffelte an einem Busch. Ein Kojote war vorbeigekommen, aber das war eine Weile her. Ich hob mein Bein, markierte den Busch und schaute gleichzeitig hinauf zu dem dunkelrosa Himmel, über den langsam ein Flugzeug mit blinkenden Lichtern zog. Ein interessanter Anblick, der mich möglicherweise ablenkte, denn mir wäre beinahe das Knirschen einer harten Schuhsohle auf dem Boden entgangen. Ich drehte mich um – oh nein, womöglich zu spät! – und sah hinter dem großen Felsen einen Mann hervorkommen, einen riesigen

Mann, der sich blitzschnell an Bernie heranschlich. Ich stürzte mich auf ihn. Bernie musste mich gehört haben, denn er drehte sich im gleichen Moment um, in dem der riesige Mann eine Art Keule schwang, vielleicht einen Baseballschläger. Bernie hob den Arm, während der Riese gleichzeitig mit dem Ding ausholte. Ja, ein Baseballschläger, den Bernie nur teilweise mit seinem Arm abwehren konnte. Er krachte seitlich gegen seinen Kopf, ein schreckliches Geräusch. Bernie sank zu Boden. Der Riese holte erneut aus, schwang den Schläger mit beiden Händen hoch über seinen Kopf, als hätte er vor, Holz zu hacken. Ich sprang.

Und traf ihn mit voller Wucht am Rücken. Aber was war das? Er ging nicht zu Boden? Jeder ging zu Boden, wenn ich ihn mit voller Wucht traf. Aber der Riese fiel nicht um. Er taumelte nur kurz, dann wirbelte er herum und schlug mit dem Baseballschläger nach mir. Er traf mich an der Schulter, und zwar ziemlich fest. Ich verlor das Gleichgewicht, rollte über den Boden. Derweil wandte sich der Riese wieder Bernie zu, als wollte er noch mal auf ihn einschlagen. Ich rappelte mich hoch, sprang ihn erneut an, vielleicht nicht mein bester Sprung, weil mich eins meiner Vorderbeine irgendwie im Stich ließ. Aber ich erwischte ihn wieder, dieses Mal an der Seite, und schaffte es, seinen Arm zu packen. Ich biss zu, kräftig und ohne zu zögern. In so einem Moment schreien die meisten Menschen, und der Riese schrie auch, auch wenn es sich möglicherweise mehr nach Wut als nach Schmerz anhörte. Außerdem war der Arm, den ich gepackt hielt, nicht der Schlagarm. Der Riese versuchte sich wegzudrehen. Ich ließ seinen Arm nicht los, biss tief hinein, schmeckte Blut. Er holte mit dem Schläger aus. Sein Gesicht war dicht vor meinem. Ich konnte ihn mir genau ansehen. Er trug ein getupftes Bandana, hatte Koteletten, eine große krumme Nase, wütende Augen. Ich blickte direkt in diese wütenden Augen und sah vielleicht deshalb den auf mich zusausenden Schläger erst, als es zu spät war.

Ehe ich michs versah, lag ich auf dem Boden, und der Riese rannte zu dem Pick-up und hielt sich dabei den Arm. Den Schläger hatte er fallen lassen. Ich stand auf – mir war ein wenig schwindlig – und rannte hinter ihm her, wegen meiner schmerzenden Schulter etwas anders als sonst. Er öffnete die Tür und kletterte genau in dem Moment in den Pick-up, als ich bei ihm ankam. Ich hechtete nach seinem Bein, schnappte zu – aber nein: Gerade als ich meine Zähne hineingraben wollte, schlug er die Tür zu und traf meine Schulter an der gleichen Stelle, wo er mich beim ersten Mal getroffen hatte. Ich taumelte und fiel hin. Die Tür war zu. Der Motor heulte auf, der Pick-up wendete schlitternd, wirbelte dunkelrosa Staubwolken auf und schoss die Piste hinunter. Ich rannte hinterher, vielleicht trabte ich eher und hinkte außerdem ein bisschen, aber ich kann die ganze Nacht so traben, wenn es sein muss. Und das hätte ich auch getan, aber als ich an die Stelle kam, wo Bernie lag, blieb ich stehen.

Bernie lag auf dem Rücken und bewegte sich nicht. Seine Augen waren geschlossen. Ich roch Blut, sah es auf der Seite an seinem Kopf schimmern, aber nicht schlimm. Ich stellte mich neben ihn. Nach einer Weile bellte ich, ein hohes Bellen, das von ganz allein aus mir rauskam. Ich bellte noch ein paarmal, dann drückte ich meine Schnauze gegen Bernies Brust. Ich spürte sein

Herz schlagen. Das war gut; in der Vergangenheit hatte ich ein oder zweimal die Brust von Menschen ohne Herzschlag gespürt. Ich leckte Bernie das Gesicht.

Komm schon, Bernie. Wach auf. Wach auf, mein Großer. Ich hörte auf zu lecken und hechelte. Was war das? Ein Stöhnen, sehr leise. *Komm schon, mein Großer.* Ich leckte ihm noch einmal übers Gesicht.

Bernie stöhnte erneut, dieses Mal etwas lauter. Und dann schlug er die Augen auf, mit flatternden Lidern, bei denen ich an Schmetterlinge denken musste. Seine Augen erschreckten mich. Sie sahen aus wie die von Menschen ohne Herzschlag, wie die der armen Adelina di Borghese zum Beispiel. Aber dann veränderten sie sich auf eine Weise, die schwer zu beschreiben ist – so, als hätte jemand Licht eingeschaltet, obwohl sie nicht heller wurden, und er war wieder Bernie.

»Hey«, sagte er, und seine Stimme war so leise, dass ich ihn kaum hören konnte. »Chet.«

Ja, ich, Chet, schlicht und einfach Chet.

»Alles in Ordnung mit dir?«, fragte er.

Mit mir? Ich fühlte mich prima, wenn nicht tipptopp, dann doch nahe dran. Ich leckte ihm noch einmal übers Gesicht. Er gab ein neues Geräusch von sich, möglicherweise ein Stöhnen, aber mit ein bisschen Lachen drin, und sein Gesicht verzog sich, so wie sich die Gesichter von Menschen verziehen, wenn unsereins drüberleckt.

»Au!«

Au? Hatte ich ihm irgendwie weh getan? Oh nein. Ich wich zurück.

»Nicht du, Kumpel«, sagte er. »Zu hastig bewegt. Keine gute Idee …« Er hob den Kopf. Schmerz zog über sein Gesicht; ich konnte es sehen, als würde sich alles verzerren. Trotzdem richtete er sich weiter auf, stützte sich auf die Ellbogen. Er sah sich um. »Der Mistkerl ist abgehauen.«

Ich bellte. Ich kannte den Mistkerl und würde ihn nie mehr vergessen.

Bernie setzte sich. Wieder begann Schmerz über sein Gesicht zu ziehen, aber irgendwie stoppte er ihn. Er legte eine Hand auf meine Schulter, stützte sich auf mich, um aufzustehen. Aber es war die falsche Schulter, und ich zuckte zusammen. Dagegen konnte ich nichts machen.

»Chet? Stimmt was nicht?« Er tastete meine Schulter ab, ganz sanft, fast ohne sie zu berühren. Ein neuer Ausdruck erschien auf seinem Gesicht, stark und furchteinflößend, wie Schmerz, aber das war Wut, etwas, das ich bei Bernie kaum jemals sah. »Das wird er bitter büßen«, sagte Bernie. »Mach dir keine Sorgen.«

Ich? Ich machte mir keine Sorgen, kein bisschen. Ich vertraute Bernie.

Er stand ohne meine Hilfe auf. Möglicherweise tat es ihm weh, aber er zeigte es nicht. Sein Gesicht war weiß, bis auf die dunklen Schatten unter den Augen. Er schwankte leicht, dann beugte er sich nach vorne, die Hände auf die Knie gestützt, und übergab sich.

Oh, Bernie. Ich hatte noch nie gesehen, dass er sich übergab. Plötzlich musste ich mich auch übergeben. Aus irgendeinem Grund wollte ich nicht, dass Bernie das sah, deshalb lief ich hinter den großen Felsen. Es kam eine Menge Zeug, das nach Cheetos roch. Ich war versucht, es wieder aufzuschlabbern, tat es dann aber doch nicht, ich weiß nicht genau, warum. Stattdessen kam ich wieder hinter dem Felsen vor, und auf dem Weg zurück zu Bernie entdeckte ich den Baseballschläger, der auf der holprigen Piste lag. Ich lief hin – inzwischen hinkte ich kaum noch – und bellte.

Bernie kam zu mir. Er ging sehr langsam, so ähnlich wie der alte Heydrich, unser Nachbar, der immer in Pantoffeln in seinem Garten herumschlurft. Auf Pantoffeln achte ich besonders, vielleicht erzähle ich Ihnen ein andermal mehr darüber – oder habe ich das schon? Bernie griff nach unten, seine Hand zitterte, und hob den Schläger auf. Er beleuchtete die Schlagfläche mit der Taschenlampe.

»Louisville Slugger, mit der Unterschrift von Willie McCovey – der könnte tatsächlich einiges wert sein«, sagte Bernie. Ich verstand kein Wort. Er sah mich an. »Ich hoffe, der Mistkerl ist damit nicht auf dich losgegangen.« Er strich mir über den Kopf. »Aber ich fürchte, doch.« Das verstand ich.

Wir gingen zum Porsche, keiner von uns in Bestform. Unterwegs entdeckte ich einen Fetzen Stoff, der im Staub lag. Ich ging hin und schnupperte daran. Hey! Das getupfte Bandana von dem Riesen – sein Geruch hing dran, und es war kein angenehmer Geruch wie der von Bernie. Er war eklig und muffig und roch noch nach etwas anderem, das mir erst vor Kurzem untergekommen war. Wo war das gewesen? Ach ja – durchdringend und unvergesslich: der Geruch in Peanuts Käfig. Ich hob das Bandana auf.

»Was hast du da?«, fragte Bernie.

Ich ließ es vor seinen Füßen fallen. »Gute Arbeit«, sagte Bernie. Er holte eine Plastiktüte aus der Tasche, verstaute das Bandana darin und hielt es in den Lichtstrahl der Taschenlampe. »Ein Blutfleck«, stellte er fest. »Hast du ihn erwischt, Chet?«

Hinter mir spürte ich einen leichten Luftzug. Gleich darauf merkte ich, dass er von meinem Schwanzwedeln kam. Ja, ich hatte ihn erwischt. Wir gingen zum Auto, Seite an Seite, und unsere Schritte waren wieder ein wenig beschwingter.

Fuhren wir nach Hause? Das dachte ich jedenfalls, bis ich den großen Holzcowboy vor dem Dry Gulch Steakhouse and Saloon an uns vorbeiziehen sah. Das Dry Gulch mag ich sehr – und auch den Holzcowboy mit seinem Lasso und seinem Revolver, den man kilometerweit sehen kann; wie weit das auch immer sein mag –, aber das war nicht der springende Punkt. Der springende Punkt war, dass wir immer die Ausfahrt direkt vor dem Schild nahmen, wenn wir nach Hause fuhren, und jetzt taten wir das nicht. Warum nicht? Es war kaum Verkehr auf dem Freeway, das hieß, es musste wirklich spät sein, und Bernie sah müde aus, müde und grün in dem Licht, das vom Armaturenbrett kam. Außerdem hatte er eine Zickzacklinie auf der Stirn, die ich noch nie zuvor gesehen hatte.

»Leg dich hin, mein Junge«, sagte er. »Mach ein Nickerchen.«

Nickerchen klang gut, aber ich blieb, wo ich war, kerzengerade aufgerichtet auf dem Kopilotensitz. Das war einer der Aufträge, bei denen man manchmal lange wach bleiben musste.

Als ich aufwachte, fuhren wir wieder die Straße entlang, die mit Rissen gepflastert war, Darren Quigleys Straße. Sein Haus war dunkel, kein blaues Fernseherlicht zu sehen. Wir parkten davor und gingen zur Tür. Bernie gab sich nicht die geringste Mühe, leise zu sein, ich war sowieso leise. Eigentlich wusste ich auch gar nicht, wie ich mich laut bewegen sollte, aber im Moment hatte ich keine Zeit, darüber nachzudenken. Dieses Mal klopften wir nicht an Darren Quigleys Tür. Stattdessen hob Bernie ein Bein und trat sie ein. *Krach! Splitter!* Es gefiel mir immer sehr, wenn er das machte, er hatte es schon viel zu lange nicht mehr gemacht. Wir gingen schnell rein. Bernie leuchtete mit der Taschenlampe hierhin und dorthin. Keine Spur von Darren im vorderen Zimmer. Wir gingen in den Flur und durchsuchten den Rest seines winzigen Zuhauses. Kein Darren.

Zurück im vorderen Zimmer, beleuchtete Bernie mit der Taschenlampe die Bierdosen am Boden, die überall herumliegenden Zigarettenkippen, schmutzige Teller, Klamotten. »Keine Anzeichen von Gewalt«, sagte Bernie, »aber wie sollte man die hier auch entdecken?« Er richtete das Licht auf den großen Flachbildschirm-Fernseher. Was war das? Da war nichts mehr außer einem Kabel, das aus der Wand hing. Der Fernseher war weg.

»Hast du auch Kopfweh, Chet? Ich habe Kopfweh.«

Nein. Ich hatte Schulterweh, aber nicht schlimm, überhaupt nicht schlimm. Ich rückte näher zu Bernie, drückte meinen Kopf an sein Bein.

Kapitel 10

Meine Augen klappten auf. Ich lag mit dem Rücken zur Tür, unsere Diele war voller Sonne. Ich machte eine ausgiebige Dehnübung, streckte meine Beine weit von mir und spürte so ein komisches Ziehen – keinen Schmerz, ja, eher ein Ziehen – in meiner Schulter, und mir fiel alles wieder ein, und wenn nicht alles, dann doch zumindest einiges. Zum Beispiel dieser Riese und der Baseballschläger, und was noch? Cheetos. Ich stand auf und ging in die Küche.

Fressnapf: leer. Ich leckte ihn trotzdem aus. Wassernapf: voll. Ich schlabberte ein bisschen. Nicht frisch, obendrauf schwamm sogar Staub, aber ich stellte fest, dass ich furchtbar durstig war, daher trank ich immer weiter, verspritzte ein paar Tropfen dabei. Währenddessen klingelte das Telefon auf der Küchentheke. Aus dem Anrufbeantworter tönte eine Stimme: »Bernie Little? Hier ist Marvin Winkleman.« Marvin Winkleman? Ich kannte die Stimme, aber… Dann erinnerte ich mich: Scheidungssache, der Mann mit den Eintrittskarten, quer gekämmte Haare. »Dieser Kerl, mit dem mich meine Frau betrügt – ich habe es mir überlegt. Ich will, dass Sie ihn unter die Lupe nehmen. Rufen Sie mich an, sobald Sie Zeit haben.« Klick.

Danach war es wieder still im Haus, bis auf das schwache Geräusch von Bernies Schnarchen. Bernies Schnarchen klingt angenehm, fast so wie Wellen am Strand, etwas, das ich erst einmal in meinem Leben gehört hatte, damals, als wir nach San Diego gefahren waren. Wir hatten gesurft, Bernie und ich! Vielleicht erzähle ich die Geschichte ein andermal. Jetzt war ich auf dem Weg zu seinem Schlafzimmer, um einen Blick auf ihn zu werfen.

Er lag im Bett, einen Arm über dem Kopf, noch genauso angezogen wie am Abend, sogar die Schuhe hatte er noch an. Ich lief zum Bett. Seine Brust hob und senkte sich. Ich entdeckte getrocknetes Blut über seinem einen Ohr, aber nicht sehr viel. Ich sprang aufs Bett und legte mich neben ihn. Bernie schnarchte weiter.

Eine Weile später klingelte wieder das Telefon, nicht Bernies Handy, das lag auf dem Nachttischchen, sondern das Telefon in der Küche. Bernie grunzte, griff nach dem Handy, die Augen immer noch geschlossen, fummelte an den Tasten herum und sagte schließlich: »Hallo? Hallo?« Währenddessen hörte ich erneut Winklemans Stimme aus dem Anrufbeantworter in der Küche. In meinem Kopf begann sich ein Gedanke über Menschen und Maschinen zu formen.

»Hä, was?«, fragte Bernie. Das Handy rutschte ihm aus der Hand, fiel auf den Boden. Seine Augen öffneten sich, aber nicht gleichzeitig, sondern das eine ein wenig früher als das andere; das beunruhigte mich, keine Ahnung, warum. Er setzte sich auf – dabei erschien plötzlich wieder die Zickzacklinie auf seiner Stirn – und fragte: »Wer ist das?« Im gleichen Moment hörte Winkleman auf zu sprechen. Bernie sah mich an. »Hey, Chet.« Er tätschelte mich. »Wie geht's dir?« Ich klopfte mit dem Schwanz auf die Bettdecke. »Guter Junge.« Er sah sich um. »Helllichter Tag. Das ist nicht gut.« Er rieb sich das

Gesicht, stand auf, ging ins Bad. »Immer noch in diesen verdammten …«

Anschließend folgten die Geräusche von Pillenfläschchen, Zähneputzen, Duschen. Unter der Badezimmertür quollen kleine Dampfschwaden hervor. Nach einer Weile fing er an zu singen. Ich kannte den Song: »He Stopped Loving Her Today.« In letzter Zeit hatten wir ihn uns oft im Auto angehört, aber ich könnte nicht behaupten, dass es einer meiner Lieblingssongs war, so wie »It Hurts Me Too« mit der Slide-Gitarre von Elmore James, die komische Sachen tief in meinen Ohren anstellte. Schwer zu beschreiben. Ich stand auf, ging in die Küche und setzte mich in die Nähe meines Fressnapfs, aber das war reiner Zufall.

Als Bernie in die Küche kam, sah er toll aus, so wie immer. Kein getrocknetes Blut mehr, keine Zickzacklinie. »Könnte es sein, dass hier jemand hungrig ist?«, fragte er. Bernie war ein guter Rater. Wer hatte das erst vor Kurzem gesagt? Ich versuchte mich zu erinnern, gab es aber bald auf. »Ist noch was von der Salami übrig?« Bernie öffnete den Kühlschrank. Salami? Aber sicher war noch was übrig von der, das wusste ich sofort, aber er brauchte eine Weile, bis er sie fand. »Ich dachte, ich hätte … ah, da ist sie ja.« Gleich darauf schnitt er Scheiben von der schönen, dicken Salami. Er füllte meinen Napf mit Trockenfutter und mischte sie darunter. Dann machte er den Kaffee von gestern oder vielleicht auch von dem Tag davor warm, schnitt ein paar Scheiben Salami für sich ab und setzte sich an den Tisch. Ich wühlte in meinem Napf und verdrückte erst einmal die Salamischeiben, bevor ich etwas von dem Trockenfutter fraß. Wir hatten ein nettes Frühstück.

Bernie trank seinen Kaffee aus, lehnte sich zurück und rieb sich die Hände. Das ist immer ein gutes Zeichen. Es bedeutet, dass wir bald loslegen. »Komm her, mein Junge. Lass mal sehen, wie du dich bewegst.« Ich ging zu Bernie, bewegte mich prima. Er legte die Arme um meinen Kopf und drückte mich. »Du bist was ganz Besonderes, weißt du das?«, sagte er. Ich wusste nicht genau, worauf er hinauswollte, aber an der Umarmung war nichts auszusetzen. »Ich schätze mal, du hast gestern die Kastanien für mich aus dem Feuer geholt.«

Kastanien, Feuer? Hatte es gestern Abend irgendwo Röstkastanien gegeben? Cheetos, ja, aber das war auch schon alles gewesen. Hatte ich die Kastanien etwa verpasst?

»Hey«, fragte Bernie, »ist was?« Er befühlte meine Schulter.

Was für eine Frage! Natürlich war was – gab es etwa jeden Tag Röstkastanien? Nein. Warum eigentlich nicht? Ich versuchte, einen guten Grund dafür zu finden, aber es gelang mir nicht.

Bernie bemerkte, dass das Lämpchen blinkte, und drückte im Vorbeigehen auf eine Taste. »Bernie Little? Hier ist Marvin Winkleman …« Bernie drückte noch einmal auf die Taste. »Später, Marv.« Er wickelte den Baseballschläger in Plastikfolie, schnappte sich die Tüte mit dem Bandana, und schon sprangen wir in den Porsche. Iggy, der uns von seinem Fenster aus zusah, hüpfte auf und ab, als wir wegfuhren.

Vor dem Donut Heaven trafen wir uns mit Rick Torres, unsere Autos polizeistilmäßig geparkt.

»Krapfen?«, fragte Rick.

Bernie schüttelte den Kopf. »Hab gerade erst gefrühstückt. Wir …«

»Was ist mit Chet?«

»Hat auch gerade gefrühstückt.«

Ja, aber sehr spät und nicht besonders viel, wenn man bedachte, dass ich gestern bloß ein paar Cheetos bekommen hatte und sonst praktisch nichts. Und darf ich an dieser Stelle noch etwas anmerken, obwohl ich eine große Schwäche für Cheetos habe? Sie bestehen vor allem aus Luft. Ich bin ein Hundertpfünder, ich kann nicht von Luft leben.

»Ich hätte da auch noch ein Croissant mit Speck, das ich nicht mehr schaffe«, sagte Rick.

Speck? Das wurde ja immer besser.

»Chet! Sitz!«

Huch. Ich rutschte zurück auf meinen Platz.

»Ich habe den Eindruck, er hätte das Croissant gern«, meinte Rick.

Bernie seufzte, in einem solchen Moment immer ein gutes Zeichen. »Ach, was soll's?«

Für ein Weilchen war ich zu beschäftigt, um viel von dem mitzubekommen, was sie redeten. Dieses Croissant, und dann noch mit Speck. Was soll ich sagen? Ich leckte mir den letzten Krümel von der Schnauze, und dann saß ich ruhig und kerzengerade da, ein Profi bei der Arbeit.

»Wir haben nicht den geringsten Anhaltspunkt«, klagte Rick in dem Moment, »und ich weiß auch nicht, ob wir noch einen finden.«

»Was soll das heißen?«, fragte Bernie. »Haben wir nicht eine vermisste Person und einen vermissten Elefanten?«

»Ja und nein«, sagte Rick. Er gab Bernie ein Blatt

Papier. »Kam vor ungefähr einer Stunde rein – das ist eine Kopie.«

Bernie las den Brief laut vor. »›Sehr geehrter Sergeant Torres, ich will mich nicht länger an der Ausbeutung dieses wunderbaren Geschöpfs mitschuldig machen. Ich habe Peanut an einen Ort gebracht, an dem sie für den Rest ihres Lebens sicher ist. Sie werden uns niemals finden, und es besteht wohl auch kein Anlass, nach uns zu suchen. Peanut ist niemandes Eigentum. Mit freundlichen Grüßen, Uri DeLeath.‹« Bernie blickte auf. »Habt ihr die Handschrift überprüft?«

»Sein … äh … Freund, der Typ, der den Clown spielt …«

»Popo?«

»Ja, Popo. Er hat uns ein paar Schriftproben gegeben, Einkaufszettel und so weiter. Der Grafologe sagt, sie stimmen überein.« Ricks Telefon klingelte. Er meldete sich. »Torres. Hm-hm. Ja.« Er legte auf. »Das kriminaltechnische Labor – sie haben auf dem Original zwei vollständige Fingerabdrücke gefunden, Daumen und Zeigefinger, beide von DeLeath.«

Bernie schwieg eine Weile. Dann fragte er: »Was sagt Popo dazu?«

»Lassen wir jetzt einen Clown die Ermittlungen führen?«, fragte Rick. Er fing an zu lachen, konnte gar nicht mehr aufhören. Das passiert den Menschen gelegentlich, und es endet immer damit, dass ich nervös werde. Rick rang nach Luft, wischte sich mit dem Ärmel Tränen aus den Augen.

»Geht's dir jetzt besser?«, erkundigte sich Bernie.

»Ach, komm schon, Bernie – wo ist dein Sinn für Humor?«

»Der ist mir letzte Nacht abhandengekommen.«

»Was ist denn letzte Nacht passiert?«

»Egal«, sagte Bernie. »Es ist nur so: Wenn DeLeath wirklich auf und davon ist, dann hat er auch Popo sitzengelassen.«

»Ja, und das heißt, dass dessen Aussagen mit Vorsicht zu genießen sind.«

»Was sagt er denn?«

»Das Übliche.«

»Das heißt, er glaubt nicht, was in dem Brief steht?«

»Richtig. Aber er hat auch nichts anderes anzubieten.«

»Und du?«

»Im Augenblick heißt es für uns abwarten und Tee trinken, Bernie. Der Fall ist nicht abgeschlossen, aber es ist nicht vorgesehen, dass die Abteilung allzu viele Arbeitsstunden dafür aufwendet, solange es keine neuen Informationen gibt.«

»Was ist mit dem Colonel? Will er seinen Elefanten nicht wiederhaben?«

»Er war gerade auf dem Weg zum Golfplatz – hatte nicht viel zu sagen.«

»Ist Peanut versichert?«

»Das kann ich überprüfen«, sagte Rick. »Meinst du, es handelt sich um einen Versicherungsbetrug?«

Bernie dachte kurz nach. »Nein, eigentlich nicht. Habt ihr irgendwelche Fingerabdrücke auf diesem Ankus gefunden?«

»Ja, aber die sind nicht von DeLeath.«

»Von wem dann?«

»Niemand, den wir in der Datenbank haben.«

Bernie gab Rick den Schläger.

»Cool«, sagte Nick bewundernd. »Mit der Unterschrift

von Willie McCovey. Einen Fünfer, wenn du mir seinen Spitznamen sagen kannst.«

»Stretch«, kam prompt Bernies Antwort. »Warten wir mal ab, was das Labor auf dem Schläger findet – eine Übereinstimmung mit den Fingerabdrücken auf dem Ankus wäre doch ganz nett.«

»Warum?«, fragte Rick und gab Bernie einen Geldschein. Keine Ahnung, warum.

»Selbst wenn der Brief koscher ist«, überlegte Bernie, »kann DeLeath das unmöglich allein durchgezogen haben.«

Koscher? Ich wusste genau, was koscher war, eine bestimmte Art Hühnchen, genauer gesagt das beste Hühnchen, das ich jemals gefressen hatte, bei dem Festessen nach der letzten Observation für die Teitelbaum-Scheidung. Die Teitelbaum-Scheidung: ein Albtraum. Mrs. Teitelbaum war mit einem Bulldozer mitten durch die Wand der Garage gefahren, in der Mr. Teitelbaum seine Oldtimer-Sammlung aufbewahrte – einen solchen Anblick vergaß man nicht. Ich gab mich ein bisschen zu lange der Erinnerung hin, und falls Bernie erklärte, was koscheres Hühnchen mit dem Fall zu tun hatte, bekam ich nichts davon mit. Als ich den Kopf wieder hob, übergab er Rick jedenfalls gerade die Tüte mit dem Bandana.

»Und dann könntest du vielleicht noch zwei Namen durch die Datenbank laufen lassen«, schlug er vor. »Darren Quigley …«

»Der Wachmann?« Rick bekam einen seltsamen Gesichtsausdruck. »Den habe ich als Allerestes überprüft. Denkst du, ich verstehe nichts von meinem Job?«

»Hey, reg dich wieder ab. Du weißt genau, dass ich das nicht denke.«

»Tut mir leid«, lenkte Rick ein. »Diese verdammten Sparmaßnahmen – bei uns liegen die Nerven blank. Was Quigley angeht: eine Anzeige wegen Trunkenheit am Steuer vor ein paar Jahren.«

»Das ist alles?«

»Ja. Wie lautet der andere Name?«

»Jocko Cochrane.«

Rick drehte sich zu seinem Computer und tippte etwas ein.

»Könnte für Jack stehen«, sagte Bernie, »oder vielleicht auch John.«

Rick warf Bernie einen Blick zu. »Bernie?«

»Tut mir leid.«

»Ich habe die Rolle deines Verteidigers übernommen – ist dir das eigentlich klar?«

»Wogegen verteidigst du mich denn?«, fragte Bernie.

»Bei uns gibt's ein paar Leute, die nicht gerade Fans von dir sind«, sagte Rick. »Ich hoffe, das ist keine Neuigkeit für dich.«

Es gab jemanden, der kein Fan von Bernie war? Das verstand ich nicht.

»Das ist alles sehr lange her«, gab Bernie zu bedenken.

»Du bist den hohen Herren auf die Füße getreten, Bernie. Die hohen Herren haben ein gutes Gedächtnis.«

Wow! Das hatte ich bis jetzt nicht gewusst. Bernie war höher gewachsen als Rick, das hieß, er hatte ein besseres Gedächtnis. Und dieser riesige Mann mit dem Bandana? Sein Gedächtnis musste dann sogar noch besser sein. Und was war mit Cedric Booker, dem obersten Staatsanwalt im Valley? Am Valley College war er der Star der Basketballmannschaft gewesen, er hätte sogar Profi werden können, sagte Bernie, wenn er mit dem Rücken zum

Korb hätte spielen können, was immer das heißen sollte. Um die Wahrheit zu sagen, ich habe mich nie besonders für Basketball interessiert, weil der Ball nichts für mich ist, aber der springende Punkt … fällt mir im Moment nicht ein, vielleicht später.

Währenddessen suchte Rick etwas in seinem Computer. »Keine Einträge«, stellte er fest, »weder für Jocko noch für Jack oder John Cochrane. Wer ist das?«

»Jemand von dem man annehmen sollte, dass er Einträge hat«, gab Bernie zur Antwort.

»Die Schlauen haben nie welche«, entgegnete Rick.

»Der Typ ist nicht schlau«, wandte Bernie ein.

»Vielleicht hat er einen schlauen Boss.«

In Bernies Augen erschien ein Ausdruck, als würde er etwas beobachten, das sehr weit weg war. Ich finde es immer interessant, wenn das passiert, aber ich kann Ihnen nicht sagen, was es zu bedeuten hat.

Rick fuhr weg. Wir blieben auf dem Parkplatz von Donut Heaven in unserem Auto sitzen. Bernie trank den letzten Rest von seinem Kaffee, ich beobachtete den Verkehr auf der Straße, nur für den Fall, dass einer von meinesgleichen – einer aus dem Völkchen in unserem Vielvölkerstaat, wie Bernie es nannte – vorbeifuhr. Aber ich entdeckte niemanden von meinesgleichen, dafür fuhr ein Auto, das ich kannte, auf den Parkplatz. Ich kann Autos nichts besonders gut unterscheiden, aber bei dem hier – einem gelben Käfer – war es einfach. Es hielt auf meiner Seite, und Suzie Sanchez stieg aus. Suzie ist Journalistin bei der *Valley Tribune*. Ich bin ziemlich sicher, dass sie Bernie mag und dass er sie mag, aber es lief nicht richtig rund, was zum Teil an ihrem Exfreund Dylan McKnight lag, wahrscheinlich irgendeine Art von Gauner, und zum Teil an ich weiß nicht was.

»Na, Jungs?«, begrüßte sie uns.

»Äh … ja«, sagte Bernie. »Hi. Hallo.«

»Auch hi hallo.« Suzie hat glänzende schwarze Augen, die mich an die Marmorplatte in unserer Küche erinnerten. »Hier hat jemand Speck gegessen.«

Woher wusste sie das? Er war weg, bis auf den letzten Krümel.

»Woher weißt du das?«, fragte Bernie.

»Weil's danach riecht – was dachtest du denn?«, gab Suzie zurück.

Suzie ist ein Schatz. Und falls ich das schon gesagt haben sollte, sage ich es hiermit noch mal. Sie tätschelte mich kurz und ging dann auf Bernies Seite des Autos.

»Äh«, sagte Bernie und sah zu ihr hoch, »ich habe nicht damit gerechnet, dich hier zu treffen.«

»Aber ich habe damit gerechnet, dich hier zu treffen. Oder – um genau zu sein, habe ich es gehofft.«

»Ja?«, fragte Bernie. »Willst du einen Krapfen?«

»Nein«, erwiderte Suzie. »Ich will ein Interview.«

Owei. Suzie hatte Bernie schon einmal interviewt, so hatten sie sich kennengelernt. Es war nicht gut gelaufen: Sie hatte geschrieben, Bernie hätte einen schlurfenden Gang. Ich kann mich nicht mehr genau daran erinnern, was das heißen sollte, aber Bernie hatte es nicht gefallen.

»Worüber?«

»Diese Geschichte, an der du gerade dran bist«, sagte Suzie. »Der vermisste Elefant.«

»Da gibt es nicht viel zu erzählen.«

»Lügner!« Suzie blätterte in einem Notizbuch. »Fangen wir mit dem Trainer an, DeLeath – wird der auch vermisst«?

»Das kann ich dir nicht sagen. Ich habe einen Klienten.«

»Wen?«

Bernie lachte, zum Ende hin ein bisschen schrill.

»Bernie? Alles in Ordnung?«

»Ja.«

»Du siehst aus, als hättest du Kopfweh oder so was.«

»Mir geht's gut.«

Suzie legte die Hand auf Bernies Stirn. Auf seinem Gesicht erschien ein sehr hübscher Ausdruck. »Kein Fieber«, sagte sie und nahm ihre Hand wieder weg. »Ist dein Klient Popo der Clown?«

»Wie kommst du denn darauf?«, fragte Bernie.

»Weil er und DeLeath ein Paar sind.«

»Woher weißt du das?«

»Manchmal führe ich tatsächlich Recherchen durch, Bernie. Sie haben vor ein paar Jahren in Massachusetts geheiratet. AP hat darüber berichtet.«

Bernie antwortete nicht, saß einfach nur da, in den Augen wieder diesen geistesabwesenden Ausdruck.

»Worüber denkst du nach?«, fragte Suzie.

»Nicht jedes Paar trennt sich«, sagte Bernie.

»Stimmt«, bestätigte Suzie. »Und?«

»Chet und ich müssen los.«

»Du bist keine große Hilfe.«

»Heute Abend dürfte ich mehr wissen. Was hältst du von sieben im Dry Gulch?«

Ausgesprochen viel.

Kapitel 11

Wir trafen uns mit Popo in dem Zirkuszelt, nur Bernie, Popo und ich. Die beiden ließen sich auf einer Bank nieder, ich setzte mich in den Gang. Die Bänke waren alle ziemlich abgenutzt, die Farbe blätterte davon ab, und das Zelt selbst hatte viele kleine Löcher und Risse, manche auch nicht so klein. Hoch oben übten die Furchtlosen Filipoffs, die berühmteste Familie am fliegenden Trapez, ihre Tricks. Ich habe auch ein paar Tricks drauf, zum Beispiel beim Frisbee-Fangen, aber die waren nicht mit denen der Filipoffs zu vergleichen. Bei all diesen Filipoff-Tricks war es schwierig, dem zu folgen, worüber Bernie und Popo redeten.

»Ich würde gern die Sache mit dem Ankus klären«, sagte Bernie oder so etwas Ähnliches. »Sie haben behauptet, dass DeLeath niemals einen verwendet hat, aber wir haben gehört, dass das alle Tiertrainer machen, ohne Ausnahme.«

Popo saß vornübergebeugt da, mit auf die Knie gestützten Unterarmen und gesenktem Kopf. Er trug Jeans und ein T-Shirt, seine Arme waren mager und so weiß wie Knochen. »Wer hat Ihnen das gesagt?«

»Ein Informant.«

»Ein Informant«, wiederholte Popo in einem ungeduldigen Tonfall. »Ich bin Ihr Auftraggeber, und etwas Besseres fällt Ihnen nicht ein?«

»Nadia Worth.«

»Habe ich Ihnen nicht gesagt, dass man ihr nicht trauen kann?«

»So haben Sie es nicht direkt ausgedrückt.«

»Worauf wollen Sie hinaus?«

Ich bekam nicht mit, was Bernie antwortete, weil in diesem Moment einer der Furchtlosen Filipoffs, ein kleiner Mann mit langen Haaren und gewaltigen Armen – oh nein! – Fil Filipoff losließ, die daraufhin durch die Luft wirbelte und furchtbar lange fiel, bevor plötzlich von der Seite ein anderer kleiner Mann mit langen Haaren und gewaltigen Armen angeflogen kam und sie mit einer Hand packte, und dann flogen sie zurück, und was war das? Jetzt hing er plötzlich verkehrt herum, und Fil baumelte an einem wie ein Gummikauring aussehenden Ding, das er zwischen den Zähnen hatte, und das andere Ende steckte zwischen ihren Zähnen! Ich hatte kaum Zeit, mich zu fragen, wie dieses Gummiding wohl schmecken mochte, als sie aufs Neue durch die Luft wirbelte und direkt in die Arme des ersten kleinen Mannes flog, und ehe ich michs versah, standen sie alle miteinander auf einer schmalen Plattform, und Fil sagte zu dem kleinen Mann mit dem Gummiding: »Wenn du dir nicht endlich ordentlich die Zähne putzt, bist du raus.«

»Also, was wollen Sie damit sagen?«, fragte Bernie gerade. »Die Handschrift stimmt überein, und das Kriminallabor hat zwei Fingerabdrücke von ihm gefunden, aber er soll den Brief nicht geschrieben haben?«

»Das passt einfach nicht zu Uri.«

»Wie meinen Sie das? Ob er diesen Haken nun benutzt hat oder nicht …«

»Hat er nicht.«

»Er war als humaner Trainer bekannt. Könnte es denn nicht sein, dass er jetzt den nächsten Schritt gemacht hat?«

Popo gab keine Antwort. Er hob den Kopf, blickte nach oben. Fil schraubte sich erneut durch die Luft, die Hände über der Brust gekreuzt, ihr Pferdeschwanz flatterte hinter ihr her, an ihren Beinen traten die Muskeln hervor. Einer der kleinen Männer schwang zu ihr, streckte die Arme aus und – verfehlte sie! Eine ganze Weile blieb Fil in der Luft, so als – ja, so als wäre sie wirklich ein Vogel, und dann fiel sie.

»Chet! Ruhig.«

Sie fiel und fiel und landete in einem Netz, das sie wieder nach oben schleuderte, ähnlich wie ein Trampolin. Einmal hatte ich den Fehler begangen und war auf ein Trampolin geklettert. Nie wieder! Was mich betrifft, geht nichts über festen Boden. Fil hüpfte ein paarmal auf und ab und rief dem kleinen Mann, der sie verfehlt hatte, zu: »Noch nicht wieder nüchtern, du Penner?«

»Wer ist das?«, fragte Bernie.

»Ihr Bruder Ollie«, sagte Popo.

»Er trinkt?«

»Dazu möchte ich nichts sagen.«

»Ihr Zirkus scheint ja einige Probleme zu haben.«

Popo sah Bernie an. »Werden Sie weiter nach Uri suchen? Das ist alles, was mich interessiert.«

Bernie zog den Brief aus der Tasche. »›Sie werden uns niemals finden, und es besteht wohl auch kein Anlass, nach uns zu suchen.‹ Klingt so, als wollte er nicht gefunden werden.«

Popo drehte den Kopf weg, aber vorher konnte ich noch Tränen in seinen Augen sehen.

»Äh«, sagte Bernie. »Hm.« Er strich den Brief glatt, betrachtete ihn. »Verbirgt sich irgendein Geheimnis dahinter?«

»Geheimnis?«

»Eine versteckte Botschaft.«

»So was wie unsichtbare Tinte?«

»Im Labor haben sie das wahrscheinlich überprüft, aber ich werde sie noch mal daran erinnern. Was ich meine, ist irgendeine verborgene Bedeutung, die sich nur jemandem erschließt, der ihn wirklich gut gekannt hat.«

»So wie ich.«

»Ja.«

»Nein, nichts.«

Bernie gab ihm den Brief. »Sehen Sie ihn sich noch mal genau an.«

Popo hielt den Brief hoch. Seine Augen wanderten hin und her. Er schüttelte den Kopf. »Keine versteckte Botschaft in dem Sinn.«

»In welchem Sinn dann?«

»Dieses Ding ist eine einzige versteckte Botschaft«, sagte Popo. »Uri würde so etwas nie tun.« Bernie öffnete den Mund, aber bevor er etwas sagen konnte, fuhr Popo fort: »Ich weiß, was Sie von mir denken – ein armseliger, alternder Kerl, der sitzengelassen wurde und der Wahrheit nicht ins Auge sehen will.«

Was sollte das heißen? Ich hatte keine Ahnung, aber die rasche Bewegung von Bernies Augen zur Seite – wirklich ganz rasch, kaum zu bemerken, ein Ausdruck, den ich oft gesehen hatte, wenn Bernie und Leda miteinander redeten – sagte mir, dass Popo tatsächlich wusste, was Bernie dachte.

»Ganz und gar nicht«, widersprach Bernie. »Das habe ich überhaupt nicht gedacht. Aber wenn Sie den … äh … Aspekt der Beziehung schon zur Sprache bringen, sollten wir auch gleich ein paar auf der Hand liegende Fragen klären, mehr oder weniger eine Formalität.«

»Ich verstehe nicht.«

»Hat sich Uri für jemand anderen interessiert?«

Popo antwortete nicht gleich. Er schien die Furchtlosen Filipoffs zu beobachten, die einer nach dem anderen auf einer langen Leiter von ihrer Plattform herunter auf den Boden kletterten. »Das kann man nie wissen, oder?«, meinte er schließlich.

»Ja«, sagte Bernie, »aber oft weiß man es doch. Wenn es also jemanden gibt, verraten Sie mir den Namen.«

Popo stand auf. Er zitterte. »Es gibt niemanden.«

»Aber Sie haben einen Verdacht.«

»Nein, und ich denke, Sie auch nicht.«

»Warum nicht?«

»Weil Sie zwar kein besonders netter Zeitgenosse sind, wie ich feststellen muss, aber dumm sind Sie auch nicht. Deshalb haben Sie sich bestimmt selbst schon die Frage gestellt, warum Uri sich die Mühe gemacht hätte, Peanut mitzunehmen, wenn er nur mit einem anderen durchgebrannt wäre, oder?«

Moment mal. Bernie und nicht nett? Wie kam er denn auf die Idee? Und gleich darauf noch eine Überraschung: Popo zog sein Scheckbuch heraus. »Reichen fünfzehnhundert fürs Erste?« Das musste bedeuten, dass wir immer noch an dem Fall dran waren, worum es dabei auch gehen mochte.

»Mehr als genug«, antwortete Bernie.

Oh, Bernie.

Wir verließen das Zirkuszelt, gingen an dem Kassenhäuschen vorbei und machten einen kleinen Spaziergang über den Rummelplatz, Bernie und ich. Hatten wir ein bestimmtes Ziel? Ich wusste es nicht, aber die Gelegenheit zu einem Spaziergang ließ ich mir nie entgehen. Gleich darauf kamen wir zu einer dieser Buden, wo mit Bällen nach Milchflaschen geworfen wurde. An so einer Bude waren wir schon mal gewesen, Bernie, Suzie und ich. Der Mann, der sie betrieb – er war überall im Gesicht tätowiert, was mir bei einem Menschen gar nicht gefiel –, hatte gesagt, wir sollten zusehen, dass wir verschwinden und bloß nie wiederkommen. Bis dahin hatte Bernie so viele Stofftiere gewonnen, dass er sie kaum tragen konnte, aber es war mir ein Rätsel, wieso jemand auch nur eins davon wollen könnte. An dieser Bude hier zeigte Bernie kein besonderes Interesse, obwohl die Frau mit den Bällen in der Hand ihn fragte: »Na, wollen Sie mal Ihr Glück versuchen, mein Hübscher?« Stattdessen gingen wir weiter bis zu einer Freiluft-Bar am Ende der Budenreihe. Der einzige Gast war einer der kleinen Filipoffs, der mit einem Krug Bier vor sich an einem Ecktisch saß.

»Hin und wieder«, meinte Bernie, »muss man die Würfel rollen lassen.«

Oh nein, nicht die Würfel. Als sie das letzte Mal gerollt waren – in irgendeiner Kneipe nach dem Wohltätigkeitsfest der Police Athletic League –, hatten wir die Uhr von Bernies Großvater, unseren wertvollsten Besitz, zu Mr. Singh bringen müssen, wie immer in einer finanziellen Notlage.

Es tauchten allerdings keine Würfel auf. Wir gingen um den niedrigen Zaum herum, betraten die Bar und blieben vor dem kleinen Mann stehen. Bernie sah zu ihm hinunter und lächelte, ein nettes, breites, freundliches Lächeln. Bernies Lächeln ist überhaupt das schönste. »Ollie Filipoff?«, fragte er.

Der kleine Mann blickte auf. »Tut mir leid, Kumpel«, sagte er. »Nicht im Dienst.«

»Nicht im Dienst?«

»Keine Autogramme.«

Bernie zog sich einen Stuhl heran und setzte sich. »Daran würde ich nicht im Traum denken«, behauptete er. Ich setzte mich neben ihn. Unter dem Tisch sah ich, dass Ollie Filipoff Flip-Flops trug. Seine Füße hatten einen interessanten Geruch – Leder, Schweiß, dieses Zeug zwischen den Zehen. Ich fing an, ihn zu mögen.

»Hä?«, machte Ollie. »Was …?«

Die Kellnerin kam.

»Ich nehme das Gleiche wie mein Freund«, entschied sich Bernie, »und bringen Sie ihm doch auch noch eins, wenn Sie schon dabei sind. Und eine Schüssel Wasser für Chet.«

»Der ist ja süß«, rief die Kellnerin. Das ist einer der Vorteile bei unserer Arbeit – man trifft tolle Leute. »Ich hätte eine Portion Schälrippchen übrig, die ein Gast stehengelassen hat, kaum angerührt«, sagte sie. »Darf er …?« Die allertollsten Leute. Schälrippchen waren etwas Neues für mich, aber selbst wenn das hieß, dass das Fleisch schon von den Knochen geschält war, würde ich mich bestimmt nicht beschweren.

Bernie bedachte Ollie mit einem weiteren Lächeln. »Ich habe Sie beim Training gesehen. – Fantastisch.«

»Hm-hm.« Ollie zeigte sich einsilbig.

»Sie sind alle eine Familie?«

»Ja.«

»Das muss Spaß machen.«

»Warum?«

»Eine große, glückliche Familie.«

Ollie schnaubte. Darauf achtete ich immer besonders. Die Menschen wollen damit nicht ihre Nase frei kriegen – das weiß ich, weil nie etwas rauskommt –, aber oft bedeutet es, dass wir bei unserer Arbeit einen Schritt weitergekommen sind.

»Ihr Part ist sicher schwierig«, sagte Bernie.

»Fänger? Verdammt schwierig.« Ollie trank einen großen Schluck von seinem Bier. »Und das ist noch … Sie wissen schon.«

»Milde ausgedrückt?«

»Ja, milde ausgedrückt.«

Die Kellnerin kam mit zwei Krügen Bier und einem Pappteller, und auf diesem Pappteller: Rippchen, und die sahen überhaupt nicht geschält aus, im Gegenteil, es war jede Menge Fleisch dran. Sie stellte den Teller auf den Boden und tätschelte mir den Rücken; sie war eine gute Tätschlerin, aber ich hatte es eilig. Ich wedelte einmal schnell mit dem Schwanz und machte mich dann daran, diese Schälrippchen zu probieren. Was soll ich sagen? Wenn Sie schon mal welche gegessen haben, wissen Sie, was ich meine.

»Ach, Miss?«, sagte Bernie. »Bringen Sie uns doch zwei Jack Daniels, zum Feiern.«

»Was feiern wir denn?«, fragte Ollie.

»Die hohe Trapezkunst.«

»Hohe Kunst, meine Fresse«, spottete Ollie. Er trank den ersten Krug Bier aus und nahm sich den zweiten vor. »Wissen Sie, wie lange ich das schon mache?«

»Nein.«

»So lange ich denken kann. Ich war jahrelang Flieger.«

Die Kellnerin kam mit dem Whisky. Ollie kippte seinen, Bernie ließ seinen stehen.

»Was sind Sie lieber?«, fragte Bernie, »Flieger oder Fänger?«

»Was glauben Sie?«, entgegnete Ollie. »Der Flieger ist der Star der Show.«

»Das hätte ich nicht gedacht«, sagte Bernie, »nachdem ich vorhin gesehen habe, wie stark und schnell der Fänger sein muss.«

»Da haben Sie verdammt recht«, gab Ollie zurück und rieb seine Oberarme; das konnte ich zwischen zwei Bissen durch die Glasplatte des Tisches sehen. »Aber weiß das jemand zu schätzen?«

»Das ist bitter«, meinte Bernie. »Wer hat denn über diesen Wechsel entschieden?«

»Der Alte natürlich«, brummte Ollie. »Wer sonst? Der entscheidet alles.«

»Vielleicht dachte er, weil Fil die Kleinste ist ...«, setzte Bernie an.

»Die ist stark wie ein Ochse. Der Alte hat sie schon immer vorgezogen, so einfach ist das. Dabei hätte ich um ein Haar als Turner an den Olympischen Spielen teilgenommen.« Unter dem Tisch begannen seine Beine zu zittern. Das habe ich schon oft gesehen, meistens bei Bösewichten. Hey! War Ollie ein Bösewicht? Ich musterte sein Hosenbein: Normalerweise endeten unsere Fälle damit, dass ich den Bösewicht am Hosenbein packte. Ollies Hosenbein war in bequemer Reichweite.

»Das wusste ich nicht«, gestand Bernie und schob seinen Whisky ein bisschen näher zu Ollie.

»Ich habe auch Probeaufnahmen bei Universal gemacht«, sagte Ollie.

»Das wundert mich nicht.«

Ollies Hand bewegte sich auf das Whiskyglas zu. »Ich warte immer noch drauf, dass die sich melden.«

»So was kann dauern.«

»Das sage ich dem Alten auch, aber er meint, nach fünf Jahren besteht keine Chance mehr. Sehen Sie, wie viel Unterstützung ich bekomme? Und zu allem Überfluss ist Fil der reinste Feldwebel.«

»Sie stehen also unter einem ganz schönen Druck«, stellte Bernie fest.

»Das können Sie laut sagen.«

Ollie kippte den zweiten Whisky. Während er das tat, gab Bernie der Kellnerin rasch ein Zeichen.

»Ich weiß ja nicht, wie das bei Ihnen ist«, sagte Bernie, »aber wenn ich unter Druck stehe, kann ich schlecht einschlafen.«

Ollie hob das Whiskyglas, stellte fest, dass es leer war, und wandte sich dem Bier zu. »Ich kann überhaupt nicht mehr schlafen. Jede gottverdammte Nacht liege ich wach.«

»Ohne Ausnahme?«

»Hä?«

»Ich meine, jede Nacht?«

»Hab ich das nicht gerade gesagt?«

»Ja, Sir«, sagte Bernie. Bernie nannte jemanden Sir? Das war immer ein Zeichen dafür, dass wir am Gewinnen waren. »Mein Fehler. Ich bin nur ein wenig überrascht, das ist alles.«

»Warum?«

»Weil das bedeutet, es besteht eine hohe Wahrscheinlichkeit, dass Sie neulich Nacht was gesehen haben, als Uri DeLeath und Peanut verschwunden sind und niemand sonst etwas gesehen oder gehört hat.«

Ollie lehnte sich zurück.

»Es muss also einen Grund geben, warum Sie den Mund halten«, bohrte Bernie weiter.

»Sind Sie ein Cop?«, fragte Ollie.

»Nein.«

»Sie sehen aber wie ein Cop aus.«

»Exsoldat«, korrigierte Bernie.

»Ach ja? Ich habe auch mal überlegt, zu den SEALs zu gehen.«

»Sie wären ein fantastischer SEAL geworden.«

Ollie trank einen Schluck Bier. »Die Sache ist nur die«, sagte er, »dass ich mich im Wasser nie besonders wohl gefühlt habe.«

»Für das Problem hätten sie eine Lösung gefunden.«

Ollie bedachte Bernie mit einem langen Blick. Ich war inzwischen mit den Schälrippchen fertig, auch den Teller hatte ich abgeleckt, und suchte mir ein schattiges Plätzchen. »Wissen Sie, was für ein Typ Sie sind?«, fragte Ollie.

»Sagen Sie es mir.«

»Ein Das-Glas-ist-halb-voll-Typ«, beschied ihn Ollie. »Ich habe es immer nur mit halb leeren Gläsern zu tun.«

Der Whisky kam. »Zum Wohl«, prostete Bernie ihm zu.

Sie kippten den Whisky. Ollie wischte sich den Mund mit dem Handrücken ab. »Ja, ich habe in dieser Nacht was gesehen, aber das behalte ich lieber für mich – ich bin doch kein Idiot.«

»Kann ich Ihnen nicht verdenken«, sagte Bernie. »Was haben Sie denn gesehen, so zum Beispiel?«

»Zum Beispiel diesen großen Sattelschlepper, der durchs hintere Tor rausgefahren ist«, berichtete Ollie. »Ich kam gerade von der Kneipe zurück, in die ich manchmal gehe.«

»Uncle Rio's?«, fragte Bernie.

»Woher wissen Sie das?«

»Sie liegt in der Nähe. Was können Sie mir über diesen Sattelschlepper sagen? Oder haben Sie zwei davon gesehen?«

Ollie schwieg eine Weile. Dann lachte er, ein kleines quiekendes Lachen. »Warum nicht?«, meinte er. »Vielleicht sogar vier. Viermal vier rote Rosen – das macht sechzehn.«

»Ich kann Ihnen nicht ganz folgen«, sagte Bernie.

»Das war auf der Seite des Anhängers: vier rote Rosen.«

Kapitel 12

Wir fuhren nach Hause. Auf Bernies Gesicht lag dieser ruhige, abwesende Ausdruck, den er immer hat, wenn er nachdenkt. Ich dachte auch nach, in meinem Fall über Schälrippchen. Nach einer Weile sagte er: »Das Universum ist eine einzige große Uhr. Aber wofür gibt sie die Zeit an? Das würde ich gerne wissen.« Selbst wenn ich das mit dem Schälen nicht ganz verstand – na und? Sie schmeckten toll.

Vor unserem Haus stand ein Auto. Als wir in die Einfahrt bogen, öffnete sich die Tür, und ein Mann stieg aus. Ich erkannte ihn an den quer gekämmten Haaren: Marvin Winkleman. »Was zum Teufel will der denn hier?«, fragte Bernie.

Winkleman kam auf uns zu. Er gehörte zu den Menschen, bei denen die Knie nach innen zeigen und die Füße nach außen. Wie sie es bloß schafften, sich auf zwei Beinen fortzubewegen. Man musste sich wirklich wundern.

»Hey, Marvin«, grüßte Bernie. Ich wedelte mit dem Schwanz. Ich hatte nichts gegen Marvin. Seine Schecks waren gedeckt, kein Problem. Ich wusste nicht genau, was eine Scheckdecke eigentlich war, aber wenn sie keine hatten, steckten wir in Schwierigkeiten. Nehmen wir zum Beispiel den DeMarco-Fall, der damit geendet hatte, dass wir mit einem Geschenkgutschein für einen

Friseursalon bezahlt wurden; völlig nutzlos für uns, weil ich immer in Janies Hundesalon – »wir holen Ihren Liebling ab und bringen ihn zurück« – ging und Bernie zu Horace dem Barbier am Rio Seco Strip, wo man noch einen Haarschnitt zu einem vernünftigen Preis bekam, wie Bernie sagte, acht Dollar oder möglicherweise auch sieben, ich kann mich nicht erinnern. Die niedrigen Preise hatten irgendetwas mit dem Hinterzimmer bei Horace zu tun, einem Wettbüro, in dem Bernie mal einen ganzen Vorschuss auf ein Pferd namens Scooter Girl gesetzt hatte. Das war kein guter Tag gewesen.

»Beantworten Sie keine Anrufe mehr?«, fragte Winkleman.

»Wir waren unterwegs.«

»Ich habe es auch auf Ihrem Handy probiert.«

»Kein Empfang, Marvin. Was gibt's?«

»Ich habe es mir anders überlegt. Ich möchte, dass Sie ihn unter die Lupe nehmen.«

»Wen?«, fragte Bernie.

»Das Arschloch, das meine Frau bumst, wen denn sonst?«, sagte Winkleman.

»Ich dachte, Sic wollen sich scheiden lassen.«

»Ja.«

»Was hat das dann für einen Sinn?«

»Bobbi Jo will mir seinen Namen nicht sagen.«

»Spielt das eine Rolle?«

»Ja, es spielt eine Rolle.«

»Warum?«

»Warum?« Marvin wedelte mit den Armen. Das tun die Menschen gelegentlich, wenn sie sich aufregen. »Weil ich nicht einsehe, warum ich das alles hinnehmen soll. Darum.«

Bernie streckte die Hand aus und legte sie auf Winklemans knochige Schulter. »Wir haben bei unserer Arbeit oft mit Scheidungen zu tun«, sagte er. Viel zu oft. »Am besten kommen die Leute damit klar, die alles hinter sich lassen.«

Winkleman schüttelte seine Hand ab. »Ich lasse mich nicht zum Deppen machen.«

Oh nein. Dieser Ausdruck war schon mal aufgetaucht, spätnachts, als ein Rowdy namens Sid Siegel mit dem gleichen Spruch ankam und anschließend einen 44er aus der Tasche zog; jetzt trägt er einen orangefarbenen Overall und sitzt droben im Northern State Correctional.

Ich schob mich ein bisschen näher zu Winkleman und machte mich sprungbereit. Sid Siegel hatte ein, zwei Schüsse abgefeuert, aber ich würde nicht zulassen, dass so was noch mal passierte. Winkleman wedelte wieder mit den Armen, aber seine Hände kamen dabei nicht in die Nähe seiner Taschen; falls er einen 44er hatte, blieb die Waffe, wo sie war.

»Sie sind doch nicht der Depp«, wandte Bernie ein.

»Ach nein, wer ist es dann?«

»Muss es denn einer sein?«

»Wenn jemand Ihre Frau bumst?«, sagte Winkleman. »Das will ich doch wohl meinen.«

Auf Bernies Gesicht erschien ein seltsamer Ausdruck, als würde er sich unbehaglich fühlen. Hey! Ich war nah dran, eine – wie nennt man das? –, eine Schlussfolgerung zu ziehen. Oder auch nicht.

»Vielleicht«, räumte Bernie ein, »aber deshalb ist es umso wichtiger, nach vorne zu sehen.«

»Ich sehe nach vorne, sobald ich dazu bereit bin«, wetterte Winkleman. »Aber im Augenblick will ich alle schmutzigen Einzelheiten über diesen Dreckskerl wissen.«

»Was, wenn es da nichts gibt?«, fragte Bernie.

»Es muss ja nicht unbedingt etwas Schmutziges sein. Einfach ein paar Informationen, das ist alles.«

»Zum Beispiel?«

»Zum Beispiel, ob er verheiratet ist.«

»Warum wollen Sie das wissen?«, fragte Bernie.

»Denken Sie doch mal nach«, sagte Winkleman, und in diesem Moment zog ein anderer Ausdruck über Bernies Gesicht, der Ausdruck, den er bekommt, wenn er auf Anchovis beißt. Die mag er nämlich nicht; ich auch nicht. »Was, wenn er verheiratet ist und seine Frau völlig ahnungslos«, fuhr Winkleman fort, »so wie ich? Was, wenn es Kinder gibt? Vielleicht ist es meine Pflicht, sie aufzuklären.«

»Er ist nicht verheiratet«, stellte Bernie klar.

»Nein? Was wissen Sie sonst noch über ihn?«

»Nicht viel.«

»Wie heißt er?«

»So weit sind wir nicht gekommen.«

»So weit sind Sie nicht gekommen?«

»Waren die Bilder denn nicht genug?«, fragte Bernie. »Bis vor Kurzem schien Ihnen das doch zu reichen.«

»Ich habe meine Meinung geändert.«

»Warum?«

»Habe ich das nicht gerade erklärt? Ich lasse mich nicht zum Deppen machen.«

Ich schob mich noch ein Stückchen näher an Winkleman heran, behielt seine Hände im Blick.

»Was macht Ihr Hund da?«

»Chet? Nur rumsitzen.«

»Er hat riesige Zähne.«

»Komm her, mein Großer.«

Ich ging zu Bernie und setzte mich neben ihn.

»Wie kommt es, dass Sie wissen, dass er nicht verheiratet ist, aber seinen Namen nicht kennen?«, fragte Winkleman.

»In unserem Geschäft lässt sich der Informationsfluss nicht steuern«, sagte Bernie.

Ich hatte keine Ahnung, was er meinte, aber für Winkleman schien es einen Sinn zu ergeben. Er nickte: »Dieser Kerl – hat er vielleicht eine Freundin? Eine Verlobte?«

»Kann ich Ihnen nicht sagen«, sagte Bernie.

»Dann engagiere ich Sie, es herauszufinden. Wie viel wollen Sie als Vorschuss? Tausend? Zweitausend?«

»Wir sind im Augenblick ziemlich beschäftigt«, wehrte Bernie ab.

»Na gut«, entschied Winkleman. »Dann erteile ich den Auftrag eben jemand anderem. Wie ich gehört habe, sollen die Mirabellis recht gut sein.«

Die Mirabelli-Brüder in Sunshine City? Wer behauptete denn, dass die gut waren? Was war damals, als beide Brüder gleichzeitig in einem Schornstein stecken geblieben waren und wir sie retten mussten, Bernie und ich?

Eins kann man über Bernie sagen: Er wird selten wütend. Und noch was: Manchmal, wenn er nicht wütend wird, dann ist irgendwas in ihm drin wütend. Und wenn das passiert, dann tritt an seinem Kiefer ein kleiner Muskel hervor. So wie jetzt, er zuckte und war gleich darauf wieder verschwunden.

»Also gut, wir übernehmen den Fall«, lenkte Bernie ein.

Winkleman griff nach seinem Scheckbuch. Das war

der Moment, in dem Bernie oft etwas von später zahlen sagte, aber dieses Mal nicht. »Stellen Sie ihn über zweieinhalbtausend aus.«

Winkleman warf ihm einen Blick zu und füllte den Scheck aus. Als er ihn Bernie gab, fragte er: »Hat es Ihnen im Zirkus gefallen?«

»Der Elefant und sein Trainer werden vermisst.«

»Ich habe davon gehört. Bis letztes Jahr hielt ich eine Minderheitsbeteiligung.«

»Woran?«

»Drummonds Zirkus. Er hat mich ausbezahlt, in bar. Das hat mich sehr überrascht.«

»Wieso?«

»Woher hat er so viel Geld? Sein Zirkus schreibt seit Jahren rote Zahlen.«

»Warum?«

»Dafür gibt es etliche Gründe. Drummond hat einen verschwenderischen Lebensstil, er war vier- oder fünfmal verheiratet, zahlt Unsummen an Unterhalt. Aber hauptsächlich liegt es an der Konkurrenz.«

»Irgendein anderer Zirkus?«

»Nein. Andere Formen der Unterhaltung, meistens in Verbindung mit irgendeinem Bildschirm. Lauter Bildschirmjunkies, praktisch die gesamte Nation.« Winkleman drehte sich um und ging zu seinem Auto. Bevor er einstieg, drehte er sich noch einmal um und fragte: »Wann höre ich was von Ihnen?«

»Wenn wir Ihnen etwas zu berichten haben«, sagte Bernie. Winkleman fuhr weg. Bernie sah ihm nach, bis er verschwunden war. »Lieber Himmel«, stöhnte er, »was machen wir jetzt bloß?«

Komisch, gerade war mir etwas eingefallen. Vor unserem Haus stehen drei Bäume. Mein Lieblingsbaum ist der große mit dem vielen Schatten, unter dem man prima ein Nickerchen halten kann, auf der anderen Seite des Stamms gibt es außerdem eine weiche Stelle im Boden, bestens geeignet, um etwas zu verbuddeln. Ich lief hin und buddelte meinen Lacrosseball aus. Man findet nicht oft einen Lacrosseball, dabei hüpfen sie gut, und es ist ein tolles Gefühl an den Zähnen, wenn man darauf herumkaut.

Ich ließ den Lacrosseball vor Bernies Füßen fallen. Zuerst schien er ihn nicht zu bemerken; seine Augen waren ganz verschwommen. Ich hob den Ball auf und ließ ihn noch einmal vor seinen Füßen fallen. Seine Augen wurden wieder klar.

»Willst du ein bisschen Fangen spielen?«, fragte er.

Erraten.

Bernie hob den Ball auf, holte aus und warf ihn die Mesquite Road hinauf. Bernie war Werfer bei der Army gewesen, bis sein Arm nicht mehr mitmachte, falls ich das noch nicht erwähnt habe, aber wenn Sie mich fragen, ist sein Arm immer noch toll. Der Ball zischte davon und machte bei seiner Landung ein paar von diesen gewaltigen Lacrosseball-Hüpfern. Er hüpfte immer noch, als ich ihn mir mit einem Kopfsprung mitten in der Luft schnappte, kehrtmachte – meine Krallen gruben sich richtig in den Asphalt! – und zu Bernie zurückschoss, die meiste Zeit ohne den Boden zu berühren. Ich ließ den Ball vor seinen Füßen fallen.

»Das war aber fix«, sagte Bernie.

Wir wiederholten das Spiel. Und noch mal. Und dann noch mal. Und danach noch ein paarmal. Und wieder. Und noch mal. Und dann noch mal …

»Chet! Mir fällt gleich der Arm ab.«

Owei. Das wollte ich lieber nicht sehen. Wir gingen ins Haus und tranken Wasser, ich aus meinem Napf, Bernie aus dem Hahn. Er hob den Kopf.

»Eins steht fest – Winkleman und Leda dürfen sich niemals begegnen.«

Wir gingen ins Büro. Habe ich das Büro schon beschrieben? Das ist ein kleines Zimmer neben Charlies, auf der Seite des Hauses, von der man auf den Zaun des alten Heydrich schaut. In einer Ecke steht ein Korb mit Bauklötzen – das Zimmer war für einen kleinen Bruder oder eine kleine Schwester gedacht gewesen, die nie kamen; gelegentlich spiele ich mit den Bauklötzen. Sonst sind hauptsächlich Bernies Bücher in dem Büro – in Regalen, hier und da in Stapeln, manchmal über den Fußboden verteilt, dazu ein Schreibtisch, zwei Besucherstühle, der Wandsafe, hinter dem Bild von den Niagarafällen versteckt, und ein hübscher weicher Teppich mit – und das war es, was jetzt meine Aufmerksamkeit anzog – einem Zirkuselefantenmuster. Der Teppich lag schon ewig da, daher war ich das Zirkuselefantenmuster gewohnt. Normalerweise liege ich immer auf dem Teppich, aber auf einmal wollte ich das nicht mehr. Es hatte etwas damit zu tun, dass es in unserem Leben jetzt einen richtigen Zirkuselefanten gab, ganz schlau wurde ich aber nicht daraus. Jedenfalls legte ich mich unter den Schreibtisch.

Bernie klapperte auf der Tastatur des Computers, ein beruhigendes Geräusch. Ich drückte mich an seine Füße, sie rochen angenehm.

»Wonach wir suchen«, sagte Bernie, »ist eine Spedition mit roten Rosen auf ihren Lastwagen.«

Mir fielen die Augen zu. Das passiert oft nach dem Fangenspielen.

Ich spürte einen Knuff an der Seite, einen sanften Knuff, den ich gut kannte. Ich öffnete die Augen, und da stand Bernie und sah auf mich herunter.

»Tut mir leid, dass ich dich aus deinen Träumen reißen muss, mein Junge«, sagte er. Ich hatte tatsächlich geträumt, nur was? Um ein Haar wäre es mir wieder eingefallen. »Aber die Arbeit wartet.«

Ehe ich michs versah, saßen wir im Porsche, Bernie hinter dem Lenkrad, ich auf dem Kopilotensitz. Die Sonne stand tief am Himmel, groß und orange, und wir fuhren direkt auf sie zu. Bernie holte seine Sonnenbrille hinter der Sonnenblende hervor und setzte sie auf.

»Chet! Das machst du jedes Mal.«

Was denn? Das Bellen? Das war ich gewesen?

»Das ist doch bloß eine Sonnenbrille, um Himmels willen.«

Klar, bloß eine Sonnenbrille, aber es gefiel mir nicht, wenn er sie aufhatte, ich konnte einfach nichts dagegen tun. Ich rutschte zurück auf meinen Platz und drehte den Kopf, um aus dem Fenster zu schauen, das immer runtergekurbelt blieb, weil der Mechanismus zurzeit nicht funktionierte. Das Verdeck übrigens auch nicht, aber das war kein Problem, denn die Monsunregen waren vorbei, zumindest das, was noch davon übrig war, nämlich kaum etwas – ein großes Problem für Bernie, weil er sich dauernd Sorgen um den Aquifer machte –, und deshalb bestand keine Gefahr, nass zu werden. Nicht dass es mir etwas ausgemacht hätte, nass zu werden. Ich habe diesen Aquifer noch nie zu Gesicht bekommen, er ist mir ein völliges Rätsel. Ich weiß bloß, dass es nur einen davon gibt und dass zu den Zeiten der Indianer alle Flussläufe das ganze Jahr über voll Wasser waren. Aber warum war es ein Problem, wenn das jetzt nicht mehr so war? Wir fuhren an einem Golfplatz vorbei, überall wurde Wasser verspritzt und machte tolle Regenbogen, und danach kam noch ein Golfplatz und noch einer. Wir hatten Wasser in rauen Mengen.

Wir verließen den Freeway und fuhren durch ein übles Stadtviertel mit vernagelten Häusern und Typen, die herumsaßen und nichts taten. Manche von ihnen sahen aus, als wären sie ganz in Ordnung, andere beobachteten uns mit einem finsteren Blick. Wir hatten schon eine Menge Finsterer-Blick-Typen zur Strecke gebracht, Bernie und ich. Dann musste ich an Jocko denken, eindeutig ein Finsterer-Blick-Typ, und daran, dass er uns zur Strecke gebracht hatte.

»Warum knurrst du denn?«, fragte Bernie. »Hast du irgendetwas entdeckt?« Er sah sich um. »Ich sehe nichts.« Er tätschelte mich. Wir überquerten einen Bahnübergang. Ich setzte mich wieder.

Auf der anderen Seite des Bahnübergangs gab es nichts als Lagerhäuser, Maschendrahtzäune und Laderampen. Wir fuhren eine staubige Straße entlang, vorbei an einem Holzlager, und blieben vor einem niedrigen Backsteingebäude mit einem Stapel Paletten neben der Tür stehen. Über der Tür hing ein Schild. »Cuatro Rosas Trucking«, sagte Bernie. »Weißt du, was das heißt?« Ich wusste es nicht. »Vier Rosen.« Vier Rosen? Irgendwie kam mir das bekannt vor.

Wir gingen rein. Ich war schon in vielen Büros gewesen, aber so ein leeres wie das hatte ich noch nie gesehen.

Es gab nur einen Schreibtisch, ein Telefon und einen Stuhl. Auf dem Stuhl saß ein Mann mit einem runden Gesicht und einem schwarzen Schnurrbart und las Zeitung, die Füße auf dem Schreibtisch. Er trug Cowboystiefel aus glänzendem Schlangenleder – sehr interessant – und einen Cowboyhut. Er warf uns einen Blick zu, zuerst Bernie, dann mir, dann wieder Bernie.

»Cuatro Rosas Trucking?«, fragte Bernie.

»Als ich das letzte Mal nachgesehen habe, stand das noch über der Tür.«

»Wir hatten gern ein paar Informationen über einen Ihrer Lastwagen.«

»Ach ja?«

»Genauer gesagt über den Sattelschlepper, der am frühen Samstagmorgen vom Rummelplatz weggefahren ist.«

»Aus Neugier?«, fragte der Mann.

»Nein«, antwortete Bernie. Er trat ein paar Schritte vor und gab ihm unsere Karte.

Der Mann betrachtete sie. »Little Detective Agency«, sagte er. »Niedlich.«

»Ich bin Bernie Little. Das ist Chet.«

»Aha.«

»Und Sie sind …«

»Tex Rosa«, sagte der Mann.

»Der Besitzer?«

»Richtig. Deshalb können Sie auch Ihre Großmutter drauf verwetten, dass diesen Monat keiner unserer Fahrer auch nur in der Nähe des Rummelplatzes gewesen ist.«

»Tja, wie es aussieht, hat Sie dann wohl einer Ihrer Fahrer angelogen, oder aber er ist ein wenig vom Weg abgekommen, weil nämlich jemand gesehen hat, wie ein Sattelschlepper mit vier Rosen auf dem Anhänger durch das hintere Tor weggefahren ist.«

»Ich fürchte, das stimmt nicht, Kumpel«, sagte Tex Rosa. »Wir haben zur Zeit nur sechs Sattelschlepper. Zwei davon sind in Arkansas, drei in Kalifornien und einer ist unten in Sonora – macht sechs.«

»Und wo waren die am Samstag?«

»Wie ich gerade gesagt habe – Arkansas, Kalifornien, Sonora.«

»Vielleicht hat einer Ihrer Fahrer spontan einen kleinen Umweg gemacht.«

»So was ist nicht mehr drin, seit es GPS gibt. Ich weiß rund um die Uhr, wo sich jeder meiner Lastwagen jede einzelne Minute befindet.« Tex Rosa hob einen Finger, einen großen, dicken Finger. Er fuchtelte damit vor Bernies Nase herum, etwas, das Bernie gar nicht mochte. »Und jeder meiner Fahrer weiß, dass ich das weiß – auch da können Sie Ihre Großmutter drauf verwetten.«

Kapitel 13

Wir gingen zurück zu unserem Auto. Wie sollten wir mit dem Fall vorankommen? Würden wir jetzt ins Wettbüro fahren? Und falls ja, wie war das mit der Großmutter? Ich hatte keine Ahnung. Der Himmel war jetzt dunkelorange, und all die niedrigen, flachen Häuser und Telefonmasten hoben sich schwarz davon ab.

»Dieser Teil der Stadt wird Roads genannt«, sagte Bernie. »Hier in der Gegend hatte ich meinen ersten Einsatz mit Stine.« Hey, Lieutenant Stine! Das hieß, Bernie sprach von seiner Zeit beim Metro Police Department, was er kaum jemals tat. »Das war eine schlimme Nacht.« Ich wartete auf mehr, aber es kam nichts.

Wir fuhren auf der staubigen Straße in Richtung Bahnübergang, doch dann bog Bernie kurz vorher in eine schmale Nebenstraße mit dunklen Backsteinhäusern auf beiden Seiten ein, solche mit schwarz angemalten Fenstern. Sie führte zu einer anderen Nebenstraße, noch schmaler und dunkler. Wir fuhren ein Stück bergauf, bogen noch ein paarmal ab und hielten schließlich hinter einigen verrosteten Fässern. Durch die Lücken dazwischen konnten wir auf einen eingezäunten Hof mit einem niedrigen Gebäude am Ende hinunterschauen.

»Die Rückseite von Cuatro Rosas Trucking«, sagte Bernie.

Ich sah eine Zapfsäule und daneben einen Lastwagen

mit Rosen auf der Seite. Kein Sattelschlepper: eher so einer wie der UPS-Lieferwagen, der hin und wieder die Mesquite Road entlangfuhr. Ich liebe UPS! Der UPS-Mann wirft mir immer einen Hundekeks zu, wenn er vorbeirauscht.

Zeit verging. Der Himmel verlor seine feurigen Farben und wurde blasser, die Schatten über dem Hof wurden länger. Im Büro von Cuatro Rosas ging ein Licht an. »Manchmal ist es das, was sie nicht sagen«, sagte Bernie. Ich überlegte, ob ich darüber nachdenken sollte. Nach einer Weile fuhr er fort: »In diesem Fall hat Tex Rosa mit keinem Wort gefragt, woran wir arbeiten. Angenommen, wir würden bei einem Unfall mit möglichen Schadensersatzansprüchen ermitteln, vielleicht sogar einer Strafanzeige. Sollte man da nicht meinen, dass er neugierig ist? Also? Entweder ist er inkompetent, oder er wusste bereits Bescheid.«

Bescheid worüber? Sprach Bernie immer noch von Tex Rosa? Ich konnte mich einwandfrei an Tex Rosa erinnern, vor allem an diese Schlangenlederstiefel. Die Kombination aus Schlangenlederstiefeln und Schnurrbart machte mich auf einmal nervös, keine Ahnung, warum. Wenn ich nervös bin, bekomme ich oft Lust, an etwas zu kauen, auch da habe ich keine Ahnung, warum. Ich sah mich um: nichts zum dran Kauen in Sicht außer dem Armaturenbrett, aber das war keine gute Idee. Das Problem ist, wenn mich dieser Kaudrang überfällt, dann ist es fast unmöglich, ihn zu unter …

»Na bitte«, sagte Bernie leise.

Auf der Rückseite des Gebäudes von Cuatro Rosas öffnete sich eine Tür. Zwei Männer kamen heraus, angeleuchtet von dem Licht im Zimmer hinter ihnen. Einer davon war Tex Rosa. Jetzt, da er stand, war er größer, als ich gedacht hatte, aber nicht so groß wie der andere Mann. Der war riesig, hatte lange Koteletten und eine krumme Nase, und er trug ein Bandana: Jocko Cochrane.

»Schhh«, machte Bernie genau in dem Moment, in dem mich der Knurrdrang überfiel.

Tex Rosa und Jocko Cochrane traten aus dem Licht in den Schatten, aber man konnte ihnen immer noch mühelos folgen, obwohl ich merkte, dass Bernie sich nach vorne beugte und die Augen zusammenkniff. Menschen sahen nie besonders gut aus, wenn sie die Augen zusammenkniffen, nicht einmal Bernie. Aber kein Problem, ich konnte alles genau sehen: Wie die beiden Männer zum Lastwagen gingen, Jocko einstieg, sie durch das offene Fenster miteinander sprachen. Ich schnappte sogar ein paar Brocken von dem auf, was sie sagten, so was wie »Nächstes Mal puste ich ihm den Kopf weg« und »Springt da eigentlich was extra raus?« und »Wie wär's mit fünfhundert?«. Dann wendete der Lastwagen auf dem Hof, und Tex Rosa ging zurück in sein Büro. Wir wendeten ebenfalls, ohne Licht, Bernie gab Gas, und wir erreichten die Straße genau in dem Moment, in dem der Cuatro-Rosas-Lastwagen vorbeifuhr. Ich konnte Jocko deutlich sehen, er lachte in sein Handy. Außerdem roch ich seltsamerweise Bananen. Wir folgten ihm.

Zuerst kamen ein paar verlassene Straßen, die ich nicht kannte, und kurz danach waren wir auf einem Freeway mit viel Verkehr. Bernie schaltete das Licht ein. »Ich meine, ich hätte sie da unten bei dem Lastwagen miteinander reden gehört«, sagte Bernie. »Ich würde sonst was dafür geben, wenn ich wüsste, was sie gesagt haben.« Ich warf einen raschen Blick auf Bernies Ohr, das eine, das ich sehen konnte. Hübsch geformt und für einen Menschen ziemlich groß. Aber wofür genau war es eigentlich gut?

Wir kamen zu der großen Kreuzung in der Nähe der Bürotürme – »die idiotischste Verkehrsplanung im gesamten Staat«, wie Bernie jedes Mal sagte, jetzt auch wieder – und bogen ab auf einen anderen Freeway. Jocko fuhr auf der mittleren Spur; wir beschatteten ihn von der rechten Spur aus, immer mit ein paar anderen Autos dazwischen. Darin waren wir wirklich gut, Bernie und ich.

Nach einer langen Weile ließen wir das Valley, das sich endlos in alle Richtungen ausdehnte, hinter uns und erreichten offenes Gelände. Die Farbe des Himmels verwandelte sich von Dunkelrosa in Schwarz, und die Sterne kamen raus. »Hundert Milliarden Sterne in der Milchstraße«, sagte Bernie, »vielleicht sogar doppelt so viel. Und hundert Milliarden Galaxien im Universum. Was treiben wir hier eigentlich?«

Was wir trieben? Wir beschatteten einen wirklich bösen Mann, der mit einem Baseballschläger auf uns eingeschlagen hatte, und waren dabei, ihn zur Strecke zu bringen. Das musste Bernie doch wissen, oder?

Wir durchquerten die Wüste. Sie wirkte dunkel und leer, bis auf ein paar vereinzelte Städtchen in der Ferne, die wie Lichterhaufen aussahen. An Lichterhaufen musste ich deshalb denken, weil einmal, als Leda den Weihnachtsbaum schmückte – das war jedes Mal ein aufregendes Ereignis für mich und endete damit, dass ich vor die Tür musste –, die Lichterketten auf einem Haufen auf dem Boden lagen und es so hübsch ausgesehen hatte, als Bernie sie einschaltete, um die Lämpchen zu testen. Das war damals, als Bernie und Leda noch einigermaßen miteinander auskamen, und vor dem Morgen, an dem sie beim Frühstück einen Schluck Kaffee trank und sagte: »Ich will das nicht mehr.« Zuerst dachte ich, sie meinte den Kaffee. – Bernie auch.

Jocko verließ den Freeway und fuhr auf eine zweispurige Schnellstraße, auf der nur wenig Verkehr war. Wir folgten ihm mit ziemlich viel Abstand durch eines dieser Lichterhaufen-Städtchen und danach auf einer anderen Straße, die sich in die Hügel hinaufwand. In jeder Kurve verschwanden Jockos Rücklichter und tauchten ein Stück weiter oben wieder auf. Er erreichte die Kuppe eines Hügels, verschwand erneut aus unserem Blickfeld. Als wir oben ankamen, war der Cuatro-Rosas-Lastwagen auf der anderen Seite wieder runtergefahren, aber jetzt fuhr er nicht mehr auf der Straße; stattdessen war Jocko auf eine Wüstenpiste abgebogen.

»Er fährt nach Süden«, sagte Bernie. Von der Hügelkuppe aus konnten wir eine Ebene sehen, die sich bis in die Ferne erstreckte, und die Scheinwerfer des Lastwagens, die sich langsam durch die Nacht bohrten. »Ganz schön nah an der Grenze«, meinte Bernie, und im gleichen Moment gingen die Scheinwerfer des Lastwagens aus. Dennoch fuhr er weiter – ich konnte ihn im Sternenlicht immer noch sehen. »Mist«, schimpfte Bernie, »wo zum Teufel ist er?« Und dann: »Ich glaube, ich sehe ihn.« Er schaltete unsere Scheinwerfer aus und bog auf die Wüstenpiste.

Wir folgten dem Lastwagen – ein eckiger Schatten – über die Ebene, wir folgten ihm so dicht, dass sich der Staub, den Jocko aufwirbelte, auf unsere Windschutzscheibe legte und mir in die Nase stieg. »Wir könnten sogar schon in Mexiko sein.« Owei. Mexiko. Wir hatten einmal da drunten gearbeitet, bei der Salazar-Entführung und in einem anderen Fall, an den ich mich nicht mehr erinnerte, bis auf den Teil mit dem Taco, den ich hinter einer Cantina verputzt hatte. Meinesgleichen, nicht alle, aber einige, sind anders in Mexiko – zähe Burschen, rotäugig, mager und gemein. Ich hatte mir da unten in Mexiko einige Schrammen geholt, Bernie sich auch. Eine mexikanische Tierärztin musste sich um mich kümmern, und sie hat auch Bernie zusammengeflickt. Sie war nett, und sie mochte Bernie, was zu gewissen Komplikationen führte, weil sie vergessen hatte, ihren Ehemann zu erwähnen. Aber der war ein wirklich übler Kerl, wie sich herausstellte, und deshalb nahm alles ein gutes Ende.

Ich sah mich um und entdeckte in der Dunkelheit ein Paar glühende Augen und dann noch eins. Meinesgleichen, von der mexikanischen Sorte? Ich schnupperte. Nein, das war etwas anderes, etwas, das mehr mit Katze zu tun hatte. In der Wüste gab es große Katzen, das wusste ich nur allzu gut.

Die Piste wurde immer schlechter und hörte schließlich ganz auf. Wir fuhren langsamer und bahnten uns einen Weg um Felsen und Büsche herum. Der eckige Schatten vor uns näherte sich einer lang gezogenen, niedrigen Hügelkette. Ich verlor ihn aus den Augen.

»Wo ist er hin?«, fragte Bernie.

Wir erreichten die Hügel. Sie waren steiler, als sie aus der Ferne ausgesehen hatten. Führte ein Weg hinein? Wir fuhren am Fuß der Hügel entlang, entdeckten ein paar Einschnitte, aber alle viel zu schmal und felsig. Bernie hielt an, holte die große Taschenlampe unter dem Sitz hervor. Wir stiegen aus.

Bernie legte eine Hand ans Ohr. »Ich kann ihn nicht hören«, sagte er leise. Das überraschte mich nicht, allerdings hörte ich abgesehen vom Heulen eines Kojoten in der Ferne auch nichts.

»Das verstehe ich nicht.« Bernie schwenkte die Taschenlampe. »Keine Reifenspuren, die nach oben führen, außerdem ist es hier sowieso viel zu steil.« Wir gingen ein Stück, Bernie leuchtete hierhin und dorthin. »Wo zum Teufel ist er abgeblieben?« Ich wusste es nicht, aber die Auspuffgase des Lastwagens konnte ich mühelos ausmachen. Ich folgte ihrem Geruch bis zu ein paar stachligen Büschen, die an einer Stelle wuchsen, wo die Hügel praktisch senkrecht in die Höhe ragten. Von dort führte er zurück auf die Ebene. »Er hat gewendet?«, sagte Bernie. »Wie konnten wir ihn da verfehlen?«

Ich ging zu den stachligen Büschen – Ocotillo, hießen sie so? – und schnupperte noch mal dran. Hey! Die rochen wie Bananen. Bernie kam her und leuchtete. Nichts zu sehen außer den Büschen, lange Stängel mit Stacheln dran, und dahinter die Felswand.

Wir standen da, Bernie dachte nach, ich roch den Geruch von Abgasen und Bananen, der langsam immer schwächer wurde. Es war angenehm, so unter den Sternen zu stehen: Die Luft war klar, die Nacht wunderschön. »Was hältst du davon, wenn wir raufklettern«, fragte Bernie, »und mal schauen, was man von oben sehen kann?«

Klang gut. Wir gingen am Fuß der Hügel entlang, bis wir zu einem dieser Einschnitte kamen, und begannen hinaufzuklettern. Der Strahl der Taschenlampe erfasste kleine Kakteen, jede Menge Felsbrocken, ein altes Wagenrad. Kein Wasser, aber ich konnte es riechen, praktisch unter unseren Füßen. Im Vorbeigehen warf Bernie einen Blick auf das Wagenrad. »In der Nähe könnte eine Mine sein.« Bernie interessierte sich sehr für verlassene Minen in der Wüste, was in der Vergangenheit schon einige Male zu Schwierigkeiten geführt hatte.

Wir kletterten höher. Der Einschnitt wurde schmaler, machte Biegungen, verschwand schließlich zwischen zwei Felsvorsprüngen. Ab hier wurde das Klettern schwieriger, zumindest für Bernie. Er japste nach Luft, der Lichtstrahl der Taschenlampe hüpfte auf und ab. Kleine Erdrutsche wurden ausgelöst. Nicht durch mich, natürlich. Bald darauf kam ich zu einem riesigen Kandelaberkaktus, dem größten, den ich jemals gesehen hatte, und stellte fest, dass ich die Kuppe erreicht hatte. So nah bei den Sternen! Was für ein Leben wir doch hatten, Bernie und ich. Und in der Ferne eine weitere große Ebene mit einem Städtchen, nicht besonders hell. Würden wir dort hingehen? Ich war bereit.

Bernie schleppte sich das letzte Stück nach oben, stellte sich neben mich, keuchend und ächzend. »Zeit, mal wieder was für die Form zu tun, mein Großer.« Damit meinte er doch bestimmt sich und nicht mich, oder? Er schaltete die Taschenlampe aus, blickte über die Ebene. »Ja«, sagte er, »Mexiko, keine Frage – das dahinten muss El Gato sein. Weißt du, was ich denke?« Meistens wusste ich es nicht, aber in diesem Fall war ich ziemlich sicher, dass es etwas mit dieser mexikanischen Tierärztin zu tun hatte. Falsch. »Direkt vor unseren Augen sind zwei große Dinge verschwunden, Peanut und Jockos Lastwagen«, überlegte Bernie. »Das kann doch kein Zufall sein.«

Ich versuchte es zu verstehen. Peanut war in Jockos

Lastwagen? Unmöglich, der Lastwagen war auf keinen Fall groß genug für Peanut. Ich schnüffelte herum, entdeckte auch nicht einen Hauch von Peanuts Geruch. Aber was war das? Nur sehr schwach, aber unverkennbar: ein Geruch, der an Frosch oder Kröte erinnerte, nur fischiger, der fischige Teil schärfer und gleichzeitig weniger intensiv als der von richtigem Fisch. Ich meine natürlich frischen Fisch, bei verdorbenem Fisch verhält sich die Sache anders. Dieser spezielle Geruch – froschig, krötig, fischig – konnte nur eins bedeuten: Schlange. Schlangen machen mir eine Heidenangst. Ich schäme mich nicht, das zuzugeben.

»Erkunden wir mal ein bisschen das Terrain«, sagte Bernie.

Suchten wir immer noch nach dem Lastwagen? Wie sollte der denn hier raufgekommen sein? Ich wusste es nicht, aber wenn Bernie erkunden sagte, dann erkundeten wir eben. Ich erkunde gerne, und in diesem Job ergibt sich oft die Gelegenheit dazu.

Wir gingen über die Hügelkuppe. Bernie trat nach einem Felsbrocken, wie er es bei Erkundungsaktionen oft machte. Der Strahl der Taschenlampe folgte dem Felsbrocken, der über einen Abhang kullerte und in einer kleinen Mulde aus unserem Blickfeld verschwand. Wir kletterten den Abhang hinunter. Der fischig-krötige Geruch hing noch immer in der Luft, jetzt mischte sich jedoch noch ein anderer Geruch darunter, den ich aus der Hundeschule kannte. Meine Nackenhaare stellten sich auf.

»Chet – was ist los?«

Ich lief zu der kleinen Mulde, guckte rein und sah nur Dunkelheit; aber ich wusste bereits, was da unten war.

Bernie kam, richtete die Taschenlampe darauf. Auf dem Boden der Mulde lag ein Mann, mit dem Gesicht nach unten, einen Arm seitlich ausgestreckt. Sein Körper war nicht verdreht oder zerschmettert, wie man es manchmal sieht. Eigentlich sah er fast so aus, als ob er schlafen würde, aber das tat er natürlich nicht.

»Verdammt«, fluchte Bernie.

Wir stiegen in die Mulde und sahen uns den Mann genauer an. Er trug einen weiten dunklen Schlafanzug und hatte Hausschuhe an den Füßen. Bernie richtete den Lichtstrahl auf sein Gesicht, ein Gesicht, das ich schon mal gesehen hatte, lächelnd auf dem Video mit Peanut und ebenfalls lächelnd auf dem Bild an unserem Kühlschrank. Jetzt war sein Mund geschlossen, aber sein Auge, das eine, das ich sehen konnte, war offen. Eine Ameise krabbelte darüber.

»Uri DeLeath«, sagte Bernie.

Er kniete sich hin, ließ den Lichtstrahl langsam über die Leiche wandern, untersuchte sie Stück für Stück, fasste sie aber nicht an.

»Keine offensichtliche Todesursache zu erkennen«, stellte er fest. »Kein Blut, kein Einschussloch, es sieht auch nichts gebrochen aus. Ich weiß nicht …« Der Lichtstrahl blieb an Uri DeLeaths ausgestreckter Hand hängen. »Allerdings kommt mir die Hand geschwollen vor, und was haben wir hier?« Er beugte sich tiefer hinunter. Ich sah, was er meinte: zwei Löcher in DeLeaths Handrücken, nicht besonders groß, um die Ränder herum geschwollen und lila.

Wir konzentrierten uns so sehr auf die beiden Löcher, dass mir beinahe die raschelnde Bewegung irgendwo unter der Schlafanzugjacke entgangen wäre, und ehe ich michs versah, glitt eine Schlange unter dem glänzenden Stoff hervor, keine besonders lange Schlange, dafür aber dick, und sie hatte einen wirklich großen Kopf und wütend funkelnde Augen. Sie richtete sich auf – blitzschnell –, riss ihr Maul mit den riesigen Zähnen auf und schnappte nach Bernie.

Bernie gab ein erschrockenes Geräusch von sich, wie ich es bei ihm noch nie gehört hatte, und sprang zur Seite, außer Reichweite. Ich stürzte mich auf den Schwanz der Schlange – so weit wie möglich von diesen Zähnen entfernt –, erwischte die Spitze mit den Pfoten, grub meine Zähne hinein, aber jetzt schoss das andere Ende der Schlange herum, und sie hob erneut den Kopf, die Augen auf mich gerichtet, das Maul weit aufgerissen und – und dann zog Bernie diesem großen Kopf von hinten eins mit der Taschenlampe über, richtig fest. Die Schlange wand sich und sank zu Boden. Bernie stampfte auf ihren Kopf, öfter als einmal – um genau zu sein, viel öfter. Die Schlange blieb still liegen. Auf Bernies Gesicht erschien ein grimmiger Ausdruck.

Kapitel 14

»Was meinen Sie, ist das eine Diamantklapperschlange?«, fragte ein Mann in Uniform, keine Ahnung, was für eine. Die Sonne hatte eine milchige Farbe angenommen – Milch ist nicht mein Getränk, überhaupt nicht –, und überall liefen Leute in verschiedenen Uniformen herum – vom Metro Police Department, State Trooper, Grenzpolizei, möglicherweise auch noch ein paar andere. »Also für mich sieht das nach einer Diamantklapperschlange aus.«

»Ich bin kein Experte«, sagte Bernie, »aber müsste man da nicht ein deutliches diamantförmiges Muster erkennen?«

»So genau kenne ich mich auch nicht aus, aber sehen Sie, hier? Das sieht doch aus wie Diamanten.«

»Zumindest so ähnlich.«

»Vielleicht ist es ja auch eine von diesen verdammten Seitenwinder-Klapperschlangen. Aber was spielt das letztlich für eine Rolle? Der arme Kerl – keine schöne Art zu sterben.«

Inzwischen hatten sie Uri DeLeaths Leiche weggeschafft, machten Fotos, stellten Bernie Fragen. Ich war ziemlich müde und hörte nicht richtig hin. Ich wusste nur, dass er umso weniger sagte, je mehr sie ihn fragten. Bernie hatte dunkle Ringe unter den Augen, auch er war müde. Die Sonne lag über der Hügelkuppe wie ein Orangenschnitz, und auf Bernies Gesicht wechselte eine rote Farbe die andere ab. Gleichzeitig sah er erschöpft aus, das machte mir irgendwie Angst. Doch dann wurde der Himmel blau, und alles war wieder gut. Ich legte mich hin, mit dem Rücken an den Felsen, der noch kühl von der Nacht war, über mir ragte dieser riesige Kandelaberkaktus auf. Eine weitere Diskussion begann, vielleicht darüber, was mit dem Schlangenbiest geschehen sollte. Sie war immer noch im Gang, als wir wegfuhren, Bernie und ich.

Es war ein angenehmes Gefühl, im Auto so dahinzufahren. Ich rollte mich auf dem Kopilotensitz zusammen. Bernie schwieg lange. Dann fragte er: »Was hätten wir anders machen können?« Wann? Ich wusste es nicht, und es fiel mir auch nichts ein. Bernie legte seine Hand auf meinen Rücken. Hatten wir es nicht gut gemacht? Wir hatten diese schreckliche Schlange getötet, ohne gebissen zu werden. Ich schloss die Augen, aber sofort sah ich die beiden Löcher in DeLeaths geschwollener Hand vor mir. Ich öffnete die Augen, musterte von der Seite Bernies Gesicht. Meine Augen schlossen sich wieder. Dieses Mal sah ich nichts Schlimmes mehr, nur viele Wolken, die heranzogen.

»Du siehst beschissen aus«, sagte Rick Torres, »im Gegensatz zu Chet. Der sieht gut aus.«

Und fühlte sich auch gut, tipptopp sozusagen. Ich schüttelte mich ausgiebig, die Art von Schütteln, das in kleinen Wellen bei meiner Schwanzspitze endet. Ich kann Ihnen gar nicht sagen, wie toll sich das anfühlt. Ich hatte die ganze Fahrt über geschlafen.

Wir saßen vor dem Polizeipräsidium. Das liegt im Zentrum, nicht weit von den Bürotürmen entfernt, und davor stehen ein paar bequeme Bänke, auf denen die Freunde und Familien von Gaunern sitzen und warten können. Das machten sie auch jetzt, aber nicht auf unserer Bank – und aus irgendeinem Grund auch nicht auf den Bänken in unserer Nähe –, auf der an dem einen Ende Rick saß und am anderen Bernie. Ich kletterte in die Mitte, nachdem ich mit Schütteln fertig war. Manchmal ist es nett, hoch oben zu sitzen.

»Willst du wissen, was ich denke?«, fragte Rick.

»Wahrscheinlich nicht«, sagte Bernie.

»Weil du dauernd irgendwelchen Verschwörungstheorien anhängst.«

»Schwachsinn.«

»Nein? Bist du bereit zu akzeptieren, dass der Typ durchgedreht ist, sich für den großen Elefantenbefreier gehalten hat, zu guter Letzt in die Wüste marschiert ist, wahrscheinlich ohne Essen und ohne Wasser, und prompt das Schicksal erleiden musste, das da draußen schon viele ereilt hat?«

»Nein.«

Rick lachte. »Na bitte.«

»Fangen wir mit Peanut an«, schlug Bernie vor.

»Ja, fangen wir mit Peanut an.«

»Wo ist sie?«

»Keine Ahnung, und?«

»Und? Wenn sie miteinander in die Wüste marschiert wären, hätte es doch Spuren geben müssen.«

»Was für Spuren?«

»Schon mal was von Elefantendung gehört, Rick?«

Bis jetzt war das Gespräch auf eine angenehme Weise über meinem Kopf hin und her geplätschert, aber Elefantendung: Das weckte meine Aufmerksamkeit.

»Der ist nicht leicht zu übersehen«, sagte Bernie. »Und ich habe sehr genau hingesehen. Und selbst wenn nicht – glaubst du, dass er Chet entgangen wäre?«

»Da hast du wohl recht«, stimmte Rick zu und tätschelte mich kurz.

Und ob Bernie recht hatte. Mir war noch nie irgendein Dung entgangen, in meinem ganzen Berufsleben noch nicht.

»Aber«, sagte Rick, »vielleicht bedeutet das auch nur, dass sie getrennt wurden, bevor sie die Grenze erreicht haben.«

»Du hältst es für Zufall, dass in ein und demselben Fall zwei Lastwagen von Cuatro Rosas auftauchen?«

»Ich habe mit dem Typ geredet, Tex Rosa – absolut sauber, übrigens, nicht einmal …«

»Sag es nicht.«

»Was soll ich nicht sagen?«, fragte Rick.

»›Nicht einmal einen Strafzettel für Falschparken‹. Das ist eine dieser Bullenfloskeln, die mich in den Wahnsinn treiben.«

»Schon gut«, sagte Rick. »Ich sage es nicht. Darf ich dann wenigstens sagen, dass laut seiner Aussage in der fraglichen Nacht keiner seiner Lastwagen auch nur in der Nähe des Rummelplatzes war?«

»Ich habe einen Zeugen, der was anderes behauptet.«

»Und der heißt?«

»Ollie Filipoff – einer der Akrobaten.«

Rick schrieb etwas in seinen Notizblock. »Ich werde mich mal mit ihm unterhalten.«

»Tu das. Und dann frag dich mal, was der zweite Lastwagen da unten zu suchen hatte.«

»Der sogenannte zweite Lastwagen steht wieder auf

dem Hof der Spedition«, berichtete Rick weiter. »Ich habe ihn heute Morgen mit eigenen Augen gesehen. Laut Rosa war er vergangene Nacht mit einer Ladung Maschinenteile auf dem Weg nach Santa Fe, aber am Spaghettiknoten hat der Fahrer gemerkt, dass er Öl verliert, und ist umgekehrt.« Rick hielt inne und räusperte sich. Ich habe eine Schwäche für dieses Räuspern, falls ich es noch nicht erwähnt haben sollte. »Bernie?«

»Ich will es nicht hören.«

»Ich sage es trotzdem – der Spaghettiknoten ist ein Albtraum. Außerdem war es Nacht, und es könnte jedem passieren, dass er am Anfang Laster A verfolgt und am Ende Laster B hinterherfährt.«

Der Muskel an Bernies Kinn zuckte. »So war es aber nicht.«

»Wie du meinst«, sagte Rick. »Aber wenn ich mal zusammenfassen darf, haben wir es jetzt mit einem vermissten Elefanten zu tun und der Leiche des Mannes, der ihn gestohlen hat. Das rechtfertigt wohl kaum einen Großeinsatz des Metro PD.« Rick stand auf. »Lass es mich wissen, falls sich etwas Neues ergibt.«

»Das steht ganz oben auf meiner Liste.«

Sie schüttelten einander nicht die Hand.

Die Tür von Popos Wohnwagen stand offen. Wir gingen hinein und fanden ihn vor dem Spiegel, wo er sich sein Clownsgesicht aufmalte. Das weiße Zeug hatte er schon drauf und auch die dicken roten Lippen, aber mit Augen und Nase hatte er noch nicht angefangen.

»Hi.« Der Clown drehte sich um. Seine Augen sahen winzig aus. »Was führt Sie her?«

»Äh …« Ich spürte, wie Bernie sich wappnete. Das tut

er in schwierigen Momenten – er stellt sich aufrechter hin, macht sich innendrin stahlhart. »Wir haben Neuigkeiten«, sagte er. »Leider keine guten.«

»Oh nein«, stöhnte Popo auf. Er legte eine Hand über den Mund, verschmierte das rote Lippenzeug über sein Gesicht.

»Es tut mir leid«, sagte Bernie.

Popo sog die Luft ein, sehr schnell, sodass es ein rasselndes Geräusch gab. Er drehte sein Gesicht von uns weg. Popo trug ein ärmelloses T-Shirt, eins von denen, die man Muskelshirt nennt, glaube ich, keine Ahnung, warum. Popo zum Beispiel hatte überhaupt keine Muskeln. Ich betrachtete seine mageren Schultern: Sie sahen ganz anders aus als Bernies, und auch sein Hals war mager. Sein Hinterkopf dagegen gefiel mir, schwer zu erklären. Er zitterte leicht. Ich ging zu ihm und setzte mich vor seine Füße. Zuerst sah er mich vielleicht nicht, weil seine Augen so nass und verschwommen waren. Aber dann sah er mich doch und streckte die Hand aus. Ich leckte darüber. Sie schmeckte nach Lippenstift. Den Geschmack kannte ich, weil ich in früheren Zeiten einmal einen von Ledas Lippenstiften gefressen hatte, oder möglicherweise auch mehr als einen, vielleicht sogar viele.

Popos Augen, aus denen jetzt Tränen kamen, obwohl er keinen Laut von sich gab, blieben auf mich gerichtet. Sein Gesicht sah sehr seltsam aus, teilweise Clown und teilweise Mann, und alles mit Rot und Tränen verschmiert, aber ich hatte keine Angst. Ich rückte näher zu ihm, drückte mich an sein Bein. Popo war einer der Menschen, die ich wirklich mochte; ich wusste auch nicht genau, warum. Er legte eine Hand auf meine Schulter und zog mich an sich. Ich ließ mich ziehen.

Bernie erzählte Popo, was draußen in der Wüste passiert war. Popo stellte ein paar Fragen, und Bernie erklärte es ihm noch einmal. Es folgten mehr Fragen und von Bernie mehr Antworten. Am Ende hätte ich beinahe selbst alles verstanden.

Popo wischte das, was von der Schminke noch übrig war, von seinem Gesicht. »Ich möchte, dass Sie weitersuchen«, sagte er.

»Wonach?«, fragte Bernie.

»Nach Peanut natürlich. Das hätte Uri so gewollt.«

»Hm … Ich bin mir nicht sicher, ob …«

Popos Stimme wurde lauter, richtig laut sogar. »Nennen Sie einfach Ihren Preis.«

Bernie nickte. »Der normale Satz – vierhundert pro Tag plus Spesen.«

Vierhundert pro Tag? War unser normaler Satz nicht fünfhundert? Was war mehr? Das wollte ich.

Popo zog eine Schublade auf und holte sein Scheckbuch heraus.

»Das kann warten«, sagte Bernie. Oh, Bernie.

Popo sah auf eine Wanduhr – und, ja, er schüttelte sich leicht. Dann drehte er sich zum Spiegel und begann, das weiße Zeug aus einer Dose auf sein Gesicht zu schmieren.

»Was, äh …«, setzte Bernie an.

»Showtime«, verkündete Popo. Daran, wie er seine mageren Schultern hielt, erkannte ich, dass auch er sich hart machte, so gut er konnte.

Wir verließen Popos Wohnwagen. Davor standen

einige Zirkusleute. Manche kannte ich, wie Fil und Ollie Filipoff, aber viele hatte ich noch nicht gesehen, zum Beispiel einen furchtbar stark aussehenden Mann mit bloßer Brust, eine Frau in Motorradkluft, einen Mann mit einem dieser einrädrigen Fahrräder in der Hand. Sie gingen nacheinander hinein.

Wir verließen den Rummelplatz. Die Ringe unter Bernies Augen waren jetzt noch tiefer. Er machte ein paar Anrufe. Ich behielt das Auto vor uns im Blick, ein Auto mit einer Katze, die auf der Hutablage saß, wie es Katzen oft machen. Was haben die bloß gegen den Kopilotensitz? Die Katze beobachtete mich ebenfalls, und zwar auf eine Art und Weise, die mir kein bisschen gefiel.

»Chet! Hör auf damit.«

Ich versuchte, damit aufzuhören.

»Chet! Was ist denn in dich gefahren?«

Das wusste Bernie nicht? Die Katze saß praktisch direkt vor seiner Nase, gähnte und streckte sich so, dass ich Lust bekam … Doch dann nahmen wir eine Ausfahrt, und die Katze war weg. Ich setzte mich wieder, kein Problem, ruhig, wachsam, ein Profi.

Bald darauf fuhren wir an einem Golfplatz vorbei. Im Valley gibt es viele Golfplätze, was Grüneres haben Sie noch nicht gesehen. Das ärgerte Bernie, wegen – hey! Wir fuhren gar nicht vorbei, sondern hinein, und folgten einer gewundenen Zufahrt mit Blumen auf beiden Seiten. Auf dem Parkplatz am Ende stellten wir uns neben ein langes weißes Auto, das mir irgendwie bekannt vorkam.

Die Luft auf diesem Golfplatz roch gut: Blumen, frisch gemähtes Gras und Wasser, jede Menge davon, obwohl ich keines sehen konnte. Wir gingen hinüber zu den

Übungstees. Übungstees kannte ich von dem Dalton-Fall, bei dem sich herausstellte, dass Mrs. Dalton eine Affäre mit ihrem Golflehrer hatte, aber gleichzeitig spielte sie nun so viel besser Golf, dass sie und Mr. Dalton kurz vor der Scheidung ein Paarturnier gewannen. Deshalb ging alles gut aus …

Bei den Übungstees schwang nur ein einziger Spieler den Schläger, ein braungebrannter, großköpfiger, Zigarre rauchender Mann, der gelbe Hosen, ein rosafarbenes Hemd und einen Strohhut trug: Colonel Drummond. Er nahm kurz und abrupt Schwung und ließ den Schläger mit erstaunlicher Kraft gegen den Ball sausen. Nannte man das Toppen, wenn der Ball praktisch sofort auf dem Boden landete, dort ein paar Hüpfer machte und ausrollte?

Colonel Drummond blickte hoch. »Würden Sie bitte Abstand halten, wenn ein Spieler den Ball anspricht?«, sagte er. Dann sah er genauer hin. »Ach, Sie sind es.«

»In Ihrem Büro hat man mir gesagt, dass Sie hier sind«, erklärte Bernie.

Drummond griff in den Korb, legte einen neuen Ball auf das Tee. »Ist es wegen DeLeath? Hab ich schon gehört.« Er schüttelte den Kopf. »Eine furchtbare Sache«, sagte er um seine Zigarre herum. »Ich bin erschüttert, das sage ich Ihnen ganz offen.« Er wedelte mit dem Schläger, holte erneut aus, fast genauso wie beim letzten Mal, aber dieses Mal toppte er den Ball nicht. Der sprang stattdessen seitlich weg und prallte von einem Golfcart ab. »Sehen Sie? Ich kann mich kaum auf irgendetwas anderes konzentrieren. Unsere kleine Welt – die Zirkuswelt, meine ich – hat eine ihrer Größen verloren.« Er legte einen weiteren Ball auf das Tee.

»Was wollen Sie unternehmen?«, fragte Bernie.

Drummond, bereits wieder beim Ausholen, hielt inne. »Was meinen Sie?«

»Um herauszufinden, was passiert ist.«

»Diese bescheuerten Tierrechtler haben DeLeath den Verstand vernebelt, und er wusste nicht mehr, was er tat, das ist passiert«, sagte Drummond. »Es sei denn, Sie wissen es besser.«

»Nein«, räumte Bernie ein. »Ich habe nur Fragen.«

Drummond sah auf seine Uhr. »Die Runde beginnt in fünf Minuten«, sagte er. »Eine kann ich mir anhören.«

»Okay.« Bernie stellte seine erste Frage: »Kennen Sie Tex Rosa?«

»Nie von ihm gehört.« Drummond wedelte erneut mit dem Schläger, holte aus und schlug den Ball ab. Dieses Mal hob der Ball ein Stück vom Boden ab und flog über den Fairway, allerdings nicht sehr weit.

»Schon besser«, fand Drummond. »Was würden Sie sagen – zwei zwanzig?«

»Tex Rosa ist der Inhaber einer Spedition namens Cuatro Rosas.«

Drummond nahm die Zigarre aus dem Mund, schnippte die Asche weg, lächelte. »Das kommt einer zweiten Frage verdammt nahe«, sagte er. »Die Antwort lautet immer noch Nein.«

Bernie bedachte ihn mit einem langen Blick. »Sie stehen zu breitbeinig da. Das versaut Ihnen die Drehung.«

»Hä?«, machte der Colonel. »Sie verstehen was von Golf?«

»Eigentlich nicht«, sagte Bernie. »Aber als Junge habe ich mir ein wenig Taschengeld als Caddy verdient.«

Hey! Das war etwas Neues. Bernie konnte mich immer

noch überraschen, und es war jedes Mal eine schöne Überraschung. An Bernie reicht einfach niemand ran, wenn Sie meine ehrliche Meinung hören wollen.

Drummond stellte sich mit einem neuen Ball in Positur. »So?«

»Immer noch zu breit.«

Drummond stellte die Füße enger zusammen, holte erneut aus. Das war bei Weitem sein bester Schlag – nicht gerade das, was man einen Höhenflug nennen würde, aber immerhin flog der Ball ein ganzes Stück über den Rasen und an ein paar Büschen vorbei und rollte bis zum Rand eines Sandlochs.

»Sehr gut«, sagte Drummond. »Verbindlichsten Dank.«

»Was ist mit Peanut?«, fragte Bernie.

»Was soll mit ihr sein?«

»Wollen Sie sie nicht zurück?«

»Wie können Sie so etwas fragen?«, entgegnete Drummond. »Aber wir müssen den Tatsachen ins Auge sehen – Elefanten sind nicht dafür geschaffen, in der Wüste zu überleben.«

»Soll das heißen, dass sie tot ist?«

»Ich wünschte bei Gott, ich könnte es optimistischer sehen.«

»Ist sie versichert?«

Drummond lachte. »Für Zirkustiere kann man keine Lebensversicherung abschließen.«

»Das war's dann also?«

Ein Golfcart kam angeholpert, am Steuer ein Mann, der fast genauso angezogen war wie Drummond und ebenfalls eine Zigarre rauchte.

»Übst du etwa heimlich?«, fragte der Mann. »Du hinterhältiger Lump.«

Drummond nahm seine Golftasche und drehte sich zu Bernie. »Es ist ein Geschäft, mein Sohn. Nächste Woche führe ich Bewerbungsgespräche mit verschiedenen Trainern, und spätestens im Frühjahr treten wir mit einer neuen Elefantennummer auf. Die Show muss weitergehen.« Er stieg in das Golfcart. »Danke für den Tipp.«

Als das Golfcart wegfuhr, hörte ich den anderen Mann fragen: »Was für ein Tipp?«

»Das rauszufinden kostet dich was«, sagte Drummond. Sie lachten beide und fuhren weg. Ihre Zigarrenrauchwölkchen hingen noch eine Zeit lang in der Luft.

Bernie sah dem Golfcart nach, bis es außer Sichtweite war. »Zwei zwanzig, meine Fresse«, murmelte er. Beim nächsten Tee hatte jemand seine Golftasche stehen lassen. Bernie nahm einen Schläger heraus, schob mit dem Fuß einen Ball zurecht und schlug ihn ab. *Peng! Schwirr!* Wow! So hoch und so schnell – der Ball hob ab, sauste über die Büsche und das Sandloch, einen Teich und das Green mit dem Fähnchen, ein paar Bäume und den Zaun dahinter und über die Straße auf der anderen Seite, wo ich ihn schließlich aus dem Blick verlor.

Wir fuhren nach Hause. Ich nahm einen Ball mit beziehungsweise, um genau zu sein, mehr als einen. Golfbälle sind nicht besonders groß – man kann erstaunlich viele davon gleichzeitig ins Maul nehmen.

Kapitel 15

Zu Hause füllte Bernie meinen Wassernapf und ging ins Schlafzimmer. Ich schlabberte ein bisschen und folgte ihm. »Ich hasse es, tagsüber zu schlafen«, sagte Bernie. Er lag auf dem Bett, immer noch angezogen. Er rollte sich herum und stellte den Wecker. »Eine Stunde, höchstens.« Er ließ sich zurücksinken, schloss die Augen. Mir stand auch nicht der Sinn nach Schlafen; eher war mir nach einer kleinen Tour durch den Canyon oder nach Fangenspielen oder auch nach einem kurzen Spaziergang einmal die Straße rauf und runter. Aber Bernie sah so müde aus, und auf seiner Stirn erschien wieder diese seltsame Zickzacklinie, als hätte er Schmerzen. Ich schlich aus dem Schlafzimmer, ging den Flur runter, schaute nach draußen, und da war Iggy an seinem Fenster. Er sprang in die Höhe, die Vorderpfoten gegen die Scheibe gestemmt, erfreut, mich zu sehen – Iggy war ein guter Kumpel. Ich stellte mich ebenfalls auf die Hinterbeine. Iggy fing an zu kläffen, dieses schrille Kläff-kläff-kläff, das alle Nachbarn nervte, außer uns natürlich. Ich fing an zurückzubellen, aber dann verschluckte ich den Rest – oder wenigstens einen Teil davon –, weil mir Bernie einfiel. Der alte Mr. Parsons tauchte hinter Iggy auf und sagte etwas, und ich wusste, dass es etwas mit »Schluss jetzt« und »weg von diesem verdammten Fenster« zu tun hatte. Iggy kläffte weiter, sprang auf und ab und wedelte mit seinem Stummelschwanz.

Mr. Parsons ging weg und kam mit einem – hey! –, mit einem Kauknochen zurück, einem richtig großen. Er hielt ihn Iggy vor die Schnauze und verschwand wieder. Damit hatte all das Kläffen, Hüpfen und Wedeln ein Ende; Iggy wandte sich vom Fenster ab und flitzte hinter dem alten Mr. Parson her. Ich hätte diesen Kauknochen auch furchtbar gern gehabt.

»Chet!«, rief Bernie aus dem Schlafzimmer. »Beruhige dich wieder.«

In meinen Ohren hallte das schwache Echo von Bellen. Meinem? Huch.

Ich ging zur Haustür, drehte mich ein paarmal im Kreis, legte mich hin. Dann stand ich wieder auf, sah noch mal aus dem Fenster im Flur. Kein Iggy. Wahrscheinlich bearbeitete er gerade den Kauknochen. Ich war nahe dran, erneut zu bellen, sehr nahe, womöglich sogar zu nahe. Ich verstummte und horchte nach Bernie. Er atmete, leise und gleichmäßig. Ich ging zu seinem Schlafzimmer und warf einen Blick hinein. Er lag auf dem Rücken, einen Arm über den Augen, seine Brust hob und senkte sich. Ich beobachtete ihn eine Weile. Er schlief. Es war nett, Bernie beim Schlafen zuzusehen. Bald würde er wieder aufwachen, und dann würden wir eine Tour durch den Canyon machen oder Fangen spielen oder die andere Sache machen, an die ich vorhin gedacht hatte und die mir jetzt nicht mehr einfiel.

Ich ging ins Büro, betrachtete die Elefanten auf dem Teppich und betrachtete sie immer noch, als das Telefon klingelte. Der Anrufbeantworter schaltete sich ein.

»Halten Sie es immer noch für unnötig, Ihre Anrufe

zu beantworten? Kann ich für den Vorschuss, den ich Ihnen gegeben habe, nicht ein bisschen mehr verlangen? – Unglaublich. Hören sie, hier ist Marvin. Marvin Winkleman. Rufen Sie mich so schnell wie möglich zurück.« Klick.

Die meisten Menschen, die ich treffe, mag ich, sogar einige Bösewichte und Bandenmitglieder. Wie Boodle Calhoun zum Beispiel, der jetzt unter der heißen Sonne Steine klopft, aber einmal hatte er mich zwischen den Ohren gekrault – das war kurz bevor er merkte, dass Bernie und ich keinen Kofferraum voll Goldmünzen für ihn hatten –, und das hatte er sehr gut gekonnt. Aber lassen wir Boodle Calhoun. Der springende Punkt war, dass sich Marvin Winkleman in einen der wenigen Menschen zu verwandeln schien, die ich nicht mochte.

Ich ging in die Küche, schlabberte noch ein bisschen Wasser. Wasser ist mein Getränk, obwohl ich auch schon andere Sachen probiert habe, zum Beispiel Bier aus einer Radkappe, damals bei den Motorradfahrern. Diese Motorradfahrer hatte ich sehr gemocht! Eine Weile dachte ich an all den Spaß, den wir miteinander gehabt hatten, dann schnüffelte ich unter dem Tisch herum und fand ein paar Krümel, und danach ging ich in die Diele zurück und schaute durch das hohe Fenster neben der Tür. Oh nein: Mitten in unserem Vorgarten stand ein Eichhörnchen, einfach so! Ich knurrte. Vielleicht hörte es mich, weil es davonflitzte, allerdings war es nicht dieses verzweifelte Flitzen, mit dem Eichhörnchen um ihr Leben laufen und das ich so gerne sehe.

Einige Zeit später tauchte auf dem Gehweg der alte Heydrich mit einem Besen in der Hand auf. Er blickte zu uns herüber, sah mich und machte eins von diesen hässlichen Gesichtern, die Menschen machen können – ich glaube, man nennt es Feixen. Dann fing er an, den ganzen Dreck von seinem Teil des Gehwegs auf unseren rüberzukehren; etwas, das Bernie nicht ausstehen konnte. Wenn ich doch bloß da draußen gewesen wäre, ich hätte …

Der alte Heydrich ging weg. Gleich darauf fuhr ein verstaubter Pick-up vorbei. Bei uns im Valley gibt es viele verstaubte Pick-ups, und ich achtete nicht besonders auf ihn, bis der Fahrer den Kopf drehte und zu unserem Haus herübersah. Er konnte unser Haus sehr gut sehen und ich ihn auch: die krumme Nase, die langen Koteletten, das Bandana. Ich bellte, so laut ich konnte.

»Hey, Chet, was ist denn los?« Bernie kam in die Diele. Er sah jetzt nicht mehr so müde aus, die Zickzacklinie war verschwunden. Ich bellte und bellte. »Kehrt Heydrich wieder den Gehweg?« Bernie blickte aus dem hohen Fenster, sah zum Haus des alten Heydrich hinüber. Am anderen Ende der Straße bog Jocko um die Kurve und verschwand; Bernie schaute in die Richtung, zu spät. Ich bellte noch ein paarmal, aber was konnte ich tun? »Komm, mein Junge, wie wär's mit einem Happen?«

Wir aßen einen Happen – Salsa und Chips für Bernie, ein extragroßer Hundekeks für mich –, danach duschte Bernie und hängte seinen Bademantel über die Badezimmertür. Nicht den gepunkteten, sondern den anderen, den Leda immer als geschmacklos bezeichnet hatte. Ich hätte zu gern mal dran gekaut, um herauszufinden, ob das stimmte, ließ es aber lieber bleiben, denn Bernie hing sehr an diesem alten Bademantel mit dem Muster aus langbeinigen Frauen in Martinigläsern, den er schon lange hatte und der früher einem Kumpel aus der Army-Zeit gehört hatte. Er hieß Tanner, und Bernie sprach nie von ihm, außer in dieser einen Nacht, als wir draußen in der Wüste zelteten und er ins Feuer gestarrt hatte. »Armer Tanner.« Mehr hatte er nicht gesagt.

Jetzt, unter der Dusche, hatte er gute Laune. Das erkannte ich daran, dass er sang. Er sang einige seiner Lieblingslieder: »Lonesome 77203«, »Born To Lose«, »A Tear Fell«, »Sea of Heartbreak«. Ja, er hatte sehr gute Laune. Dampf quoll unter der Tür hervor, und ich ging näher hin; es gefällt mir, wie sich Dampf anfühlt. Und was war das? Vielleicht hatte Bernie den Duschvorhang nicht richtig zugezogen. Auf dem Boden stand eine Pfütze Wasser. Ich probierte es: ein bisschen zu warm und seifig, aber nicht schlecht, wirklich nicht schlecht.

Wenig später war Bernie angezogen – Khakihose, Turnschuhe, T-Shirt – und frischer Kaffee tröpfelte in die Kanne. »Ich liebe diesen Geruch«, schwärmte er. Kaffee konnte Bernie riechen, das wusste ich. Wir gingen hinaus auf die Terrasse, Bernie trank seinen Kaffee, ich sah mich unter dem Grill um und fand nichts.

»Merkwürdig«, begann Bernie. »Suzie hat sich seit – mein Gott!« Er rannte ins Büro, schnappte sich das Telefon. »Suzie? Heb ab, wenn du da bist. Mir ist gerade eingefallen, dass wir … äh … verabredet waren – du weißt schon, im Dry Gulch. Es ist was dazwischengekommen, Arbeit, dieser Fall, eine neue Entwicklung. Äh … Aber ich hätte dich anrufen sollen. Also … äh … es tut mir leid. Bitte ruf mich an. Oder ich ruf dich an, vielleicht ist das besser …« Er legte auf, sah mich an. »Ich bin ein Idiot«, sagte er. Auf keinen Fall. Bernie war stets der klügste Mensch weit und breit.

»Vielleicht sollte ich ihr Blumen schicken«, überlegte er. »Oder ein Geschenk kaufen. Aber es ist so schwierig … Sie hat zum Beispiel noch nie diese Ohrringe getragen, die ich ihr geschenkt habe.« Ohrringe. Ich versuchte mich zu erinnern. Sprach er von denen, die nachts leuchteten?

Sein Blick fiel auf das blinkende Lämpchen am Anrufbeantworter. Er drückte eine Taste.

»Halten Sie es immer noch für unnötig, Ihre Anrufe zu beantworten? Kann ich für den Vorschuss …«

Bernie drückte die Taste noch mal, brachte Marvin zum Schweigen. »Winkleman ist ein Problem, Chet. Ein großes Problem.« Dieser kleine Mann mit den dünnen Beinen und den quer gekämmten Haaren war ein Problem? Das verstand ich nicht. Jocko – der war ein Problem.

»Hey – warum bellst du denn?«

Jocko hatte unser Haus beobachtet, darum.

»Ruhig, mein Großer. Willst du ein paar Hundespaghetti?«

Das Leben ist manchmal schon lustig. Hundespaghetti waren das Letzte, woran ich gedacht hatte, aber jetzt wollte ich sie mehr als alles andere. Und gleich darauf bekam ich sie auch.

»Wir müssen die Sache geschickt angehen«, sagte Bernie. Ich hatte keine Ahnung, wovon er redete. Wir sprangen ins Auto, und ich verdrückte den letzten Bissen.

Ein Weilchen später bogen wir in die High Chaparral Estates ein, eine der schönsten Siedlungen im gesamten Valley, wie Leda oft erklärte. Sie und Malcolm hatten dort ein großes Haus, und auch Charlie wohnte jetzt da, außer wenn er zu Hause war, was nicht oft vorkam.

Wir parkten vor dem großen Haus. Es hatte Säulen, riesige Fenster, Balkone und einen leuchtend grünen Rasen, der gar nicht mehr aufhörte. »Es gibt nur einen Aquifer«, sagte Bernie, als wir ausstiegen und auf dem gewundenen Weg mit Blumen auf beiden Seiten zum Haus gingen. »Warum kapieren die Leute das nicht?« Er drückte auf die Klingel.

Die Tür öffnete sich, und vor uns stand Leda und sprach in ein Handy. Als sie uns sah, zog sie überrascht die Augenbrauen hoch. Nicht dass sie nennenswerte Augenbrauen hätte – sie macht sich nämlich immer mit einer Zange daran zu schaffen. Jedenfalls war das so gewesen, als wir noch alle zusammen waren. »Hundertneunzig pro Person, und Sie wollen mir erzählen, da ist die Zabaione nicht mit drin?«, fragte sie. Sie lauschte einer quäkenden Stimme am anderen Ende, aber nicht lange. »Stopp, stopp, stopp, stopp«, sagte sie, und ihre Stimme wurde dabei auf eine Art, an die ich mich gut erinnerte, immer lauter. »Gehen Sie die Zahlen noch mal durch und rufen Sie mich zurück – aber dann will ich eine andere Antwort hören.« Sie legte auf. »Im Valley macht ein Caterer nach dem anderen pleite, und trotzdem versuchen sie immer noch, einen übers Ohr zu hauen.«

»Was ist Zabaione?«, fragte Bernie.

»Zabaione? Du weißt nicht, was Zabaione ist?« Sie blinzelte. »Was willst du überhaupt hier?« Sie sah auf ihre Uhr, ein hübsches glitzerndes Ding, das mich an einen unglückseligen Zwischenfall erinnerte, an dem ich und ihre lederne Schmuckschatulle beteiligt gewesen waren, nicht lange vor der Trennung. »Charlie ist noch nicht zu

Hause, und es ist kein Wochenende, und selbst wenn, wäre es nicht dein Wochenende.«

»Stimmt«, gab Bernie zu. »Es ist nur so … äh … wir waren gerade in der Gegend, und ich dachte mir, na ja, warum schauen wir nicht mal vorbei und erkundigen uns, wie's dir geht?«

»Wie's mir geht? Hast du Fieber?«

»Ha ha«, sagte Bernie. »Ach, dein Sinn für Humor!«

»Bernie! Sehe ich so aus, als hätte ich Zeit für deinen Sarkasmus?«

»Das ist kein Sarkasmus«, erwiderte Bernie. »Ich habe deinen Sinn für Humor seit jeher … äh … bewundert.«

»Das hast du bemerkenswert gut verborgen.«

»Ha ha – da, schon wieder.«

Darauf folgte eine Zeit lang Schweigen. Ich machte mich darauf gefasst, dass uns gleich die Tür vor der Nase zugeschlagen werden würde. Es wäre nicht das erste Mal gewesen. Ihre Blicke trafen sich, Bernies und Ledas. Und dann, Überraschung, lachte Leda – und Bernie lachte auch. Wann hatte ich das zum letzten Mal gesehen, falls überhaupt jemals?

»Also«, sagte Bernie. »Mal im Ernst, wie geht es dir? Ist bestimmt eine Menge Stress, die Hochzeit zu planen und so weiter.«

»Das ist die Untertreibung des Jahrhunderts.«

»Es wird bestimmt alles großartig.«

»Danke. Mein Gott, sag jetzt bloß nicht, du spekulierst auf eine Einladung.«

»Nein, nein! Daran würde ich nicht mal im Traum …«

»Obwohl Malcolms Geschäfte im Augenblick sehr gut gehen – du würdest nicht glauben, was reinkommt, selbst wenn ich es dir sagen würde –, versuchen wir, die

Gästeliste überschaubar zu halten. Man muss es ja nicht übertreiben. Alles andere wäre stillos, in Anbetracht der Wirtschaftslage und überhaupt.«

»Da stimme ich dir voll und ganz zu. Sag mir doch noch mal, was Malcolm tut.«

»Software.«

»Etwas genauer.«

»Das ist kompliziert – Lizenzen, China, integrierte Apps.«

»Integrierte Apps?«

»Ich habe jetzt keine Zeit, dir das zu erklären. Hängt deine gute Laune mit dem Unterhalt zusammen?«

»Unterhalt?«

»Nach der Hochzeit musst du mir keinen Unterhalt mehr zahlen.«

»Daran habe ich noch gar nicht gedacht«, sagte Bernie.

»Nein?«

»Nein.«

»Weißt du was, Bernie? Du hast dich verändert.«

»Inwiefern?«

»Lass es mich mal so ausdrücken«, antwortete Leda. »Wenn es mit Malcolm nicht so wunderbar laufen würde, so verrückt das jetzt klingt, könnte ich beinahe mit dem Gedanken spielen … Pünktchen, Pünktchen, Pünktchen.«

Pünktchen, Pünktchen, Pünktchen? Wovon in aller Welt redete sie? Wusste es Bernie? Schwer zu sagen. Er blickte zu Boden und scharrte mit den Füßen.

»Verrückt«, sagte er. »Ich meine, toll, einfach toll, wie sich das alles entwickelt hat, du weißt schon, mit dir und Malcolm. Er … äh … ist doch bestimmt überglücklich.«

»Was für eine Frage! Er bettet mich auf Rosen. Hast

du den Verlobungsring nicht bemerkt?« Sie hielt Bernie die Hand vor die Nase, bevor ich darüber nachdenken konnte, was es mit den Rosen auf sich hatte.

»Wow«, staunte er.

»Vierzigtausend«, verkündete Leda. »Ich bin damit als Allerserstes zu einem Schätzer gegangen.«

»Wow«, wiederholte Bernie.

Was bedeutete das alles? Ich hatte keine Ahnung. Im Haus fing ein Telefon an zu klingeln, und Leda sagte: »Das ist er.«

»Der Schätzer?«

»Natürlich nicht. Das wird Malcolm sein. Er ist auf Geschäftsreise.«

»Gut, wir müssen …«

»Bye«, verabschiedete sich Leda. »Und … Bernie … Danke.«

»… dann mal wieder …«

Die Tür ging vor unserer Nase zu, aber nicht mit einem lauten Knall wie sonst. Wir stiegen ins Auto. Bernie wühlte im Handschuhfach, fand ganz hinten eine verbogene Zigarette. Er zündete sie an, atmete tief ein, stieß eine Rauchwolke aus. Ich wusste, dass er versuchte aufzuhören, aber dieser Geruch – ich hatte einfach eine Schwäche dafür. Ich atmete ebenfalls tief ein.

»Diese Hochzeit muss über die Bühne gehen«, sagte er und drehte den Zündschlüssel. »Und nicht nur das – diese verdammte Ehe muss halten. Um genau zu sein, sie muss ein voller Erfolg werden, wie … wie … Ich weiß auch nicht. Denk einfach an eine erfolgreiche Ehe, Chet.«

Ich konnte ihm nicht folgen, was immer er auch meinte. Wir fuhren aus dem Valley raus und in die Wüste rein, und wenig später – nachdem wir an allem, was es Interessantes zu sehen gab, einfach vorbeigefahren waren, obwohl ich nicht verstand, warum wir es so eilig hatten – erreichten wir eine kleine Stadt, die ich kannte, die Stadt, die Bernie als verlaustes Wüstenkaff bezeichnet hatte. Ich fing an, mich zu kratzen, erst hinter dem Ohr, dann an der Seite entlang, dann gleichzeitig auf beiden Seiten. Ich grub meine Krallen richtig tief in mein Fell, immer schneller und …

»Chet, um Himmels willen.«

Wir hielten hinter der Palme auf der Straße vor dem hufeisenförmigen Motel. Zwei Autos auf dem Parkplatz: das eine ein rotes Cabrio, das andere eine dunkle Limousine.

»Oh Mann«, sagte Bernie. Im gleichen Moment ging eine Moteltür auf, und heraus kam Marvin Winklemans Frau – es sei denn, die Scheidung hatte bereits stattgefunden; ich konnte mich nicht genau erinnern –, klein, blond und kurvig, gefolgt von Malcolm, der seine Krawatte band.

»Am liebsten würde ich ihn damit erdrosseln.« Bernie schien wütend. Ich machte mich auf alles gefasst, aber es wurde nichts mit Erdrosseln. Während sie noch dabei waren, in ihre Autos zu steigen, brausten wir davon. Möglicherweise war das Erdrosseln von Malcolm etwas für später, worauf ich mich freuen konnte.

Kapitel 16

Schon wieder Rosen. Zuerst auf irgendeinem Lastwagen, und jetzt lag plötzlich Leda drauf. Und das schien ihr auch noch zu gefallen. Obwohl es doch unmöglich bequem sein konnte, auf diesen stachligen Dingern zu liegen. Man musste nur an die Geschichte mit diesem Bösewicht Nuggets Bolliterri denken. Er war, als er Bernie und mich sah, aus dem Fenster in ein Rosenbeet gesprungen, und ich hatte wirklich nicht den Eindruck gehabt, dass es ihm gefiel, so laut, wie er jammerte. Ich wurde einfach nicht schlau daraus.

Wir blieben im Verkehr stecken, kamen kein bisschen mehr vorwärts, die Art von Steckenbleiben, bei der die Fahrer aus ihren Autos steigen und in die Ferne gucken.

Bernie rief Suzie an. »Hi, ich bin's. Bist du da? Hast du meine Nachricht bekommen … äh … ich meine die, dass mir das mit dem Dry Gulch leidtut? Ich hoffe, du hast nicht zu lange auf mich gewartet, und … äh …«

Suzie nahm ab. Ihre Stimme kam aus den Lautsprechern. »Drei Stunden«, sagte sie.

»Oh.«

»Aber das war das letzte Mal.«

Ja, das war Suzies Stimme aus den Lautsprechern, aber so hatte sie noch nie geklungen. Suzie hat eine meiner Lieblingsstimmen. Sie klingt, als würde es ihr Spaß machen, einfach nur da zu sein – wenn Suzie spricht, kann ich gar nicht anders als ihr zuhören, die Töne über mich hinwegfließen lassen –, aber jetzt war kein Spaß in ihrer Stimme. Stattdessen klang sie flach und irgendwie kalt.

»Wie ich schon gesagt habe«, betonte Bernie noch einmal. »Es tut mir leid.«

»Das weiß ich«, erwiderte Suzie. »Und ich weiß auch, wie es ist, wenn du an einem Fall dran bist. Aber allmählich fange ich an zu glauben, dass du vielleicht nicht bereit bist, dich darauf einzulassen.«

»Worauf?«, fragte Bernie. Hinter uns hupte es, der Verkehr setzte sich wieder in Bewegung. Bernie legte den Gang ein, aber nicht auf die gewohnte Art, sondern mit einem hässlichen Knirschen.

»Siehst du, genau das meine ich«, erwiderte Suzie. »Ich spreche von dem, was immer das zwischen uns ist.«

»Oh«, sagte Bernie noch mal. Es war schwer, alldem zu folgen, aber aus Erfahrung wusste ich, dass es nicht gut lief, wenn Bernie dauernd »oh« sagte.

»Wie würdest du es denn beschreiben, Bernie?«

Mehr Hupen. Bernie drückte aufs Gaspedal, vielleicht zu fest. Der Porsche machte einen Satz nach vorne. »Was beschreiben?«, fragte er.

Suzies Stimme wurde noch kälter. »Was zwischen uns ist.«

»Was zwischen uns ist?« Bernie klang verlegen. »Das ist, na ja, was Gutes.«

»Was Gutes«, wiederholte Suzie.

»Ja.«

»Könntest du das näher ausführen?«

»Näher ausführen? Na ja, etwas *sehr* Gutes. Sehr, sehr gut.«

»Ich muss zu einem Meeting«, sagte Suzie. »Wenn dir

noch eine bessere Erklärung einfällt, kannst du mich ja anrufen.«

»Aber …«

Klick.

»Oh Mann«, stöhnte Bernie. »Was war das jetzt?«

Ich konnte es ihm auch nicht sagen.

»Ich meine«, sagte Bernie und wühlte im Handschuhfach, was dieses Mal mit leeren Händen endete, »es ist sehr, sehr gut. Was gibt es denn Besseres? Ich bin glücklich, wenn ich mit ihr zusammen bin, ich genieße jede einzelne Minute. Sie muss noch nicht mal was sagen, aber wenn sie es tut, mag ich es. Mein Gott. In ihrer Gegenwart habe ich immer das Bedürfnis, mich nur von meiner besten Seite zu zeigen.« Er tastete unter den Sitz, fand einen Stift, eine zerbrochene CD-Hülle und den Plastikdeckel zu einem Kaffeebecher, aber keine Zigaretten. »Also, was zum Teufel will sie hören?«

Ich hatte keine Ahnung. Unter meinesgleichen, bei meinem Völkchen in unserem Vielvölkerstaat, gehen wir die Sache völlig anders an. Nehmen wir zum Beispiel mal die eine Nacht, als ich in der Ferne diese »sie« bellen hörte – es war gar nicht so weit weg, wie sich zeigte, in null Komma nichts war ich dort! Sie war in einem eingezäunten Garten, hinter einem ziemlich hohen Zaun, aber nicht hoch genug. Nein, bei Weitem nicht. Springen war schon immer eine meine Lieblingsbeschäftigungen, und in dieser Nacht machte ich es sogar noch lieber. Ich nahm Anlauf – sie stand still da und sah mir die ganze Zeit durch den Maschendrahtzaun zu –, setzte zum Sprung an und …

Das Telefon klingelte. »Suzie?«, fragte Bernie, noch bevor er die Taste drückte.

Nicht Suzie. Aus den Lautsprechern kam Ricks Stimme. »Ich hab ein Update für dich«, sagte er. »Der Autopsiebericht für DeLeath ist da. Todesursache ...« Im Hintergrund raschelte Papier. »... nekrotische bla bla bla, da haben wir's – toxischer Schock, hervorgerufen durch einen Schlangenbiss an der rechten Hand.«

»Soll das heißen, er ist an einem Schlangenbiss gestorben?«

»Du bist und bleibst ein Schnelldenker, Bernie.«

»Andere Anzeichen von Gewalt?«

»Reicht das nicht?«, fragte Rick. Bernie gab keine Antwort. »Sonst nichts«, fuhr Rick fort. »Ein Schlangenbiss, aus, fertig.«

»Danke.«

»Keine Ursache. Ich habe übrigens mit diesem kleinen Trapezkünstler gesprochen, Ollie Filipoff. Weißt du, ob die ein Netz benutzen?«

»Ja, tun sie. Warum?«

»Hat mich nur interessiert.«

»Warum?«

»Irgendwie ist es was anderes, findest du nicht?«, meinte Rick. »So wie, sagen wir mal, der Unterschied zwischen Küssen und dem guten alten Rein-raus-Spiel.«

»Darüber muss ich nachdenken«, meinte Bernie. Ich nicht. Ich verstand nur Bahnhof. »Hast du darüber mit Ollie gesprochen – Sex und das fliegende Trapez?«

»Nee«, sagte Rick. »Wir haben über seinen Rückzieher gesprochen.«

»Was für einen Rückzieher?«

»Dieses Märchen, das er dir aufgetischt hat – der Sattelschlepper mit den vier Rosen auf dem Anhänger, der durch das hintere Tor gefahren ist.«

»Märchen? Wovon redest du da?«

»Es stimmt nicht, Bernie. Er hat sich das alles nur ausgedacht.«

»Warum zum Teufel sollte er das tun?«

»Er sagt, er hatte Angst.«

»Wovor?«

»Vor dir. Vor dir und Chet.«

»Blödsinn.«

»Er sagt, du hättest dich ganz schön aufgespielt – jetzt behaupte bloß nicht, dass so was nie vorkommt. Außerdem fürchtet er sich vor Hunden.«

Moment mal. Wollte Rick damit sagen, dass Ollie sich vor mir fürchtete? Unmöglich. Nicht dass er mich getätschelt hätte oder so, aber wenn ein Mensch Angst vor mir und meinesgleichen hatte, dann merkte ich das, und Ollie hatte keine Angst gehabt.

»Er hat befürchtet, dass du handgreiflich werden könntest«, sagte Rick. »Deshalb hat er dir das erzählt, was du seiner Meinung nach hören wolltest.«

»Wenn, dann hat er jetzt Grund, sich zu fürchten.«

»Ich tu mal so, als hätte ich das nicht gehört.«

»Und wie hätte er wissen sollen, was ich hören will? Ich habe nichts von einem Lastwagen gesagt, geschweige denn von einem Sattelschlepper mit vier Rosen auf dem Anhänger.«

»Ach ja«, sagte Rick. »Die Rosen. Sie sollten seiner Geschichte Authentizität verleihen.«

Das war etwas Neues für mich, und es klang nicht gut.

»Was heißt das?«

»Authentizität? Es überrascht mich, dass du nicht weißt …«

»Lass den Quatsch.«

Rick lachte. »Offenbar hast du ihn mit JD abgefüllt.«

»Abgefüllt? Wir haben in aller Freundschaft ein Gläschen miteinander getrunken.«

»Und auf der Suche nach etwas, das seine Geschichte glaubwürdiger macht – er gehört zu dieser Kategorie von Zeugen, im Grunde ein Duckmäuser –, ist ihm eine andere Whiskeymarke eingefallen.«

»Die vier Rosen auf dem Etikett von Four Roses?«

»Du bist und bleibst ein Schnelldenker, Bernie. Oder habe ich das schon gesagt?«

Am nächsten Tag – oder war es noch einer später? Oder vielleicht der gleiche? – parkten wir vor einem Friedhofstor, weit weg von all den anderen Autos. Das Tor stand offen, aber wir gingen nicht rein. Drinnen fand eine Beerdigung statt – wir konnten Leute in dunklen Sachen herumstehen sehen –, und Bernie hält sich von Beerdigungen lieber fern, was in unserem Job nicht immer einfach ist. Über Friedhöfe weiß ich nur, dass sie für meine Nase wahrscheinlich anders riechen als für Ihre. Hoch über uns drehte ein großer schwarzer Vogel seine Kreise, aber außer mir sah ihm niemand zu. Ich muss zugeben, dass ich ein Problem mit Vögeln habe, allesamt griesgrämige Geschöpfe, und damit meine ich nicht nur den einen, der mich und einen winzigen Hundeschau-Star namens Princess einmal durch die Wüste verfolgt und zweifellos etwas Böses im Sinn gehabt hatte. Aber das ist eine andere Geschichte. Die Frage ist doch: Wäre ich griesgrämig, wenn ich den ganzen Tag hoch droben am blauen Himmel schweben könnte? Ich bitte Sie!

Nach einer Weile kamen Leute durch das Tor heraus

und stiegen in ihre Autos. Einige davon erkannte ich – Popo, Colonel Drummond, Fil und ein paar andere, die ich im Zirkus gesehen hatte. Sie stiegen in ihre Autos und fuhren weg. Wir blieben sitzen, bis Ollie Filipoff herauskam, er war der Letzte. Er ging zu einem Motorrad in der hintersten Ecke des Parkplatzes, zog seine Jacke und seine Krawatte aus, dann auch noch sein Hemd, knüllte alles zusammen und stopfte es in eine der Satteltaschen. Ein kleiner Mann, aber mit mächtigen Muskeln. Er holte ein T-Shirt aus der Satteltasche, zog es an und rollte sorgfältig die kurzen Ärmel hoch, sodass man seinen Bizeps sah.

»Wenigstens einer, der Ollie liebt«, sagte Bernie. Ich wartete darauf, dass er mit erklärte, wer das sein sollte, aber er tat es nicht.

Wir überquerten den Parkplatz. Ollie schwang gerade sein Bein über das Motorrad, als er uns sah. Er hielt kurz inne, bevor er sich langsam auf den Sattel sinken ließ.

»Haben Sie einen Moment Zeit?«, fragte Bernie.

»Ehrlich gesagt, habe ich es ziemlich eilig«, sagte Ollie.

»Ehrlichkeit ist zur Abwechslung doch mal schön«, gab Bernie zurück.

»Hä?«

Bernie lächelte, die Art Lächeln, bei dem es nur ums Zähnezeigen geht. »Klasse Motorrad.« Er nickte anerkennend und legte eine Hand darauf.

Ollie warf einen Blick auf Bernies Hand – er mochte es nicht, wenn jemand sein Motorrad anfasste, das war nicht zu übersehen –, antwortete aber nur: »Ja. Danke.«

»Wir wollten Ihnen unser Beileid aussprechen«, erklärte Bernie.

»Beileid?«

»Zu dem Verlust, den der Zirkus vor Kurzem erlitten hat.«

»Und der wäre?«

»Uri DeLeath«, sagte Bernie. »Es sei denn, wir sind auf der falschen Beerdigung.«

»Nein, das ist schon die richtige. Er ist von uns gegangen.«

»So kann man es auch ausdrücken.«

»Ins Jenseits, sozusagen«, sagte Ollie.

»Wie denken Sie darüber, Ollie?«

»Über das Jenseits?«

»Ja, warum nicht?«

Ollie kniff für einen Moment die Augen zusammen. Eine bestimmte Sorte von Männern – die Sorte, die wir immer zur Strecke bringen – macht das, wenn diese Männer versuchen zu denken. »Ich weiß nicht.« Er öffnete die Augen wieder. »Gibt es auch eine Hölle? Oder nur den Himmel?«

Bernie lächelte wieder, dieses Mal ein Das-macht-echt-Spaß-Lächeln. »Was, wenn es nur die Hölle gibt? Schon mal darüber nachgedacht, Ollie?«

»Verdammt. Halten Sie das für möglich?«

»Kommt darauf an, was das alles für einen Sinn hat«, gab ihm Bernie zu bedenken. »Vorausgesetzt, dass es überhaupt einen hat.« Ollie sah sich um, wie es Menschen tun, wenn sie herauszufinden versuchen, wo sie sind. »Aber was wir eigentlich wissen wollten«, fuhr Bernie fort, »ist, wie Sie über DeLeaths Tod denken.«

»Wie ich darüber denke?« Ollie fuhr sich mit der Zunge über die Lippen; darauf achte ich immer besonders – für gewöhnlich ist es ein gutes Zeichen. »Es ist ein Unglück, würde ich sagen.«

»Haben Sie mitbekommen, was ihn umgebracht hat?«

»Oh ja. Vor Schlangen habe ich eine Heidenangst. Ironie des Schicksals, oder?«

»Ich kann Ihnen nicht ganz folgen«, sagte Bernie.

»Der Tierfreund, der von einem Tier umgebracht wird.«

»Wo haben Sie denn das aufgeschnappt?«, fragte Bernie. »Das mit der Ironie?«

»Der Colonel hat das gesagt.«

»Ach ja?«

»Als wir aus der Kirche raus sind.« Ollie beugte sich vor und legte die Hände auf den Lenker. »Tja, ich muss dann mal los.«

»Kein Problem«, meinte Bernie. »Es gäbe da nur noch eine kleine Unstimmigkeit zu klären, und dann können Sie mit dem Baby hier in den Sonnenuntergang fahren.«

»Unstimmigkeit?«

»Die Geschichte mit den vier Rosen. Wie es aussieht, haben Sie zwei verschiedene Versionen davon auf Lager, eine für Sergeant Torres und eine für uns.«

»Wer ist denn uns?«

»Chet und ich.«

Ollie sah mich an, sein Gesicht wirkte irgendwie verkniffen – als ob … als ob er sich fragen würde, wie ich Teil eines Teams sein konnte oder so was in der Art. Ich änderte meine Meinung über ihn. Ich spürte dieses komische Gefühl an den Zähnen, so eine Art Lust zu beißen.

»Ach, kommen Sie, Mann«, sagte Ollie, »was für eine Rolle spielt das denn jetzt noch? Wollen Sie eine Schlange vor Gericht stellen?« Er lachte, ein Ha-ha-ha, das für meinen Geschmack ein bisschen zu lange dauerte.

»Wir haben die Schlange getötet«, ließ Bernie ihn wissen. »Chet und ich.«

»Ach ja?«, gab Ollie zurück und sah mich erneut an, dieses Mal nicht mehr so verkniffen.

»Damit bleibt immer noch ein vermisster Elefant«, sagte Bernie. »Und deshalb müssen wir das mit Ihrer Zeugenaussage klären.«

Ollies Blick wanderte zu dem Schlüssel im Zündschloss. Bernie zog ihn mit einer fließenden Bewegung ab, die nicht einmal besonders schnell aussah. Trotzdem steckte der Schlüssel in seiner Tasche, bevor Ollie »Hey!« sagen konnte. Dieser Bernie! Ich erinnerte mich, wie er einmal gesagt hatte, dass man mit einem Löffel keinen Gabelkampf anfängt oder so ähnlich.

»Denken Sie nach, Ollie.«

»Worüber?«

»Was Sie in der Nacht, als Sie aus dem Uncle Rio's zurückkamen, gesehen haben.«

»Ich habe gar nichts gesehen, Mann.«

»Also haben Sie uns angelogen.«

»Tut mir leid.«

»Der Sattelschlepper mit den vier Rosen auf dem Anhänger?«

»Habe ich mir ausgedacht«, sagte Ollie, »sozusagen aus dem Hemd geschüttelt oder wie das heißt.«

»Ärmel.«

»Ja.«

»Warum haben Sie gelogen?«

»Es war eher eine Notlüge. Und ich hab ja schon gesagt, dass es mir leidtut.«

»Sergeant Torres haben Sie gesagt, dass Sie Angst vor uns hatten.«

»Ja. In der Nähe von Hunden fühle ich mich immer unwohl.« Nein, Freundchen, danach riechst du kein bisschen. »Und Sie selbst wirken auch irgendwie bedrohlich, nichts für ungut.«

»Ich?«, fragte Bernie.

»Sie haben mir meinen Schlüssel weggenommen.«

»Gemein.«

»Ja.«

»Aber die Sache ist die, Ollie, Sie sind Akrobat, und ich kann einfach nicht glauben, dass es ein Akrobat so leicht mit der Angst bekommt. Sie sind per se mutig.«

»Danke«, sagte Ollie.

»Also, was geht hier vor sich?«, fragte Bernie.

Ollies Mund öffnete und schloss sich.

»Sie haben vor irgendetwas Angst«, stellte Bernie fest, »aber nicht vor uns. Rücken Sie mit dem Namen raus.«

Ollie starrte geradeaus. »Da gibt's nichts rauszurücken, Mann. Ich habe keine Ahnung, wovon Sie reden.«

Bernie zog den Schlüssel aus der Tasche und steckte ihn wieder ins Zündschloss. »Sie können fahren«, sagte er.

»Äh … war nett, mit Ihnen zu plaudern.«

»Fahren Sie vorsichtig.«

»Mach ich immer.«

Bernie wandte sich zum Gehen. »Ach ja, eins noch – kennen Sie Darren Quigley?«

»Den Wachmann? Wir haben mal was miteinander getrunken.«

»Im Uncle Rio's?«

»Ja, genau.« Ollie warf den Motor an. *Wrumm! Wrumm!* Ich bin auch schon mal auf einer Harley gefahren, da könnte ich Ihnen einiges erzählen. Aber das hebe ich mir lieber für ein andermal auf.

Wieder auf der Straße, sagte Bernie: »Ein Schuss ins Blaue, Chet. Alkis, die in räumlicher Nähe zueinander arbeiten – die finden sich immer irgendwie.«

Ein Schuss? Ich hatte keinen gehört, nicht auf dem Friedhof, und genau genommen nicht mehr seit dem Chang-Fall. Der Chang-Fall: ein Albtraum, aber das Essen! Auch das ist eine Geschichte für ein andermal. Ich gähnte ausgiebig, die Art Gähnen, bei dem mir manchmal die Lippe an einem Zahn hängen bleibt, und als ich schließlich alles wieder unter Kontrolle hatte, war verschwunden, worüber auch immer ich mir Sorgen gemacht hatte. Warum sollte ich mir überhaupt Sorgen machen? Ich hatte doch Bernie.

Vor unserem Haus stand ein grünes Auto mit einem goldenen Stern auf der Seite. Während wir in die Einfahrt bogen, stieg ein kahlköpfiger Mann in einer grünen Uniform aus.

»Bernie Little?«, fragte er, als wir aus dem Porsche sprangen, Bernie durch die Tür auf seiner Seite, ich über die Tür auf meiner Seite.

»Ja«, sagte Bernie.

Der Mann kam näher. »Was für ein prächtiger Hund!«

»Chet«, stellte Bernie mich vor.

»Hübscher Name. Darf ich ihm was geben?«

Was für eine Frage! Ehe ich michs versah, hatte ich einen Hundekeks im Maul, nicht besonders groß, aber sehr lecker.

»Mathers – Naturschutz«, sagte der Mann. Mathers: auch ein hübscher Name. Ich mochte den Mann auf Anhieb. »Sind Sie derjenige, der die Schlange getötet hat?«, fragte er.

»Mein Gott – sind Sie gekommen, um mir deswegen eine Strafe aufzubrummen?«, fragte Bernie. »Das war Notwehr.«

»Nein, nein, keine Sorge«, beruhigte Mathers ihn sogleich. »Ich habe eine Karte von dem Gebiet dabei, südöstlicher Teil der Sangre Hills. Wenn Sie mir die Stelle zeigen könnten, wo das war, kann ich hinfahren und mich mal umsehen.«

Er breitete die Karte auf der Motorhaube des Porsche aus. Sie beugten sich darüber. Bernie zeigte auf etwas. »Es war hier ungefähr. Was hoffen Sie zu finden?«

»Schwer zu sagen«, antwortete Mathers. »Reste von einer Kiste vielleicht oder einen Käfig. Vielleicht auch einen Sack.«

»Da war nichts in der Art.«

»Nein?«, fragte Mathers. »Gar nichts, was darauf hindeutet, dass die Schlange nicht von sich aus da draußen war?«

»Nicht von sich aus?« Bernie schien sich über die Frage zu wundern. »In der Wüste kriechen wahrscheinlich Tausende von Schlangen von sich aus herum.«

»Richtig«, stimmte Mathers zu. »Aber bei Ihrer handelt es sich um eine Puffotter.«

»Und?«

»Und Puffottern kommen in unserer Wüste nicht vor, um genau zu sein, kommen sie in ganz Amerika nicht vor. Diese spezielle Puffotter stammt aus dem subsaharischen Afrika – Gabun, Kongo, einem dieser Länder.«

»Das verstehe ich nicht«, sagte Bernie.

»Das bedeutet, dass alle Puffottern in diesem Staat mit einer Genehmigung hergekommen sind«, erklärte

Mathers. »Mit der Genehmigung, sie zu halten, nicht sie in der Wüste auszusetzen.«

»Es überrascht mich, dass man sie überhaupt reinlässt.«

»Völlig verrückt«, fand auch Mathers. »Aber wir leben nun mal in einem freien Land.«

Bernie lachte.

»Wir bekommen nicht oft Anträge für Puffottern«, fuhr Mathers fort. »Drei, seit ich bei der Behörde bin – das sind jetzt zehn Jahre. Die Genehmigungen gingen an lizenzierte Händler, und ihr Aufenthaltsort war bis heute Morgen bekannt.«

»Das heißt, unsere Schlange hielt sich illegal in Mexiko auf?«

»Sieht so aus«, sagte Mathers. »Möglicherweise hat sie irgend so ein Idiot an einem Flughafen eingeschmuggelt, und als er keine Lust mehr hatte, ihr lebende Mäuse zum Abendessen zu besorgen, hat er sie freigelassen. Entweder das, oder sie ist aus einer größeren Lieferung entkommen.«

»Einer größeren Lieferung?«

»Illegaler Tierhandel ist ein Milliardengeschäft. Haben Sie das nicht gewusst?«

»Das ist mir völlig neu«, gestand Bernie.

»Kommt gleich nach Rauschgiftschmuggel. Man hört in den Medien nur nicht so viel darüber«, sagte Mathers. »Und wie gewöhnlich ist Mexiko der ideale Ausgangspunkt.« Er faltete die Karte zusammen. »Wussten Sie, dass von den durch Schlangenbisse verursachten Todesfällen die meisten auf das Konto der Puffotter gehen? Ich spreche hier natürlich von Afrika. Dass so etwas hier passiert ist – das ist wirklich ausgesprochenes Pech.«

»Das habe ich auch gerade gedacht«, stimmte Bernie zu.

Sprachen sie immer noch von Schlangen? Hier waren weit und breit keine Schlangen! Ich wäre der Erste gewesen, der das gemerkt hätte, jedenfalls der Erste in diesem Grüppchen. Es konnte allerdings kein Zweifel daran bestehen, dass sich in Mathers' Tasche noch mehr Hundekekse befanden: Der Geruch war überwältigend. Ich rückte ein bisschen näher zu Mathers und wedelte mit dem Schwanz.

Kapitel 17

»Uncle Rio's«, sagte Bernie und parkte mit Schwung in einer kleinen Parklücke ein, schnell und elegant. Mit Bernie Auto zu fahren war immer ein Vergnügen – es sei denn, er musste das Werkzeug rausholen. »Das wird dir gefallen.«

Es gefiel mir jetzt schon. Bernie und ich gemeinsam unterwegs – was sollte einem da nicht gefallen?

Uncle Rio's lag in einer dunklen Straße nicht weit vom Rummelplatz entfernt. Die einzigen Lichter in der Nähe waren die oben am Riesenrad, das sich in der Dunkelheit langsam drehte, und die Neonschrift im Fenster von Uncle Rio's. Das war eine Kneipe, versteht sich. So was kann ich meilenweit entfernt riechen; meilenweit bedeutet sehr weit weg, wenn ich es richtig verstanden habe. Wie riechen Kneipen? Nach abgestandenem Bier, verbranntem Fett, Erbrochenem. Hey! Das passt zusammen! Ein seltsamer Gedanke, nicht mein gewohntes … Ich fragte mich …

Und ich fragte mich immer noch, als wir das Uncle Rio's betraten. Es entpuppte sich als eine dieser finsteren, schmalen Kneipen, auf der einen Seite ein langer Tresen, auf der anderen eine Reihe Tische, am hinteren Ende eine kleine Tanzfläche. Im Moment tanzte niemand, wahrscheinlich war das auch gut so, weil mich Tanzen ganz schön in Fahrt bringen kann. Es war nur eine Frau da, die mit ihrem Drink am Ende des Tresens saß. Vor den Zapfhähnen saßen ein paar große Männer, große Männer mit abgeschnittenen Jeansjacken, vielleicht Motorradfahrer. Der Barkeeper, der sie bediente, hatte eine Tätowierung am Hals, und aus seinem Mund hing eine Zigarette, obwohl ich ziemlich sicher war, dass in den Kneipen im Valley das Rauchen verboten war. Er blickte zu uns her, sah Bernie und sagte: »Elender Mistkerl.«

Die großen Männer drehten sich um und sahen uns finster an. Der größte fragte: »Willst du, dass wir uns um den Knaben kümmern, Rio?«

Der Barkeeper lachte, eines dieser dröhnenden Lachen, die von tief drinnen kommen. Frauen können nicht so lachen und die meisten Männer auch nicht, aber jetzt ist keine Zeit, um das zu erklären. Ich machte mich auf Ärger gefasst, aber es gab keinen. Der Barkeeper fragte: »Warum sollte ich das wollen? Unser Bernie hier würde mit euch Arschlöchern den Boden aufwischen, und danach würden bloß die Bullen antanzen und von mir verlangen, dass ich meine Fluppe ausmache.« Die großen Männer guckten verwirrt. Der Barkeeper kam hinter dem Tresen vor und schlang die Arme um Bernie. Sie klopften sich gegenseitig fest auf den Rücken.

»Rio.«

»Bernie.«

Noch mehr Klopfen. »Der Mistkerl lässt sich nie hier blicken«, sagte Rio. »Bist dir wohl zu fein für meinen Schuppen?«

»Du kennst die Antwort«, gab Bernie zurück.

Rio trat einen Schritt zurück. »Bist gut in Form.«

»Von wegen.«

»Wenn du in Form bleiben willst, hör auf meinen Rat – mach nie 'ne Kneipe auf«, sagte Rio.

»Hab's verstanden.«

»Stell dir mal vor, du würdest 'ne Kneipe aufmachen.«

»Was ist denn daran so komisch?«

Rio gab keine Antwort, sondern lachte nur wieder dieses dröhnende Lachen. Er hatte einen dicken Bauch, der bei jedem Lacher wackelte; dabei sehe ich immer gern zu. Und vielleicht weil ich ihm dabei zusah, bemerkte er mich plötzlich. Das ist eine interessante Sache, die bei allen möglichen Lebewesen passieren kann.

»Hey«, sagte er. »Ist das Chet?«

»Woher kennst du Chet?«

»Ratko Savic war letzte Woche hier.«

Ratko Savic? Den vergaß man nicht so schnell, den guten alten Ratko mit seiner langen, ständig laufenden Nase und seiner Vorliebe für Messerspielereien.

»Was macht der denn schon draußen?«, fragte Bernie.

»Vorzeitige Haftentlassung«, antwortete Rio. »Man muss sich wirklich fragen, was aus dieser Welt noch werden soll, wenn eine Landplage wie Ratko vorzeitig entlassen wird. Aber du brauchst dir keine Sorgen zu machen – er hat mächtig Respekt vor Chet.«

»Haben die Hauttransplantationen was genutzt?«

»Er sieht damit sogar besser aus als früher.« Rio blickte mich an, Auge in Auge. Manche von meinesgleichen – General Beauregard zum Beispiel – können das überhaupt nicht leiden, aber mir macht es nichts aus. »Ich finde, er sieht wie ein richtig lieber Kerl aus«, sagte Rio. »Ich hab noch ein paar BiFis unterm Tresen – darf er eins kriegen? – Hey, Platz, Großer!«

»Chet!«

Owei. Brachte ich Bernie in Verlegenheit? Das wollte ich nicht. Ich setzte mich, wachsam, ruhig, ein Profi.

»Was eine BiFi ist, weiß er, so viel ist klar«, meinte Rio. »Ich wette, er versteht ziemlich viel.«

»Sein Verstand ist mitunter ein bisschen selektiv, je nachdem, was am vorteilhaftesten ist.«

Ich kam nicht mehr mit.

»Klingt nach meiner vierten Frau«, sagte Rio.

»Es gibt eine vierte?«

»Gab. Stripperin wie Nummer zwei, aber nicht ganz so intellektuell.«

Wenig später saßen wir an einem der Tische, Bernie und Rio oben mit einem Bier, ich drunter mit einer BiFi. Die BiFi nahm den größten Teil meiner Aufmerksamkeit in Anspruch, sodass ich von ihrer Unterhaltung nicht viel mitbekam. Sehr schade, weil es auch um den Krieg ging, einen Wüstenkrieg, nicht unsere Wüste, sondern irgendwo weit weg, einen Krieg, über den Bernie nicht sprach.

»Das werde ich im Leben nicht vergessen«, sagte Rio.

»Ich habe nicht lange nachgedacht«, erwiderte Bernie. »Einfach nur reagiert, das ist alles.«

»Was dich erst recht auszeichnet.«

»Quatsch«, winkte Bernie ab. Er trank einen Schluck von seinem Bier. »Ist hier mal ein Typ namens Jocko Cochrane aufgetaucht? Groß, trägt ein Bandana?«

»Da klingelt nichts.«

»Was ist mit Darren Quigley? Angeblich ist er Stammgast.«

»Als Stammgast würde ich ihn nicht bezeichnen«, sagte Rio. »Er schaut von Zeit zu Zeit mal rein.«

»Wir suchen ihn.«

»Was hat er angestellt?«

»Möglicherweise nichts. Er ist erst mal ein Zeuge.«

»Von den Gästen, die anschreiben lassen, habe ich die Adressen. Aber für so kleine Scheißer wie den schreib ich nicht an.«

»Darren hat sich sowieso abgesetzt«, sagte Bernie. »Hat er mal Freunde mitgebracht?«

»Klar – da war zum Beispiel dieser versoffene Akrobat. Falls er tatsächlich Akrobat ist. Ein Säufer ist er auf jeden Fall.«

»Sonst noch jemanden?«

»Gab's da nicht mal 'ne Freundin?« Rio blickte auf und rief der Frau am Ende des Tresens zu: »Hey, Delores, kennst du Darren Quigley?«

»Kennen wär zu viel gesagt.«

»Komm doch mal 'nen Augenblick rüber.«

»Ich fühle mich hier sehr wohl«, meinte Delores. »Himmlisch.«

Die Motorradfahrer drehten sich alle zu ihr. Sie beachtete sie nicht, trank einen winzigen Schluck von ihrem Drink, eine grünliche Flüssigkeit in einem hohen Glas.

»Vielleicht könnten wir uns zu ihr setzen«, schlug Bernie leise vor.

»Was dagegen, wenn sich mein Freund Bernie zu dir setzt?«, rief Rio zu ihr hinüber.

Delores musterte uns. »Wenn er den Hund mitbringt.«

Wir gingen ans Ende des Tresens, Bernie und ich.

»Ich hatte auch mal so einen«, erzählte Delores, »vielleicht nicht ganz so hübsch. Wie heißt er?«

»Chet.«

Sie streckte die Hand aus und kraulte mich zwischen den Ohren. »Ich nehme mal an, man nennt dich Chet the Jet.« Hey! Delores war schlau. Außerdem stellte sich heraus, dass sie eine wirklich gute Kraulerin war, mit langen Fingernägeln, die sie tief in mein Fell grub, aber nicht zu tief, sondern genau so, wie ich es mag.

»Darf ich Ihnen noch einen ausgeben?«, fragte Bernie und deutete mit dem Kopf auf ihren Drink.

»Nur, wenn Sie Hintergedanken haben«, sagte Delores.

Bernie lachte. »Bernie Little. Little Detective Agency. Wir …«

Delores hob die Hand. »Lebend kriegen Sie mich nicht, Herr Polizist«, sagte sie. Mit leiserer Stimme – bis jetzt hatte mich ihre Stimme an die von Bernies Mutter erinnert, und an die erinnerte sie mich noch in anderer Hinsicht, zum Beispiel wurde sie immer älter, je länger man sie ansah – fügte sie hinzu: »Dafür kommen Sie ungefähr zehn Jahre zu spät.«

Ich verstand nicht, was sie meinte, aber Bernie offenbar schon, denn er entgegnete: »Das glaube ich nicht eine Sekunde – Sie sind das Lebendigste, was ich heute gesehen habe.«

»Ist er nicht süß?«, fragte Delores. »Ein leicht zu durchschauender Lügner, aber süß.«

»Bernie und süß?« Rio war zurück hinter den Tresen gegangen und brachte einen weiteren grünen Drink für Delores und ein Bier für Bernie.

Bernie zückte seine Brieftasche.

»Willst du mich beleidigen?«, fragte Rio. »Dein Geld ist hier nichts wert.«

»Kostenlose Getränke im Uncle Rio's?«, staunte Delores. »Ich muss Halluzinationen haben.« Sie hob ihr Glas. »Auf süße Kerle.« Sie und Bernie stießen an. Dieses Geräusch gefällt mir immer sehr.

»Darren Quigley hat eine Freundin?«, fragte Bernie.

»Da ist ja der Hintergedanke«, sagte Delores, »aber nicht der richtige. Darren *hatte* eine Freundin, Vergangenheitsform. Die Darrens dieser Welt können eine Freundin nicht lange halten.«

»Warum nicht?«

»Haben Sie ihn mal kennengelernt?«

»Ja.«

»Und da fragen Sie noch? Was die Exfreundin betrifft, die ist eigentlich noch ein Mädchen, eins dieser Kleinstadtmädchen, die nach wie vor in den Westen kommen auf der Suche nach ich weiß nicht was. Ihr Name ist Bonnie Hicks. Sie arbeitet in einem Nagelstudio in dieser Einkaufspassage gegenüber der East Central Mall und wohnt in der Wohnwagensiedlung dahinter.«

»Danke«, sagte Bernie.

»Gerne. Kann ich Ihnen sonst noch irgendwie helfen?«

Mit Wohnwagensiedlungen haben wir es bei unserer Arbeit immer wieder mal zu tun. Manche liegen irgendwo in der Pampa – wie diese Nudistensiedlung, in die wir bei einem Fall mussten, den ich nie richtig verstanden habe. Er hatte etwas mit einer gestohlenen Ölbohrinsel zu tun, aber eins habe ich dabei gelernt: Menschen sehen besser aus, wenn sie Kleider anhaben, nichts für ungut.

Andere Wohnwagensiedlungen liegen mitten in der Stadt. Wir parkten vor einer kleinen Einkaufspassage, unsere Scheinwerfer beleuchteten die dunklen Ladenfronten. »Nails by Diva«, las Bernie vor, als wir ausstiegen. »Was ist das bloß für ein Theater, das Frauen um ihre Fingernägel machen?«, wunderte er sich. »Es fängt schon mal damit an, dass sie sie länger wachsen lassen, und wie kommt es, dass Männer nie ...« Seine Stimme verlor sich.

Wir gingen um die Einkaufspassage herum auf die Rückseite und weiter bis zu einem Tor mit zwei Pfosten, aber ohne Tür dazwischen. Dahinter standen einige Wohnwagen, niedrige rundliche Schatten unter dem rosafarbenen Abendhimmel – in keinem davon Licht – und ein Zelt. Vor dem Zelt brannte ein Feuer, und daneben saß ein Typ und rauchte einen Joint. Bernie schnupperte in die Luft: Haschisch hat einen unverwechselbaren Geruch, den fast jeder erkennt.

»'n Abend«, grüßte der Typ.

»Hi«, sagte Bernie.

»Sind Sie 'n Polizist?«

»Nein.«

»Sie sehen wie 'n Polizist aus.«

»Ist das ein Verbrechen?«

Der Typ fing an zu lachen, hörte dann abrupt wieder auf. »Das ist eine schwierige Frage, da darf man gar nicht anfangen, drüber nachzudenken. Wie bei *Matrix*.« Er nahm einen tiefen Zug, bemerkte mich. »Führ'n Sie Ihren Hund spazieren?«

»Richtig.«

»Ich hatte auch mal 'nen Hund. Er ist weggelaufen.«

»Wie schade, zumindest für Sie«, sagte Bernie. »Wir suchen Bonnie Hicks.«

Der Typ warf einen raschen Blick zu einem der Wohnwagen, einem kleinen silbernen auf Holzblöcken. Dann drehte er sich wieder zu Bernie und sagte: »Ich wüsste vielleicht, wo sie zu finden ist.«

»Wir sind ganz Ohr.«

Waren wir das? Ich betrachtete seine Ohren, nicht klein für einen Menschen, aber wie gut hörte er damit? Hörte er zum Beispiel – das Geräusch war ziemlich schwach, zugegeben –, dass irgendwo in der Wohnwagensiedlung eine Frau weinte? Wenn ja, ließ er es sich nicht anmerken.

»Wie man so schön sagt«, erklärte der Typ Bernie, »wir leben im Informationszeitalter.«

»Ach ja?«, meinte Bernie nur. Das Feuer spiegelte sich in seinen Augen, ein toller Anblick.

Der Typ zog noch mal an seiner Tüte – das ist Drogenslang – und hielt die Luft an. Dieses Grasrauchen-Luftanhalten sieht man bei unserer Arbeit von Zeit zu Zeit, danach geht es meistens schnell bergab.

Aus dem Mund des Typen quoll eine große Rauchwolke. »Ich will's mal so ausdrücken«, sagte er, »möglichst einfach. Es war einmal das Zeitalter der Dinge, und damals bezahlten die Leute Geld für Dinge. Ein Pontiac Firebird zum Beispiel, das ist ein Ding. Jetzt haben wir das Zeitalter der Information.«

»Soll das heißen, wenn wir dafür bezahlen, sagen Sie uns, wo das Mädchen ist?«, fragte Bernie. Das Feuer in seinen Augen sah auf einmal anders aus, anders auf eine Art, die manchen Leuten Angst gemacht hätte, vielleicht sogar den meisten.

Aber nicht diesem Typen. »So was«, tat er erstaunt. »Ziemlich schnell von Begriff für einen Besucher aus Spießerland.«

Bernie machte einen Schritt nach vorne und nahm dem Typen den Joint weg. Er bewegte sich nicht hastig, riss ihn ihm nicht aus der Hand, er nahm ihn nur einfach, und dann warf er ihn ins Feuer.

»Was zum Teufel soll das?«, fragte der Typ und machte Anstalten aufzustehen. Bernie legte ihm eine Hand auf die Schulter und drückte ihn wieder runter. Der Typ wand sich ein bisschen, dann sagte er »Aua« und hielt still.

Bernie nahm seine Hand weg. Der Typ blieb, wo er war. »Ich gebe Ihnen einen Fünfer für die Information«, bot ihm Bernie an. »Wissen Sie, warum?«

Der Typ schüttelte den Kopf.

»Weil das ein kleines bisschen weniger Arbeit macht, als sie aus Ihnen rauszuprügeln.«

Der Typ hob den Arm und deutete in eine Richtung, und zwar sehr schnell. »Der dritte auf der linken Seite«, sagte er. »Der aufgebockte Airstream.«

Bernie gab ihm das Geld. »Und dazu noch eine Botschaft aus dem Informationszeitalter, völlig kostenlos – wir können drauf verzichten, Sie beim Wegfahren noch mal zu sehen.«

»Ich wollte sowieso grade gehen«, behauptete der Typ.

Das Weinen kam aus dem Airstream. Bernie hörte es, als wir vor der Tür standen, das erkannte ich an seinem Gesichtsausdruck. Er klopfte, und mit dem Weinen war abrupt Schluss. Niemand kam an die Tür oder machte auf.

»Bonnie Hicks?«, rief Bernie.

Schweigen.

»Ist Darren bei Ihnen?« Seine Stimme wurde lauter. »Darren, ich bin's, Bernie Little. Ich denke, Sie brauchen Hilfe.«

Eine Frau sagte: »Darren ist nicht hier.«

»Bonnie?«

Keine Antwort.

»Vielleicht könnten Sie ebenfalls Hilfe brauchen«, fügte Bernie hinzu.

Langes Schweigen. Bernie wartete. Ich wartete neben ihm. Ich spürte, dass er wachsam war, ich war auch ziemlich wachsam. Schließlich fragte die Frau: »Wer sind Sie?«

»Bernie Little. Wir wollen Darren aus der Klemme helfen.«

»Er hat Ihren Namen nie erwähnt.«

»Nein? Wann haben Sie ihn denn das letzte Mal gesehen?«

»Vor ein paar Tagen.«

»Und wann haben Sie das letzte Mal mit ihm gesprochen?«, fragte Bernie.

»Heute Morgen. Er hat angerufen, als ich gerade zur Arbeit wollte.«

»Bonnie?«

»Ja?«

»Dürfen wir reinkommen?«

»Wir?«

Ich bellte, ich weiß nicht genau, warum.

»Ist das ein Hund? Ich habe Angst vor Hunden.«

»Chet tut nichts.«

Ich bellte noch einmal, ein bisschen lauter.

»Ja«, meinte sie in einem Tonfall, der deutlich erkennen ließ, dass sie ihm das nicht glaubte. »Klar.«

»Okay, Bonnie«, sagte Bernie und wedelte mit dem Finger vor meiner Schnauze. Das kam nicht oft vor, aber es gefiel mir, und ich wedelte mit dem Schwanz zurück. »Wir müssen nicht unbedingt reinkommen. Erzählen Sie mir von Darrens Anruf.«

»Wir redeten höchstens eine Minute. Er wurde unterbrochen.«

»Was hat er gesagt?«

»Ich konnte ihn nur schwer verstehen, es rauschte so. Er war sehr nett.«

»Wie meinen Sie das?«

»Na ja, Sie wissen schon. Er sagte, dass es ihm leidtut, wie er mich behandelt hat, und wenn er jemals zurückkäme, würde er alles wiedergutmachen. Ich glaube, er hat sogar geweint.«

»Zurück von wo?«, fragte Bernie.

»Mexiko«, sagte Bonnie. »Deswegen hat es so gerauscht.«

»Wo in Mexiko?«

»Irgendwas mit San. Anselmo vielleicht? Oder war es Quentin? In dem Augenblick wurde das Gespräch unterbrochen.«

»Wie unterbrochen?«

»So wie wenn die Leitung tot ist.«

»Haben Sie im Hintergrund jemanden gehört?«

»Ich glaube nicht.« Bonnie hatte eine dieser dünnen Stimmen, weich und hoch. Für mich klang sie wie ein Kind.

»Wovor haben Sie Angst, Bonnie?«

»Außer vor Hunden, meinen Sie?«

Mein Schwanz ging ein Stückchen runter.

»Ja, außer vor Hunden.«

»Ich weiß nicht.«

»Kennen Sie Jocko?«

»Ich mag ihn nicht.«

»Warum nicht?«

»Er sieht mich immer so komisch an.«

»Inwiefern?«

»Meinen Körper. Wenn Darren dabei ist.«

»Ist Jocko in letzter Zeit mal hier gewesen?«

»Nicht seit ich mit Darren Schluss gemacht habe.«

»Warum haben Sie mit ihm Schluss gemacht?«

»Müssen wir darüber reden?«

»Haben Sie deshalb geweint, als wir kamen?«

Wieder langes Schweigen. »Ich will nicht mehr hierbleiben.«

»Woher kommen Sie?«

»Schenectady.«

»Das ist nicht gerade um die Ecke.«

Bonnie fing wieder an zu weinen.

»Haben Sie dort noch Freunde oder Familie?«

»Vielleicht Jeanine.«

»Wer ist das?«

»Meine Halbschwester.«

»Verstehen Sie sich gut mit ihr?«

»Eigentlich nicht. Als wir Kinder waren, schon. Wir standen uns ziemlich nah, damals.«

»Sie sollten zu ihr fahren.«

»Das kostet Geld.«

»Wie viel haben Sie?«

»Elf Dollar.«

»Wann bekommen Sie Ihren nächsten Lohn?«

»Ich weiß nicht.«

»Arbeiten Sie denn nicht in diesem Nagelstudio?«

»Die Mutter des Besitzers ist aus Korea gekommen. Er hat mich heute entlassen.«

Bernie griff nach seiner Brieftasche und zog ein paar Geldscheine heraus. »Ich schiebe Ihnen ein bisschen Geld unter der Tür durch«, sagte er. »Unter einer Bedingung – Sie kaufen sich davon eine Fahrkarte zurück nach Schenectady.«

»Was wollen Sie von mir?«

»Ich will, dass Sie nach Hause fahren. Spätestens morgen.«

»Das ist alles?« Wieder weinte sie, aber langsam wurde ihr Schluchzen leiser. Bernie schob das Geld unter der Tür durch.

Kapitel 18

Zurück im Büro, breitete Bernie mehrere Landkarten aus. »Vielleicht San Anselmo«, sagte er. »Möglicherweise auch San Quentin. Nicht gerade selten südlich der Grenze, diese Sans, mein Großer.«

Als würde ich San Quentin nicht kennen, ein Gefängnis irgendwo weit weg, in das wir ein oder zwei Gauner verfrachtet hatten, einschließlich Crock Mullican, wenn ich mich recht erinnerte. Ein freundlicher Typ – er mochte mich und meinesgleichen und zog immer eine große Wolke Rasierwasser hinter sich her. Wir kamen bestens miteinander aus, bis Bernie die Sache mit der abhandengekommenen Briefmarkensammlung zur Sprache brachte. Da war er auf einmal nicht mehr so freundlich, und das AR-15 kam zum Vorschein. Wir haben Crocks AR-15 immer noch, es ist mit all unseren anderen Waffen im Safe eingesperrt. Der Safe ist hier im Büro, hinter dem Bild von den Niagarafällen, aber das ist ein Geheimnis zwischen Bernie und mir. Bernie mag Bilder von Wasserfällen – wir haben viele davon in unserem Haus hängen.

»Alles sehr dürftig«, fand Bernie, »aber was haben wir sonst außer Darren und dem Anruf?« Ich wartete, dass er es sagte. »Vielleicht könnten wir der Spur der Puffotter folgen, oder ...« Er verstummte. Der Spur der Puffotter? Alles, nur das nicht.

Bernie schaltete den Computer ein und klapperte auf der Tastatur. Ich wollte mich auf den Teppich legen, sah die Elefanten und ging hinaus in den Flur. Bisher hatte ich immer gern auf dem Teppich gelegen, aber jetzt aus einem unerfindlichen Grund nicht mehr.

»Chet? Alles in Ordnung?«

Ich stand einfach da und tat nichts. Das passiert manchmal.

Das Telefon klingelte, und ich hörte Ricks Stimme aus dem Lautsprecher. »Also, was den Baseballschläger und den Elefantenhaken angeht«, verkündete er, »da haben wir eine Übereinstimmung.«

»Wer?«, fragte Bernie.

»Ich habe nicht gesagt, dass wir jemanden identifiziert haben. Wir haben lediglich eine Übereinstimmung gefunden. Wer immer es ist, er ist nicht in der Datenbank.«

»Das hilft trotzdem weiter«, meinte Bernie.

»Ach ja?«

»Es bedeutet, dass irgendwas nicht stimmt.«

»Zum Beispiel?«

»Wahrscheinlich eine ganze Menge, aber das Wichtigste ist, dass DeLeath nicht aus freien Stücken gehandelt hat.«

»Versteh ich nicht«, sagte Rick.

Bernie fing an, es ihm zu erklären. Rick unterbrach ihn dauernd. Ihre Stimmen wurden lauter. Ich legte mich hin, mit dem Rücken an der Wand, machte es mir bequem. Möglicherweise kam die Puffotter ins Spiel. Vielleicht sagte Rick, dass sie von einem Reptilienfreak ins Land gebracht worden war. Bernie gab vielleicht den Hinweis, dass alle Reptilienfreaks namentlich erfasst waren. Rick sagte vielleicht »Na und?« Nach einer Weile stand ich auf, schüttelte mich ausgiebig und ging zurück ins Büro.

Bernie stand an der Tafel und schrieb, malte Kästchen und Pfeile und andere Sachen, die ich nicht kannte. Pfeile kenne ich, weil mal so ein Survival-Typ, der mit Pfeil und Bogen auf die Jagd ging und dessen Name mir im Moment nicht einfällt, mit einem auf mich geschossen hatte. Diese Survival-Typen – aber dazu komme ich vielleicht später noch. Es machte Spaß zuzusehen, wie die weiße Tafel schwarz wurde. »Allmählich wäre es nett«, sagte Bernie, »wenn wir eine Theorie zu diesem Fall hätten. Verstehst du, was ich meine?«

Klar. Bernie sprach von dem Fall. Wie kamen wir voran? Ziemlich gut, dachte ich.

»Aber mir fällt einfach keine ein«, gestand Bernie. »Also wie wär's, wenn wir ein bisschen graben?«

Toll, graben! Eins der Dinge, die ich am besten kann.

»San Anselmo liegt näher – wir fangen dort an.«

Mir war es recht. Es gibt die Vorderpfoten-Methode und die Alle-Pfoten-Methode für größere Arbeiten. Ich war bereit, so oder so. Bernie nahm das Bild von den Niagarafällen ab, drehte am Schloss des Safes, holte den 38er Special heraus. Ein Lüftchen begann zu wehen. Blitzschnell erkannte ich, dass es von mir kam: Ich wedelte mit dem Schwanz. Der 38er Special und graben – da würden Sie auch mit dem Schwanz wedeln.

Was San Anselmo auch sein mochte, wir fuhren nicht direkt hin, weil gerade, als wir das Haus verließen, Suzie in ihrem gelben Käfer davor hielt.

»Suzie?«, sagte Bernie, während sie ausstieg und auf

uns zukam. Die Straßenlaterne beleuchtete sie auf eine komische Art, ließ ihre Augen im Schatten, was mich unruhig machte. »Ich … äh … bin noch nicht ganz so weit«, fuhr Bernie fort. »Ich meine, ich habe natürlich darüber nachgedacht, aber ich will alles richtig machen, und, na ja …«

»Bernie? Wovon redest du?«

Bernie wirkte überrascht. »Was du neulich gesagt hast, es in Worte fassen, Beziehung und so weiter und was es für dich bedeutet. Mich. Ich meine, was es für mich bedeutet.« Ergab das alles irgendeinen Sinn?

»Vielleicht ein andermal«, sagte Suzie. »Im Augenblick arbeite ich an der DeLeath-Story.«

»Oh.« Wenn Bernie mit Frauen spricht, hat er manchmal so eine Art, Oh zu sagen, vielleicht habe ich das schon erwähnt. Falls ja, habe ich dann auch erwähnt, dass es nie ein gutes Zeichen ist?

»Hast du Zeit, mir ein paar Fragen zu beantworten?«

»Zum Beispiel?«, fragte Bernie.

Suzie zog einen Notizblock hervor. »Mir ist das Motiv nicht klar«, gestand sie. »Was hat ihn dazu veranlasst?«

»Wozu?«

»Sich mit Peanut aus dem Staub zu machen, natürlich«, erwiderte Suzie. »Es sei denn, du weißt noch von etwas anderem, das er getan hat.«

»Nein«, antwortete Bernie.

Suzie ging näher zu unserer Garagenlampe und blätterte eine Seite weiter. »Ich habe da widersprüchliche Aussagen«, sagte sie. »Colonel Drummond scheint davon überzeugt zu sein, dass die Tierrechtsaktivisten mit Erfolg an DeLeaths Gewissen appelliert haben. Nadia Worth von FFT gibt zu, dass sie ein paarmal mit DeLeath gesprochen hat, bestreitet jedoch, dass er in irgendeiner Form positiv darauf reagiert hat.« Suzie hielt den Block dichter an ihre Augen. »Tatsächlich hat sie wenig Mitgefühl für ihn gezeigt, zu der Diamantklapperschlange sagte sie, ich zitiere, ›ein passendes Ende für jemanden, der Tiere ausbeutet‹. Und es gibt keine Auffälligkeiten in seinem Privatleben. Er und John Poppechewski – spricht man den Namen so aus? …«

»Alle nennen ihn Popo.«

»… scheinen ein – ich meine, schienen – ein beschauliches, ruhiges Leben zu führen. Also – was habe ich übersehen?«

»Ich weiß nicht«, zögerte Bernie.

»Aber irgendetwas fehlt doch?«

»Ja«, räumte Bernie ein. »Eine Information kann ich dir geben, aber du darfst sie nicht veröffentlichen: Die Schlange war keine Diamantklapperschlange, sondern eine Puffotter.«

»Danke für die Berichtigung«, schnappte Suzie, »aber Berichtigungen, die nicht veröffentlicht werden dürfen, sind in meiner Branche ungewöhnlich, vielleicht sogar einzigartig.«

Bernie lachte. »Siehst du? Genau deswegen will ich …«

Aber was immer Bernie auch wollte, blieb ungesagt, weil in diesem Moment ein Auto die Mesquite Road heruntergerast kam, mit quietschenden Reifen in unsere Einfahrt bog und schlitternd stehen blieb. Heraus sprang Leda. Sie rannte auf Bernie zu – ohne mich oder Suzie eines Blickes zu würdigen, wahrscheinlich sah sie uns nicht einmal –, packte mit beiden Händen seine Hand und sagte: »Gott sei Dank bist du da, Bernie. Ich brauche dich.«

»Nun ja«, stammelte Bernie. »Äh …« Habe ich schon seine Augenbrauen erwähnt? Sehr hübsch und buschig und sehr ausdrucksvoll, sie haben eine eigene Sprache – eine Sprache, die ich verstehe, und in diesem Moment sprachen sie von Überraschung, Verwirrung und davon, dass er sich sehr, sehr unbehaglich fühlte.

In der Zwischenzeit musterte Suzie, die auch sehr hübsche Augenbrauen hat, wenn auch nicht so buschig oder ausdrucksvoll wie Bernies, zuerst Leda, dann Bernie, dann wieder Leda, und ihre Augenbrauen machten dasselbe wie seine, nur etwas zurückhaltender. Es sah so aus, als wollte Bernie vor Leda zurückweichen oder zumindest seine Hand wegziehen, aber Leda ließ ihn nicht los. Er drehte sich zu Suzie und öffnete den Mund, als wollte er etwas sagen, aber es kam nichts raus.

Suzies Blick wurde hart. »Ich wollte sowieso gerade gehen«, sagte sie.

»Nein, nein«, rief Bernie. »Ich, äh …«

Da lief Suzie aber schon zu ihrem Auto. Sie stieg ein, machte die Tür zu, vielleicht knallte sie sie auch zu, und fuhr weg.

Leda blinzelte. »Wer war das?«, fragte sie.

»Verdammt«, erwiderte Bernie, »warum bist du hier?«

»Willst du es mir nicht sagen?«

Bernies Stimme wurde so laut, wie ich es seit kurz vor der Scheidung nicht mehr gehört hatte. »Das geht dich nichts an, Leda. Was willst du?«

Leda ließ Bernies Hand los, so hastig, als hätte sie etwas zu Heißes angefasst. Das ist mir auch mal passiert, bei einem Picknick, als ich am Rand des Lagerfeuers ein schwärzliches Würstchen entdeckte und es mir schnappen wollte.

Aber zurück zu Leda, die gerade sagte: »Es ist dir völlig egal, oder?«

»Hä?«, machte Bernie. Er hat ein schönes Gesicht, aber jetzt sah es einen Moment lang beinahe hässlich aus.

»Gut, wenn es so ist, bleiben wir auf einer professionellen Ebene.«

»Wovon zum Teufel sprichst du eigentlich?«

»Die Little Detective Agency gehört zu fünfzig Prozent mir«, sagte Leda. Sie sprachen beide immer schneller und lauter. »So steht es in der Vereinbarung, falls du es vergessen haben solltest.«

»Und du bekommst deinen Anteil am Gewinn, jedes …«

»Gewinn? Das ist mal eine gute Idee. Ist dir …«

»Du willst mehr Geld? Tauchst du deshalb unangemeldet hier auf und mischst …«

»… schon mal der Gedanke gekommen, dass der Name Little Detective Agency marketingtechnisch nicht gerade überzeugend ist?«

»Was hätte ich tun sollen? Mich in Big umbenennen?«

Ich hatte keine Zeit, mir darüber den Kopf zu zerbrechen, obwohl ich es gerne getan hätte – Bernie Big? Big Bernie? –, weil im oberen Stock des Nachbarhauses ein Licht anging und Mrs. Parsons durch die Vorhänge linste. Ich hatte Mrs. Parsons eine ganze Weile nicht gesehen – irgendwas war mit ihr gewesen, ich weiß nicht mehr, was. Sie trug eine seltsame spitze Kappe und sah irgendwie gruselig aus. Bernie und Leda sahen beide zu ihr hinauf und schwiegen. Die Art von Schweigen, die auf viel Lärm folgt.

Leda senkte ihre Stimme, bis sie beinahe flüsterte.

»Weswegen ich gekommen bin – und das war offensichtlich ein Fehler –, ich brauche deine professionelle Hilfe.«

»Professionell?« Bernie senkte ebenfalls die Stimme.

»Ich glaube, ich werde von einem Stalker verfolgt. Nicht dass dich das in irgendeiner Weise kümmern würde.«

Bernie holte tief Luft. »Wie kommst du auf die Idee, dass du verfolgt wirst?«

»Du glaubst mir nie was, oder?«

»Leda«, sagte Bernie, und seine Stimme wurde wieder lauter. Er hielt inne, sprach leiser weiter. »Wenn du verfolgt wirst, brauche ich ein paar Fakten.«

»Fakten? Wie wäre es mit diesem Pick-up, der mir gestern auf dem Cross Valley Freeway dreißig Kilometer an der Stoßstange hing, und heute Abend, als ich von einer Besprechung in Downtown kam, wieder da war? Sind das genug Fakten? Ich habe deine Ausfahrt gesehen und bin einfach rausgefahren, ohne zu blinken, ich habe nicht einmal gebremst.«

Bernie sah die Straße hinauf und hinunter: ruhig, dunkel, keine Pick-ups in Sicht, überhaupt keine Autos. »Bist du sicher, dass es derselbe war?«, fragte er.

»Natürlich bin ich sicher.«

»Was für eine Farbe hat er?«

»Dunkel, blau, schwarz, ich weiß nicht. Aber auf dem Dach ist eine Antenne, und die hat einen Knick.«

»Kannst du den Fahrer beschreiben?«

»Ich habe ihn nicht richtig gesehen. Er trug eine dunkle Brille und hatte die ganze Zeit die Sonnenblende heruntergeklappt.«

Bernie dachte nach, das erkannte ich an seinen Augen. Das Nachdenken brachte seinen Körper dazu, sich anzuspannen, es veränderte sogar seine Stimme. »Trug er ein Bandana?«

»Vielleicht. Ich weiß nicht.«

»Wo ist Charlie?«

»Jetzt?«

»Ja, jetzt.«

»Zu Hause.«

»Mit Malcolm?«

»Mit dem Babysitter.«

»Wo ist Malcolm?«

»Geschäftlich unterwegs.«

Der Muskel an Bernies Kinn zuckte. »Wer ist dieser Babysitter?«

»Kennedy.«

»Wer ist Kennedy?«

»Ein Mädchen aus der Nachbarschaft.«

»Wie alt?«

»Sie ist sehr zuverlässig.«

»Wie alt?«

»Fast zwölf.«

»Ruf sie an«, sagte Bernie.

Es blieb kurz still. Dann rief Leda: »Oh mein Gott, du glaubst doch nicht …?« Sie holte ihr Handy hervor. »Kennedy? Ist alles in Ordnung?« Sie hörte einen Moment zu, dann sah sie Bernie an und nickte.

»Wo ist Charlie?«, fragte Bernie.

»Was macht Charlie gerade?« Leda hörte erneut zu. Dieses Mal hörte ich, wie die Stimme am anderen Ende – die Stimme eines Mädchens – etwas von Fernsehen sagte. »Nein, das ist schon in Ordnung«, sagte Leda. »Ich bin bald zu Hause.« Sie legte auf.

»Wir fahren dir hinterher«, entschied Bernie.

Wenig später waren wir in den High Chaparral Estates und parkten ein Stück entfernt von Ledas und Malcolms großem Haus mit den Säulen, genauer gesagt parkten wir vor einem Haus, das genauso aussah, vielleicht noch größer und mit höheren Säulen. Leda war sofort in ihr Haus gelaufen und rief an, um uns zu sagen, dass alles in Ordnung war. Dann fuhr ein Auto aus einer Einfahrt ein Stück die Straße runter und hielt vor Ledas Haus. Ein Mädchen kam heraus, ein kleines Mädchen, nicht viel größer als Charlie, und stieg ein. Das Auto wendete und fuhr wieder zurück. Das Garagentor ging auf. Das Auto fuhr hinein. Das Garagentor ging zu.

Wir saßen da. Dasitzen ist ein wichtiger Teil unserer Arbeit. Wir sind gut darin, Bernie und ich. Nach einer Weile sagte er: »Wenn sie wirklich verfolgt wird und sich herausstellt, dass es Jocko ist, dann …« Dann was? Ich wartete. Zeit verging. Bernie meinte: »Wahrscheinlich sieht er zu viel fern.« Jocko sah zu viel fern? War das das Problem, das wir mit ihm hatten? Ich dachte, es ging darum, dass er mit diesem Baseballschläger auf uns losgegangen war und wir es ihm noch nicht heimgezahlt hatten. Dann kam mir der Gedanke, dass wir Jockos Fernseher kaputt schlagen könnten. Danach kamen keine Gedanken mehr. Wir saßen da.

Ich hörte ein Auto, sah die Straße hinunter, aber zuerst konnte ich es nicht sehen, weil die Scheinwerfer aus waren. Es fuhr unter einer Straßenlaterne durch – kein Auto, sondern ein Pick-up mit einer geknickten Antenne auf dem Dach. Ich blickte zu Bernie. Seine Augen waren zu. Ich habe verschiedene Arten von Knurren drauf. Eins davon ist tief und leise, es bleibt hinten in meiner Kehle, genau das Richtige für eine Gelegenheit wie diese.

Bernie schlug die Augen auf. »Chet? Was ist …«

Der Pick-up mit der geknickten Antenne wurde langsamer und blieb stehen, direkt vor Ledas Haus. Der Fahrer, zu weit weg, als dass ich hätte erkennen können, ob es Jocko war oder nicht, hielt etwas aus dem Fenster. Plötzlich lag der 38er Special in Bernies Hand. Doch dann sah ich das winzige Display an dem Ding in der Hand des Typen blau leuchten, und Bernie sah es auch. »Ein Handy«, sagte er. Ich wusste, dass Handys nicht nur zum Telefonieren da waren – man konnte zum Beispiel auch Fotos damit machen. Die Menschen lieben solche Spielzeuge, möglicherweise zu sehr, aber jetzt war keine Zeit, darüber nachzudenken. Der Pick-up setzte sich wieder in Bewegung, fuhr an uns vorbei, die Scheinwerfer waren immer noch aus, was bedeutete, dass wir nicht geblendet wurden und den Fahrer gut erkennen konnten.

»Ich brech ihm das Genick«, verkündete Bernie.

Es war Marvin Winkleman.

Kapitel 19

»Das ist wie in einer dieser italienischen Komödien mit – wie heißt er gleich noch mal?«, sagte Bernie. Wir folgten Marvin Winkleman. Das war nicht weiter schwierig: Die Scheinwerfer des Pick-ups waren an, auf dem Freeway war wenig Verkehr, und Marvin fuhr nicht besonders schnell. »Du weißt schon«, setzte Bernie noch einmal an. »Gutaussehender Kerl, Scheidung, Marcello Irgendwas.« Er schwieg eine Weile. Winkleman nahm eine Ausfahrt in der Nähe der North Valley Mall – die Lichter des riesigen Parkplatzes überzogen den Himmel mit einem orangefarbenen Schimmer. »In Italien müssen Scheidungen lustiger sein«, meinte Bernie. »Warum wohl?«

Ich hatte keine Ahnung, wusste eigentlich auch gar nicht genau, wovon er redete, obwohl ich einiges gut kannte, zum Beispiel Scheidung. Das war, als Leda Charlies Sachen gepackt und weggebracht hatte, und Italien, das was mit Pizza zu tun hatte – Salami, Peperoni, Käse war unsere Lieblingspizza, Bernies und meine.

Wir folgten Winkleman am Einkaufszentrum vorbei, bogen ab in die Pottdale Hills, eine der schickeren Gegenden im Valley. Im Zentrum von Pottsdale gab es jede Menge Galerien, in die Leda vor der Scheidung Bernie immer zu schleppen versuchte, außerdem schicke Restaurants, die mich und meinesgleichen nicht reinlassen wollten und sowieso nicht zu der Sorte von Restaurants gehörten, die Bernie mochte. Wir mögen die gleichen Restaurants, Bernie und ich. Unser Lieblingsrestaurant ist im Moment Max' Spareribs-Paradies – das ist in Rosa Vista, ziemlich weit weg von Pottsdale. Der Besitzer ist Cleon Maxwell, ein Freund von uns. Wir haben viele Restaurantbesitzer als Freunde. Das ist ein großer Vorteil.

Winkleman fuhr an einer Bar vorbei, vor der Leute an Tischen auf dem Bürgersteig saßen – Kerzenlicht flackerte über Gläser und Bestecke, ein hübscher Anblick –, und bog an der nächsten Kreuzung ab. »In der Straße liegt Pepe's Mandarin«, erklärte Bernie. »Der beste Chinese im gesamten Valley – zehn zu eins, dass er da hinwill.« Chinesisches Essen ist ein Riesenthema, im Moment habe ich leider keine Zeit dafür, aber es gibt da etwas, das Hühnchen-Ananas-Bällchen heißt und einfach unschlagbar ist.

Winkleman fuhr unterdessen weiter. Ein Restaurant mit Laternen in den Fenstern rauschte vorbei, und Bernie sagte: »Ich schulde dir einen Zehner.« Ich konnte ihm nicht mehr folgen. Winkleman fuhr noch ein oder zwei Querstraßen weiter, vorbei an weiteren Geschäften, deren Schaufenster jetzt dunkel waren, und blieb schließlich vor einem stehen, über dem ein Schild mit einer großen Kaffeetasse drauf hing. Hey! Ich wusste, wo wir waren: Livias Café & Mehr.

Bernie fuhr rasch an den Straßenrand und hielt hinter einem Auto. Wir sahen zu, wie Winkleman ausstieg. Er sah einmal die Straße rauf und runter. »Ist es möglich?«, fragte Bernie.

Winkleman ging auf Livias Café & Mehr zu. Es war dunkel, sie hatten abends geschlossen wie all die anderen

Geschäfte ringsum, aber von dem Chatterley-Fall – ich habe jetzt keine Zeit, näher darauf einzugehen, aber es handelte sich um eine komplizierte Sache, die ich nicht richtig verstand, jedenfalls endete er mit einem Smaragdarmband, das wir später zu Mr. Singh brachten, als die Kolbenstange irgendetwas Schlimmes machte, ich weiß nicht mehr, was, und … wo war ich gerade?

Der Chatterley-Fall. Vom Chatterley-Fall her wusste ich, dass es nicht viel zu bedeuten hatte, wenn Livias Café & Mehr abends geschlossen war. Nachdem sich Winkleman noch einmal umgesehen hatte, klopfte er an die Tür, ganz leise, aber in der stillen Straße war es trotzdem gut zu hören. Gleich darauf öffnete sich die Tür, und Winkleman verschwand im Haus.

»Was hältst du von einem kleinen Besuch bei Livia Moon?«, fragte Bernie. Mir war es recht. Livia Moon – ich glaube, ich habe sie bereits erwähnt, denn Popos Geruch hatte mich irgendwie an ihren erinnert, als ich ihn das erste Mal mit diesem weißen Gesicht, dem roten Mund, den grünen Augen und den hässlichen orangefarbenen Haaren gesehen hatte; vermischt mit einem männlichen Element, versteht sich – war die Besitzerin des Cafés, und Cafébesitzer kennen war so ähnlich wie Restaurantbesitzer kennen: eine gute Sache. Ihre Heidelbeermuffins waren sehr lecker für jemanden, der Muffins mochte, was bei mir nicht der Fall ist, nichts für ungut, aber der springende Punkt ist, dass, wenn das Café abends geschlossen hatte, dies nicht bedeutete, dass bei Livia nichts mehr los gewesen wäre. Nein – dann wickelte sie in ihrem verrufenen Haus irgendwelche Geschäfte im Hinterzimmer ab.

Bernie klopfte an die Tür, eine schwere Holztür, wie man sie bei den alten Ranchs im Valley sieht. Ich hörte Schritte näher kommen, das Klack-klack hoher Absätze. Bei unserer Arbeit haben wir es von Zeit zu Zeit mit verrufenen Häusern zu tun – mir hatte es in jedem einzelnen gefallen.

Die Tür öffnete sich. Eine junge Frau in einem kurzen schwarzen Kleid sah raus. »Tut mir leid«, sagte sie, »wir haben geschlossen.« Das Café hinter ihr war dunkel bis auf das weiße Leuchten eines Kühlschranks und hier und da die grünen Lämpchen irgendwelcher Geräte.

»Für Kaffee ist es sowieso zu spät«, erklärte Bernie. »Da würde ich ja die ganze Nacht senkrecht im Bett stehen.« Fragen Sie mich nicht, was das heißen sollte, die junge Frau begriff es offenbar auch nicht. Doch dann zog Bernie unsere Karte aus der Tasche, und wir waren wieder voll bei der Arbeit. »Wären Sie so nett, das Livia zu geben?«, bat er. Sie nickte und schloss die Tür. Wir warteten. Ein Streifenwagen fuhr die Straße entlang, ohne langsamer zu werden.

»Was sagt uns das?«, fragte Bernie.

Keine Ahnung.

Von drinnen war wieder das Klack-klack zu hören. Erneut ging die Tür auf, und die junge Frau sah raus, dieses Mal mit einem freundlichen Lächeln. »Mr. Little? Bitte kommen Sie herein.«

Das taten wir.

»Ich bin Autumn«, stellte die junge Frau sich vor und schloss die Tür.

»Hübscher Name«, lobte Bernie.

»Ich habe ihn im Internet entdeckt«, sagte Autumn.

»Aha.«

Sie sah mich an. »Ist das Chet? Livia wollte wissen, ob Sie ihn dabeihaben.«

»Ja«, sagte Bernie.

»Darf ich ihn streicheln?«

»Das mag er gar nicht.«

»Das ist ein Witz, oder?«

Klar war das ein Witz. Von Zeit zu Zeit ist Bernie ein richtiger Witzbold, wenn auch nicht immer zur richtigen Zeit. Aber in diesem Fall ging alles gut aus. Autumn erwies sich als prima Streichlerin. Die jungen Frauen in verrufenen Häusern waren immer prima Streichlerinnen, auch wenn ich nicht genau wusste, warum. Dieses Geschäft, also, was hier eigentlich verkauft wurde – in Max' Spareribs-Paradies zum Beispiel wurden Spareribs verkauft –, war mir ein Rätsel.

Wir folgten Autumn durch das Café, eine Tür, einen Lagerraum mit Kaffeesäcken – jede Menge nicht so leicht zu unterscheidender Gerüche, aber dafür hatte ich jetzt auch keine Zeit – und danach durch eine weitere Tür und in ein Wohnzimmer mit einem weichen Teppich, einigen Sofas und Sesseln mit dicken Polstern und einer kleinen Bar. Ein Zimmer, an das ich mich irgendwie erinnern konnte, vor allem an den intensiven Parfümgeruch. Auf einem der Sofas lag eine zweite junge Frau, ebenfalls in einem schwarzen Kleid, aber barfuß statt mit hohen Absätzen, und blätterte in einer Zeitschrift, und eine etwas ältere Frau in einem dunklen Hosenanzug und mit einer Perlenkette um den Hals saß mit einem Laptop vor sich an einem Schreibtisch. Sie sah uns, sprang auf – vielleicht sprang sie auch nicht richtig, weil sie ziemlich dick war, dick und kurvig – und kam uns entgegen.

»Bernie!« Sie schlang die Arme um ihn, eine dicke Frau und nicht viel kleiner als Bernie.

»Hi, Livia.« Ich konnte sehen, dass es Bernie nach einer Weile mit der Umarmerei reichte, aber Livia ließ ihn nicht los, bevor sie auch genug davon hatte.

Sie trat einen Schritt zurück, hielt Bernie aber immer noch an den Oberarmen, genauer gesagt drückte sie sie ein bisschen. »Du siehst gut aus.«

»Äh … nein … hm … danke«, sagte Bernie, was Livia zum Lachen brachte, ein hübsches, lautes Geräusch, kein Dröhnen wie das von Uncle Rio, aber ziemlich beeindruckend für eine Frau. »Du aber auch«, gab Bernie das Kompliment zurück.

»Ach, komm«, winkte sie ab. »Ich habe dermaßen zugenommen.«

»Aber nein«, sagte Bernie. »Und außerdem steht es dir.«

Livia lachte erneut. »Das schließt sich gegenseitig aus, Bernie. Entscheide dich für eins, vorzugsweise Ersteres.«

»Hm«, machte Bernie, und dann lachte er auch.

»Tulip?« Sofort legte die junge Frau auf dem Sofa ihre Zeitschrift weg und stand auf. »Einen schönen großen Bourbon on the rocks für Bernie und einen kleinen pour moi.« Tulip ging hinter die Bar und griff nach einer Flasche. »Süße«, kam prompt Livias Anweisung, »heute Abend schenken wir aus dem oberen Fach aus.«

Tulip warf rasch einen Blick zu Bernie und griff nach einer anderen Flasche. Autumn ging zu ihr, um ihr zu helfen. Jeder konnte sehen, dass das hier ein gut organisierter Betrieb war.

Bald darauf saßen Bernie und Livia jeder mit einem Glas in der Hand auf einem der Sofas – Bernie an dem einen Ende, Livia in der Mitte, wobei sie möglicherweise nach und nach etwas näher zu ihm rutschte. Tulip streichelte mich. Sie war auch eine gute Streichlerin, vielleicht sogar noch besser als Autumn, ich konnte mich nicht entscheiden. Autumn hatte das Zimmer durch eine andere Tür verlassen, und bevor sie sie zugemacht hatte, war nicht weit weg Gelächter zu hören gewesen.

»Sein Fell glänzt so wunderbar«, sagte Tulip.

»Chet ist ein Hingucker, gar keine Frage«, gab Livia ihr recht. Sie streckte die Hand aus und legte sie auf Bernies Knie. »An seinem Herrchen gibt's aber auch nichts auszusetzen.«

»Ich weiß nicht«, sagte Bernie, »äh …«

Sie drückte sein Knie. »Wir kennen uns schon ewig, Bernie und ich.«

»Warst du mal mit ihm verheiratet?«, fragte Tulip.

»Oh nein, wo denkst du hin«, wehrte Livia belustigt ab. »Bernie mag ich wirklich.« Sie drehte sich zu ihm. »Kannst du dich noch daran erinnern, wie wir uns kennengelernt haben?«

»Na ja, das ist lange her«, begann Bernie, »wie du gerade gesagt hast, und …«

»Das war in der Nähe von Fort Hood, Tulip«, sagte Livia. »Ich hatte damals nur ein sehr kleines Etablissement und tat für unsere Jungs beim Militär, was ich konnte – ich war schon immer sehr patriotisch eingestellt. Du trägst übrigens deine Anstecknadel nicht.«

»Ich muss sie irgendwie verloren haben«, erwiderte Tulip betreten.

Livia schien darüber nachzudenken. Dann trank sie einen Schluck aus ihrem Glas und fuhr fort. »Ein kleines Etablissement, aber mit einem netten Innenhof, in dem dann und wann getanzt wurde, und eines Nachts geriet alles ein wenig außer Kontrolle – ich hatte noch nicht so viel Erfahrung –, und da kam zufällig Bernie vorbei und hat mir geholfen, als ich in der Klemme saß.«

Ich musterte Livia. Das war bestimmt nicht ganz einfach gewesen, obwohl Bernie stark war.

»Aber«, fuhr Livia fort, »vermutlich ist Bernie nicht hier, um in Erinnerungen zu schwelgen – für solche Sentimentalitäten hattest du nie viel übrig, stimmt's, Bernie?«

»Ich würde nicht sagen, dass ich nie …«

»Also, welchem Umstand verdanken wir diesen höchst erfreulichen, wenn auch unerwarteten Besuch? Es versteht sich natürlich von selbst, dass alles aufs Haus geht, einschließlich unserer Sonderleistungen.«

Tulip machte große Augen, keine Ahnung, warum.

»Danke, aber heute nicht«, sagte Bernie. »Wir sind eigentlich bei der Arbeit.« Er nickte in Tulips Richtung, ein winziges, rasches Nicken, kaum wahrnehmbar.

»Süße.« Livia schien Bernies Geste verstanden zu haben. »Mach doch mal eine kleine Pause.«

»Mit wem?«, fragte Tulip.

»Mit dir.«

»Mit mir?«

»Guck fern. Hol deine E-Mails ab. Lackier dir die Nägel.«

»Hab ich gerade erst gemacht.« Tulip zeigte ihre Nägel, dunkelrot, glaube ich, aber verlassen Sie sich nicht auf mich, wenn es um Farben geht.

»Dann mach's noch mal.«

Tulip verließ das Zimmer. Livia stellte ihr Glas ab. »Worum geht's?«, fragte sie.

»Marvin Winkleman«, antwortete Bernie.

»Er ist auf Nummer vier«, sagte Livia. »Willst du, dass ich ihn raushole?«

»Erzähl mir einfach ein bisschen was über ihn.«

»Kennst du die Bezeichnung *schlub*?«

»Nein.«

»Ist das, wonach es klingt. Das ist Marvin, ein *schlub*. Andererseits ist er aber auch ein sehr guter Kunde, macht nie Ärger, zahlt bar, gibt gutes Trinkgeld, benutzt Deo.«

»Ein sehr guter Kunde?«, hakte Bernie nach.

»Keiner von den wöchentlichen Stammkunden – mit denen verdienen wir unsere Brötchen.«

Brötchen – auch nicht schlecht, vor allem, wenn sie noch warm waren, und dazu vielleicht ein paar Scheiben Salami. Ich roch zwar nichts davon, aber ich rückte etwas näher zu Livia, für den Fall, dass eins auftauchen sollte.

»Eher zweiwöchentlich, würde ich sagen.«

»Wie lange ist er schon Kunde?«

»Seit Jahren. Mindestens zehn.«

Bernie stand auf. »Danke.«

»Das war's schon? Willst du nicht wenigstens noch austrinken?«

»Erst die Arbeit«, sagte Bernie.

»So sehe ich das auch, aber manchmal tut es gut, sich ein bisschen zu entspannen.«

»Später vielleicht«, erwiderte Bernie.

Livia betrachtete Bernie nachdenklich. Ihre Wimpern waren verblüffend! »Wie geht's nach der Scheidung?«

»Nicht übel.«

»Hast du eine Freundin?«

»So was Ähnliches.«

»Willst du einen Rat?«, fragte Livia. »Von – nennen wir das Kind beim Namen – einem Profi?«

»Ich wäre dumm, wenn ich das nicht täte«, sagte Bernie.

»Mach einen langen Spaziergang mit ihr. Nimm ihre Hand. Halt die Klappe.«

»Verstanden.«

»Gib mir einen Abschiedskuss.«

Bernie gab ihr einen Kuss. Ich dachte, es sollte eins von diesen schnellen Küsschen auf die Wange werden, aber Livia hatte etwas anderes im Sinn. Als sie schließlich einen Schritt zurücktrat und die Augen wieder öffnete, sagte sie: »Ich habe eine Menge Know-how, falls du dich jemals dafür interessierst.«

»Mein Herz würde das nicht mitmachen«, behauptete Bernie.

Livia fing an zu lachen, dann hörte sie abrupt damit auf. Manchmal werde ich aus den Menschen einfach nicht schlau, und jetzt war es wieder mal so weit.

Von Livia aus folgten wir Winkleman ein paar Blocks bis zur Hauptgeschäftsstraße von Pottsdale. Er hielt vor einem Fastfood-Restaurant und ging hinein.

»Er hat Hunger bekommen«, stellte Bernie fest. Wir hielten hinter ihm, stiegen aus, blieben auf dem Bürgersteig stehen. »Langer Spaziergang«, murmelte Bernie. »Hand nehmen. Klappe halten. Klingt so einfach.«

Winkleman kam aus dem Fastfood-Restaurant heraus, eine braune Tüte in der Hand. Vielleicht mit einem Brötchen mit Salami drin, aber ich versuchte, nicht darüber nachzudenken. Das Leben hielt einige Enttäuschungen bereit. Da konnte man sich etwas noch so sehr wünschen, man bekam es einfach nicht – aber auch darüber versuchte ich nicht nachzudenken. Winkleman entdeckte uns und blieb stehen.

»Bernie?« Er strich sich über seine quergekämmten Haare. »Was für eine Überraschung.«

»Zwei Dinge«, sagte Bernie. »Erstens – Ihr Stalkingabenteuer ist vorbei.«

»Wovon in aller Welt reden Sie?«, fragte Winkleman empört. Auf seinem Gesicht erschienen rote Flecken. »Ich habe keine Ahnung, was Sie meinen.« Er sah zu mir, wich einen Schritt zurück. Aus einem unerfindlichen Grund stand mein Maul weit offen.

»Sie haben jemanden verfolgt, der nichts mit Ihrem Fall zu tun hat«, beschied Bernie ihn. »Stalker machen den Staatsanwalt ganz besonders sauer, mehr als alles andere. Damit hat er die Wahl gewonnen.«

»Der Staatsanwalt? Was zum Teufel ...«

Bernie machte mit der Hand eine rasche Bewegung, als wollte er etwas zur Seite fegen, das hatte ich bei ihm noch nicht oft gesehen. »Zweitens – Ihre Rachefantasien können Sie ebenfalls vergessen.«

»Hä?«

»Denken Sie doch mal nach, Marvin. Finden Sie, dass Sie es sich erlauben können, den ersten Stein zu werfen?«

Winklemans Mund öffnete und schloss sich, immer ein gutes Zeichen für uns.

»Lassen Sie sich scheiden«, empfahl Bernie. »Richten Sie Ihren Blick wieder nach vorn.«

»Ich dachte, Sie arbeiten für mich.«

»In einem übergeordneten Sinn. Eines Tages werden Sie mir dankbar sein.«

»Ich will meine Zweieinhalbtausend zurück.«

»Abzüglich der geleisteten Arbeitszeit und Spesen.«

»Geleistete Arbeitszeit?«

»Heute Abend«, lächelte Bernie. »Ihre Beschattung.«

Hey! Blieb Bernie etwa hart beim Geld? Das hätte ich gern öfter gesehen.

Kapitel 20

Bernie rief Leda vom Auto aus an. Charlie hob ab. Seine Stimme kam aus dem Lautsprecher. »Hast du Peanut schon gefunden?«

»Nein.«

»Und wann findest du sie?«

»Ich weiß es nicht.«

»Ich habe aber allen in der Klasse gesagt, dass du Peanut findest.«

»Hast du gesagt, wann?«

»Nein.«

»Gut. Und jetzt gib mir bitte mal deine Mutter.«

Leda ging dran. »Du musst dir keine Sorgen mehr machen«, sagte Bernie. »Offenbar eine Verwechslung. Du wirst nicht mehr belästigt werden.«

»Wer wurde denn mit wem verwechselt?«

»So gut wie jeder mit jedem«, behauptete Bernie.

»Ich …«

»Ich habe jetzt leider keine Zeit mehr, Leda. Wir stecken mitten in der Arbeit.«

»Okay«, sagte Leda, und ihre Stimme wurde weicher. »Und danke.«

Bernie legte auf. »Diese Ehe muss funktionieren«, erklärte er mir noch einmal. »Nicht nur das, es muss die beste Ehe aller Zeiten werden. Sonst könnte ich mich morgens selbst nicht mehr im Spiegel anschauen.«

Kein Problem – ich konnte ihn ja anschauen. Jeden Morgen, abends auch. Es war also alles in Ordnung, wenn auch ein bisschen verwirrend. Daher war es gut, dass das Telefon klingelte.

Dieses Mal war Popos Stimme zu hören. »Können wir uns irgendwo treffen?«, fragte er. »Ich muss Ihnen etwas zeigen.«

»Sollen wir zu Ihrem Wohnwagen kommen?«, schlug Bernie vor.

»Ich hab keinen Wohnwagen mehr«, sagte Popo.

Wir trafen Popo in der Lobby eines alten Hotels namens Copperman's im West Valley. Ich kannte das Copperman's von einem Fall, an dem wir vor langer Zeit gearbeitet hatten und in dem es um ein japanisches Restaurant und einen gestohlenen Thunfisch ging. Wir fanden den Thunfisch, nur zu spät – das war mir klar gewesen, noch bevor wir damals aus dem Auto gestiegen waren.

Aber zurück zur Lobby. Es gab Deckenventilatoren, eine Palme – Palmen erkenne ich an den großen Blättern – und hier und da ein Grüppchen Ledersessel. Sehr angenehm, dieser Ledergeruch. Leder eignet sich prima zum Kauen, war mein erster Gedanke.

Bis auf Popo war die Lobby leer. Er saß in einem dieser Ledersessel, sein Gesicht noch schmaler als das letzte Mal, als wir ihn gesehen hatten. Die Knochen drückten sich durch, und das machte mich unruhig. Wir setzen uns neben ihn, Bernie in einen Ledersessel, ich auf den schwarz-weißen Fliesenboden, der sich angenehm kühl anfühlte.

»Drummond hat mich gefeuert«, klagte Popo.

Owei. Menschen wurden gelegentlich gefeuert, was

bedeutete, dass sie keinen Job mehr hatten. Keinen Job haben, das ist nicht gut. Bernie und mir konnte das nicht passieren. Scheidungssachen gab es immer.

»Warum?«, fragte Bernie.

»Er will sich neu aufstellen, sagt er.«

»Ein Zirkus ohne Clown?«

Popo zuckte die Achseln, nur ein kleines Zucken. Ein großes Zucken bedeutet, dass es einem egal ist. Ein kleines Zucken, dass man aufgibt. Ich wollte nicht, dass Popo aufgab. Ich rückte näher an seinen Sessel. Und was war das? Unten an einem der Holzbeine hatte sich ein Eckchen von dem Leder gelöst und baumelte herunter, einfach so, als würde es auf mich warten.

»Was werden Sie jetzt tun?«, fragte Bernie.

Popo zuckte wieder mit den Achseln.

»Sie haben doch sicher Kontakte.«

»Kontakte?«

»In der Clownswelt.«

»Ja, schon«, sagte Popo. »Aber was, wenn man nicht mehr mit dem Herzen dabei ist?«

»Vielleicht brauchen Sie nur ein wenig Abstand«, meinte Bernie.

Manchmal bekamen Menschen so einen Blick, als hätten sie nicht gehört, was gerade gesagt worden war. »Kennen Sie das?«, fragte er. »Dass Sie nicht mit dem Herzen dabei sind?«

»Bei einer Scheidungssache kann das schon mal vorkommen«, sagte Bernie. »Aber mit dem Kopf bin ich immer voll dabei.«

Popo musterte Bernie kurz. »Deshalb sind Sie wahrscheinlich so, wie Sie sind.«

Meinte Popo das gut oder schlecht? Ich hatte keine

Ahnung. Und was Bernie anging – der machte gerade das große Achselzucken, das Ist-mir-egal-Achselzucken. Bernie ist hart im Nehmen, das sollte man nie vergessen. Bin ich übrigens auch.

»Bei mir gibt es diese Trennung nicht«, sagte Popo, »das heißt, dass ich im Moment auch nicht mit dem Kopf dabei bin.« Er schüttelte sich, allerdings nicht besonders gekonnt, eher wackelte er ein wenig. Ich schaute ihm dennoch gerne dabei zu. »Aber ich will Ihnen nicht zu nahe treten«, fuhr Popo fort. »In Ihrer Branche ist das sicher anders. Wie dem auch sei, ich bin Uris – wie sagt man? Nachlass? – Ich bin also Uris Nachlass durchgegangen und habe da etwas gefunden, was Sie interessieren könnte.« Er klappte einen Laptop auf. »Der hat Uri gehört. Es warteten keine bösen Überraschungen auf mich, wenn Sie das vielleicht meinen, aber ich habe ein Video gefunden. Es ist zwölf Jahre alt. Zu der Zeit kannten wir uns noch gar nicht.« Popo drehte den Laptop zu uns. »Ich glaube, es stammt aus irgendeinem Schulprojekt.«

Popo klapperte auf der Tastatur. Ein riesiges Gesicht erschien, das ich erst nicht erkannte, bis ich den Bleistiftschnurrbart sah und wusste, dass es DeLeath sein musste, selbst wenn er viel jünger als in dem Video mit Peanut aussah. Schnurrbärte finde ich interessant, besonders diese Bleistiftvariante, und soweit ich mich erinnerte, kam sonst keiner in diesem Fall vor.

Zuerst erklang eine Frauenstimme. »Willkommen in der Eleanor Roosevelt Middle School, Mr. DeLeath.«

»Danke«, antwortete DeLeath. Hey! Er hatte eine sehr angenehme Stimme, kräftig und irgendwie tief, genau genommen ziemlich ähnlich wie die von Bernie. Allerdings war Bernies Stimme noch angenehmer – das versteht sich von selbst.

»Die Schüler hatten viel Spaß bei ihrem Zirkusbesuch im letzten Winter«, sagte die Frau, »und jetzt haben sie ein paar Fragen. Können Sie mich hören?«

»Ja, sehr gut.«

»Prima. Jeremy, möchtest du anfangen?«

Es rumste ein bisschen, und dann war eine Kinderstimme zu hören. »Hallo.«

»Hallo«, sagte DeLeath und lächelte.

»Mein Dad hat gesagt, dass Sie dem Elefanten weh tun müssen, um ihn dazu zu bringen, irgendwelche Tricks zu machen.«

Das Menschenlächeln, wenn das Lächelgefühl plötzlich weg ist, bietet einen sehr interessanten Anblick, und genau das sah ich gerade auf DeLeaths Gesicht. »Jeremy?«, sagte er, und dann verschwand auch das Lächeln. »Das Wichtigste, was ich in meinem Leben gelernt habe, ist, dass man Tiere niemals grausam behandeln darf. Es ist die Sache einfach nicht wert, ein Tier schlecht zu behandeln, nur um es zu irgendwelchen Tricks zu bringen.«

Der Ausdruck auf DeLeaths Gesicht in diesem Moment war nicht leicht zu beschreiben, aber er gehörte zu den besten, die Menschen haben. Ich habe ihn hin und wieder auch schon auf Bernies Gesicht gesehen. Ich glaube, so sehen Anführer aus.

Dann redete wieder die Frau. »Ist damit deine Frage beantwortet, Jeremy?«

»Mein Dad hat gesagt, dass der Elefant mit so einem Haken gepikst wird«, sagte das Kind.

DeLeaths Gesicht verhärtete sich, aber nicht so sehr wie das von einem hartgesottenen Gauner wie Mr.

Gulagow, der jetzt unter der heißen Sonne Steine klopft, aber hart genug. »Das kommt vor, und ich habe es früher leider auch gemacht, jetzt aber nicht mehr. Wenn wir – die Menschen – wirklich so schlau sind, dann sind wir auch schlau genug, Tiere dazu zu bringen, das zu tun, was wir wollen, ohne dass wir Gewalt anwenden.«

Dem war nicht leicht zu folgen. Zu allem Überfluss zischte mir plötzlich auch noch der Gedanke durch den Kopf, wie wir DeLeath in der Wüste gefunden haben, dazu die schreckliche Schlange. Ich kam ein wenig durcheinander, und ehe ich michs versah, saß ich neben Popos Sessel und kaute an dem losen Ledereckchen – es war eigentlich schon in dem Stadium, wo es fast kein Eckchen mehr war.

Derweil sagte die Frau: »Nun, Jeremy, damit müsste deine Frage beantwortet sein, oder?«

Aber Jeremy war noch nicht beruhigt: »Mein Dad sagt, dass es ein langer Stecken mit einem spitzen Haken ist. Man bohrt ihn …«

Popo klappte den Laptop zu. Seine Hände – lang und schmal – zitterten ein wenig. »Ich wollte, dass Sie sehen, wie er zu Lebzeiten war.«

»Warum?«

»Damit Sie entschlossener sind.«

»Um was zu tun?«

»Um die Wahrheit herauszufinden. Und wenn das nicht möglich sein sollte, dann wenigstens, um weiter nach Peanut zu suchen.«

»An Entschlossenheit mangelt es mir nicht«, erklärte Bernie.

»Tut mir leid. Ich wollte Sie nicht beleidigen.«

»Das haben Sie auch nicht.«

»Brauchen Sie Geld?«, fragte Popo.

So etwas hörte ich gern. »Das kann warten, bis wir den Fall abgeschlossen haben«, sagte Bernie. Oh, Bernie.

»Ich werde übrigens erst einmal hier im Hotel wohnen«, kündigte Popo an. »Der Besitzer ist ein Freund von mir.«

Bernie stand auf, ich auch. »Ist Uri oft nach Mexiko gefahren, oder hatte er dort irgendetwas zu tun?«, fragte Bernie.

»Nicht dass ich wüsste. Wir sind nur einmal nach Cabo gefahren. Warum?«

»Wir haben seine Leiche praktisch an der Grenze gefunden.«

»Ich weiß«, sagte Popo. »Das ist noch etwas, was ich nicht verstehe.«

Wir gingen hinaus. Ich spürte etwas von meiner Lippe baumeln, leckte daran, schmeckte Leder. Owei: Ein kleiner Lederfetzen, der gar nicht einmal so klein war, hing an meinen Zähnen, sodass alle Welt ihn sehen konnte, wahrscheinlich schon eine ganze Zeit lang. Ich sprang ins Auto und fing an, daran zu zerren.

Bernie warf einen Blick zu mir, als wir losfuhren. »Was ist denn los?«

Ich richtete mich kerzengerade auf: ruhig, wachsam, Profi.

»Haben Sie für den Hund Papiere?«

Spätnachts beim Grenzübertritt. Das war nicht mein erster; von Zeit zu Zeit sind wir in Mexiko tätig, Bernie und ich. Helle Lampen, solche, die brummten, strahlten auf uns herab, und der uniformierte Mann in dem Häuschen streckte die Hand aus. Bernie sagte »Sí« und gab ihm ein Blatt Papier, dann sagte er noch etwas, wobei sich seine Stimme auf schwer zu beschreibende Art veränderte. Ich weiß nur, dass ich ihn dann überhaupt nicht mehr verstehe, außer einige Wörter wie *amigo*, *cerveza* und *croqueta*.

Der Uniformierte warf einen Blick auf das Blatt Papier, dann gab er es Bernie zurück. »Angenehmen Aufenthalt, Señor.«

Señor – das kannte ich auch, es war ein anderes Wort für Kumpel. Beim Weiterfahren blickte ich noch einmal zurück zu dem Uniformierten und sah, wie er einen Telefonhörer in die Hand nahm. Derweil schaltete Bernie hoch, und – *wrumm!*, *wrumm!* – schon waren wir südlich der Grenze, und es hieß Viva México! Das wusste ich, weil Bernie genau das angefangen hatte zu singen. In dem Lied gibt es eine Stelle, an der ich gut mitsingen kann, und das tat ich jetzt.

Wir fuhren durch eine kleine Stadt, kaum beleuchtet, und dann über Land. Drunten in Mexiko ticken die Uhren anders, zum Beispiel sind die Tage heller und die Nächte dunkler. Versteht das jemand? Ich nicht. Schon bald war in der Straßenmitte kein gelber Streifen mehr, dann wurde die Straße enger und holpriger, und der Verkehr lichtete sich, bis nur noch wir übrig waren. Der Wind nahm zu und wirbelte Fetzen von allem möglichen Zeug durch das Licht unserer Scheinwerfer. Am Straßenrand glühten von Zeit zu Zeit gelbe Augen auf, und einmal kamen wir an einem barfüßigen Mann vorbei, der unter einem dürren Baum stand. Ich ließ ihn nicht aus den Augen – wenn ich will, kann ich meinen Kopf einmal zur Hälfte herumdrehen, komisch, wie wenig sich ein Menschenkopf drehen kann, aber dazu komme ich vielleicht später noch –, vor allem nicht seine nackten Füße. Nackte Menschenfüße finde ich sehr interessant, schwer zu sagen, warum, und kurz bevor wir um eine Kurve fuhren, sah ich noch, wie der Mann ein Handy aus seiner Tasche holte.

Der Mond hing tief, groß und orange am Himmel. Ich mag den Mond, aber was da ablief – schwer zu sagen. Aus Erfahrung wusste ich, dass er bald höher wandern, kleiner und weißer werden würde. Keine Ahnung, warum. Es gab auch Nächte, in denen ein Stück von ihm fehlte, manchmal fast alles, und manchmal verschwand er komplett – Nächte ohne Mond. Eines stand fest – das weiß ich, weil Bernie so oft davon sprach –, wir befanden uns auf der Milchstraße. Mir war es recht, auch wenn ich kein großer Fan von Milch bin. Katzen mögen Milch. Haben Sie schon mal eine Katze Milch schlabbern sehen? In winzig kleinen manierlichen Schlückchen, sodass nicht ein Tropfen daneben landet. Katzen tun wirklich alles, um einem auf die Nerven zu gehen.

In der Ferne erhob sich ein dunkler Berg, vielleicht waren es auch zwei Berge. Bernie sah in dieselbe Richtung. »Dos Jorobas«, sagte er, »das heißt so viel wie zwei Buckel. Und in dem Tal dazwischen – das ist San Anselmo.« Ich konnte ein Grüppchen gelber Lichter zwischen den Buckeln sehen, sehr schwach. Wir fuhren darauf zu, nur schien sich Dos Jorobas mit uns zu bewegen, sodass wir kein bisschen näher kamen. Das kannte ich schon – das war nichts typisch Mexikanisches. Ich rutschte ein Stück und legte eine Pfote auf Bernies Knie.

»Hey, Chet, alles in Ordnung?«, fragte er.

Klar war alles in Ordnung, und wenn ich mich nicht ganz tipptopp fühlte, dann doch fast.

Er tätschelte meinen Kopf – sehr angenehm! »Wirst wohl ein wenig müde, mein Großer? War ja auch ein langer Tag.«

Müde? Ich wurde nie müde. Ich wedelte mit dem Schwanz, was gar nicht leicht ist, wenn man auf dem Kopilotensitz sitzt. Mein Schwanz wischte über das glatte, abgewetzte Leder und machte dabei ein Geräusch, das ich mochte. Daher hörte ich erst damit auf, als ich müde wurde. Ich gähnte lange und ausgiebig.

»Vielleicht sollten wir es für heute gut sein lassen«, meinte Bernie.

Von mir aus, ganz wie er wollte. Wir fuhren eine Anhöhe hinauf und auf der anderen Seite wieder hinunter, und dort, direkt vor uns, lag eine Kreuzung mit ein paar niedrigen Gebäuden und einem blinkenden Neonschild. Ich mag Neonschilder. Mein Lieblingsneonschild ist das mit den Martinigläsern, das bei einem unserer Fälle auftauchte, wobei ich mich im Moment an keine Einzelheiten erinnern kann. Mir war nämlich gerade ein bisschen schummrig, so als würde sich das Traumland nähern, womöglich sogar schnell.

»Sieht aus wie ein Motel«, sagte Bernie und ging vom Gas. Ein Motel – genau das, was wir suchten! Das ist Bernie: Wenn er was will, kriegt er es auch.

Kapitel 21

Wir stellten das Auto ab und gingen zur Rezeption, eine sehr kleine Rezeption, allerdings voll interessanter Gerüche. Die mexikanische Luft und alles, was in ihr ist, hatte ich ganz vergessen. Das ist ein Riesenthema, auf das ich später zurückkommen werde, versprochen, fürs Erste soll es reichen, wenn ich sage, dass Mexiko ein tolles Land ist für alle, die sich für Gerüche interessieren.

Eine Frau mit langen grauen Haaren, die zu einem Pferdeschwanz zusammengebunden waren, saß auf einem zerschlissenen alten Sessel, sah fern und rauchte eine dünne Zigarre. Bernie sagte etwas auf die Art, wie er es tat, wenn wir in Mexiko waren. Die Frau erwiderte: »Dreihundert Pesos die Nacht beziehungsweise zwanzig Dollar.«

Bernie zog seine Brieftasche hervor. »Sie sprechen ziemlich gut Englisch.«

»Das hoffe ich doch«, entgegnete die Frau. »Ist schließlich meine Muttersprache.«

»Ach«, sagte Bernie.

»Hab vor ewigen Zeiten an der New Trier High meinen Abschluss gemacht. Danach war ich noch ein Jahr am Central Illinois.«

»Wow«, staunte Bernie.

»Dann kam ich hierher zurück.«

»Oh.«

»Papiere«, verlangte die Frau.

»Aha«, sagte Bernie.

Die Sprache der Menschen zeichnete sich manchmal durch größte Einfachheit aus – ach, wow, oh, aha. Darin war Bernie ein Meister. Worum es in dem Gespräch gegangen war, war eine andere Frage. Ich zerbrach mir allerdings nicht lange den Kopf darüber, im Gegenteil, die ganze Sache war vergessen, als wie aus dem Nichts direkt vor meiner Nase eine Maus auftauchte – sie roch übrigens stark nach Butter – und in einem kleinen Loch in der Wand verschwand. Ich sah auf. Bernie und die Frau schienen nichts davon mitbekommen zu haben.

»Zimmer sieben«, sagte sie, und Bernie nahm einen Schlüssel von einem Haken an der Wand.

»Haben Sie oft Gäste aus den USA?«, fragte er.

»Gelegentlich«, antwortete die Frau. »Vor allem während der Feiertage. Dazu die Vogelbeobachter und Jäger, die auf der Durchreise sind.«

»Was wird denn hier gejagt?«

»In erster Linie Weißwedelhirsche, gelegentlich auch Truthähne.« Die Frau deutete mit dem Kopf auf einen Tisch in der Ecke. »Da liegen Infobroschüren, wenn es Sie interessiert.«

Ich hoffte, dass Bernie eine nahm – Truthähne waren eines meiner Hobbys –, aber nein, stattdessen fragte er: »Waren kürzlich irgendwelche Amerikaner da?«

»Ein oder zwei.«

»War zufällig ein Herr namens Darren Quigley dabei?«

»Der Name sagt mir nichts«, erklärte die Frau.

»Er ist ein Bekannter von uns«, behauptete Bernie. »Wir wollten uns mit ihm treffen, vielleicht zusammen ein wenig Sightseeing machen.« Er nahm etwas aus seiner Tasche. »Hier ist ein Foto von ihm.« Wir hatten ein Foto von Darren? In diesem Job muss man ständig auf Überraschungen gefasst sein.

Die Frau warf einen Blick darauf. »Nie gesehen«, sagte sie.

»Schade«, meinte Bernie. »Wir hätten das alles besser planen sollen. Sollte eine Art Wiedersehensfeier sein – drei alte Freunde.« Drei alte Freunde? Jetzt kam ich nicht mehr mit. »Der Dritte im Bunde müsste auch schon vorbeigekommen sein – recht großer Kerl.«

Die Frau schüttelte den Kopf.

»Trägt ein Bandana«, beschrieb Bernie ihn weiter. »Er heißt Jocko Cochrane.«

Sie hielt mittendrin damit inne, den Kopf zu schütteln, dann schüttelte sie ihn noch ein, zwei Mal. Ihr Blick fiel auf mich. »Der Hund kostet fünfzig Pesos extra.«

»Davon war aber vorher nicht die Rede.«

»Vergessen.«

Bernie legte noch einen Schein drauf und sagte Gute Nacht. Wir gingen raus und schlugen den Weg zu unserem Zimmer ein. Ich merkte, dass mein Schwanz herunterhing, fast auf dem Boden schleifte, und streckte ihn wieder in die Höhe. Fünfzig Pesos extra für mich? Was sollte das denn?

Bernie knipste die Nachttischlampe an, ein gedämpftes bräunliches Licht, das die Zimmerecken im Dunkeln ließ, obwohl es eigentlich ein ziemlich kleines Zimmer war. Er versuchte es mit der Deckenlampe – Fehlanzeige. Ich schnüffelte herum. Es waren ein Mann und eine Frau hier gewesen, allerdings vor längerer Zeit, und sie hatten einen oder zwei Hamburger gegessen. Abgesehen davon nichts Bemerkenswertes. Dann entdeckte ich ein seltsames Bild an der Wand, ein Bild von einem Bullen und einem Mann, der ein Glitzerkostüm trug. Der Mann hielt ein Schwert in der Hand und war offenbar dabei, den Bullen damit zu durchbohren. Wie konnte das sein? Ich wollte nicht mehr hinsehen, aber es gelang mir nicht, wenigstens nicht lange. Ist Ihnen so etwas schon einmal passiert? Bernie packte derweil aus, goss Wasser in meinen Napf, putzte sich die Zähne. Diese kleinen Menschenzähne – aus irgendeinem Grund putzen sie sie jeden Tag. Meine sind groß, aber sie werden nur geputzt, wenn Janie's Hundesalon – »Wir holen Ihren Liebling ab und bringen ihn zurück« – zu Besuch kommt. Heißt das, je kleiner die Zähne sind, desto öfter muss man sie putzen?

»Dann wollen wir uns mal aufs Ohr legen, mein Großer.« Bernie schlug die Decke zurück, stieg ins Bett und streckte die Hand nach dem Lichtschalter aus, aber das Licht erlosch, bevor er den Schalter berührte; gleichzeitig verstummte das Brummen der Klimaanlage. »Owei«, sagte Bernie. Er stand auf, krachte gegen einen Stuhl, der eigentlich kaum zu übersehen war, und ging zum Fenster.

Ich quetschte mich an ihm vorbei. Bernie zog die Vorhänge auf.

Das Dorf lag dunkel da, dunkel und still. Wobei die Dunkelheit wegen des Mondes silbrig war, und still war es auch nicht ganz: In der Ferne hörte ich ein Auto langsam näher kommen.

»Entweder ist der Strom ausgefallen, oder sie haben den Generator abgeschaltet«, vermutete Bernie. Er öffnete das Fenster, und eine angenehme leichte Brise wehte herein. Bernie sah zu dem Dorf hinaus. Plötzlich sprach er sehr leise. »So war es in der guten alten Zeit«, sagte er. Ich wartete auf mehr, weil ich nicht verstand, worauf er hinauswollte, aber da kam nichts. Bernie stieg ins Bett. Ich legte mich neben ihn, streckte meine Beine weit von mir und zog sie dann wieder an. – Sehr angenehm. Das Traumland kam wie eine riesige, dunkle Welle auf mich zu.

Im Traumland ist alles anders. Zum Beispiel flog ich. Nicht dass ich mit den Flügeln geschlagen hätte oder etwas in der Art – ich glaube nicht, dass ich in dem Traum Flügel hatte –, ich bin einfach über der Wüste in die Lüfte gestiegen. Tief unten bewegte sich etwas. Ich flog näher hin. Hey! Das war Peanut! Ich schnupperte, weil ich etwas von diesem starken Peanut-Geruch abkriegen wollte, und tatsächlich, ich roch etwas sehr Starkes, aber irgendwie anders.

Ich öffnete die Augen, sah das Bett neben mir, und mir fiel wieder ein, wo wir waren. Ich stand auf und sah zu Bernie. Er schlief, einen Arm unter der Decke vorgestreckt, seine Brust hob und senkte sich. Eine Weile betrachtete ich den Arm und hätte das auch noch fortsetzen können, aber dann wehte ein Windstoß durch das offene Fenster einen starken Geruch ins Zimmer, den starken Geruch aus meinem Traum. Der Traum selbst war weg, aber kümmerte mich das? Nein. Schon war ich am Fenster und streckte meinen Kopf in die Nacht. Der Geruch, der allerstärkste Geruch in dem Völkchen von vielen in unserem Vielvölkerstaat: Muss ich eigens erwähnen, dass ihn die Weibchen unseres Völkchens manchmal an sich haben, wenn sie ... gewisse Wünsche haben? – Belassen wir es dabei.

Ehe ich michs versah, war ich draußen. Ich bin ein ziemlich guter Springer – sogar der beste Springer in meiner K9-Klasse, was letztlich zu den Problemen am allerletzten Tag führte, an dem Tag also, an dem ich mein Zeugnis hätte bekommen sollen –, aber bei einem so niedrigen Fenster hätte das selbst ein schlechter Springer geschafft, Iggy zum Beispiel. Gut, Iggy vielleicht nicht.

Ah. Es war so angenehm, in einer schönen warmen Nacht draußen zu sein, alles war silbrig dunkel, der Mond wieder an einer anderen Stelle am Himmel und tiefer. Nichts rührte sich, und dann noch dieser spezielle Geruch, dem man spielend folgen konnte. War es so in der guten alten Zeit gewesen? Langsam wurde mir klar, warum Bernie immer wieder von dieser guten alten Zeit anfing, was das auch sein mochte.

Der Geruch führte mich vom Motel weg, über die unasphaltierte Straße, die noch warm vom Tag war, in eine Gasse mit einer Bar auf der einen Seite – leicht an dem Bargeruch erkennbar, den ich bestimmt schon erwähnt habe, womöglich sogar mehr als einmal – und einer brüchigen Mauer auf der anderen. Die Gasse mündete wieder in eine Straße, auch unasphaltiert, hier und da mit tiefen Rillen wie schwarzen Löchern. Über diese schwarzen Löcher redete Bernie oft. Sie waren gefährlich und konnten alles verschlucken, daher passte ich auf, dass ich in keines reintrat. Ich lief die Straße hinunter, baufällige Häuser zu beiden Seiten, der Geruch wurde stärker. Nach einem Weilchen entdeckte ich in einem Garten hinter einem auf Felsbrocken aufgebockten verrosteten Auto einen im Mondlicht weiß leuchtenden, in die Höhe gereckten buschigen Schwanz.

Ich trabte hinüber, nicht schnell – ich wollte ja niemanden erschrecken. Und da war sie! Angenehm groß, wenn auch nicht so groß wie ich, versteht sich; überwiegend schwarz und weiß und noch ein paar andere Farben, eine eher lange Schnauze und kleine, wachsame Augen. Sie gefiel mir! Sie bedachte mich mit einem Blick aus diesen kleinen, wachsamen Augen, und dann drehte sie sich um und trabte davon. Aber nicht schnell – darin waren wir uns einig, in diesem Nichtschnell. Ich trabte hinterher und beschnüffelte sie. Ja, genau. Danach fiel es mir etwas schwer, den Überblick zu behalten. Beschnüffelte sie mich auch? Ziemlich sicher. Umkreisten wir uns gegenseitig? Wahrscheinlich. Es bestand jedenfalls kein Zweifel daran, dass ich sie anrempelte und sie ein bisschen zurückrempelte. Dann waren wir plötzlich im Schatten des verrosteten Autos, ganz für uns. Ich richtete meine Augen auf den Mond, ohne ihn richtig zu sehen.

In dem Moment rief eine Frau aus dem baufälligen Haus gleich neben uns: »Lola! Dónde estás? Lola?«

Lola? Schöner Name, aber die Unterbrechung kam etwas ungelegen. Dann ging das Licht einer Taschenlampe an, und der Strahl glitt durch den Garten.

»Lola! Was zum Teufel machst du da?« Der Strahl glitt über uns hinweg, kehrte zurück und blieb da, sodass wir in einem hellen Lichtkreis standen. »Dios mío! Ven aquí!« Sehr ungelegen sogar, weil wir gerade beschäftigt waren. Und dann, einfach so – ähnlich wie einen manchmal die tollsten Sachen überkommen – waren wir es nicht mehr! Lola sauste Richtung Haus davon und warf dabei einen

Blick zurück. Diese kleinen, wachsamen Augen: Solche Augen hatte ich noch nie gesehen. Im nächsten Moment wurde mit etwas nach mir geworfen, und es verpasste mich um Längen, was es auch gewesen sein mag.

»Mal perro-vete!« Was hieß das? Keine Ahnung, aber der Tonfall sagte alles, und ich verdrückte mich. Ich fühlte mich tipptopp, tipptopper kann ich mich kaum fühlen. Viva México!

Auf dem Weg zurück zum Motel ließ ich mir Zeit. Komisch, dass ich so müde gewesen war, bevor ich mich neben Bernies Bett gelegt hatte, und jetzt war ich lange vor Morgengrauen voller Tatendrang, bereit, den neuen Tag zu beginnen, und nicht nur das: Langsam stellte sich auch ein gewisser Appetit ein. Ich habe keine Probleme, mich an einem neuen Ort zurechtzufinden. Ich muss nur meinem eigenen Geruch folgen, ein Geruch – falls ich das noch nicht ausgeführt haben sollte, was unwahrscheinlich ist, wenn man bedenkt, welche Bedeutung die Kenntnis des eigenen Geruchs in unserem Völkchen hat –, der aus dem schwachen, fast nicht wahrnehmbarem Duft von altem Leder plus Salz und Pfeffer, Nerz und einem Hauch von Tomate besteht; und, um ehrlich zu sein, noch eine kräftige Prise von etwas Männlichem und Spritzigem, die heute Nacht aus irgendeinem Grund besonders kräftig ausfiel. So kam es jedenfalls, dass ich nicht besonders auf meine Umgebung achtete, weil mir so viele andere Sachen durch den Kopf gingen, beispielsweise wie ich in diesem kleinen dunklen Dorf einen Happen zu essen bekommen könnte, wo alle außer mir tief schliefen und ich nur am Rande mitkriegte, dass ich vielleicht doch nicht der Einzige war, der hier durch die Straßen lief. Das schwache Geräusch von leisen, schnellen Schritten; ein Schatten, der um eine Ecke schoss. Hey! Was war hier los? Ich zischte los, auf die Ecke zu.

Es war gar kein Schatten, wie ich feststellte, sondern ein Mann, und zwar ein großer. Er lief über die Straße auf das Motel zu, in der Hand hielt er etwas, auf dem das Mondlicht funkelte. Gleichzeitig wehte der Geruch des großen Mannes zu mir herüber, ein ekliger, muffiger Geruch, den ich kannte. Die Gauner, denen ich so nahe komme, dass ich meine Zähne in sie versenken kann, haben häufig Gerüche, die ich nicht vergesse. Ich raste genau in dem Moment über die Straße, als der große Mann das funkelnde Ding durch ein Motelfenster warf: unser Fenster.

Aus dem Zimmer kam ein Blitz, hell wie der Tag, und dann ein riesiger Knall, der die Fensterscheibe und ein Stück Wand wegriss. Der große Mann drehte sich um, und jetzt konnte ich ihn genau sehen – Bandana, Koteletten, krumme Nase: Jocko. Er sah mich und rannte zu einem Pick-up, der ein Stück die Straße hinunter stand. Ich wollte ihm hinterher, und zwar ganz dringend. Stattdessen aber sprang ich durch das Loch in der Wand.

Im Zimmer brannte es lichterloh – das Bett, die Wände, alles –, Flammen loderten zur Decke hoch und geradewegs hindurch. Und dazu der viele Rauch, der mir in den Augen weh tat und in der Nase brannte. Wo war Bernie? Ich konnte ihn nicht sehen und nicht riechen, ich roch nur Rauch. Ich bellte und bellte noch mal.

»Chet?«

Da war er, beinahe unsichtbar in all dem Rauch, und kroch über den Boden, aber in die falsche Richtung, auf eine der brennenden Wände zu.

Schnell rannte ich zu ihm – die Luft war furchtbar

heiß und knisterte und knackte – und stieß ihn an, damit er sich umdrehte. Bernie packte mich, kam torkelnd auf die Beine. Dann ein erneutes Krachen, und die ganze Außenwand verschwand, und brennendes Zeug fing an, wie ein Feuerregen auf uns runterzufallen. Wir hechteten durch das Loch, wo einmal die Wand gewesen war, rollten uns auf der Straße ab, standen auf und rannten los, Bernie und ich.

Kawumm!

Wir drehten uns um. Das Motel ging in Flammen auf. Sie schossen in den Himmel, und oben auf den Flammen wirbelten rote Fetzen von Vorhängen, Bettzeug und Möbeln noch höher. Irgendwie sah es hübsch aus.

Kapitel 22

»Glück gehabt«, sagte Captain Panza, der Polizeichef. Er saß kerzengerade hinter seinem Schreibtisch, ein dünner, kleiner Mann mit Goldlitzen auf dem Hemd und Bügelfalten in der Uniformhose, und roch stark nach dem Lieblingsrasierwasser von Skins Barkley, der mittlerweile einen orangefarbenen Overall trug und im Central State saß. Bügelfalten erregten immer meine Aufmerksamkeit: Bernies Hosen hatten nie welche. »Sie können wirklich von Glück sagen, dass Sie noch am Leben sind«, fuhr Captain Panza fort. Er nahm einen dicken Goldstift aus seiner Brusttasche und schrieb etwas auf ein Blatt Papier.

»Das ist mir bewusst«, stimmte Bernie zu. Er saß auf einem Stuhl auf der anderen Seite von Captain Panzas Schreibtisch, ich stand neben ihm. Bernie trug den Trainingsanzug aus dem Kofferraum – seine anderen Sachen waren alle verbrannt. Ich trug mein braunes Halsband, das schwarze zu Hause war nur zum schick Ausgehen. »Haben Sie schon irgendwelche Spuren?«, fragte Bernie. »Hinweise auf den Täter?«

»Der Begriff Spur ist mir durchaus vertraut«, sagte Captain Panza. »In eben diesem Moment verfolgen wir bestimmte Spuren.«

»Zum Beispiel?«, fragte Bernie.

»Die Polizei bei Ihnen droben mag ja über laufende

Ermittlungen diskutieren«, sagte Captain Panza. »Unseren Gepflogenheiten entspricht das nicht.«

»Das ist mir klar«, setzte Bernie an, »aber …«

»Mein Büro dankt Ihnen für Ihre Kooperationsbereitschaft«, unterbrach ihn Captain Panza. »Genießen Sie den Aufenthalt in unserem herrlichen Land.«

»Wie bitte?«

»Sie dürfen jetzt gehen.«

»Das ist alles?«, fragte Bernie. »Sie haben mir doch noch gar keine Fragen gestellt.«

Captain Panza warf einen Blick auf sein Blatt Papier. »Sie haben ausgesagt, dass Sie schliefen, als sich der Vorfall ereignete, dank Ihres Hundes entkommen sind und niemanden gesehen haben. Sonst noch was?«

»Ja«, sagte Bernie. »Eine ganz Menge. Angefangen mit dem Umstand, dass es jemand auf uns abgesehen hat und ich gerne wüsste, wer das ist.«

Captain Panzas Goldstift bewegte sich über das Papier. »Wir haben keinen Hinweis darauf gefunden, dass Sie das Ziel des Anschlags waren.«

»Jemand sprengt mein Motelzimmer in die Luft, und ich soll nicht das Ziel sein?«

»Wie Ihnen bekannt sein dürfte, gibt es in unserem Staat gewalttätige Elemente. Sie sind gefährlich, ja, aber oft auch unachtsam, und deshalb unterlaufen ihnen Fehler.«

»Sie meinen, dass der Täter hinter jemand anderem her war?«

Captain Panza nickte.

»Hinter wem?«, fragte Bernie.

»Diese Information ist vertraulich.«

»Wurde einer der anderen Gäste verletzt?«

»Es gab keine anderen Gäste.«

»Was ist mit der Besitzerin?«

»Rosita?«, fragte Captain Panza. »Sie hat wie Sie Glück gehabt. Sie hielt sich zu der Zeit woanders auf.«

»Interessant«, bemerkte Bernie.

»Finden Sie?«

Bernie und Captain Panza starrten einander an. Sie hatten sich höflich unterhalten, aber jetzt überkam mich dieses komische Gefühl – es begann hinten in meinem Nacken –, dass sie vielleicht nicht die allerbesten Freunde waren.

»Darf ich Ihnen eine etwas merkwürdige Frage stellen?«, fragte Bernie.

»Wenn es sein muss«, entgegnete Captain Panza.

»Haben Sie schon mal davon gehört, dass es hier in der Wüste Puffottern gibt?«

»Puffottern?«

»Das ist eine Giftschlangenart.«

»Natürlich haben wir hier Giftschlangen«, sagte Captain Panza. »Das ist kein Geheimnis.«

»Die Sache ist nur die«, fuhr Bernie fort, »wenn Puffottern hier in Sonora auftauchen, dann müssen sie sich verirrt haben. Puffottern kommen nämlich eigentlich nur in Afrika vor.«

Eines von Captain Panzas Augenlidern flatterte ein klein wenig. »Sind Sie Naturforscher?«, fragte er. »Sind Sie deswegen nach Mexiko gekommen?«

»Ich bin Privatdetektiv«, erwiderte Bernie. »Ich dachte, das wüssten Sie.«

»Wie kommen Sie denn darauf?«

»Weil Sie nicht danach gefragt haben.«

Erneutes Augenlidflattern. Ich sah das gerne, auch

wenn ich nicht hätte erklären können, warum. »Privatdetektive aus El Norte haben bei uns keine Zulassung«, sagte Captain Panza. »Das heißt, Sie machen Ferien hier.«

»Ja, klar«, bestätigte Bernie in einem seltsamen Tonfall. »Wir fangen auch gerade an, uns zu erholen.«

Captain Panza lächelte. Hey! Ihm fehlte ein Zahn. Plötzlich tat er mir ein bisschen leid. »Wir möchten, dass alle unsere Besucher sich bei uns erholen«, sagte er. »Aber bevor Sie gehen, ist es meine Pflicht, mich zu versichern, dass Ihr Hund Papiere hat.«

»Die wurden schon an der Grenze geprüft«, wandte Bernie ein.

»Ich würde sie mir trotzdem gerne ansehen.«

»Sie sind im Auto.«

Captain Panza deutete zur Tür. Bernie ging darauf zu, ich mit. »Der Hund kann dableiben«, sagte Captain Panza. »Ich mag Hunde.«

Bernie warf Captain Panza einen Blick zu, dann nickte er. »Sitz, Chet«, befahl er mir und ging zur Tür raus. Ich setzte mich.

Captain Panza hörte auf zu lächeln. Er starrte mich an. Ich starrte zurück. Wenn er eine Schwäche für mich und meinesgleichen hatte, dann verbarg er sie sehr gut. »Ich habe gesehen, was du gestern Nacht getan hast«, sagte er. »Muy bien. Wir würden ein gutes Team abgeben, du und ich.« Er öffnete eine Schublade und nahm einen großen Keks in Form eines Knochens heraus, die Größe, die ich am liebsten mag. Captain Panza hielt mir den Keks hin: »Ven aquí.«

Ich blieb, wo ich war.

»Jocko hat Angst vor dir.« Er lachte. »Das muss man

sich mal vorstellen!« Captain Panza steckte den Keks wieder weg und schloss die Schublade. Jocko? Der Mann kannte Jocko? Was bedeutete das, wenn es etwas bedeutete?

Die Tür öffnete sich, und Bernie kam rein. Er durchquerte das Zimmer und legte die Papiere auf Captain Panzas Schreibtisch. Der Captain überflog sie, wenn überhaupt.

»Die Papiere sind nicht in Ordnung«, stellte er fest.

Bernie bedachte Captain Panza mit einem Blick, der nichts offenbarte, zumindest mir nicht.

»Sie müssen Mexiko sofort verlassen«, ordnete Captain Panza an. »Sie könnten zwar auch bleiben, aber in diesem Fall würde der Hund beschlagnahmt.«

Bernie bedachte ihn immer noch mit diesem Blick. »Haben Sie an einen bestimmten Betrag gedacht?«, fragte er.

»Betrag, Señor?«, fragte Captain Panza. »Um Ihretwillen tue ich so, als hätte ich das nicht gehört.«

Einen Moment lang schwieg Bernie. Dann sagte er: »Man kann immer so tun, als ob.«

Aus einem unerfindlichen Grund hörte Captain Panza das nicht gern, es schien ihn irgendwie zu piksen – das erkannte ich an dem winzigen Zwinkern seiner Augen.

Bernie sah mich an. »Komm, wir gehen!«

Ich folgte ihm zur Tür. Captain Panza sagte noch: »Wenn Sie eine vernünftige Geschwindigkeit einhalten, erreichen Sie die Grenze in« – er warf einen Blick auf seine Uhr, dick und golden wie der Stift – »anderthalb Stunden. Ich werde selbstverständlich einen Anruf von der *aduana* erhalten, sobald Sie den Posten passiert haben.«

»Adios«, sagte Bernie zum Abschied.

»Hasta la vista«, erwiderte Captain Panza.

»Das stinkt zum Himmel«, schimpfte Bernie, als wir im Auto saßen.

Wirklich? Ich schnüffelte, die Luft war voller Gerüche, aber ich hätte keinen davon als Gestank bezeichnet.

Wir fuhren eine Weile in die Richtung, aus der wir gekommen waren, weg von Dos Jorobas, dem Zwei-Buckel-Berg. »Hasta la vista«, sagte Bernie. »Wahrscheinlich keine gute Idee, zumindest nicht hier unten.«

Das war mir zu hoch. Lieber sah ich zu, wie die Außenwelt an mir vorbeirauschte, Hügel und Felsen, hier und da ein Kandelaberkaktus – die Art Landschaft, die uns gefiel. Normalerweise machte Bernie in einem solchen Moment immer die Musik an, und wir sangen ein bisschen, aber seine Hand bewegte sich nicht zu den Knöpfen, sondern blieb am Lenkrad, umfasste es vielleicht sogar fester als sonst. Wir kamen an einem Esel vorbei, der einen Karren mit einem alten Mann darauf zog – die großen Augen des Esels schienen mich anzublicken, wie ich aufrecht auf dem Kopilotensitz saß, aber ich hätte es nicht beschwören können. Abgesehen davon lenkten mich die winzigen weißen Würmer ab, die auf dem Gesicht des Esels herumkrochen. Nur einen Moment lang, dann waren wir auch schon weitergebraust.

»Was ist eine Grenze, Chet?«, fragte Bernie. Ich wartete, dass er es mir erklärte. »Nichts weiter als eine Linie auf einer Karte, von Politikern gezogen. Soll uns das etwa beeindrucken?« Ich wusste es nicht. Wir gelangten zu einer Kreuzung, die Asphaltstraße ging weiter geradeaus, zur Seite zweigte eine Piste ab. Bernie fuhr an den Straßenrand und stellte den Motor ab.

Es war völlig still. Bernie drehte sich auf seinem Sitz um und sah zu Dos Jorobas zurück. Zwischen den beiden Buckeln lag ein kleiner weißer Flecken. »San Anselmo«, sinnierte Bernie. »Das war eigentlich unser Ziel. Lassen wir uns herumschubsen und geben auf?« Wir wurden herumgeschubst? Von wem? Ich hatte keine Ahnung, aber herumgeschubst werden kam überhaupt nicht infrage. Ich bellte. Bernie lachte und tätschelte mich. Dann öffnete er das Handschuhfach und nahm den 38er Special und eine Patronenschachtel heraus. »Ich weiß ja nicht, wie es dir damit geht«, sagte er und schob die Patronen – sie schimmerten in der Sonne, immer ein hübscher Anblick! – in die Trommel. »Aber ich habe gute Lust zurückzuschubsen.«

Ich auch. Genau die Lust hatte ich auch, haargenau, was immer das bedeutete. Manchmal waren auch Probleme haarig, was ich genauso wenig verstand, obwohl Bernie selbstredend mit ihnen fertig wurde. Nicht zu vergessen, Haare auf den Zähnen, das verstand ich wieder – Moment mal, war da nicht ein Haar, ganz hinten, zwischen meinen Backenzähnen? Oh nein, ich kam nicht dran … »Chet!« Ich setzte mich kerzengerade hin.

Bernie steckte den 38er Special in seinen Gürtel, ließ den Motor an, bog von der Asphaltstraße ab auf die Piste. Praktisch sofort entspannte sich seine Hand auf dem Lenkrad, und dann wanderte sie zu den Knöpfen und: Musik! Alle unsere Hits, zum Beispiel »It Hurts Me Too« mit Elmore James und seiner Slide-Gitarre, »If You Were Mine« mit Billie Holiday und Roy Eldridge an der Trompete – diese Trompete machte immer komische Sachen in mir drin – und »Honky Tonk Blues« mit Hank Williams. Mittlerweile sang Bernie aus vollem Hals mit, und ich begleitete ihn mit meinem *Huu-Huu*. Wir bogen noch einmal ab, sodass der Berg mit den zwei Buckeln jetzt direkt vor uns lag und immer näher kam.

Die Piste führte in Serpentinen über den näher gelegenen Buckel von Dos Jorobas. Ich mag Serpentinen – da kann man zu der Stelle runterschauen, an der man gerade gewesen ist, und gleich darauf wieder und wieder. Manchmal wird mir davon schlecht, aber heute nicht. Bald wurde die Piste gerader und breiter, bekam einen Belag und ein wenig Verkehr. Wir fuhren nach San Anselmo hinein, holperten durch enge Straßen mit Kopfsteinpflaster und dann auf einen Platz mit einem Springbrunnen in der Mitte und weißen, in der Sonne leuchtenden Häusern drum herum. Wir parkten neben einem verrosteten alten Pritschenwagen mit einer Ladung Blumen. Die Gerüche: einfach toll.

Wir stiegen aus und gingen zu einem Café mit Tischen und Stühlen davor. Man hörte den Springbrunnen daneben angenehm plätschern. Ich beugte mich vor und schlabberte ein wenig Wasser. Köstlich. Auf dem Boden schimmerten Münzen. Ein mageres, barfüßiges Kind kam angelaufen, griff hinein und schnappte sich eine Münze. Dann fing ein Kellner an zu brüllen, und das Kind rannte weg. Der Kellner kam an unseren Tisch.

»Señor?« Er hatte eine Zigarette im Mundwinkel, und eine Rauchfahne ringelte sich in die Höhe. Bernie konnte seine Augen nicht davon abwenden. Seine Nasenflügel blähten sich ein bisschen, so als würde seine Nase versuchen, etwas von dem Rauch abzukriegen. Der arme Bernie.

»Café«, bestellte er.

Der Kellner ging weg. Wir saßen in der Sonne. Das magere Kind kam wieder und fischte eine weitere Münze raus. Der Kellner kam zurück und fing an zu brüllen. Das Kind rannte weg. Der Kellner stellte sein Tablett ab, ein Tablett mit einer Tasse Kaffee und einem Tellerchen mit ein paar Zigaretten darauf.

Bernie nahm den Kaffee und warf dem Kellner einen Blick zu. »Ja«, meinte er dann, »eine kann nicht schaden.« Er nahm sich eine Zigarette und gab dem Kellner eine Dollarnote.

»Eine Zigarette und ein Kaffee, macht zwanzig Pesos«, sagte der Kellner. »Haben Sie es nicht kleiner?«

»Der Rest ist für Sie.«

Der Kellner nickte, nur einmal, eine vorsichtige Art Nicken. Bernie steckte sich die Zigarette in den Mund. Der Kellner zauberte ein Feuerzeug hervor und hielt die Flamme ans Ende der Zigarette. Bernies Wangen wurden hohl, und das Zigarettenende fing an zu glühen. Ein toller Anblick: Wenn ich rauchen könnte, würde ich es tun, selbst nach reiflicher Überlegung, was das auch ist.

Bernie stieß ein Rauchwölkchen aus, griff in seine Tasche und legte das Foto von Darren Quigley auf den Tisch. Die Augen des Kellners huschten schnell darüber hinweg.

»Kennen Sie ihn?«, fragte Bernie.

Der Kellner schüttelte den Kopf, nur einmal, eine vorsichtige Art Kopfschütteln. Offensichtlich fand irgendein Verhör statt. Bernie war ganz groß im Verhören. Das war eine der Stärken der Little Detective Agency. Ich habe andere Tricks auf Lager. Vielleicht komme ich später darauf zurück.

»Aber Sie haben ihn schon mal gesehen.« Mehr eine Feststellung als eine Frage.

Der Kellner antwortete nicht. Er steckte das Feuerzeug in die Tasche seiner Schürze und sah sich langsam um.

»Nehmen wir einmal an, unser Freund auf dem Foto genehmigt sich gerne hin und wieder ein, zwei Drinks, kann aber nicht viel dafür ausgeben«, setzte Bernie das Verhör fort. »Wo würde er in San Anselmo hingehen?«

Der Kellner deutete mit dem Kinn auf eine schmale Gasse, die von einer der Ecken des Platzes wegführte. »La Pulquería«, sagte er.

»Gracias«, erwiderte Bernie.

Der Kellner nahm das Tablett und ging ohne ein weiteres Wort weg. Das magere Kind kam zurück.

Ich war schon in einigen Kaschemmen gewesen – das ist in diesem Job völlig normal –, aber nie in einer so kaschemmigen wie La Pulquería. Dunkel, verraucht, die Wände fleckig braun und ein Boden, auf dem ich bei jedem Schritt kleben blieb. Dazu ein Geruch nach Menschenurin, der jenseits von Gut und Böse war, wenn das bedeutete, stärker als alles, was mir jemals begegnet war, außer vielleicht das eine Mal auf dem Freeway, als ein Laster mit einer Ladung Klohäuschen direkt vor uns umkippte.

Ein Gast war mit einem Glas in der Hand über dem Tresen zusammengesackt und rührte sich nicht, aus seinem Mundwinkel lief Spucke. Wir stellten uns so weit wie möglich von ihm weg. Die Barfrau kam zu uns. Sie war kräftig und trug ein bauchfreies Oberteil und goldene Kreolen, die ihr bis auf die Schultern reichten. Ihr Gesicht sah müde und verquollen aus.

»Pulque?«, fragte sie.

»Cerveza, por favor«, erwiderte Bernie.

Sie öffnete eine Flasche, nahm ein Glas vom Regal und stellte beides auf den Tresen, dann sagte sie etwas auf diese mexikanische Art, die ich nicht verstand. Bernie legte eine Dollarnote auf den Tresen. Das munterte die Barfrau sogleich auf. Sie sagte noch etwas. Bernie antwortete etwas, das sie zum Lachen brachte. Beugte sie sich jetzt nicht auch vor, sodass Bernie einen tieferen Einblick bekam? Bernie versuchte nicht zu gucken, aber es gelang ihm nicht; das hatte ich schon viele Male gesehen. Er hob die Flasche, als wollte er sein Glas füllen, dann hielt er inne.

»Salud«, sagte er.

»Salud«, antwortete die Barfrau.

Bernie trank, aber aus der Flasche. Die Fliege auf dem Boden des Glases stach mir ins Auge. Bernie nahm es mit solchen Sachen sehr genau. Darin unterschieden wir uns. Wahrscheinlich gab es noch andere Unterschiede, aber die fielen mir gerade nicht ein.

»Schmeckt?«, fragte die Barfrau. »Ist gutes Bier?«

»Ja«, sagte Bernie. »Sehr gut. Bourbon mag ich auch.«

»Bourbon?«

Bernie deutete auf eine Flasche in dem Regal hinter dem Tresen. Die Barfrau holte sie herunter und stellte sie vor Bernie. »Cuatro Rosas?«, fragte sie. »Du willst?«

Bernie nickte. Die Barfrau goss Bourbon in ein Schnapsglas. Bernie zog eine weitere Dollarnote hervor und legte sie auf die erste.

Die Barfrau kniff die Augen zusammen. »Das zu viel«, sagte sie.

»Ein Freund von mir hatte Schwierigkeiten mit Cuatro Rosas«, sagte er.

»Amigo?«

»Sí.« Bernie legte noch eine Dollarnote auf den Tresen. »Wir suchen ihn. Er heißt Darren Quigley.« Der einsame Gast am anderen Ende des Tresens umklammerte sein Glas noch fester, aber sonst rührte er sich nicht. »Er sieht so aus.« Bernie legte Darrens Foto auf die Dollarnoten.

Die Barfrau warf einen Blick auf das Foto, dann schnappte sie nach Luft und machte mit der Hand eine schnelle Bewegung über ihrer Brust, von oben nach unten und von der einen Seite zur anderen. Ich hatte das schon einmal gesehen, aber was es bedeutete – keine Ahnung. »No sé nada«, sagte sie.

»Das glaube ich nicht.«

»No Inglés.«

Bernie wechselte zur mexikanischen Art zu sprechen. Die Barfrau schüttelte den Kopf. »No comprendo«, sagte sie und schüttelte noch einmal den Kopf. Dabei schob sie sich Stück für Stück am Tresen entlang auf einen Perlenvorhang am anderen Ende zu.

Wir warteten. In der Wand scharrte irgendein Tier. Bernie dachte schnell und gründlich nach, das spürte ich. Dann blickte er plötzlich auf die Dollarnoten, die auf dem Tresen lagen. »Himmel«, rief er, sprang auf und rannte um den Tresen herum, ich mit. Wir hechteten durch den Perlenvorhang in einen kleinen Raum mit einem verbeulten Kühlschrank, Bierkästen und einer rostigen Spüle mit einem tropfenden Wasserhahn. Von der

Barfrau keine Spur. Bernie öffnete die einzige Tür. Sie führte auf eine enge Gasse mit hohen weiß getünchten Mauern auf beiden Seiten. Die Sonne strahlte hell, weit und breit niemand zu sehen.

»Wie konnte ich nur so blöd sein?«, fragte Bernie.

Bernie blöd? Nie und nimmer.

Wir gingen wieder hinein. Der Gast saß immer noch über den Tresen gebeugt da. Bernie nahm die Dollarnoten und das Foto und steckte beides in seine Tasche, als der Gast plötzlich den Kopf hob und uns direkt anblickte. Er sah ziemlich unheimlich aus, und zwar aus verschiedenen Gründen. Woran ich mich aber am besten erinnere, ist der Schweiß, der ihm vom Gesicht tropfte, was Menschen passiert, wenn sie weit rennen. Er öffnete den Mund – seine Zähne waren schwarz, dieselbe Farbe wie die Fliege in Bernies Glas –, und er sprach mit tiefer Stimme, womöglich der tiefsten, die ich je gehört habe.

»Jesús Malverde«, sagte er.

»Quién?«, fragte Bernie.

Der Mann deutete auf eine Statue aus Keramik – Keramik bedeutet, dass sie kaputtgeht, wenn man sie umwirft –, die neben einer dieser riesigen, altmodischen Registrierkassen stand, die Art Statue, die nur aus Kopf und Schultern besteht, in diesem Fall ein dunkelhaariger, nicht lächelnder Mann mit einem dicken Schnurrbart.

»Versteh ich nicht«, sagte Bernie.

»Él sabe.«

»Er weiß es?«, fragte Bernie. »Was weiß er?«

Der Mann starrte uns an, Schweiß lief ihm übers Kinn. »La respuesta«, sagte er mit seiner tiefen, tiefen Stimme.

»Jesús Malverde weiß die Antwort – meinen Sie das?«, fragte Bernie.

Die Augen des Manns verdrehten sich nach oben, und er kippte auf den Tresen. Sein Glas fiel um, rollte über den Rand des Tresens und zerbrach auf dem Boden in tausend Stücke. Seine Hand zuckte ein, zwei Mal, so als suchte sie etwas.

Kapitel 23

Zurück auf dem Platz: Ah! Nach La Pulquería roch die Luft so frisch. Ich atmete tief durch, fühlte mich tipptopp.

»Dann wollen wir mal zur Kirche gehen, mein Großer«, sagte Bernie.

Kirche? Ich war schon öfter in Kirchen gewesen – ein Gauner namens Whizzer DuPuis versuchte sich mal unter einer Bank in St. Dominics in South Pedroia zu verstecken – und hatte mich dort nie besonders wohl gefühlt. Kirchen waren groß und unheimlich, eine unangenehme Mischung, und außerdem – wofür sind sie eigentlich gut? Wofür zum Beispiel ein Restaurant gut ist, weiß ich, oder ein Supermarkt oder ein Tierfuttergeschäft. Wobei, wenn Bernie sagt, wir gehen in die Kirche, dann gehen wir eben.

Die Kirche stand an einer Ecke des Platzes, dicke weiße Mauern, ziemlich klein. Die alte, rissige Holztür quietschte, als Bernie sie aufmachte. Keiner drin, aber auch nicht still: Ich hörte eine Gitarre in der Nähe. Für eine Kirche gar nicht mal schlecht. Auf dem kühlen Steinboden standen keine Bänke, sondern barhockerähnliche Stühle, durch die in der Mitte ein Gang führte. Den gingen wir hinunter, als plötzlich die Musik aufhörte und sich eine Seitentür öffnete.

Ich bekam einen Riesenschreck. Eine Frau – das verriet mir aber nur der Geruch – erschien in der Tür. Ich hatte dasselbe Gefühl, das ich immer während der Horrorfilm-Phase von Bernie und mir gehabt hatte, einer sehr kurzen Phase, weil sich zeigte, dass diese Filme uns beiden zu viel Angst machten. Ich stellte mich dicht neben Bernie, möglicherweise sogar ein Stück hinter ihn; das gebe ich ohne mich zu schämen zu, und wenn ich mich doch schämen sollte, komme ich bald darüber hinweg. Die Frau trug ein komisches langes schwarzes Kleid und hatte eine Art schwarze Kapuze mit seltsamen Flügeln auf, und das enge weiße Ding, unter dem sich ihr Hals und ihre Ohren versteckten, reichte ihr praktisch bis zum Kinn.

»Hola, Schwester«, grüßte Bernie.

Schwester? Kennen Sie diesen Menschenausdruck: Mein Herz setzte aus? In dem Moment passierte mir genau das: Ich spürte tief in meiner Brust eine Pause. Ich war furchtbar erschrocken; ich erinnere mich nicht, schon einmal erschrockener gewesen zu sein. Bernie hatte eine Schwester, und ich erfuhr das erst nach all der Zeit? Er hatte eine Mutter – eine echte Gewitterziege, dazu will ich mich jetzt nicht weiter äußern –, aber außer ihr und Charlie gab es keine Verwandten. Das Leben war voller Überraschungen, wie wenn jemand aus heiterem Himmel verkündete: »Wir sollten auf dem Weg noch ein paar Hundekekse besorgen«, aber das hier war eine andere Art Überraschung.

»Buenas tardes, señor«, sagte die unheimliche Frau. »Sind Sie Amerikaner?«

Hä? Klar war Bernie Amerikaner – ich übrigens auch –, aber war das nicht etwas, was man von seinem Bruder wissen sollte?

»Ja«, bestätigte Bernie. »Sprechen Sie Englisch?«

»Ja.«

»Sehr gut«, sagte Bernie. »Mein Spanisch ist nämlich ein wenig eingerostet.«

Rost kannte ich – manchmal konnte ich ihn sogar riechen, weshalb ich auch einmal ein Messer hatte ausbuddeln können, mit dem ein Fall gelöst wurde; die anderen Einzelheiten sind mir allerdings entfallen –, aber jetzt roch ich nicht die Spur davon. Keine Ahnung, wovon Bernie redete.

Die unheimliche Frau sah mich an. »Ihr Hund scheint etwas schüchtern zu sein.«

»Schüchtern?«, fragte Bernie. Ich, schüchtern? Er sprach aus, was ich dachte. Dann drehte er den Kopf und merkte, dass ich praktisch hinter ihm stand. Bernie lächelte. »Wahrscheinlich sieht er das erste Mal eine Nonne, Schwester – zumindest das erste Mal eine in vollem Habit.«

Die Frau lächelte, ein nettes Lächeln mit gleichmäßigen weißen Zähnen und fröhlichen Augen. »Er ist sehr hübsch«, sagte sie. Und auf einmal war die Nonne, egal ob sie nun Bernies Schwester war oder nicht, gar nicht mehr unheimlich. Das Leben ist voller Überraschungen, falls ich das schon länger nicht mehr festgestellt haben sollte. Ich schob mich an Bernie vorbei. Nicht dass ich richtig hinter ihm gestanden hätte, eher an seiner Seite oder sogar ein bisschen vor ihm.

»Ich bin Schwester Mariana«, sagte die Nonne und machte einen Schritt nach vorne.

»Bernie Little«, stellte Bernie sich vor. »Und das ist Chet.«

Hieß das, sie begegneten sich zum ersten Mal? Und

doch nannte sie sich Schwester? Ich beschloss, nicht mehr darüber nachzudenken.

»Darf ich ihn streicheln?«, fragte Schwester Mariana.

»Darüber hat er sich noch nie beschwert.«

Schwester Mariana tätschelte mich, kein besonders fachmännisches Tätscheln, aber doch angenehm. »Ich hoffe, Sie sind nicht wegen des Tiersegens da«, sagte sie. »Das war letzte Woche.«

»Chet hätte das bestimmt gefallen«, sagte Bernie. »Vielleicht aber auch nicht. Nein, wir sind auf der Suche nach Informationen über Jesús Malverde.«

Das Lächeln wich aus Schwester Marianas Gesicht, zuerst aus ihren Augen, wie ein Menschenlächeln eben so weicht. Sie trat einen Schritt zurück. »Das hier ist eine Kirche«, sagte sie.

»Ist Jesús Malverde denn kein Heiliger?«

»Das kann man nicht behaupten«, erwiderte Schwester Mariana. »Die Kirche steht schließlich für Frieden.«

»Wenn er kein Heiliger ist, was ist er dann?«

Schwester Mariana sah sich um. Durch ein Buntglasfenster – die kannte ich, weil wir selbst einmal eines hatten, aber das hatte Leda nach der Scheidung mitgenommen – fiel Sonnenlicht und machte farbige Flecken auf dem Boden. »Verfolgen Sie einen guten Zweck?«, fragte Schwester Mariana.

»Ich bin Privatdetektiv«, erklärte Bernie. »Wir suchen nach einem Mann namens …«

Sie hob eine lange, schmale, blasse Hand. »Ich will keine Einzelheiten hören, sondern nur wissen, ob Sie einen guten Zweck verfolgen.«

»Ja«, sagte Bernie. Wir verfolgten immer einen guten Zweck. Nur das Ergebnis war nicht immer so gut. Mein

Schwanz fing an zu wedeln, was er manchmal von ganz allein tat, keine Ahnung, warum.

Schwester Mariana musterte Bernie mit einem irgendwie harten Blick. Dann sah sie mich an, und er wurde weicher. »Was ich eben sagte, stimmt. Jesús Malverde ist kein richtiger Heiliger, jedenfalls kein kirchlicher. Aber die Geächteten verehren ihn. An den Straßen stehen Schreine mit frischen Blumen, wenn einer von ihnen umgebracht wurde.«

»Gibt es solche Schreine hier in der Nähe?«

»Einen«, sagte Schwester Mariana.

Bernie steckte Geld in eine Kiste neben der Tür, als wir gingen.

Wir verfolgten einen guten Zweck. Was das wohl bedeutete? Während der Fahrt dachte ich darüber nach, kam aber nicht darauf, obwohl es eine lange Fahrt war – raus aus San Anselmo, den zweiten Buckel rauf, steiler und holpriger als der erste, die Straße viel schlechter, nur noch eine schmale, steinige Piste am Hang entlang, der auf der einen Seite pfeilgerade abfiel und auf der anderen pfeilgerade nach oben ging, und kein anderes Auto, so als wären nur Bernie und ich auf der Welt. Einmal mussten wir anhalten und einen Felsbrocken aus dem Weg rollen. Das eigentliche Rollen übernahm Bernie, während ich versuchte, ruhig zu bleiben.

»Pass auf, Chet. Ich möchte nicht, dass das verdammte Ding …«

Aber es tat es dennoch – wobei ich rein gar nichts damit zu tun hatte – und machte diese Extrarolle wie ein Golfball, der einem Moment am Rand des Lochs liegen bleibt, was mich an ein kleines Abenteuer erinnerte, an dem womöglich ich schuld gewesen war und das … wo war ich stehengeblieben? Richtig. Die eine Extrarolle, die den Felsbrocken genau bis an die Kante des Abhangs brachte und dann – *bumperdibumperdibum*. Er kullerte tief, tief hinunter, bis er schließlich als weit entferntes Staubwölkchen endete, kaum mehr zu sehen. Wir blickten zu dem Staubwölkchen runter, beide über den Abgrund gebeugt, und sahen zu, wie der Wind es wegblies.

»Man meint hier den Hauch der Geschichte zu spüren«, sagte Bernie. »Fast so, als wäre der ganze Berg voller Gespenster.«

Gespenster? Owei. Das verhieß nichts Gutes. Wie an Halloween, das bei den Menschen das Schlimmste zum Vorschein brachte. Ich sah mich schnell um, entdeckte aber keine Gespenster, überhaupt niemanden außer Bernie und mir am Rand des Abgrunds. Er tätschelte mich.

Wir sprangen zurück in den Porsche – ich richtig, Bernie benutzte die Tür, aber ich wusste, dass er auch in den Porsche springen konnte, weil ich es ihn schon einmal hatte tun sehen, mehr oder weniger, als Suzie zufällig in der Nähe war – und fuhren weiter die Serpentinen hinauf. Sie brachten uns über den zweiten Buckel, höher und immer höher, und tief unten schimmerte der Wüstenboden. Hey? Sahen Vögel so die Welt? Vielleicht, aber wenn dem so war, warum guckten sie dann immer derart griesgrämig? Und die Luft, so sauber und frisch! Vielleicht wussten sie das auch nicht zu schätzen. Ich schon, und Bernie auch. Ich legte meine Pfote auf sein Knie. Das Auto steuerte plötzlich auf den Abgrund zu.

»Chet – was ist los?« Bernie riss am Lenkrad und brachte uns zurück auf die Piste.

Nichts. Nichts war los. Ich richtete mich kerzengerade auf, ein Profi bei der Arbeit.

Wir fuhren um den Berg, bis wir auf der anderen Seite anlangten. In der Ferne erstreckte sich eine riesige Ebene, die gar nicht mehr aufhörte, hier und da sah man kleine Städte und schmale schwarze Straßen, die sie verbanden, die Sonne blinkte auf glänzenden Sachen. Wir folgten der Piste um einen riesigen Felsvorsprung in einen schmalen Canyon mit steilen Hängen auf beiden Seiten, die sich immer näher kamen, bis sie schließlich zusammentrafen.

»Ein Box Canyon«, sagte Bernie.

Meiner Erinnerung nach war ich schon zweimal in einem Box Canyon gewesen. Einmal auf einem Campingausflug, auf dem Bernie am Lagerfeuer Ukulele gespielt hatte. Das zweite Mal gab es eine große Schießerei.

Vielleicht war das aber auch ein und dasselbe Mal gewesen.

Wir folgten der Piste bis zum Ende des Box Canyons. Dort lag ein Dorf, rötlich wie die Umgebung mit ein paar kleinen Bäumen drum herum. Es rührte sich nichts. Beim Näherkommen sah ich, dass das Dorf halb verfallen war, die Häuser ohne Dächer, die Mauern zusammengebrochen. Die größte Ruine, eine Art Wachturm, stand in der Nähe der Bäume, wo sich die Piste zu einem Pfad verengte und den Hang hinter dem Dorf hinaufführte.

Bernie hielt an einem Steinhaufen, und wir stiegen aus. Auf der Seite zur Piste hin war der Haufen flach und glatt gemacht worden und das Bild eines dunkelhaarigen, nicht lächelnden Mannes mit einem dicken Schnurrbart draufgemalt. »Jesús Malverde«, sagte Bernie. Jemand hatte Blumen davorgelegt, wahrscheinlich schon vor einer Weile, denn sie waren braun und hart. Daneben lagen ein paar Patronenhülsen im Dreck. Bernie trat mit der Schuhspitze dagegen, dann drehte er sich zu den Bäumen um. Sie waren ganz in der Nähe, nur einen kleinen Abhang hinunter in einer Art Senke, dazwischen standen mehrere Holzkreuze.

Wir stiegen in die Senke hinunter. »Hier war wahrscheinlich mal ein Teich«, vermutete Bernie. Sehen konnte man das Wasser nicht, aber ich roch es. Wir betrachteten die Kreuze. »Keine Namen. Was bedeutet, dass ...«

Keine Ahnung. Wir erreichten das letzte Kreuz, zwei Äste, die zusammengenagelt waren. Daneben lag eine leere Flasche. Bernie hob sie auf. »Four Roses«, sagte er. »Da frag ich mich doch ...«, aber in dem Moment fing ich an zu bellen.

Bernie lief zurück zum Auto und kehrte mit unserer Klappschaufel zurück, zog das Kreuz aus dem Boden und fing an zu graben. Ich grub auch, ein bisschen schneller als Bernie. Wenn es sein muss, kann ich den ganzen Tag lang graben, besonders bei dieser Art Erde, die schon einmal umgegraben worden war. In diesem Fall mussten wir nicht den ganzen Tag graben, nicht einmal annähernd, bis ein Gesicht erschien, die Augen offen und in den offenen Augen Erde. Das Gesicht selbst war allerdings unbeschädigt, und ich konnte mich mühelos daran erinnern.

»Himmel«, sagte Bernie. »Ein Dummkopf, aber am Schluss hat er doch zu viel gewusst. Warum konnte er nicht wenigstens einmal Glück im Leben haben?«

Wir gruben vorsichtig um Darren Quigley herum. Er hatte ein Loch in der Brust, die Art, die von einem aus der Nähe abgefeuerten Schrotgewehr kommt, und darin krochen Maden herum. Bernie steckte die Schaufel in die Erde und bückte sich, um Darren aus dem Grab zu ziehen. In dem Moment war oben am Rand der Senke ein Geräusch zu hören, das Geräusch eines harten Absatzes, der auf einen vertrockneten Zweig trat. Wir drehten uns um.

Am Rand der Senke standen uniformierte Männer, Revolver und Gewehre auf uns gerichtet. Hinter dem Wachturm tauchten weitere Männer auf. Einen von ihnen kannte ich: Captain Panza. Er lächelte nicht – im Gegenteil, sein Gesichtsausdruck war hart und fies –, aber ich hatte dennoch den Eindruck, dass er sich amüsierte.

Bernie griff nach seinem Handy.

Peng. Ein Gewehrschuss – und das Handy flog in tausend Stücken aus Bernies Hand.

»Hände hoch, wenn Ihnen Ihr Leben lieb ist«, rief Captain Panza. Eine Brise hatte sich erhoben und wehte den Geruch seines Rasierwassers zu mir – das gleiche, das Skins Barkley so mochte –, aber auch das zu spät. Bernie hob die Hände.

»Ich verhafte Sie wegen Mordes«, sagte Captain Panza.

Kapitel 24

Die anderen waren uns zahlenmäßig überlegen, und zwar irgendeine größere Zahl gegen zwei. Was Zahlen betrifft, gehe ich nicht weiter als bis zwei, aber das reicht meiner Meinung nach vollauf.

»Ganz ruhig, mein Großer«, sagte Bernie leise. »Rühr dich nicht vom Fleck.« Woher wusste er nur, das ich gerade sozusagen Vollgas den Hügel hochrennen wollte, um mir zuerst Captain Panza zu schnappen und danach – gut, für das Danach hatte ich noch keinen richtigen Plan, aber das war ja wohl nicht weiter schlimm. »Sitz«, befahl Bernie.

Ich setzte mich. Bernie würde schon etwas einfallen – das tat es immer. Das war einer der Gründe, warum die Little Detective Agency so erfolgreich war, außer im finanziellen Bereich. In dem Moment erinnerte ich mich an den 38er Special, die Trommel geladen und in Bernies Tasche versteckt. Bernie ist ein Meisterschütze – was ich hoffentlich schon einmal erwähnt habe, nachdem es so viele Beispiele dafür gibt, dass es schwerfällt, auch nur an eines zu denken. Dann musste das der Plan sein. Eine Schießerei war ein ausgezeichneter Plan, der schon viele Male aufgegangen war. Jeden Augenblick – und Augenblicke vergingen rasend schnell – würde der, *bam, bam, bam,* 38er Special gezückt werden und dann *bam, bam, bam …*

»Sie kommen jetzt ganz, ganz langsam hierher«, befahl

Captain Panza, »und halten dabei die Hände ganz, ganz hoch.«

Bernie hob die Hände ein bisschen höher. Die Hände oben und der 38er Special unten in seiner Tasche. Würde das ein Problem geben? Bernie ging die Böschung hinauf. Ich folgte ihm.

»Der Hund bleibt, wo er ist«, sagte Captain Panza.

»Nein«, widersprach Bernie. »Er kommt mit mir ...«

Bam! Aber nicht aus dem 38er Special. Das war einer der Uniformierten, der vom Rand der Senke aus feuerte. Erde spritzte vor Bernies Füßen hoch, ziemlich nah, und ein scharfer Stein flog durch die Luft und traf mich an der Schulter. Tat nicht weh, kein bisschen, ich zeigte keinerlei Schmerz.

»Sie haben wohl Tomaten auf den Ohren, Señor Little«, rief Captain Panza, »aber das hätte ich mir gleich denken können, nachdem Sie sich immer noch hier in der Wildnis herumtreiben, statt brav nach Hause zu fahren. Daher sage ich es noch einmal und zum letzten Mal: Der Hund bleibt unten. Wir haben keine Zeit für Hunde, und am allerwenigsten für den.« Ein Uniformierter hinter Captain Panza sagte etwas auf die mexikanische Art. »Haben Sie das verstanden, Señor Little? Sergeant Ponson meint, wir hätten leider vergessen, die Arche mitzubringen.«

Bernie kniete sich neben mich, ganz langsam, und ebenso langsam ließ er die Arme sinken und legte sie um mich. Er sah mir in die Augen. Bernie hat die besten Augen. Ich erkannte keine Angst in ihnen, und ich roch auch keine. Er sprach so leise, dass es fast kein Geräusch machte. »Chet«, sagte er, »wenn ich sage, lauf, dann läufst du. So schnell und so weit du kannst.«

Irgendwie ging es um Laufen. Wir würden zusammen laufen, oder? Warum sollte ich dann so schnell ich konnte laufen oder auch nur fast so schnell? Ich wollte Bernie ja nicht kritisieren, aber besonders gut konnte er nicht laufen, nicht einmal für einen Menschen. Das lag an seiner Kriegsverletzung.

Bernie ließ mich los und stand auf, die Augen nach wie vor auf mich gerichtet. »Sitz«, sagte er laut. Dann drehte er sich um und ging wieder die Böschung hoch, die Hände in die Luft gestreckt.

Sitz? Aber wenn ich sitzen blieb, wie sollten wir dann zusammen weglaufen? Vielleicht wollte Bernie sie alle zuerst mit dem 38er Special wegpusten, und dann würden wir laufen. Hörte sich das nach einer guten Strategie an, einer Strategie, wie wir die anderen schlagen konnten, Bernie und ich? Ich fand schon. Daher blieb ich sitzen, auch wenn ich mich, während Bernie weiterging, ein wenig in seine Richtung schob, aber ohne meinen Hintern zu heben, was ja eine Art von Sitzen ist.

Als Bernie am Rand der Senke angekommen war, fuhren zwei Jeeps hinter dem Wachturm vor. Die uniformierten Männer umringten Bernie, ihre Revolver auf ihn gerichtet. Einer von ihnen fing an, ihn abzuklopfen. Oh nein. Was, wenn er den 38er Special fand?

Zu spät. Er zog den 38er Special aus Bernies Tasche und gab ihn Captain Panza. Der hielt ihn in die Sonne und blinzelte. »Was für ein Glück«, sagte er. »Das muss die Mordwaffe sein.«

»Ich habe niemanden ermordet«, widersprach Bernie, ohne zu schreien oder sonst wie aufgeregt zu sein. Dieselbe ruhige Stimme wie immer.

Captain Panza deutete mit dem 38er Special auf

Darren Quigley, der in dem offenen flachen Grab lag. »Sieht in meinen Augen nach einem Mord aus.« Er wandte sich zu den anderen. »Muchachos?«

»Sí, sí«, riefen sie. Einige von ihnen grinsten, als würde gerade etwas Lustiges passieren.

»Stimmt, der Mann ist ermordet worden«, sagte Bernie, »aber ich war's nicht.«

»Nein?«, fragte Captain Panza. »Wenn Sie es nicht waren, wer dann?«

»Ich könnte mir durchaus vorstellen, dass Sie es waren«, erwiderte Bernie.

Es folgte Schweigen. Keiner sagte etwas.

»Vielleicht«, sagte Captain Panza dann, »ist mein Englisch ja schlecht. Vielleicht ist es so schlecht, dass ich Sie eben nicht verstanden habe. Bitte – por favor – wiederholen Sie es noch einmal.«

Bernie holte tief Luft – ich konnte sehen, wie sich seine Brust hob. Dann rief er mit lauter, donnernder Stimme, einer ungeheuren Stimme, die ich noch nie an ihm gehört und von deren Existenz ich nichts gewusst hatte: »Chet, lauf!« Und dann schlug er den 38er Special aus Captain Panzas Hand.

Ich rannte. Das Donnern von Bernies Stimme war wie eine Welle, die mich davontrug, mich noch schneller als superschnell machte. *Krach!* Ein Schuss explodierte. *Ping!* Von einem Felsbrocken direkt neben mir wirbelte Staub auf. Dann hörte ich hinter mir einen Bums und noch einen Bums, Geräusche, die ich gut kannte, Kampfgeräusche. Ich lief langsamer und sah zurück, und da war Bernie, immer noch auf den Beinen, mitten in einem Boxkampf mit den uniformierten Männern. Ein, zwei von ihnen lagen reglos auf dem Boden, und Bernie war ein toller Kämpfer, aber es waren so viele! Ich hörte auf zu laufen. Hatte Bernie nicht gesagt, ich sollte laufen und nicht stehen bleiben? Ja, aber jetzt brauchte er mich doch! Die beiden Sachen brachte ich nicht zusammen. Dann merkte ich, wie ich mich irgendwie den Pfad zurück auf Bernie zuschob. Und was war das? Ein Uniformierter mit einem Gewehr, noch unten auf dem Friedhof, aber er bewegte sich eindeutig auf mich zu.

Ich wusste, was Gewehre anrichten konnten – das war eines der wichtigsten Dinge, die ich bei meiner Arbeit gelernt hatte –, aber ich schob mich dennoch weiter runter. Bernie – der immer noch am Rand der Senke mit den Bäumen und dem Friedhof kämpfte – brauchte mich. Was hatte er schnell wieder gesagt? Ich konnte mich nicht mehr genau erinnern, und irgendwie fehlte mir auch der Antrieb dazu. Ich schob mich noch ein Stück weiter runter, möglicherweise war es auch kein Schieben mehr, sondern eher ein Gehen. Der uniformierte Mann blieb stehen. Ich war immer noch ziemlich weit weg, aber mal angenommen, ich raste auf ihn zu, so schnell ich überhaupt konnte, und sprang ihm dann direkt an die Kehle und …

Er hob das Gewehr. Im selben Moment hörte ich Bernies Stimme, einen Donnerruf, der direkt vom Himmel zu kommen schien: »Chet – lauf!«

Ich wollte nicht laufen, konnte Bernie doch nicht einfach alleinlassen, andererseits wollte ich tun, was er sagte, oder mich wenigstens ernsthaft bemühen.

Mündungsfeuer, grellorange. *Krach! Plop!* All diese Dinge passierten praktisch gleichzeitig, und dann zerplatzte auch noch die Spitze eines Kaktus direkt neben meinem Kopf. Weiße Tröpfchen aus dem Inneren des

Kaktus sprühten in alle Richtungen. Ich spürte ein paar auf meinem Gesicht. Einmal hatte eine Kugel diesen richtig bösen Gauner erwischt, der direkt neben mir stand, und etwas von seinem Blut war auf mein Fell getropft.

»Chet!«

Ich erinnerte mich an das klebrige Gefühl auf meinem Fell und auch an den Geruch, einen der durchdringendsten Gerüche, die es gibt. Nach dem Vorfall mit dem blutenden Gauner wälzte ich mich sehr oft auf der Erde.

»Lauf!«

Ich drehte mich um und rannte den Hang wieder hinauf, anfangs nicht so schnell, wie ich konnte, aber dann folgte ein weiteres Krachen, und ich legte einen Zahn zu. Das lag an dem Blut, der Zusammenhang ist schwer zu erklären. Ich raste den Pfad entlang. Er wurde immer steiler, bis er in einem Haufen Felsbrocken verschwand. Hinter mir hörte ich ein *Tack-Tack-Tack*. Von der K9-Hundeschule her – es wäre wirklich schön gewesen, wenn ich an diesem letzten Tag, an dem alles schiefging, mein Zeugnis bekommen hätte – wusste ich, dass das ein Schnellfeuergewehr war, daher hätte es mich nicht überraschen dürfen, dass der Boden vor mir aus lauter kleinen Löchern Staub spuckte, aber ich war dennoch überrascht. Von allein fing ich an, Serpentinen zu laufen und Kakteen aus dem Weg zu schubsen, die zurückschlugen – owei, das waren diejenigen, die piksten –, und die ganze Zeit über hörte ich hinter mir das *Tack-Tack-Tack. Tack-Tack-Tack. – Lauf! Lauf! Lauf!*, hörte ich jetzt wieder Bernies Stimme, aber nicht von Bernie selbst. Ich hörte Bernie in meinem Kopf, das kommt öfter vor.

Tack-Tack-Tack. Ich wich zur einen Seite aus, sprang zurück, dann zur anderen Seite, immer nah am Boden – der steil, sehr steil anstieg und ständig versuchte, mich umzuwerfen und nach unten rollen zu lassen –, der Wind pfiff schrill und unheimlich, und inzwischen rannte ich nicht mehr, sondern kletterte eher, zog mich mit den Vorderpfoten hoch, mit den hinteren schob ich. *Tack-Tack-Tack* – und was war das? Ich spürte ein Sirren durch mein Rückenfell, ein Sirren wie von einem großen, harten Insekt, und dann *Ping* – direkt vor mir stob ein blitzender Funken von einem Felsbrocken. Im nächsten Moment war ich oben angelangt und hatte noch so viel Tempo drauf, dass ich durch die Luft flog – *Tack-Tack-Tack* –, und dann fiel ich und landete mit einem Rums auf dem Bauch, aber auf der anderen Seite des Hügels, der eher eine Klippe war. Auf der anderen Seite in Sicherheit vor Menschenwaffen.

Ich lag da und versuchte wieder zu Atem zu kommen. Sehr merkwürdig, dieses Gefühl, wenn einem die Luft wegbleibt. Aber keine große Sache. Wichtig war, ich hörte kein Gewehrfeuer mehr. Eigentlich hörte ich gar nichts mehr außer dem Klackern der Steine und Kiesel, die ich losgetreten hatte, und die waren auch bald still.

Dann kam mein Atem zurück. Ich atmete. Sollte ich aufstehen? Im Moment fühlte ich mich eigentlich noch nicht danach. Im Moment wollte ich nur daliegen und atmen. Ob das eine gute Idee war? Keine Ahnung. Dann sprach Bernie in meinem Kopf: *Steh auf, mein Großer*.

Ich stand auf. Möglicherweise war das ja gar nicht der Bernie in meinem Kopf gewesen, sondern der echte Bernie. Das hoffte ich jedenfalls. Ich kroch zurück zum Rand der Klippe und schob meinen Kopf ein klitzekleines bisschen drüber. Wow. Ich war ganz schön weit oben und ganz schön weit weg. Ich blickte den Abhang hinunter – ja, stellenweise eine Klippe –, bis nach unten, wo der Friedhof und die Bäume waren, die von hier oben aussahen wie winzige Gartenpflanzen, und das verfallene Dorf mit dem kaputten Wachturm. Nichts rührte sich, was bei den Menschen heißt, dass keiner da war. Aber einer war eben doch da, und das war ich. Vielleicht hatte ich das auch falsch verstanden, Wörter waren eine vertrackte Angelegenheit. Abgesehen davon war es nicht wichtig. Wichtig war vielmehr, dass keine Menschen zu sehen waren – Bernie, Captain Panza, die Uniformierten, der Typ mit dem Gewehr und der *Tack-Tack-Tack*-Typ, die Jeeps: alle weg. War da auf der anderen Seite von einem der beiden Buckel des zweibuckligen Bergs eine Staubwolke zu sehen? Womöglich. Aber es konnte auch eine normale Wolke sein, die Art, die manchmal Regen mitbringt. Ich musterte den Himmel: Keine andere Wolke zu sehen, er war leuchtend blau und die Sonne ziemlich grell. Ich merkte, dass ich ein wenig Durst hatte.

Vielleicht war Bernie da unten in dem Canyon, und ich konnte ihn nur nicht sehen. Ich guckte noch mal genauer. Kein Bernie. Ich bellte. *Bell, Bell.* Ein *Bell, Bell* kam aus dem Canyon zurück. Ich bellte noch mal. *Bell, Bell, Bell.* Und ein *Bell, Bell, Bell* kam zurück. Dabei war keiner von meinesgleichen da unten, zumindest konnte ich keinen entdecken. Ich trabte auf dem Hügelkamm auf und ab, die Art von Trab, in den ich manchmal fiel, wenn ich außer mir war. So nannte Bernie das. Man sollte nicht außer sich sein – das war wichtig in unserem Geschäft. Dann erinnerte ich mich noch an eine andere wichtige Regel – man sollte sich niemals oben auf einem Hügelkamm zeigen: *Damit gibt man eine perfekte Zielscheibe ab, mein Großer*. Ich lief ein Stück zurück, sodass ich außer Sicht war.

Aber es dauerte nicht lange, und ich stellte fest, dass ich wieder den Kamm auf und ab trabte. Wo war Bernie? Ich bellte. Das Bellen kam zurück. Das ging eine Weile so hin und her, und dann war ich plötzlich wieder außer mir. Ich erinnerte mich schwach daran, dass Bernie mir die Sache mit dem Hin-und-Her-Bellen einmal erklärt hatte, es vielleicht sogar tausendmal erklärt hatte, was eine Menge sein musste. Die Erklärung selbst fiel mir nicht ein, aber allein das Wissen, dass Bernie die ganze Sache geklärt hatte, führte dazu, dass ich mich besser fühlte und wieder in mir war.

Ich stand auf dem Hügelkamm und atmete. Das war Mexiko. In Mexiko tickten die Uhren anders. Das war noch so eine Redewendung von Bernie. *In Mexiko ticken die Uhren anders*. Also? Das sagte Bernie auch, manchmal mit dem Kopf in den Händen. Also? Nach dem *Also?* wurde es immer sehr still, und ich konnte seine Gedanken spüren, wie eine sanfte Brise in der Luft. Im Moment aber stand die Luft um mich herum, diese warme und klare mexikanische Luft, vollkommen still.

Kapitel 25

»Der hier ist durchgefallen«, erklärte der Trainer.

»Ja«, sagte Bernie. Damals wusste ich allerdings nicht, dass es Bernie war, ich wusste nur, dass ich seinen Geruch mochte – Äpfel, Bourbon, Salz und Pfeffer plus ein Hauch von etwas, das mich an mich selbst erinnerte. »Hab ich gesehen.«

»Sehr schade«, bedauerte der Trainer. »Er ist der Schnellste und Stärkste aus dem ganzen Haufen.«

»Und der Schlaueste«, ergänzte Bernie.

»Meinen Sie?«, fragte der Trainer. »Wie kommt es dann, dass er kurz vor Schluss diesen Mist baut?«

»Keine Ahnung«, sagte Bernie. »Aber irgendetwas hat er an sich. Wie heißt er?«

»Wir nennen ihn Chet. Hat bestimmt mal einen anderen Namen gehabt. Kollegen vom zehnten Revier haben ihn in der Wohnung eines Dealers gefunden, da war er noch ein Welpe.«

»Was wird mit ihm geschehen?«

»Tierheim, denk ich mal.«

»Wissen Sie was?«, erwiderte Bernie.

So kamen wir zusammen. Komisch, dass mir das gerade jetzt einfiel, oben auf dem Hügelkamm in Mexiko, wo die Uhren anders tickten. Schließlich gab es wahrscheinlich jede Menge andere Dinge, die mir hätten einfallen sollen.

Zum Beispiel?

Zum Beispiel? – das sagte Bernie auch gerne. Er benutzte es gegenüber Leuten, um sie … Ich weiß nicht genau, zu was er sie damit zu bringen versuchte, jedenfalls zu irgendetwas. Ich versuchte es bei mir selbst: Nämlich, mein Großer? Nämlich?

Nichts passierte.

Ich starrte auf den Canyon runter, insbesondere auf den Friedhof. Um mir sicher zu sein, war ich zu weit entfernt, aber ich hatte das Gefühl, die Leiche von Darren Quigley war weg. In diesem Job sieht man dauernd Leichen, und wenigstens eine Weile sehen sie so aus, als würden sie schlafen, aber sie riechen nicht so, als würden sie schlafen, und das vom ersten Moment an. Der Lebensgeruch ist weg, daran liegt es.

Ein Schatten glitt über den Canyon, und zwar ziemlich schnell. Ich blickte nach oben und sah einen großen schwarzen Vogel. Ich bin kein Fan von Vögeln. Als dieser eine Stelle weit oben über mir am Himmel erreicht hatte, fing er an zu kreisen. Irgendwie fühlte ich mich dabei unwohl, ohne genau sagen zu können, warum. Ich verließ den Hügelkamm und bewegte mich ein paar Schritte den Abhang hinunter. Als ich wieder nach oben guckte, schien der große dunkle Vogel sich mit mir mitbewegt zu haben. Langsam zog er im Blauen seine Kreise und machte sich nicht einmal die Mühe, mit den Flügeln zu schlagen, sondern glitt einfach so dahin.

Mittlerweile war mein Maul völlig ausgetrocknet. Zu Hause auf der Terrasse in der Mesquite Road haben wir einen Brunnen. Leda hat ihn vor langer Zeit bauen lassen – owei, die armen Arbeiter –, ein Springbrunnen in Form eines Schwans. Wenn Bernie ihn einschaltet, kommt ein glitzernder Wasserfall aus dem Maul des Schwans. Da strecke ich sehr gerne meine Zunge rein. Das ist einfach das beste Wasser, das ich je getrunken habe, oder vielleicht nicht? Nein, genau besehen nicht. Einmal sind Bernie und ich wandern gewesen, irgendwo weit oben, und da war ein Felsen, von dem hing so ein Eiszapfen, und von der Spitze des Eiszapfens tropfte Wasser. Dieses Wasser lief über den Fels, und ich leckte etwas davon auf. Das war das beste Wasser, das ich je getrunken habe. Ich konnte es jetzt noch schmecken, rein, kalt, felsig. Mein Durst wurde größer.

Ich sah den Abhang auf der Rückseite des Kamms hinunter. Er fiel steil ab, bis nach unten, fast so steil wie die andere Seite oder sogar noch steiler. Unten kam eine Ebene und dahinter dieses endlose Hügelland, aus dem hier und da Felsformationen ragten plus Wüstenpflanzen, die wie kleine grüne Punkte aussahen. Auf der Ebene selbst sah ich – lustig, dass er erst nicht da war und dann schon – einen schimmernden blauen Teich. Mir wurde sofort das Maul wässrig, und dann trocknete es genauso schnell wieder aus. Aber wenigstens hatte ich jetzt einen Plan. Nämlich? Zum Wasser laufen.

Ja, die Rückseite war sehr steil, zuerst beinahe eine Klippe, und einige Male hing ich unvermittelt über einer Kante, und meine Vorderpfoten versuchten sich in den Fels zu bohren, damit ich nicht runterfiel. In diesen Momenten wurde der Vogelschatten plötzlich größer und flog direkt über mich; *nicht raufschauen, mein Großer*. Ich habe einen ziemlich guten Gleichgewichtssinn, besser als Ihrer, nichts für ungut, aber mit nur zwei Beinen – und keinem Schwanz! – ist es ein Wunder, dass Sie überhaupt aufrecht stehen können. Dennoch ist mein Gleichgewichtssinn nicht so gut, dass ich ständig nach oben gucken könnte, während ich mich auf einer Klippe befinde.

Ich kletterte ein Stück nach unten und erreichte einen Vorsprung, von dem es pfeilgerade in die Tiefe ging. Darunter lag eine schmale, mit Erde bedeckte Felsbank, von der es wieder steil nach unten ging – auf einer Seite war sie allerdings ein bisschen flacher, und von dort aus kam man wahrscheinlich leichter nach unten. Das Problem war die Entfernung zu der Felsbank. Von meinem Standpunkt aus sah es nach einer großen Entfernung aus. Zu groß? Wie konnte man diese Frage beantworten? Ich kauerte eine Zeit lang am Rand des Vorsprungs, sah zu der Felsbank hinunter und hoffte, dass mir die Antwort einfallen würde.

Der Vogelschatten strich über mich hinweg, hin und her. Ich sah zu dem schimmernden blauen Teich auf der Ebene. Was würde Bernie sagen? Ich lauschte angestrengt, hörte aber nichts. Ich wusste nur, dass ich nicht mehr darüber nachdenken wollte.

Dann befand ich mich plötzlich mitten in der Luft. Ich war schon öfter mitten in der Luft gewesen – hat mit dem Job zu tun –, aber so lange noch nie. Ich hatte massenhaft Zeit, mich umzusehen – was ich nicht tat – oder an etwas zu denken. Ich dachte an Bernie.

Während ich noch an ihn dachte, da – *Hmmmph!* – landete ich auf der Felsbank. Es überrascht Sie womöglich, wenn ich Ihnen sage, dass Katzen in einer Sache gut sind. Haben Sie jemals eine landen sehen? Die reinste Wonne!

Meine Landung auf der Felsbank war keine Wonne. Ich kam auf allen vieren auf, genau wie Katzen, aber das war auch schon die einzige Gemeinsamkeit. Wenn Katzen landen, hört man keinen lauten Plumps, und wenn Sie die Katze sind, die landet, dann schießt Ihnen wahrscheinlich auch kein Schmerz die Beine hoch, von dort in die Schultern und in die Brust und durch den Körper, und Sie werden auch nicht rollen, immer weiter, bis zum Rand der Felsbank, und dann darüber hinausschießen und den langen, langen …

Nein, nicht ganz über den Rand der Felsbank. In allerletzter Sekunde – was vermutlich nicht viel Zeit ist – oder sogar noch später bohrten sich meine Hinterpfoten in die Erde, meine Vorderpfoten hingen schon in der Luft, und ich trat voll auf die Bremse, so wie noch nie, und rettete mich vor dem langen, langen Fall.

Ich saß auf der Felsbank und konnte gar nicht mehr aufhören zu hecheln. Wenn einem die Zunge heraushängt, während sie gleichzeitig trocken und steif ist, ist das nicht gut, aber was sollte ich tun? *Beruhige dich, mein Großer.* Augenblicklich war ich die Ruhe selbst, stand auf und lief zum Ende der Felsbank. Genau wie ich gedacht hatte: Der Abgrund war hier längst nicht so abgründig, eher wie ein normaler Hang. Ich begann mit dem Abstieg.

Von der Ebene her wehte eine Brise und brachte jede Menge Gerüche mit sich – unter anderem den Geruch eines Wesens, das eine Ziege hätte sein können, wobei ich dort unten keine Ziegen sah. Nichts bewegte sich außer der schimmernden Oberfläche des Teichs, obwohl aus einem unerfindlichen Grund die Luft überhaupt nicht nach Wasser roch. Der Boden war hart und trocken, überall standen stachelige Feigenkakteen, um die ich einen weiten Bogen machte, und – fast war ich auf der

Ebene angekommen – einer dieser knorrigen Bärentraubenbäume. Ich blieb stehen und hob mein Bein. Überraschung: Es kam nichts! Komisch, wann hatte ich das letzte Mal mein Bein gehoben? Abgesehen davon hatte ich doch immer ein paar Tropfen in Reserve, um etwas markieren zu können.

Ich erreichte die Ebene und lief auf den Teich zu, der immer noch in der Ferne schimmerte. Gab es irgendeinen Grund, nicht in meinen Trab zu fallen? Ich hatte verschiedene Arten von Trab, aber einen kann ich endlos traben, meinen Idealtrab, wie Bernie ihn nannte. Ich fiel also in meinen Idealtrab und fing an, die Entfernung zwischen mir und dem kühlen blauen Wasser schnell zu überwinden. Nur passierte jetzt etwas Merkwürdiges, was in meinem Kopf mit der Merkwürdigkeit zusammentraf, nichts mehr zum Markieren zu haben: Die Entfernung wurde überhaupt nicht kleiner! Der schimmernde Teich schimmerte nach wie vor, aber er schien sich mit mir zusammen zu bewegen. Ich legte einen Zahn zu, und der Teich legte auch einen Zahn zu, daran bestand kein Zweifel. Dann verlangsamte ich mein Tempo, und der Teich verlangsamte sein Tempo. Die Ebene war gar nicht so groß, und mit jedem Schritt, den ich machte, kamen die Hügel auf der anderen Seite näher – daran bestand auch kein Zweifel. Und das hieß was?

Keine Ahnung, daher trabte ich einfach weiter. Ich stellte fest, dass mein Kopf etwas nach unten hing, und hob ihn wieder in die Höhe. Der Teich bewegte sich nach wie vor von mir weg, und die Hügel kamen näher. Was lief hier eigentlich ab? Plötzlich erinnerte ich mich daran, dass Bernie über genau diese Sache einmal gesprochen hatte. Aber was hatte er gesagt? Ich versuchte immer noch, mich zu erinnern, gab mir wirklich alle Mühe, als der Teich erst aufhörte zu schimmern, dann aufhörte, blau auszusehen, und schließlich ganz verschwand. Da war nichts weiter als die steinige, staubige Ebene mit den Feigenkakteen und anderem stacheligem Zeug. Ich brachte den letzten Rest der Ebene hinter mich und kam zu den Hügeln. Der Vogelschatten machte vor mir interessante Muster auf dem Boden.

Eine Zeit lang hatte ich noch Durst, dann nicht mehr. In unserem Geschäft muss man einfach hart im Nehmen sein. Ich lief Hügel rauf, Hügel runter, um Hügel rum. Die Sonne war auch unterwegs und sank am Himmel immer tiefer, und die Schatten der Hügel wurden länger und länger. Was den Vogelschatten anging: weg. Ich fühlte mich ziemlich gut, vielleicht nicht tipptopp, aber fast. Der Wind wehte mir ins Gesicht und roch nach Rauch, und das verbesserte mein Wohlbefinden um …

Bums. Etwas traf mich von hinten und hob mich von den Beinen. Ich machte einen Überschlag, drehte mich in der Luft und landete. Mein Kopf zeigte in die Richtung, aus der ich gekommen war. Da stand ein Ziegenbock und machte diese Kaubewegungen, die sie immer machen. Vorbei das Wohlbefinden. Ich knurrte den Ziegenbock an. Er gab dieses komische Meckern von sich – das Geräusch erinnerte mich an das *Tack-Tack-Tack* des Schnellfeuergewehrs, nur ein bisschen leiser – und senkte den Kopf. Eigentlich hatte ich bisher nie etwas gegen Ziegen gehabt, aber das änderte sich in diesem Moment schlagartig. Ich mochte dieses *Tack-Tack-Tack*-Meckern nicht, diesen Flusenbart – Flusenbärte mochte ich an niemandem –, und dann gab es da wahrscheinlich noch andere Sachen an Ziegen, die ich nicht mochte, aber bevor ich zu denen kam, griff er wieder an. Und dieses Mal war ich bereit.

Das war ein himmelweiter Unterschied, was, Señor Ziegenbock? Das dachte ich, als ich gleich darauf über ihm stand. Er lag auf dem Boden und sah meiner Meinung nach reichlich dämlich drein. Ich bellte ihn an, ein Bellen, das sich in meiner Kehle sehr trocken anfühlte. Er meckerte. Aber kein *Tack-Tack-Tack:* Dieses Meckern sagte, dass er erledigt war. Ich ließ von ihm ab. Der Ziegenbock rappelte sich hoch und stakste steifbeinig davon.

Ich sah ihm nach, und da war ich nicht der Einzige: Ein Kind mit einem Sombrero kam über einen Hügel und rief dem Ziegenbock etwas zu. Der Ziegenbock lief zu dem Kind hin. Das Kind kletterte den Hügel runter und drohte dem Ziegenbock mit einem Stock. Ich schloss dieses Kind sofort in mein Herz und trottete zu ihm. Es war ein Mädchen, und als sie mich sah, wich sie einen Schritt zurück und fuchtelte mit dem Stock in meine Richtung. Ich lief trotzdem weiter, nur nicht mehr so schnell, und als ich ganz nah bei ihr war, setzte ich mich.

Sie starrte mich an und sagte etwas auf die mexikanische Art. Es war cin sehr mageres Mädchen mit einer laufenden Nase und einer hohen Piepsstimme. Mein Schwanz wischte über den staubigen Boden. Das Mädchen senkte den Stock und stellte mir eine Frage, keine Ahnung welche, aber aus irgendeinem Grund fing ich an zu hecheln. Sie stellte mir noch eine Frage, dieses Mal eine sehr kurze. Ich wedelte mit dem Schwanz und hechelte. Dann holte sie aus einem Lederranzen, den sie über der Schulter trug, eine Plastikflasche mit Wasser und einen Zinnbecher. Oh, Wasser! Jetzt fiel mir wie mit einem Paukenschlag wieder ein, dass ich durstig war. Ich brauchte Wasser, und zwar sofort, konnte keinen einzigen Moment mehr warten. Die Kehrseite der Medaille, wie Menschen gerne sagen – und plötzlich kam mir der Gedanke: Wer konnte sich eigentlich merken, was bei diesen Medaillen die eine Seite und was die Kehrseite war? Aber dann brach der Gedanke unvermittelt ab, vielleicht war es auch gar kein Gedanke gewesen, und ich sollte das Ganze einfach vergessen. Die Sache war jedenfalls die: Wenn man etwas wirklich unbedingt wollte, dann sollte man sich das bloß nicht anmerken lassen. Das sagte Bernie auch oft, und es bedeutete einfach so viel wie: still sein. Ich war still.

Das Mädchen kam langsam und vorsichtig näher, und ohne ihre großen braunen Augen auch nur einen Moment von mir abzuwenden, kniete sie sich hin, stellte den Becher auf den Boden und goss ihn voll Wasser. Oh, der Anblick dieses kleinen Stroms, der im Licht der untergehenden Sonne rötlich schimmerte – wunderschön.

»Hola«, sagte sie, trat einen Schritt zurück und deutete auf den Becher. »Agua.«

Agua – das kannte ich von vor langer Zeit, wahrscheinlich würde ich nach einer Weile gut in Mexiko zurechtkommen. Ich stand auf, lief zu dem Becher und trank agua. Das reine Glück. Zuerst trank ich langsam, aber während ich trank – irgendwie verrückt, ich weiß –, wurde ich immer durstiger, sodass ich immer schneller trank, und schon bald war der Becher leer, und ich leckte den letzten Rest vom Boden.

»Más?«, fragte das Kind.

Ich machte ein, zwei Schritte zurück. Sie füllte den

Becher erneut. Dieses Mal blieb sie stehen. Ich trank den zweiten Becher aus, spürte, wie sich das wunderbare agua in mir ausbreitete.

»Más?«

Más, das Wort gefiel mir. Ich trank noch ein bisschen, bis ich genug hatte, dann setzte ich mich neben den Becher. Das Mädchen streckte langsam und vorsichtig die Hand aus und tätschelte mir den Kopf. Ich schob mich näher an sie heran, damit sie ihren Arm nicht so strecken musste. Sie sprach auf diese mexikanische Art mit mir, sagte lauter nette Sachen – was genau, ist egal, oder? Nach einer Weile bemerkte sie meine Marken und beugte sich vor, um sie zu lesen.

»Jet?«, sagte sie oder etwas, das so ähnlich klang. »Tu nombre es Jet?« Klar bin ich Chet the Jet, aber steht das tatsächlich auf meinen Marken? Ich hatte immer gedacht, dass ich nur Chet heiße, warum, weiß ich auch nicht. War das auch etwas, das egal war? Auf einmal gab es Sachen im Überfluss, die egal waren. Ich versuchte, mir den Gedanken zu merken, aber er entkam mir dann doch.

Das Mädchen stand auf. »Ven, Jet.«

Ven? Ich kannte einen Vin McTeague, aber der war gerade droben im Norden – wo er, so es eine Gerechtigkeit gab, unter der heißen Sonne Steine klopfte –, der konnte es also nicht sein.

»Jet«, sagte das Mädchen. »Komm. Spät.«

Sie steckte den Becher und die Plastikflasche zurück in den Ranzen, hängte ihn sich über die Schulter und fing an wegzugehen. Ich lief neben ihr her. Der Ziegenbock stakste uns voraus, sah von Zeit zu Zeit zu uns zurück und gab sein Meckern von sich. Die Schatten vor uns wurden immer länger.

Kapitel 26

Wir waren noch nicht weit gegangen – zumindest kam es mir nicht weit vor, aber mit genug Wasser im Bauch fühlte ich mich wieder tipptopp, und Entfernungen werden schnell kleiner, wenn ich mich tipptopp fühle, was fast immer der Fall ist –, als wir in ein kleines Tal kamen. Dieses kleine Tal gefiel mir auf Anhieb. Es gab dort Bäume, ein paar weiße Lehmhäuser, die in der untergehenden Sonne rosa leuchteten, und einen schmalen Fluss mit echtem Wasser drin, das ich riechen konnte.

»Mi casa«, sagte das Mädchen. »Ven, Jet.«

Wir gingen nebeneinander her, das Mädchen und ich. Langsam kapierte ich, wie die Dinge hier unten in Mexiko liefen.

Wir kamen zu dem größten der Lehmhäuser – keins davon war besonders groß, und alle wirkten etwas heruntergekommen –, das eine schattige Veranda hatte und wie ein Farmhaus aussah. Der Ziegenbock trottete davon und zupfte an ein paar verkümmerten Pflanzen im Garten. Das Mädchen und ich gingen an einem Pfosten vorbei – mit der Markierung eines Kojoten, aber keiner frischen – und weiter zur Haustür.

»Papá! Abuelita!«, rief das Mädchen und noch etwas, das ich nicht verstand.

Die Tür öffnete sich. Ich konnte eine winzige alte Frau

an einem Herd stehen sehen. Dann kam ein Mann heraus. Ein kleiner Mann mit einem zerrissenen Hemd, tiefen Falten im Gesicht und an den Händen, die für jemanden seiner Größe viel zu groß waren. Er sah mich an, runzelte die Stirn und sagte etwas in einem ärgerlich klingenden Ton. Das Mädchen rückte näher zu mir und antwortete in einem genauso ärgerlich klingenden Ton. Ich mochte dieses Mädchen.

Der Mann – ihr Vater, so viel hatte ich begriffen – stieg die Veranda herunter und kam auf mich zu. Ich wich zurück, ich mochte seinen Geruch nicht und seine großen Hände genauso wenig. Bernie hat auch große Hände, aber er ist ein großer Mann, und sie passen zu ihm. Zum Vater des Mädchens passten sie nicht. Außerdem haben Bernies Hände eine sehr hübsche Form, aber die Hände dieses Mannes waren hässlich, die Finger krumm, die Knöchel dick geschwollen. Er blieb stehen, sagte wieder etwas zu dem Mädchen.

»Jet«, sagte sie. »Es Americano.«

»Sí?«

»Sí.«

Der Mann drehte sich zu mir und lächelte. Moment mal! Er hatte silberne Zähne. So was hatte ich noch nie gesehen, und es gefiel mir nicht, kein bisschen. Ich wich noch ein Stück zurück. »Hey Jet«, sagte er und hielt die Hände in die Höhe, wie manche Bösewichte es tun, wenn sie zeigen wollen, dass sie nichts drin haben; aber das war nicht das Problem – die Hände waren das Problem. »Du schöner Hund«, sagte er. »Ich mag dich.«

Hm.

»Willst du fressen?«, fragte er.

Klar. Aber ich ging trotzdem nicht näher zu ihm hin.

Er kehrte ins Haus zurück. Das Mädchen tätschelte mich, so sanft, dass ich es kaum spürte. Habe ich schon ihre großen braunen Augen erwähnt? So ziemlich die nettesten Menschenaugen, die ich jemals gesehen hatte.

»Eres guapo«, sagte sie. »Muy, muy guapo.«

Keine Ahnung, was das heißen sollte. Der Vater des Mädchens kam wieder heraus, in der Hand einen Knochen, einen wirklich schönen Knochen, an dem sogar noch ein bisschen Fleisch hing. Und wie er erst roch – ein kräftiger Geruch, der alle anderen überdeckte! Er kam näher, hielt mir den Knochen hin. Ich nahm ihn nicht, wich nicht zurück, machte überhaupt nichts, sondern versuchte zu einer Entscheidung zu kommen. Aber was für ein Knochen! Der Mann lächelte sein Silberlächeln, sagte etwas zu dem Mädchen und gab ihr den Knochen.

»Nimm, Jet«, sagte er. »Nimm.«

Das Mädchen hielt mir den Knochen vor die Schnauze. Wer hätte da widerstehen können? Ich nicht. Ich nahm den Knochen, vorsichtig, um ihr nicht weh zu tun. Ihre Hand war so winzig und hübsch im Vergleich zu den Händen ihres Vaters. Und in diesem Moment, als wir gerade dabei waren, den Knochen zu tauschen, als ich mich darauf konzentrierte, alles richtig zu machen, schlich sich der Mann rasch von der Seite an und versuchte mir ein Lasso über den Kopf zu schieben.

Ich wich dem Lasso aus und rannte davon, ich rannte und rannte und …

Und dann – oh nein! Irgendetwas legte sich fest um meinen Hals und hielt mich auf. Meine Beine flogen unter mir weg, und ich hing der Länge nach in der Luft – mit dem Bauch nach oben und dem Schwanz vorneweg –, eine lange, lange Zeit, wie es schien. Und dann – *bums!* – knallte ich auf den Boden. Ich rappelte mich sofort wieder auf oder fast sofort und wollte wegrennen. Doch im gleichen Moment zog der Mann fest am anderen Ende des Lassos und schnürte mir die Luft ab. Schlimmer noch, er schien dabei zu lächeln: Seine Silberzähne glänzten im schwächer werdenden Licht.

»Papá!«, rief das Mädchen und griff nach dem Seil. Er schlug mit dem Handrücken nach ihr. Sie zuckte zusammen, obwohl er sie gar nicht getroffen hatte, drehte sich um und lief ins Haus. Ich sackte auf dem Boden zusammen, bekam keine Luft mehr, und alles um mich herum wurde schwarz. Derweil zog der Mann sein Ende des Lassos durch einen Ring an dem Pfosten. Mein Hals wurde nicht mehr so stark zusammengepresst. Ich bekam wieder Luft, und das Schwarz verschwand. Das war meine Chance! Ich musste ihn zur Strecke bringen, bevor er es schaffte, mich an den Pfosten zu binden. Ich stürmte auf ihn zu. Er blickte hoch, sah mich kommen, und seine großen Hände fummelten hektisch an den Knoten herum. Dann richtete er sich auf und rannte zum Haus. Ich sprang auf die Veranda, machte einen Satz. Aber zu spät. Die Tür wurde vor meiner Schnauze zugeschlagen.

Jetzt war ich richtig wütend. Ich stemmte mich mit den Vorderpfoten gegen die Tür, bellte, so laut ich konnte. Irgendwann hörte ich den Mann lachen, im Haus drinnen in Sicherheit. Ich hörte auf zu bellen, ging von der Tür weg. Das Mädchen sagte etwas. Es folgte ein klatschendes Geräusch. Die alte Frau rief: »No, no, no.« Der Mann schrie sie an. Aber kein Klatschen mehr, nur noch Stille.

Ich ging von der Veranda runter, über den Hof, immer weiter, bis mich das Seil zum Stehenbleiben zwang. Ich zog in die andere Richtung, immer fester, aber da wurde nur alles wieder schwarz, deshalb hörte ich auf. Ich ging zurück zu dem Pfosten und kaute an den Knoten, erreichte damit jedoch nichts, obwohl ich ein ziemlich guter Kauer bin; das Seil war dick, und die Knoten waren groß und fest.

Es wurde Nacht, und die Sterne kamen raus. Ich kaute immer noch, aber nicht an den Knoten um den Ring. Stattdessen lag ich im Dunkeln auf dem Rücken und kaute an dem Stück des Seils, das der Schlinge um meinen Hals am nächsten war. Aus dem Haus wehte der Geruch von Essen über einem Feuer zu mir her, und, ja, ich hatte Hunger, aber Kauen vertreibt den schlimmsten Hunger. Erreichte ich damit irgendetwas? Es sah ganz danach aus: Wenn man eine Weile an einem Seil kaut, dann merkt man, dass es kein solider, harter Gegenstand ist, so wie ein Knochen, sondern dass so ein Seil aus vielen dünnen Fäden besteht, dünnen Fäden, die reißen, wenn man fest genug kaut. Kaute ich fest genug? Das dürfen Sie glauben. Ich spürte, wie die dünnen Fäden unter meinen Zähnen nachgaben, einer nach dem anderen. Nicht mehr lange, und …

Auf einem Hügel hinter dem Haus tauchten Scheinwerfer auf. Sie kamen in einer lang gezogenen Kurve den Hügel herunter, und gleich darauf fuhr ein Lieferwagen, so ähnlich wie die von UPS, auf den Hof und blieb stehen. Ein Mann – oh nein, konnte er das wirklich sein? – stieg aus, betrat die Veranda und klopfte an die Tür.

Ich kaute an dem Seil, so schnell und so fest ich konnte. Aber Kauen ist eins der Dinge, bei denen man nicht viel schneller werden kann. Ich versuchte es trotzdem. Ein Faden riss, der nächste und noch einer und …

Die Haustür ging auf, und Licht fiel heraus. Und in dem Licht standen der Vater des Mädchens – dieser Farmer oder was er auch war – und noch ein Mann, ein viel größerer Mann mit Koteletten, einem Bandana, einer großen krummen Nase: Jocko, kein Zweifel. Zwischen ihnen erschien das Mädchen. Ihr Vater schubste sie zurück ins Haus.

Ich rollte mich auf den Bauch, sprang auf, lief los, bis sich das Seil spannte, und stemmte mich mit ganzer Kraft dagegen. Das Seil begann nachzugeben, die winzigen Fäden rissen einer nach dem anderen, es wurde immer dünner. Jeden Moment würde ich frei sein! Frei und auf und davon. Ich grub meine Krallen tief in die Erde, um mich besser dagegenstemmen zu können, und gab alles. Die Fäden waren so straff gespannt, dass ich hören konnte, wie sie rasch nacheinander rissen, als sich plötzlich wie aus dem Nichts dieses seltsame Ding über meine Schnauze stülpte. Ich wand den Kopf, um ihm zu entkommen, aber ich schaffte es nicht. Etwas klickte, so ähnlich wie die Schnalle an einem Sicherhcitsgurt, und jemand sehr Kräftiges zerrte an dem Seil um meinen Hals, riss mich hoch, sodass meine Vorderpfoten in der Luft hingen. Ich drehte mich, versuchte denjenigen, der mich festhielt, zu beißen.

Aber ich konnte nicht beißen. Meine Schnauze steckte in irgendeinem käfigartigen Ding. Ich konnte kaum das Maul öffnen. Jocko zerrte mich weiter in die Höhe.

»Sieh sich einer das an«, staunte er. »Hat der Köter

doch glatt das Seil durchgebissen.« Mit seiner freien Hand zog er daran, die letzten Fäden rissen, und das lange Seilende fiel auf den Boden. Ich war so nah dran gewesen.

»Es muy malo«, sagte der Farmer.

»Sprich Englisch, verdammt noch mal.«

»Er sehr böse.«

Maulkorb: Jetzt fiel mir der Name wieder ein. Noch nie hatte mir jemand einen Maulkorb umgelegt, aber ich hatte Maulkörbe an meinesgleichen gesehen. Kein schöner Anblick. Beißen konnte ich zwar nicht, aber das hieß ja nicht, dass ich nicht mehr kämpfen konnte, oder? Ich bellte – kein sehr lautes Bellen mit diesem Maulkorb, das meiste davon blieb in meinem Hals stecken – und ging mit den Vorderpfoten auf Jocko los.

Ich erwischte ihn seitlich im Gesicht, ein kräftiger Schwinger, der ihn Blut kostete. Jocko taumelte zurück, ließ das kurze Ende des Seils, das immer noch um meinen Hals lag, aber nicht los. Ich schlug noch einmal mit der Pfote nach ihm, dieses Mal zielte ich auf seine Kehle, und das Seil begann ihm aus der Hand zu rutschen. Ich wand mich hin und her und hatte es beinahe geschafft, ihm das Seil zu entreißen, als sich von der Seite erneut der Farmer anschlich und einen großen Stock oder so etwas Ähnliches hob; ich sah ihn kommen, aber zu spät.

San Diego: was für ein Ort! Es dauert eine Weile, bevor ich es aufgebe, Bernie zurück an den Strand treiben zu wollen. »Chet, um Himmels willen – ich kann schwimmen.« Danach paddeln wir mit dem Surfbrett raus. »Meinst du, du schaffst es, da drauf zu stehen, mein Junge?« Ich schaffe es, wie sich zeigt! Eine Welle rollt heran, und ich reite darauf, immer weiter, immer höher – was für ein Riesenspaß! –, bis ich runterfalle, ein langer Fall, dem ein harter Aufprall auf dem Wüstenboden folgt.

Wüstenboden? Mein Kopf tat weh. Ich öffnete die Augen und sah nichts als Schwarz. Vielleicht war ich ein wenig verwirrt, aber eins wusste ich ganz sicher: Ich war nicht in San Diego. Keine Wellengeräusche. Die konnte man einfach nicht überhören; Wellen waren erstaunlich laut – das hatte ich auf unserem Ausflug nach San Diego gelernt.

Bernie!

Auf einmal fielen mir alle möglichen Sachen gleichzeitig ein – und nichts davon war etwas Gutes. Was das Hier und Jetzt anging – auch so was, wovon Bernie immer redet, das Hier und Jetzt –, konnte ich weder etwas sehen noch etwas hören, aber in der Luft lagen Gerüche, vor allem einer, kräftig und streng. Ich versuchte mich zu erinnern, woher ich ihn kannte, und um ein Haar wäre es mir gelungen.

Ich stand auf. Manchmal braucht mein Maul ein ausgiebiges Gähnen, wenn ich aufwache, daher öffnete ich es weit und – nur dass es nicht ging. Der Maulkorb! Der war mir nicht eingefallen. Ich schüttelte den Kopf hin und her, versuchte, diesen grässlichen Maulkorb loszuwerden, aber er gab kein bisschen nach. Zuerst versuchte ich es mit der einen Vorderpfote, dann mit der anderen, spürte Metallstangen, Riemen, irgendeine Schnalle hinter meinem Kopf, riss daran, aber ohne Erfolg. Ich setzte mich, versuchte es noch mal mit den Hinterpfoten, stellte fest, dass ich damit viel besser rankam, aber das Ergebnis war dasselbe. Ehe ich michs versah, raste ich im Kreis herum, stieß gegen Wände, fiel hin, stand wieder auf, lief noch schneller im Kreis und versuchte gleichzeitig zu bellen, so laut ich konnte, obwohl ich kaum einen Pieps herausbrachte. Ich war außer mir.

Wussssch: ein seltsames Geräusch, und im selben Moment ging das Licht an, so hell, dass es mich blendete. Ich blieb stehen. Meine Augen gewöhnten sich schnell daran, und das Erste, was ich sah, war ein Mann, der mich beobachtete, ein kleiner Mann wie der Farmer, nur dass eine Waffe an seiner Hüfte hing; neben seinen Füßen lag eine große Plane. Als Nächstes bemerkte ich den Eisenkäfig um mich herum. Ich bellte den Mann an, gab dieses klägliche gequetschte Geräusch von mir. Der Mann lachte. Ich sprang auf ihn zu. Warum machte ich mir die Mühe, wo ich den Käfig doch schon gesehen hatte, wusste, dass es sinnlos war? Keine Ahnung.

Ich warf mich gegen die Eisenstäbe.

»Loco«, sagte der Mann. Er faltete die Plane zusammen, trug sie zu einem großen, niedrigen Gebäude, das wie ein Lagerhaus aussah, und verschwand um eine Ecke. Die Sonne brannte herunter.

Ich beschnüffelte den Käfig, konnte keinen Ausgang entdecken. Das war schon mal passiert. Manche Menschen – zum Schluss hatten sie alle dafür bezahlt – glaubten, mich in einen Käfig sperren zu müssen. Aber was noch nie passiert war, war die Sache mit dem zweiten Käfig, dem kleinen über meinem Gesicht. Diese Menschen hatten mich in zwei Käfige gleichzeitig gesperrt. Das machte mich wütend. Ich rannte noch ein paarmal im Kreis herum.

Ganz ruhig, Chet. Alles wird gut.

Bernie! Ich hörte ihn! Ich lief zu den Stäben, sah durch. Kein Bernie. Ich wartete darauf, dass seine Stimme wiederkam. Sie kam nicht. Trotzdem war ich schon ruhiger. Auch der Kopf tat mir nicht mehr so weh. Ich konnte es nicht ausstehen, in einem Käfig eingesperrt zu sein, und diesen Maulkorb konnte ich so wenig ausstehen, dass ich mich zwingen musste, nicht daran zu denken, sonst wäre ich verrückt geworden. Aber ich war ruhiger.

Was sagte Bernie jedes Mal, wenn wir an einen unbekannten Ort kamen? *Zuerst muss man sich einen Überblick verschaffen, mein Großer, das ist der erste Schritt.* In solchen Dingen hatte Bernie immer recht, das war einer der Gründe, warum die Little Detective Agency so erfolgreich war. Ich sah mich um. Der Käfig stand mit der Rückseite an einer Lehmmauer. Auf der vorderen Seite sah ich eine Ebene mit einer Straße, die mittendurch führte, und dahinter ein paar steile Hügel. Auf der Stelle hatte ich einen Plan: raus aus dem Käfig und zu den Hügeln laufen. So was passierte, wenn man es auf Bernies Art machte: Die Ideen kamen wie von selbst.

Als Erstes musste ich aus dem Käfig raus. Ich schnüffelte noch einmal und suchte nach einem Ausgang. Fand keinen, aber ich roch wieder diesen Geruch, so ungewohnt und streng. Und dieses Mal – jetzt, da ich ruhiger war – konnte ich mich daran erinnern. Das war Peanuts Geruch, gar kein Zweifel.

Im Stillen dachte ich: Chet the Jet! Na bitte!

Kapitel 27

Zuerst muss man sich einen Überblick verschaffen, mein Großer, das ist der erste Schritt.

Den Überblick hatte ich mir auf einen Streich verschafft: die Rückseite des Käfigs an der Lehmmauer, das große Lagerhaus, die Straße mitten durch die Ebene, die steilen Hügel in der Ferne. Nichts bewegte sich außer der Sonne, und das konnte man eigentlich nicht sehen, aber sie musste sich bewegen, weil sie immer irgendwo anders war, wenn man das nächste Mal hinschaute.

Auf einen Streich: Der Ausdruck blieb in meinem Kopf hängen. Es wäre nett gewesen, wenn Bernie mir jetzt über den Kopf gestreichelt hätte, oder wenn es überhaupt irgendjemand getan hätte. Stattdessen nahm die Hitze immer mehr zu, drückte von dem Blechdach auf mich herunter. Kein Wasser weit und breit, aber wie hätte ich es auch trinken sollen mit diesem grässlichen Maulkorb? Ich versuchte, ruhig zu bleiben, und während dieses Ruhigbleibens entdeckte ich etwas auf einem der Hügel, etwas sehr Seltsames. Es sah aus wie ein dünner Hydrant mit einem Regenschirm obendrauf. In Los Olas hatten einmal ein paar verirrte Kugeln einen Hydranten getroffen, und das Wasser war herausgeschossen. Ich dachte daran, wie viel Spaß das gemacht hatte, und wurde immer durstiger, als ein großer Lastwagen – einer von der Sorte, die Sattelschlepper genannt werden, aber ich habe noch nie einen davon einen Sattel schleppen sehen – die Straße entlanggefahren kam und dabei eine riesige Staubwolke aufwirbelte. Er kam immer näher, fuhr direkt an mir vorbei und hielt vor dem Lagerhaus. Die roten Rosen auf dem Anhänger waren nicht zu übersehen.

Ich hörte, wie die Tür der Fahrerkabine zugeschlagen wurde, aber ich konnte nicht sehen, wer ausstieg. Danach war es wieder still. Ich suchte den Käfig nach einer Lücke ab, die ich vergrößern könnte, einer schwachen Stelle, aber es gab keine Lücken, keine schwachen Stellen. Schließlich stand ich nur noch da und schob meine Schnauze mit dem Maulkorb drum herum durch die Stäbe. Auf der fernen Hügelkuppe schien sich der dünne Hydrant mit dem Schirm obendrauf vorwärtszubewegen.

Auf der Straße erschien eine weitere Staubwolke, kleiner als die erste, mit einem weißen Punkt vorne dran. Der weiße Punkt wurde größer, veränderte seine Form, wurde ein Auto, ein langes weißes Cabrio, das mir bekannt vorkam, und als es von der Straße abbog und vor dem Lagerhaus hielt, erkannte ich es.

Colonel Drummond, eine Zigarre im Mund und einen Strohhut auf dem Kopf, stieg aus und betrat das Lagerhaus. Danach passierte nichts mehr, außer dass der Hydrant mit dem Schirm obendrauf weiter den fernen Hügel herunterkam. Es wurde immer heißer und mein Durst immer schlimmer.

Aus dem Lagerhaus kamen ein paar Männer mit Farbeimern und Walzen. Walzen kannte ich aus Ledas Zeiten, als sie beschloss, die Küche in einer Farbe haben zu wollen, die sie schon ein paar Anstriche vorher gehabt hatte, und Bernie auf die Idee kam, es selbst zu machen, um Geld zu sparen. Je weniger man darüber spricht, umso besser, aber eins habe ich dabei gelernt: Ich kann es nicht leiden, wenn mir das Fell geschoren wird.

Die Männer gingen zu dem Sattelschlepper, öffneten die Farbeimer und machten sich an die Arbeit. Wenig später waren die roten Rosen verschwunden, und der Anhänger war weiß ohne Bilder. Es war interessant, dabei zuzusehen, so interessant, dass ich den Käfig und den Maulkorb vergaß. Dann fiel mir auf einmal alles wieder ein. Ich geriet so außer mir, dass ich meinen Kopf an den Stäben rieb, immer wieder richtig fest, um den Maulkorb wegzureiben. Aber er ließ sich nicht wegreiben. Ich stand da, die Schnauze mit dem Maulkorb drum herum zwischen den Stäben.

Die Farbmänner gingen weg. Die Sonne brannte herunter, und wieder rührte sich nichts außer diesem Hydranten mit dem Schirm obendrauf, der langsam den Hügel herunterkam. Nach einer Weile verwandelte sich der Schirm in einen großen Sombrero, und der Hydrant wurde ein Mensch, vermutlich ein ziemlich kleiner.

Der kleine Mensch mit dem Sombrero bewegte sich noch ein Stückchen weiter hügelabwärts. Dann öffnete sich die Lagerhaustür, und heraus kamen nicht die Farbmänner, wie ich es irgendwie erwartet hatte, sondern zwei andere. Der eine war Colonel Drummond; der zweite – ein großer Typ mit einem runden Gesicht und einem Schnurrbart – kam mir bekannt vor, aber ich wusste nicht, woher. Dann fiel mein Blick auf seine Schlangenlederstiefel, und ich erinnerte mich wieder: Tex Rosa, Besitzer von Cuatro Rosas Trucking, irgendein Kumpel von Jocko. Ich ging von den Stäben weg, tiefer in den Käfig hinein.

Sie kamen auf mich zu, Seite an Seite, aber nicht dicht

beieinander, so als wären sie nicht die allerbesten Kumpel. Tex Rosa sagte etwas von Scherereien, und Colonel Drummond sagte: »Geben Sie etwa mir die Schuld?«

»Wem denn sonst?«, fragte Tex Rosa zurück. »Mit Ihnen hat es angefangen.«

Sie blieben vor dem Käfig stehen. Die Angst von Menschen hat einen Geruch, wie Schweiß mit etwas unangenehm Säuerlichem drin – und dieser Geruch ging jetzt in Wellen von Colonel Drummond aus. Hatte er Angst vor mir, der ich in einem Käfig eingesperrt war und einen Maulkorb trug? Das ergab keinen Sinn.

Sie betrachteten mich. »Schönes Tier«, sagte der Colonel.

Tex Rosa nickte. »Jocko kriegt ihn als Belohnung. Das heißt, falls es nicht noch mehr verdammte Pannen gibt.«

»Ich bin sicher, dass alles ...«

»Halten Sie den Mund«, sagte Tex Rosa. »Und machen Sie die Zigarre aus. Das Ding stinkt.«

Der Colonel ließ die Zigarre fallen. Rosa zertrat sie mit dem Absatz seines Schlangenlederstiefels.

»Ich brauch Kohle«, erklärte er.

»Wofür?«

»Bernie Little.«

»Das verstehe ich nicht«, sagte Colonel Drummond.

Ich verstand es auch nicht. Aber sie sprachen über Bernie, deshalb hörte ich ganz genau zu.

»Glauben Sie, Panza überlässt ihn uns so mir nichts, dir nichts?«, fragte Rosa. »So läuft das hier unten nicht.«

»Sie müssen ihn kaufen?«

»Wir«, verbesserte Tex. »Wir beide, Sie und ich. Sie beschaffen das Geld, ich erledige den Rest.«

»Wie viel?«

»Er verlangt sechzigtausend.«

»Großer Gott.«

»Ich handle ihn runter.«

»Wie weit?«

Rosa wandte sich dem Colonel zu. »So was wie eine Garantie gibt's nicht. Haben Sie das immer noch nicht begriffen?«

Colonel Drummond blickte auf den Boden. Bei meinem Völkchen hatte ich schon viele Paare wie diese beiden gesehen. Tex Rosa war der Gewinner und der Colonel der Verlierer.

»Es ist nur so, dass ich im Moment nicht an so viel Geld rankomme, nicht mal annähernd«, gab der Colonel zu bedenken.

»Das interessiert mich nicht.«

»Und wenn Sie ihn … gekauft haben, was dann?«

Rosa zuckte mit den Achseln. »Ich kümmer mich schon um ihn.«

Der Colonel blinzelte. »Auf die gleiche Art, wie Sie sich um DeLeath gekümmert haben?«

»Nee«, sagte Rosa. »Das war mehr oder weniger ein Unfall, Jocko hat sich nicht bremsen können. Nicht dass DeLeath es nicht verdient hätte – wenn man jemandem wie Jocko in die Quere kommt, passiert so was eben. Little bedarf dagegen eher sorgfältiger Überlegung, gut durchdacht, wenn Sie verstehen, was ich meine. Es sei denn, Sie haben eine bessere Idee.«

Colonel Drummond schüttelte den Kopf. »Little weiß zu viel.«

»Endlich haben Sie Ihren Verstand eingeschaltet.«

»Unser Problem ist nur, dass die Einnahmen im Keller sind seit … seit der Geschichte mit Peanut.«

»Unser Problem?«

Manche Menschen – nicht Bernie, versteht sich – fingen an zu jammern, wenn nicht alles so lief, wie sie wollten. Dass jemand ein Jammerer war, sah man ihm nicht unbedingt an. Der Colonel zum Beispiel: Hätte ich ihn als Jammerer erkannt, mit seinem großen weißen Auto und der gelben Golfhose? Nein. Trotzdem fing er an zu jammern. »Aber das ist doch klar, Tex. Peanut war die Hauptattraktion.«

»Daran hätten Sie früher denken sollen.«

»Das habe ich … ich habe immer gedacht. Ich hätte nur nicht geglaubt, dass Sie bis zum Äußersten gehen.«

»Bis zum Äußersten?«, entgegnete Rosa. »Ich erzähle Ihnen mal was zum Äußersten. Während der Depression brachte mein Urgroßvater mit seinem Lastwagen Schnaps über die Grenze, und er hatte einen Juniorpartner – so ähnlich wie Sie und ich. Eines Tages kommt dieser Juniorpartner auf die brillante Idee, meinen Urgroßvater – er hieß übrigens auch Tex – um eine Ladung zu bescheißen. Und wissen Sie, was passiert ist?«

Der Colonel zuckte die Achseln.

»Mister Juniorpartner ward nicht mehr gesehen«, erzählte Rosa weiter. »Sie dagegen stehen quicklebendig vor mir.« Er schlug dem Colonel auf den Rücken, wie es die Menschen gelegentlich tun, wenn sie zeigen wollen, dass sie Kumpel sind, nur viel fester. »Wie es aussieht, habe ich ein ausgesprochen weiches Herz – viele Leute merken das nicht.«

Der Colonel warf Rosa einen raschen Blick von der Seite zu. Er hatte Angst, gar kein Zweifel, aber er schaffte es, seine Stimme zu senken und mit dem Jammern aufzuhören. »Ich hab's verstanden. Aber wir reden hier nicht von einer Wagenladung Schnaps – es ist nur ein blöder Papagei.«

»Einer von weltweit dreien.« Rosa bückte sich und hob einen kleinen Stein auf. »Ich habe große Mühen auf mich genommen, um diesen Papagei zu kriegen – meinen Sie, ich nehme das einfach so hin?«

»Konnte ich das alles zu diesem Zeitpunkt wissen?«, fragte der Colonel. »Außerdem habe ich bereits angeboten, Ihnen bis zum letzten Cent alles zu geben, was ich für den dämlichen Vogel bekommen habe. Könnten wir uns nicht wieder anderen Dingen zuwenden?«

»Was denn?«, erwiderte Rosa und warf den Stein mit einer Hand immer wieder in die Höhe. »Es geht hier nicht um Geld.«

»Nein?«

Rosa schüttelte den Kopf. »Das Ganze ist ein moralisches Problem. Eine Frage des Prinzips.«

»Tex«, sagte der Colonel. »Geld ist ein Teil davon. Brauchen wir nicht Geld, um Panza zu bezahlen, damit Sie … tun können, was Sie tun müssen?«

»Das bestreite ich nicht.«

»Gut. Zumindest in dem Punkt sind wir uns einig. Das Hauptproblem ist im Moment Bargeld, aber mal angenommen, Peanut würde auf wundersame Weise wieder auftauchen, dann wäre auf einen Schlag …«

»Ausgeschlossen«, widersprach Rosa. »Das kann ich dem Andenken meines Urgroßvaters nicht antun. Aber ich sag Ihnen was – ich leihe Ihnen das Geld.«

»Wirklich?«

»Was immer Panza verlangt.«

»Äh, danke, Tex. Ich zahle es Ihnen so bald wie möglich …«

»Denken Sie nicht mal daran.«

»Daran, es Ihnen zurückzuzahlen?«

»Nee«, sagte Rosa. »Als Gegenleistung werde ich – wie sagt man? Übernehmen?«

»Ich weiß nicht. Kommt darauf an, was Sie …«

»Ja, genau«, fuhr Rosa fort. »Übernehmen. Ich werde die Mehrheit am Zirkus übernehmen.«

Der Colonel fuhr sich mit der Zunge über die Lippen, dünne Lippen, die trocken und aufgesprungen waren. »An meinem Zirkus?«

»Hm-hm.«

»Aber der befindet sich seit Generationen in Familienbesitz.«

»Sie können ja eine Minderheitsbeteiligung behalten, kein Problem. Und ich werde den Namen behalten – Drummond Family Traveling Circus. Klingt so nett amerikanisch.« Ihre Blicke trafen sich. »Hand drauf?«, fragte Rosa.

Händeschütteln ist eins von den Menschendingen, auf die ich bei meiner Arbeit immer besonders achte. Und nur weil ich mich im Moment vielleicht nicht in der günstigsten Lage befand, hieß das nicht, dass ich nicht bei der Arbeit war. Wir hatten schon in vielen misslichen Lagen gesteckt, Bernie und ich.

Der Colonel wandte seinen Blick von Rosa ab und streckte gleichzeitig die Hand aus. Rosa drückte die Hand des Colonels und hielt sie fest, bis ihn der Colonel wieder ansah.

»Abgemacht?«, fragte Rosa.

Der Colonel nickte. Rosa ließ seine Hand los. Drummond ging mit hängenden Schultern weg, zurück zum Lagerhaus.

Rosa lächelte mich durch die Gitterstäbe an. »Schlau eingefädelt, was?«, sagte er zu mir. »Und das Beste ist, dass Panza nur zehn Riesen verlangt.«

Ich verstand nicht, wovon er redete, ich wusste nur, dass ich ihn nicht mochte, kein bisschen. Alles, was ich wollte, war, ihn am Hosenbein zu packen – um die Wahrheit zu sagen, hätte ich am liebsten meine Zähne in seinen Knöchel gegraben, durch einen dieser Schlangenlederstiefel – und ein für alle Mal zur Strecke zu bringen. Ich knurrte ihn an, nur für den Fall, dass ihm nicht klar war, wie ich zu ihm stand. Er lächelte noch breiter. Und dann warf er ohne jede Vorwarnung den Stein nach mir und traf mich damit durch den Maulkorb direkt an der Nase. Das ist eine empfindliche Stelle, das heißt, es tat ziemlich weh, aber ich gab keinen Laut von mir.

Rosa ging weg. Die Sonne schob sich über den Himmel, weiter weg von mir, und sank tiefer. Über die Hügel in der Ferne legten sich Schatten, der kleine Mensch mit dem Sombrero war nicht mehr zu sehen. Ich versuchte noch einmal, den Maulkorb wegzureiben, und als das nicht funktionierte, suchte ich nach einer schwachen Stelle in dem Käfig, fand keine, genau wie beim letzten Mal. Ein Weilchen später versuchte ich es erneut, und ich machte mich bereit, es noch ein weiteres Mal zu versuchen, als sich in dem Lagerhaus etwas zu rühren begann.

Zuerst fuhr der Sattelschlepper rückwärts an eine Laderampe. Dann erschien ein Gabelstapler, und was war das? Auf seiner Gabel stand ein Käfig, und in dem Käfig stand ein Löwe, einer von denen mit den langen Haaren am Kopf; eigentlich stand er nicht – er lief auf und ab, so ähnlich wie ich. Der Gabelstapler fuhr zu dem Sattelschlepper und tauchte wenig später ohne Käfig wieder auf. Dann verschwand er in dem Lagerhaus, und als er wieder rauskam, stand ein neuer Käfig auf seiner Gabel, dieses Mal mit einem schwarzen Leoparden drin. Der lief nicht auf und ab, sondern lag zusammengesunken da.

Der Gabelstapler fuhr hin und her und lud Tiere in Käfigen in den Anhänger des Sattelschleppers: eine weitere große Katze, die ich von Animal Planet kannte, auch wenn mir der Name nicht einfiel, einige Affen, leuchtend bunte Vögel, eine große Eidechse, einen Schimpansen, der mit seinen Händen die Gitterstäbe umklammerte und den Mund weit aufriss, so wie es die Menschen tun, wenn sie schreien. Danach wurden noch einige Holzkisten eingeladen, in die ich nicht reinsehen konnte. Nach einer Weile fuhr der Gabelstapler wieder in das Lagerhaus und kam nicht mehr raus. Die Türen des Anhängers wurden zugemacht, und der Sattelschlepper fuhr weg. Nicht lange danach fuhr auch Colonel Drummond in seinem weißen Cabrio weg, gefolgt von einem großen SUV mit Tex Rosa am Steuer.

Dann war es still. Die Sonne ging hinter den fernen Hügeln unter, und der Himmel nahm alle möglichen Farben an, ein wunderschöner Anblick, aber ich konnte mich nicht darauf konzentrieren, weil ich solchen Durst hatte und weil meine Zunge so hart und trocken und rau war. Ich beschloss, noch einmal zu versuchen, den Maulkorb loszuwerden, und als das nicht funktionierte, machte ich mich wieder auf die Suche nach einer schwachen Stelle am Käfig. Aber falls es schwache Stellen gab, fand ich sie nicht. Vielleicht war ich deswegen ein bisschen frustriert, denn ehe ich michs versah, stand ich auf den Hinterbeinen und schlug mit den Vorderpfoten gegen die Gitterstäbe. In diesem Moment trat das magere Mädchen aus dem Schatten.

Sie nahm den Sombrero ab und steckte ihr Gesicht zwischen den Stäben durch. »Jet«, sagte sie leise. »Pobre Jet.«

Ich mag Kinder im Allgemeinen, und dieses spezielle Kind hatte ich von Anfang an ganz besonders gemocht.

Kapitel 28

»Pobre Jet«, sagte das Mädchen. Sie hatte nette Augen, groß und dunkel. Ich ging zu ihr. Sie tätschelte mir den Kopf. »Pobre Jet«, wiederholte sie. Jet, das war ich, Chet the Jet. War Pobre ihr Name? Wollte sie damit sagen, dass wir irgendwie Kumpel waren, sie und ich? So hätte ich das auch gesagt.

Sie berührte den Maulkorb um meine Schnauze, fuhr mit den Fingern über all die Riemen und Schnallen und das andere Zeug, das ich spüren, aber nicht sehen konnte. Ihr Gesicht wurde still und nachdenklich. Es erinnerte mich an Bernies Gesicht, wenn ihn das tiefe Nachdenken überfiel. Ihre Gedanken schwebten durch die Luft. Ich wusste nicht, was das für Gedanken waren, aber sie fühlten sich ähnlich wie Bernies an. Hey! Dieses Pobre-Mädchen erinnerte mich an Bernie! Wenn das nicht merkwürdig war! Sie war nur ein Kind und roch überhaupt nicht so wie Bernie. Die Mischung aus Äpfeln, Bourbon, Salz und Pfeffer war ganz allein sein Geruch, während Pobre eher nach Honig und diesen kleinen rosa Bärentraubenblüten roch, die gar nicht übel schmeckten. Ich merkte, dass ich nicht nur Durst hatte, sondern auch Hunger. Aber das war jetzt nicht wichtig. Wichtig war diese seltsame Ähnlichkeit zwischen Pobre und Bernie, obwohl sie sich gar nicht ähnlich waren.

Pobre sah sich um. Es war ein ruhiger Abend, der

Himmel färbte sich langsam rosa mit einem feuerroten Streifen über den fernen Hügeln. Nichts regte sich; außer uns war niemand mehr hier. Pobre bückte sich und legte ihren Sombrero auf den Boden, dann richtete sie sich wieder auf – sie gehörte zu den Menschen, die sich so hübsch bewegen, dass man gar nicht wegsehen kann – und sagte: »Silencio, Jet, silencio.« Was immer Pobre damit meinte, es war kaum an meinem Ohr vorbeigerauscht, als sie hinter meinen Kopf griff, sich dort kurz an etwas zu schaffen machte und dann – dann war ich diesen grässlichen Maulkorb endlich los! Sie schleuderte ihn weg, in den Schatten hinein und fort aus meinem Leben.

Ich schüttelte rasch den Kopf – ah, das fühlte sich gut an –, und dann drückte ich durch die Stäbe meine Schnauze gegen sie. Sie kraulte mich mit ihrer weichen kleinen Hand zwischen den Ohren. Inzwischen wedelte mein Schwanz im vierten Gang, das heißt ziemlich schnell. Pobre lachte, ein tiefes, glucksendes Lachen, sehr nett anzuhören, dann wurde ihr Gesicht wieder ernst. »Por qué no?«, fragte sie. Sie stellte sich auf die Zehenspitzen – immer ein interessanter Anblick, wenn man bedachte, wie nah dran die Menschen dauernd waren, das Gleichgewicht zu verlieren, selbst wenn sie flachfüßig dastanden – und reckte sich so weit sie konnte nach oben. Dann war ein Quietschen zu hören und ein leises Klicken, und die Käfigtür schwang auf. Ich blieb, wo ich war, ich weiß auch nicht genau, warum.

»Ven, Jet«, sagte sie.

Ich verließ den Käfig. Nichts passierte, nichts Schlimmes, es knallten zum Beispiel keine Schüsse. Ich war frei.

Pobre tätschelte mich. »Libre«, sagte sie. »Libre.«

Ich leckte ihr das Gesicht. Es schmeckte salzig. Sie

drehte sich weg, lachte wieder dieses wunderbare Lachen, und sie lachte immer noch, als auf der Straße Scheinwerfer auftauchten.

»No«, sagte sie. Sie hatte Augen und Mund weit aufgerissen, und ich roch Angst. »Papá.« Und im nächsten Moment lief sie auf die fernen Hügel zu. Ich lief hinter ihr her, versteht sich, aber sie blieb stehen, nahm meinen Kopf zwischen die Hände und sagte: »No, Jet, no.«

Was sollte das heißen? Ich sollte nicht mit ihr gehen? Die Scheinwerferkegel kamen näher. Pobre rannte weg, verschwand in der Dunkelheit. Ich zögerte, wartete auf eine Idee, versuchte nachzudenken. Dann erfassten mich die Scheinwerferkegel und blendeten mich mit ihrem hellen Licht. Ich rannte auch weg, aber in die entgegengesetzte Richtung, zurück in den Schatten auf der anderen Seite des Käfigs.

Die Scheinwerfer kamen immer näher, wie zwei große gelbe Augen – wütende Augen, dachte ich –, aber was ergab das für einen Sinn? Ein klappriges altes Auto hielt vor dem Lagerhaus, und ein Mann stieg aus. Er ließ den Motor laufen und die Scheinwerfer brennen, sodass ich ihn gut erkennen konnte: der kleine Mann mit den Silberzähnen und den riesigen Händen. Ich mochte ihn nicht, kein bisschen: Ich blieb, wo ich war, reglos im Schatten.

Er ging zu einer kleinen Tür neben der Laderampe, streckte die Hand danach aus, hielt inne. Gleich darauf begann er in meine Richtung zu gehen. Ich wich weiter zurück, um eine Ecke herum, streckte den Kopf nur so weit vor, dass ich etwas sehen konnte.

Der Mann – Farmer, Pobres Papa und außerdem irgendeine Art von Bösewicht, daran gab es gar keinen

Zweifel – näherte sich dem Käfig. Er blieb abrupt stehen, schrie etwas, das ich nicht verstand, schwenkte die Tür auf und zu, schlug sich mit der Faust auf die flache Hand und schrie noch einmal etwas. Dann bemerkte er den Sombrero, der auf der Erde lag. Ich wusste sofort, dass das schlecht war. Er hob den Sombrero auf und schrie noch mehr wütendes Zeug, und er schrie immer noch, als sein Blick auf mich fiel.

Oder zu fallen schien, in Wahrheit sah er mich nämlich nicht. Das war keine Überraschung: Die Augen der Menschen waren nachts praktisch nutzlos, das konnte ich immer wieder feststellen. Er knallte die Käfigtür zu, ging zurück zu der kleinen Tür und verschwand im Lagerhaus. Den Sombrero nahm er mit.

Ich verließ mein Versteck. Ich wollte diesen Sombrero. Die Frage war, wie kriegte ich ihn? Keine Ahnung. Ich horchte, hoffte, in mir drin Bernies Stimme zu hören, die mir sagte, was ich tun sollte. Stille. Aber in diesem Moment, während ich verwirrt dastand, stieg mir wieder dieser überwältigende Geruch in die Nase: Peanuts Witterung. Ich folgte ihr, so einfach war es in meinem ganzen Berufsleben noch nie gewesen, eine Spur zu verfolgen.

Der Geruch – der mit jedem Schritt stärker wurde – führte mich an dem Lagerhaus entlang zu der Tür, durch die der Mann mit den Silberzähnen verschwunden war. Er hatte sie offen gelassen. Ich blieb stehen und linste hinein. Das nannte man die Lage sortieren oder so ähnlich, ein sehr wichtiger Teil unserer Arbeit, wie Bernie immer sagte. Und wenn er das sagte, dann war es auch so.

Was sah ich? Eine riesige Halle mit einem Boden aus festgestampfter Erde, nur von ein paar Glühbirnen beleuchtet, die hier und da von der Decke hingen, fast leer bis auf ein paar Holzkisten, einen kleinen Käfig mit einem Affen drin – genauer gesagt einem dieser fies aussehenden Affen, die ich vom Discovery Channel kannte: Paviane? Hießen sie so? – und, was noch viel wichtiger war, einen zweiten Käfig, genauer gesagt, das ganze hintere Ende des Lagerhauses, das vom Boden bis zur Decke mit Maschendraht vom Rest abgetrennt war. In dem Maschendraht war eine große Tür, und der Farmer hatte eine Schubkarre voll Bananen dorthin gerollt und fummelte an dem Schloss herum. Hinter dem Maschendraht, direkt an der Rückwand: Peanut.

Peanut! Ich leistete mal wieder ganze Arbeit, kein Zweifel. Das war der Peanut-Fall, und hier war Peanut. Gab es irgendein Problem? Vielleicht das, dass Peanut nicht stand, sondern auf der Seite lag, den Rüssel im Staub, die Augen stumpf und leblos. Bei dem Anblick fühlte ich mich plötzlich schlecht, schwer zu sagen, warum. Die Augen des Pavians dagegen waren ziemlich lebendig. Sie sahen mich mit einem Blick an, der dem eines Menschen viel zu ähnlich war. Nicht angenehm. Dann zeigte mir der Pavian seine Zähne. Ich habe selber schöne scharfe Zähne, aber die Zähne dieses Pavians waren eine Klasse für sich.

Ich drehte mich wieder zu Peanut. Selbst wenn sie so dalag, war sie riesig, von der Seite genauso groß wie der Mann mit den Silberzähnen, wenn er stand. Er öffnete das Schloss, legte Pobres Sombrero auf den Boden und machte die Tür auf. Peanut, dachte ich, los, auf ihn! Aber Peanut blieb einfach liegen, was ich in dieser Situation nicht getan hätte, das dürfen Sie glauben. Ehe ich michs versah, stand ich nicht mehr in der Tür, sondern in dem

Lagerhaus und schlich mich durch die Halle. Zum einen wollte ich diesen Sombrero. Pobres Sombrero musste wichtig sein, und warum auch immer das so war, Bernie würde es auf der Stelle verstehen. Meine Aufgabe war es, ihm den Sombrero zu bringen, ganz einfach. Plötzlich war mir der Fall klar.

Der Mann mit den Silberzähnen nahm eine Heugabel und begann Bananen durch die offene Tür zu schaufeln, in Peanuts Richtung. Ich schlich über den staubigen Boden, schob mich immer näher an den Sombrero heran. Er lag neben den Füßen des Mannes mit den Silberzähnen, aber er hatte ihm den Rücken zugedreht, weil er so damit beschäftigt war, Bananen zu schaufeln. Ich schlich mich bis zu ihm, kein Problem, und wollte mir den Sombrero gerade schnappen, als der Pavian zu schreien anfing. Mit Schreien lässt sich dieses Geräusch gar nicht richtig beschreiben, es war wahrscheinlich das entsetzlichste Geräusch, das ich jemals gehört hatte, eine Mischung aus Kreischen und Heulen, bei dem sich meine Nackenhaare aufstellten, und nicht nur die, sondern alle meine Haare vom Nacken bis zur Schwanzspitze.

Danach ging alles sehr schnell. Als Erstes fuhr der Silberzahn-Mann – ich nenne ihn jetzt mal so, weil ich mich nicht wohl dabei fühle, ihn Pobres Papa zu nennen – herum und sah in die Richtung, aus der das schreckliche Kreischen kam, und dabei sah er auch mich, wie ich gerade dabei war, mir den Sombrero zu schnappen.

Er riss die Augen auf, aber nicht sehr weit, was daran lag, dass sie an sich so schmal waren. Er erkannte mich, keine Frage, und mein Anblick brachte ihn gewaltig aus der Fassung. Das ist mir schon bei so vielen Bösewichten passiert, dass ich sie gar nicht alle aufzählen kann,

Zutty Yepremian zum Beispiel, oder Sing Jong Soo, und es machte mir überhaupt nichts aus. Aber als er dann mit dieser Heugabel auf meinen Kopf zielte – das machte mir was aus. Ich wich den scharfen, spitzen Enden aus und stürzte mich von der Seite auf ihn, blitzschnell, aber wie sich herausstellte, war er ebenfalls blitzschnell, er schwang die Heugabel herum und stach damit erneut nach mir. Ich sprang zur Seite, versuchte, mich drunter wegzuducken und ihn am Knöchel zu packen, einer meiner besten Tricks, doch dann sauste die Heugabel herunter und versperrte mir den Weg. Und was war das? Die Heugabel in der einen Hand, griff der Silberzahn-Typ mit der anderen in seine Tasche und zog eine Pistole heraus.

»Perro loco«, sagte er. Er hob die Pistole. Ich guckte in den Lauf, ein kleines rundes Loch, schwarz und leer. In mir drin sprach endlich Bernies Stimme: *Lauf, mein Großer*. Aber ich konnte nicht. Irgendwie hielt mich diese winzige schwarze Leere fest. Der viel zu große, dicke Finger begann den Abzug zu drücken.

Und in diesem Moment gab es eine Überraschung. Ohne jedes Geräusch, oder zumindest ohne ein Geräusch, das ich gehört hätte, war plötzlich Peanut auf den Beinen, und nicht nur auf den Beinen, sie – man konnte es eigentlich nicht rennen nennen, eher trampeln – ja, sie trampelte mit erstaunlicher Geschwindigkeit heran, schneller, als ich es mir jemals hätte vorstellen können, und zwar direkt auf den Bösewicht zu; Typen, die mit einer Pistole auf mich zielen, sind Bösewichte, Fall geklärt.

Der kleine Bösewicht mit den riesigen Händen, in einer die Heugabel, in der anderen die Pistole, hörte

Peanut erst im letzten Moment – inzwischen war sie kaum noch zu überhören, und wenn ich es mir recht überlege, bebte außerdem der Boden – und wirbelte herum. Jetzt wurden seine Augen wirklich groß, so groß wie Menschenaugen normalerweise werden können. Er ließ die Heugabel fallen und versuchte, die Tür zuzuschlagen. Ha! Die Tür prallte einfach von Peanut ab und schwang zurück, so fest, dass sie den Bösewicht umwarf und aus den Angeln gehoben wurde. Er rollte über den Boden und – oh nein, er hatte immer noch die Pistole in der Hand. Ich machte einen Satz auf seinen Arm zu, aber zu spät. *Peng!* Er schoss, und in Peanuts Schulter erschien ein kleines rotes Loch. Der Bösewicht wollte einen zweiten Schuss abgeben, er schwenkte den Lauf herum und zielte auf Peanuts Kopf, als sie durch die Öffnung stürmte, wo vorher die Tür gewesen war, über ihn drübertrampelte und einfach weiterrannte. Zertrampelte sie auf ihrem Weg auch ein oder zwei Holzkisten? Ich glaube, ja, weil plötzlich überall umgekippte Holzkisten lagen und Splitter durch die Luft flogen. Und was war das? Schlangen! Auf dem Boden wanden sich knäuelweise Schlangen, in allen möglichen Größen und Farben, ineinander verschlungen und zischend. Auch der Käfig des Pavians bestand nur noch aus Trümmern; der Pavian war frei und kreischte mit dieser furchtbaren Stimme. Und der Bösewicht? Der Bösewicht wand sich auf dem Boden, so ähnlich wie die Schlangen, und er zischte auch, aber es war kein schlangenartiges Zischen, sondern eher so ein Zischen, wie es Menschen gelegentlich von sich geben, wenn sie große Schmerzen haben. Er rollte sich in den Käfig, in dem Peanut eingesperrt gewesen war, und versuchte, die Überreste der Tür hinter sich zuzuziehen, sich selbst einzusperren, aber es machte ihm viel Mühe, weil einer seiner Arme so komisch an ihm herunterbaumelte.

Peanut rannte derweil weiter, die Kugel, die sie abbekommen hatte, ließ sie kein bisschen langsamer werden. Sie – man kann es eigentlich nicht als Rennen bezeichnen und auch nicht als Traben, obwohl es Traben recht nahe kam, allerdings mit viel größeren Schritten – nahm Kurs auf das Tor, das hinaus auf die Laderampe führte, eines dieser Rolltore aus Metall. Das Tor war zu, deshalb würde Peanut sicher gleich stehen bleiben, anhalten und mit diesem Traben oder wie immer man es nennen wollte, aufhören, oder? Tat sie aber nicht. Peanut lief einfach weiter, schnurstracks gegen das Tor. Es bog sich durch und wurde aus der Wand gerissen, mit einem metallischen Ratschen, das mir sehr gut gefiel, das gebe ich zu. Was hätte ich tun sollen, außer ihr zu folgen? Im Lagerhaus bei den Schlangen bleiben, von denen einige in meine Richtung zu kriechen schienen? Nein danke, darauf konnte ich gut verzichten. Auf dem Weg nach draußen entdeckte ich einen Trog mit Wasser, der in der Nähe der Laderampe stand, und merkte auf einmal wieder, wie durstig ich war. Warum hatte ich das Wasser nicht gerochen? Ich schnupperte und roch es immer noch nicht: Peanuts Geruch überlagerte alle anderen.

Ich rannte zu dem Trog und schlabberte, bis mein Durst gestillt war – ah, das tat gut! –, dabei behielt ich die Schlangen die ganze Zeit im Auge. Einige davon waren wirklich riesig! Und ihre Fänge! Genau in diesem Moment grub eine sehr große grüne Schlange ihre Fänge in eine noch größere schwarze, und sie wanden sich noch wilder und zischten noch lauter. Es war ein Albtraum.

Ich lief hinaus auf die Laderampe. Es war noch nicht völlig dunkel, und ich konnte Peanut deutlich sehen. Sie war unten auf dem Boden und steuerte auf die alte – wie sagte man? – Rostlaube des Bösewichts zu. Ja. Sie ging zu der Rostlaube, hob einen ihrer großen runden Füße und stampfte damit darauf herum, drückte das ganze vordere Ende ein. Warum? Keine Ahnung, aber es gefiel mir, es gefiel mir sehr. Dann hob Peanut ihren Rüssel und trompetete hinauf in den dunkler werdenden Himmel. Es klang wunderschön, so schön wie die Trompete von Roy Eldridge oder sogar noch schöner, und ich hoffte auf mehr, als der Pavian wie ein Wirbelwind an mir vorbeisauste, hinaus in die Nacht flitzte und aus meinem Blickfeld verschwand. Vorher konnte ich allerdings noch sehen, dass er den Sombrero hatte.

Ich sprang auf den Boden und ging zu Peanut. Das war der Peanut-Fall, was bedeutete, dass ich für sie verantwortlich war. Zuerst musste ich ihre Aufmerksamkeit auf mich lenken. Das bedeutete wahrscheinlich, dass ich warten musste, bis sie damit fertig war, das hintere Ende der Blechkiste einzudrücken. Es dauerte nicht lange.

Kapitel 29

Ich bellte, nicht besonders laut: Ich hatte das Gefühl, dass es keine gute Idee war, jetzt allzu viel Lärm zu machen. Aber – welchen Ausdruck gebrauchte Bernie immer? – es hatte etwas damit zu tun, dass jemand die gleiche Wellenlänge hatte. Ich konnte mich noch gut an die vielen Wellen bei unserem Ausflug ans Meer erinnern, und wie lang sie gewesen waren. Wir waren darauf geritten, Bernie und ich. Hieß das, dass wir die gleiche Wellenlänge hatten? Ich war ein bisschen verwirrt. Dann fiel mir wieder ein, worum es im Moment ging. Peanut und ich hatten jedenfalls nicht die gleiche Wellenlänge. Woher ich das wusste? Weil sie ihren Rüssel erneut hoch in die Luft hob – und mich dabei mit einer gewaltigen Geruchswelle überspülte, nebenbei bemerkt – und dieses Trompeten von sich gab, das bis in den Himmel hinauf dröhnte.

Danach war es still, so eine merkwürdige gedämpfte Stille, wie man sie hört, nachdem ganz tief über einem ein Flugzeug weggeflogen ist. Inzwischen lag nur auf den fernen Hügeln noch ein klitzekleines bisschen Licht; überall sonst war es Nacht. Peanut war ein riesiger Schatten neben mir, wie etwas, das aus der Erde wuchs. Genau dieses Gefühl hatte ich: dass ich neben einem Berg stand, einem stark riechenden Berg. Kein angenehmes Gefühl, deshalb bellte ich. Wie schwach das klang!

Es erinnerte mich an Iggys Kläffen, kurz bevor er aufhört, hinter seinem Fenster auf und ab zu springen.

Ich versuchte es noch einmal, lauter diesmal. Ja, das war besser, klang schon eher nach mir. Und dann noch einmal, noch lauter. Ich war wieder voll da, gar kein Zweifel, und jetzt hatte ich auch Peanuts Aufmerksamkeit. Sie sah zu mir runter, ihre großen Augen glühten wie zwei Feuer am Himmel – in diesem Moment merkte ich, dass das Lagerhaus brannte –, und drehte ihren Kopf in meine Richtung. Eigentlich schwenkte sie ihn mehr herum, als dass sie ihn drehte, und gleichzeitig kam mit erstaunlicher Geschwindigkeit ihr Rüssel auf mich zugesaust. Der Rüssel traf mich hart – er fühlte sich auch hart an, mehr ein Holzpflock als eine große Nase, was er doch war, oder? –, und ehe ich michs versah, rollte ich über den staubigen Boden.

Ich hörte auf zu rollen, kam wieder zu Atem und rappelte mich hoch. Peanut hatte sich inzwischen erneut in Bewegung gesetzt, weg von dem Lagerhaus – das gar nicht richtig brannte, es waren nur hier und da ein paar Flammen zu sehen – und hin zu der Straße. War das eine gute Idee? Ich fand nicht. Die Straße war für Menschen, und außer Pobre waren die Menschen hier nicht besonders freundlich. Ich flitzte hinter Peanut her.

Sie ging jetzt, und nicht einmal besonders schnell, kam aber trotzdem rasch vorwärts, und ich musste traben, um mit ihr Schritt zu halten – nicht mein schnellster Trab, aber auch nicht mein langsamster. Ich überholte sie, drehte mich zu ihr um und bellte. Ich habe viele verschiedene Bellen drauf. Das jetzt war kurz und knapp, und es bedeutete: Steig auf die Bremse. Eigentlich eine klare Botschaft.

Aber nicht für Peanut. Sie ging einfach weiter, und gleichzeitig machte sie wieder diese Sache mit dem Kopf und ließ ihren Rüssel auf mich zusausen. Aber nicht mit mir, Baby. Ich lief blitzschnell zur Seite, genauso schnell zurück, stellte mich vor sie und bellte kurz und knapp. Das nannte man Hüten, etwas, das ich seit jeher konnte, schwer zu erklären, warum. Ich musste Peanut dazu bringen, dass sie sich umdrehte, weg von der Straße, und in die andere Richtung ging. Das schien Peanut nicht zu begreifen, sie machte keinerlei Anstalten, sich umzudrehen, sondern ging einfach in die gleiche Richtung weiter, mit diesen trampelnden Schritten, die den Boden unter meinen Pfoten beben ließen und mich zugegebenermaßen langsam wütend machten. War es möglich, dass sie nicht wusste, wie man sich hüten ließ? Das würde meine Aufgabe um einiges schwieriger machen, keine Frage.

Aber ich hatte schon andere schwierige Aufgaben bewältigt, auch schwierige Hüteaufgaben. Ich erinnerte mich an die Teitelbaum-Scheidung, nicht an das hervorragende koschere Hühnchen bei der Feier danach, sondern davor, als ich Mr. Teitelbaum und ein paar seiner verärgerten Freunde hüten und in das Dampfbad zurücktreiben musste. Wenn ich das geschafft hatte, gab es keinen Grund, daran zu zweifeln, dass ich …

Wusch! Erneut schwang der Rüssel auf mich zu. Ich hatte wohl nicht gut genug aufgepasst, weil ich wieder durch die Luft wirbelte und auf den Boden knallte. Was zum Teufel war bloß los? Ich bin ein Hundertpfünder, falls ich das noch nicht erwähnt habe, und wenn hier umgeworfen wird, dann mach ich das. Ich sprang hoch, stellte mich vor Peanut auf die Hinterbeine und trat mit den Vorderpfoten in die Luft. Dabei konnte ich zum ersten Mal einen genaueren Blick auf ihre Stoßzähne werfen, die in der Dunkelheit hell schimmerten. Waren das richtige Zähne? Ich erinnerte mich, dass Charlie etwas in der Art gesagt hatte. Ja, Zähne, aber hoch zehn, was immer das heißen mochte. Ich hörte auf zu bellen, hörte auf, in die Luft zu treten, stand einfach nur auf den Hinterbeinen da, etwas ganz Neues für mich. Während ich auf eine andere Idee wartete, kam eine Schlange aus dem Schatten gekrochen und schob sich zwischen Peanut und mich. Die Schlangen hatte ich völlig vergessen – wir hatten es hier mit einer Menge Schlangen zu tun, und jetzt, da das Lagerhaus brannte, würden sie bald überall sein. Ich ließ mich auf den Boden plumpsen und knurrte sie an. Die Schlange rollte sich zusammen und züngelte. In diesem Moment schien auch Peanut die Schlange zu bemerken – war es möglich, dass es ihr wie Bernie ging und sie nachts so gut wie nichts sah? Sie blieb abrupt stehen und stieß einen Schrei aus, der so ähnlich klang wie ihr Trompeten, nur schriller. Er tat meinen Ohren weh. Außerdem gefiel mir diese Schlange nicht. Hier lief nichts so, wie es sollte. Jetzt verlor ich endgültig die Geduld. Ich lief einen Bogen um die Schlange, baute mich vor Peanut auf, in Reichweite dieser Stoßzähne und des Rüssels, und begann richtig laut zu bellen. Und – Überraschung – Peanut wich einen Schritt zurück. Ich ging einen Schritt vor, genauer gesagt mehr als einen, mit einem Schritt kam ich nämlich nicht weit genug, und bellte weiter. Peanut wich noch einen Schritt zurück, und ich rückte nach, blieb dabei direkt vor ihrem Gesicht und bellte, ein lautes, ärgerliches Bellen. Ihre Ohren dort oben – mit diesen Ohren musste sie unglaublich gut hören – begannen hin und her zu wedeln. Ich spürte den

Luftzug und spürte ihn immer noch, als Peanut sich umdrehte und in Bewegung setzte, und nicht nur das, sie ging auch in die Richtung, die ich wollte, weg von der Straße. Ich trabte hinter ihr her. Das war Hüten, so ähnlich wie bei Mr. Teitelbaum und seinen Dampfbad-Kumpeln, nur schwieriger, so viel stand fest.

Peanut und ich schlugen einen Weg ein, der uns von der Straße wegführte, weg von dem Lagerhaus, aus dem jetzt hohe Flammen schlugen, und hinaus auf eine Ebene, flach und dunkel, so weit ich sehen konnte. Der Lichtschein der Flammen zuckte über Peanuts riesiges Hinterteil, und was war das? Sie hatte tatsächlich einen Schwanz – ein Leben ohne ist ja auch nur schwer vorstellbar –, aber wie klein er war im Vergleich zu ihrer sonstigen Größe, ein seilähnliches Ding mit einem Haarbüschel am Ende. Und das waren dann auch schon alle Haare, die sie am Körper hatte. Was war das wieder?

Ich beobachtete ihren Schwanz eine Weile dabei, wie er sich bewegte, manchmal schwang er hin und her, als hätte sie gute Laune, obwohl mir ihre Laune ehrlich gesagt ein völliges Rätsel war. Der Gedanke beunruhigte mich, deshalb überholte ich sie und lief ein paarmal im Zickzack vor ihr her, nur um ihr klarzumachen, wer hier das Sagen hatte. Begriff sie die Botschaft? Ich war mir nicht sicher, aber immerhin ging sie weiter und in die Richtung, die ich wollte. Das hieß, dass ich meinen Willen bekam, und deswegen war ich derjenige, der das Sagen hatte, oder? Ich, Chet the Jet! Ich lief in kleinen Kreisen um Peanut herum. Der Wind, den ich dabei machte, drückte meine Ohren nach hinten, und vielleicht schweifte ich mit meinen Gedanken ein bisschen ab, weil ich es beinahe nicht mitbekam, als einer von Peanuts

Hinterfüßen – ein Fuß, der größer war als die Riesenpizza mit allem in unserer Lieblingspizzeria im Valley – ohne Vorwarnung von der Seite nach mir trat. Ich scherte aus, eins meiner Blitzmanöver, und der Fuß streifte mich kaum, aber trotzdem reichte es, dass ich durch die Luft flog, wieder einen Überschlag machte und auf den Boden knallte.

Ich stand sofort wieder auf. Wenn du auf dem Boden bist, musst du sofort wieder aufstehen, das war einer unserer Grundsätze, Bernies und meiner, einer der Gründe für den Erfolg der Little Detective Agency. Jetzt ist keine Zeit, auf die anderen Gründe einzugehen, aber unwillkürlich dachte ich: *Bernie*. Habe ich schon erwähnt, dass er den besten Geruch von allen Menschen hat, denen ich jemals begegnet bin? Und selbst wenn – warum sollte ich es nicht noch mal erwähnen? Es ist schließlich wichtig.

Wo war ich stehengeblieben? Ach ja, ich stand wieder auf. Peanut erwies sich als harte Arbeit. Hatte ich Angst vor harter Arbeit? Nein. Mit harter Arbeit löst man Fälle. Das sagt Bernie immer, und ich glaube es. Was Peanut vergessen oder vielleicht noch gar nicht richtig begriffen hatte, war – was war es gleich noch mal? Ich stand auf dem Wüstenboden, irgendwo in Mexiko, und sah zu, wie Peanut weiterging. Passiert Ihnen das auch manchmal, dass Sie sich unbedingt an etwas erinnern müssen und es Ihnen einfach nicht …

Dann fiel es mir plötzlich wieder ein: Peanut vergaß, dass ich derjenige war, der hütete, und sie diejenige, die gehütet wurde. Ich überholte sie, drehte mich vor ihr um und wollte gerade wieder bellen und danach noch mal und noch mal, wenn es sein musste, als die Nacht, die sehr dunkel gewesen war, auf einmal heller wurde.

Peanut blieb stehen. Ihre Ohren begannen wieder zu wedeln. Sie hob den Kopf zum Himmel. Ich sah auch nach oben. Über einer fernen Hügelkette war der Mond aufgegangen. So groß und rund und gelb hatte ich ihn noch nie gesehen. Wir guckten den Mond an, Peanut und ich. Wunderschön; der Mond, meine ich, nicht Peanut. Wo sie doch außer dem Büschel an ihrem Schwanz überhaupt keine Haare hatte – wie konnte sie da schön sein? Aber der Mond, groß und rund und gelb: Das war eine ganz andere Sache. Nach einer Weile nahm ich ein sehr angenehmes Geräusch wahr, eine Art *Huu-huu, Huu-huu*. Hey! Das war ja ich! Ich saß auf den Hinterbeinen und sang den Mond an, zumindest machte ich hübsche Geräusche.

Peanut sah zu mir herunter. Ihr Rüssel setzte sich in Bewegung. Nicht schon wieder! Aber dieses Mal war es anders. Peanut rollte ihren Rüssel auf, dann entrollte sie ihn langsam und sanft wieder, und dann berührte sie mich mit der Spitze, und zwar zwischen den Ohren, wo ich mich besonders gerne kraulen lasse. Ich saß einfach da und fühlte mich überhaupt nicht bedroht, trotz der Meinungsverschiedenheiten, die wir gehabt hatten. Peanut kraulte mich nicht richtig zwischen den Ohren – dieser Rüssel war ja nur eine um einiges zu groß geratene Nase, und wie sollte man mit einer Nase kraulen? –, aber sie rieb mir über den Kopf. Und wissen Sie, was das Komische an Peanuts Rüsselspitze war? Sie fühlte sich fast so an wie Menschenfinger.

Sie zog ihren Rüssel zurück. Ich stand auf und wedelte mit dem Schwanz. Sie ging leicht in die Knie und pinkelte, ein unglaublicher Schwall. Ich hob das Bein und pinkelte ebenfalls, versuchte, meine Marke über ihre zu setzen. Sie können mir glauben, dass ich mein Bestes gab. Als das Pinkeln vorbei war – ihres ging wie der Monsunregen noch weiter, nachdem ich schon lange aufgehört hatte –, versetzte sie mir einen kleinen Stups mit ihrem Rüssel, nicht sehr fest. Ich bellte sie an, nicht sehr laut, eher ein leises Knurren, um sie wissen zu lassen, dass es an der Zeit war, sich auf den Weg zu machen, ich als Hüter, sie als Gehütete. Wir machten uns auf den Weg, Seite an Seite in Richtung Mond.

Die Nacht war kühl, eine sanfte Brise wehte uns ins Gesicht. Schon komisch, dass der Mond, der jetzt genauso groß war wie die Sonne und fast genauso gelb, keine Hitze verströmte. Die Sonne war nur ein … was? Irgendwas, von dem Bernie bestimmt schon eine Million Mal geredet hatte, was immer Million war. Während ich versuchte, mich daran zu erinnern – dabei dachte ich allerdings die meiste Zeit an Bernies Interesse am Himmel und schließlich nur noch an Bernie –, fielen mir nach und nach ein paar Dinge auf. Zum Beispiel, dass der Mond jetzt höher stieg, kleiner und blasser wurde, und dass mir die fernen Hügel, über denen er aufstieg, irgendwie bekannt vorkamen.

Wir gingen weiter – Peanut ging, ich trabte, der langsame Trab, der mir beinahe so leichtfällt wie Gehen –, und der Boden bebte leicht unter jedem ihrer Schritte. Allmählich gewöhnte ich mich daran – ich glaube, ich fing sogar an, es zu mögen –, als etwas an diesen Hügeln meine Aufmerksamkeit auf sich zog. Auf der Spitze von einem schien eine riesige Menschengestalt zu stehen. Aber das konnte nicht sein. Es bedeutete … hey! Es musste ein Kandelaberkaktus sein, und dann erinnerte ich mich an den größten, den ich jemals gesehen hatte, und wusste sofort: Auf der anderen Seite lag zu Hause. Ich änderte meinen Kurs ein bisschen und steuerte direkt auf die große schwarze Gestalt zu. Peanut änderte ihren Kurs ebenfalls.

So gingen wir die ganze Nacht weiter, ohne irgendwelche Zwischenfälle. Die Sterne begannen zu verblassen – der Mond war schon lange verschwunden –, auf der einen Seite wurde der Himmel milchig, und dann ergossen sich Farben über alles. Die Hügel schienen jetzt näher, aber immer noch weit weg. Um uns herum dehnte sich die Ebene aus, flach, felsig, baumlos bis auf einen einzelnen großen, schattigen Palo Verde in einem ausgetrockneten Flussbett, das unseren Weg kreuzte. Wir hatten einen ähnlichen Baum in unserem Garten in der Mesquite Road. Wegen der Schoten, die von ihm runterfielen, wollte Leda ihn fällen lassen, doch vorher gab es die Scheidung. Aber lassen wir das. Wichtig war im Moment der Geruch, den ich zu wittern begann, vielleicht ein …

Peanut stürmte los. Wie konnte etwas, das so groß war, so schnell ein solches Tempo vorlegen? Ich flitzte hinter ihr her. Als ich das ausgetrocknete Flussbett erreichte, stand sie schon mittendrin. Es war kein richtiges ausgetrocknetes Flussbett: In der aufgehenden Sonne glitzerte ein kleiner Tümpel. Peanut ging an den Rand, blieb stehen, tauchte ihren Rüssel ins Wasser, bog ihn zu ihrem Maul und trank. Das machte sie eine ganze Weile, dann stapfte sie in den Tümpel und setzte sich, wobei nur wenig von ihr unter der Wasseroberfläche verschwand. Sie schloss die Augen. Und saß einfach da.

Ich merkte, dass ich auch Durst hatte, nicht diesen

furchtbaren Trockene-Zunge-Durst wie in dem Käfig, nur den normalen Durst, den man nach einem langen Spaziergang hat. Ich ging zum Wasser und schlabberte. Es schmeckte staubig, aber nicht schlecht, gar nicht schlecht. Ich schlabberte noch ein bisschen mehr.

Peanut öffnete die Augen. Sie sah mir beim Trinken zu. Ich sah ihr beim Zusehen zu. Sie tauchte ihren Rüssel in den Tümpel, daher dachte ich, sie wollte noch mal trinken. Überraschung: Ihr Rüssel bog sich in meine Richtung, und heraus schoss ein Wasserstrahl, der mich bis auf die Haut durchnässte. Bernie machte das manchmal mit dem Gartenschlauch, das war eins meiner Lieblingsspiele. Ich begann um das Wasserloch herumzulaufen, flitzte so schnell ich konnte hierhin und dorthin, und Peanut saß auf ihrem Hintern und spritzte mich jedes Mal, wenn ich in ihre Nähe kam, voll. Wir hatten einen Riesenspaß.

Als der Spaß vorbei war, stand die Sonne hoch am Himmel. Ich drehte mich zu den Hügeln. Wir hatten noch einen weiten Weg vor uns. Ich gab ein leises, tiefes Bellen von mir, das so viel hieß wie: Dann mal los! Peanut stand nicht auf. Stattdessen fing sie an, sich selbst zu duschen. Ich stand neben dem Tümpel und bellte, so laut ich konnte. Nichts. Peanut schwenkte weder ihren Rüssel in meine Richtung noch schien sie wütend zu werden. Sie beachtete mich einfach nicht.

Nach einer Weile kletterte ich die Böschung hoch und setzte mich in den Schatten des Palo Verde. Ehe ich michs versah, saß ich nicht mehr, sondern lag zusammengerollt da. Ich hörte Duschgeräusche. Meine Augenlider wurden schwer. Ich träumte, dass ich auf Peanut ritt. Mir wurde schlecht davon.

Kapitel 30

Als ich aufwachte, fühlte ich mich tipptopp. Tipptopp und hungrig. Ich schnüffelte, konnte nichts Fressbares riechen, eigentlich lagen in der Luft überhaupt keine Gerüche außer Peanuts, der alle anderen verdrängte. Das war keine große Überraschung: Als ich mich umdrehte, stellte ich fest, dass sie neben mir lag, Rücken an Rücken. Sie ragte über mir auf wie eine Wand, und Platz nahm sie mir auch weg.

Ich rollte mich herum, stand auf und machte eine ausgiebige Dehnübung, Hinterteil in die Höhe, Vorderpfoten weit nach vorne gestreckt. Ich kann Ihnen gar nicht sagen, wie gut das tut. Dann sortierte ich die Lage oder so, das ist bei meiner Arbeit sehr wichtig. Ich erkannte sofort – an der rötlichen Färbung des Himmels und den langen Schatten –, dass es schon spät am Tag war. Die Hügel mit diesem riesigen Kandelaberkaktus obendrauf und mit zu Hause auf der anderen Seite schienen immer noch sehr weit weg zu sein. Rings um uns die Ebene, weit und breit kein Baum außer dem Palo Verde, unter dem wir lagen, Peanut und ich. Dann bemerkte ich auf der einen Seite eine niedrige rote und goldene Staubwolke, die sich bewegte. Sie kam näher, aber nicht direkt in unsere Richtung. Das war gut, weil all der Staub nämlich von Jeeps aufgewirbelt wurde, der Sorte grüner Jeeps, wie sie Captain Panza und seine Leute fuhren. Ich sah zu Peanut hinüber, die immer noch im Schatten des Palo Verde lag und schlief. Sie gab ein paar Laute von sich, ein Geräusch zwischen Stöhnen und Schnarchen, machte aber keine Anstalten aufzustehen. Das war auch gut, weil es wahrscheinlich ziemlich leicht war, einen aufrecht stehenden Elefanten zu erkennen, selbst aus der Ferne. Doch dann kam mir ein neuer Gedanke, und ich wurde ganz aufgeregt: Was, wenn Bernie in einem dieser Jeeps war?

Ehe ich michs versah, rannte ich so schnell ich konnte über die Ebene, aber nicht auf die Jeeps zu; stattdessen versuchte ich, sie irgendwie zu überholen. Ich rannte und rannte und dachte dabei *Bernie, Bernie*, ich rannte schneller als jemals zuvor, und schon bald sah ich die holprige Piste, auf der die Jeeps fuhren. Ich blickte mich um, entdeckte ein paar niedrige Büsche, an denen sie vorbeifahren mussten, und steuerte darauf zu. Wie nannte Bernie das immer? Den Weg abschneiden, genau, das war einer der besten Tricks der Little Detective Agency. Ich gab mein Bestes und schaltete noch einen Gang höher; es war immer toll, wenn das passierte. Der Wind pfiff in meinen Ohren. Er rief Chet the Jet!

Aber obwohl ich in den höchsten Gang geschaltet hatte und der Wind mich anfeuerte, erreichten die Jeeps die niedrigen Büsche zuerst. Sie waren nahe genug, dass ich die Umrisse der Leute, die drin saßen, sehen konnte, aber nicht nahe genug, dass ich hätte erkennen können, ob Bernie einer von ihnen war. Ich rannte weiter, jetzt auf der Piste. Vielleicht schluckte ich Staub, vielleicht hatte ich das Gefühl, innen zu bersten, aber das war mir egal. Das Einzige, was mir nicht egal war, war Bernie.

Nach einer Weile merkte ich, dass ich keinen Staub mehr schluckte, und auch die Jeeps sah und hörte ich nicht mehr. Ich dachte nicht darüber nach und rannte weiter. Dann dachte ich doch darüber nach und blieb stehen. Ich stand auf der Piste und hechelte. Sie waren weg. Am liebsten hätte ich – ich weiß auch nicht – vielleicht meine Zähne in den Reifen von einem dieser Jeeps gegraben. Menschen und ihre Maschinen: ein Riesenthema für ein andermal. Im Moment war das Thema, ob Bernies Geruch, wenn auch ganz schwach, in der Luft lag. Ich war mir nicht sicher. Vielleicht, wenn ich ein wenig herumschnüffelte, dann …

In diesem Moment hörte ich ein Trompeten, ein Stück entfernt, aber ganz deutlich. Ich blickte zurück in die Richtung, aus der ich gekommen war. Da stand Peanut, eine riesige Gestalt neben dem Palo Verde, beinahe genauso groß. Auf die Entfernung war es schwer zu erkennen, aber ich glaubte, dass sie ihren Rüssel in die Höhe hielt, fast so wie Bernie manchmal mit dem Arm winkte, wenn er wollte, dass ich zu ihm kam. Ein verrückter Gedanke, aber da war er. Ich drehte mich um und lief zurück. Ich war für Peanut verantwortlich.

Als ich bei Peanut ankam, saß sie wieder in dem Tümpel und duschte sich. Sie beachtete mich nicht, sondern schöpfte einfach nur immer wieder Wasser und begoss sich damit, wedelte mit den Ohren und verspritzte es dabei nach allen Seiten. Plötzlich durchfuhr mich der Gedanke, womöglich ein bisschen spät, dass Peanut ja eine Künstlerin war. Oh Mann. Ich hatte schon mit anderen Künstlern zu tun gehabt – Weedy Willis, dem Countrysänger zum Beispiel, oder Princess, dem Hundechampion –, und sie hatten jedes Mal nichts als Ärger gemacht. Außerdem war mir heiß, mein Fell war voller Staub, und ich hatte nicht mehr die allerbeste Laune. Ich ging zu dem Tümpel und trank, fühlte mich gleich besser, fast schon wieder tipptopp.

Peanut saß im Tümpel. Hatte sie etwa vor, ein ausgiebiges Bad zu nehmen? Ich blickte zu den Hügeln, die im Nachmittagslicht langsam dunkler wurden. Hatten wir Zeit für ein ausgiebiges Bad? Nein. Warum ging das nicht in Peanuts Kopf? Ich bellte. Sie ignorierte mich auf ihre ruhige und bedächtige Weise und zeigte nicht die geringste Reaktion. Wie ärgerlich! Ich watete zu ihr und stupste sie in die Seite, und zwar überhaupt nicht sanft. Und was passierte? Sie richtete sich auf, so schnell, dass sie eine kleine Welle verursachte, die mich aus dem Tümpel spülte. Ich rappelte mich hoch, schüttelte mich und setzte mich in Richtung der Hügel in Bewegung. Peanut folgte mir, kein Problem. Ich musste mich nicht umsehen, ich spürte den Boden unter meinen Pfoten beben.

Es wurde Nacht. Über den Hügeln ging der Mond auf, gelb, aber vielleicht nicht mehr so groß wie vorher, als würde ein Stück fehlen. Das fehlende Stück beunruhigte mich – wohin war es verschwunden? So was gehörte zu den Dingen, die Bernie wusste. Ich dachte eine Weile an Bernie. Dann dachte ich an Essen, an die Spareribs in Max' Spareribs-Paradies zum Beispiel, daran, wie leicht sich das saftige Fleisch von den Knochen löste – und hinterher hatte man immer noch den Knochen! –, oder an den großen Hundekeks, den mir damals der Richter gegeben hatte, als ich Beweisstück A gewesen war und Beweisstück B eine 44er Magnum, die ich aus einem Blumenbeet ausgebuddelt hatte. Der Bösewicht klopfte jetzt Steine unter der heißen Sonne. Schließlich dachte ich wieder an Bernie und dann noch mal an die Spareribs, die ganze Zeit mit diesem leisen *Bum-bum* im Boden, wie wenn jemand Schlagzeug spielte. Habe ich Big Sid Catlett schon erwähnt? Vielleicht ein andermal. Und während ich über all das nachdachte, presto: Da waren die Hügel, sie erhoben sich direkt vor uns, obendrauf der riesige Kandelaberkaktus. Presto war ein Wort, das Bernie manchmal benutzte, zum Beispiel damals, bevor er den Schlüssel umgedreht und dem Auto des Staatsanwalts Starthilfe gegeben hatte. Der Staatsanwalt hatte einen Feuerlöscher im Kofferraum gehabt, es war also kein größeres Problem gewesen.

Am Fuß der Hügel blieb ich stehen. Peanut stellte sich neben mich. Der Mond stand jetzt hoch am Himmel und goss sein silbernes Licht über uns. Es schimmerte auf ihren Stoßzähnen und auf einem Pfad, der in die Hügel führte. Auf der anderen Seite lag zu Hause. Ich begann hinaufzuklettern. Hinter mir: *Bum-bum.*

Der Pfad führte in weiten Serpentinen nach oben, die ich leicht hochlaufen konnte, und ich hörte auch keine Klagen von Peanut. Wir stiegen immer höher hinauf, die Luft war angenehm frisch, und jeder Schritt brachte uns zu Hause ein Stück näher. Ich ging um eine Biegung und dachte an meine Näpfe neben dem Kühlschrank in unserem Haus in der Mesquite Road, als das *Bum-Bum* aufhörte. Ich schaute zurück. Peanut stand still da, nur ihr Rüssel bewegte sich, sie hielt ihn hoch und schien in der Luft herumzutasten. Er erinnerte mich an eins dieser Dinger, die U-Boote aus dem Wasser strecken, der Name fällt mir im Moment nicht ein; wir mögen U-Boot-Filme, Bernie und ich, aber dafür ist jetzt keine Zeit, weil Peanut sich ohne Vorwarnung in Bewegung setzte und losrannte, und obwohl man es vielleicht nicht Rennen nennen konnte, ließ sich nicht bestreiten, dass sie schnell vorwärtskam. Sie warf mich um und verschwand um die Biegung.

Ich rollte eine steile Böschung hinunter und blieb in einem Graben liegen. Ich sprang sofort wieder hoch, ein wenig verärgert. Es stand mir bis obenhin, wie weit das auch war, dass Peanut mich dauernd umwarf, das dürfen Sie glauben. Außerdem war es ein ziemlich tiefer Graben, in dem überall stachliges Zeug wuchs. Als ich die Böschung endlich wieder hinaufgeklettert war, war Peanut nirgends zu sehen. Aber es war nichts leichter, als ihrem Geruch zu folgen, versteht sich, und das tat ich, um die Biegung herum, weiter nach oben und um eine zweite Biegung herum und danach über ein flacheres Stück: die Hügelkuppe mit dem hoch aufragenden Kandelaberkaktus. Ich kannte diese Stelle: Hier hatten wir …

Und da war Peanut. Sie leuchtete beinahe weiß im Mondlicht und stand am Rand der Mulde, in der wir DeLeaths Leiche gefunden hatten. Zuerst stand sie ganz still da, dann bewegten sich ihre Ohren ein bisschen, und sie stieg in die Mulde hinunter, mit Schritten, die mir sehr vorsichtig vorkamen, als wollte sie niemanden stören. In der Mulde blieb sie wieder stehen, schließlich senkte sie den Rüssel und fegte damit sanft über den Boden. Ich setzte mich und sah ihr zu, ohne mich zu bewegen, ohne einen Laut von mir zu geben. Das Über-den-Boden-Fegen – genau genommen war es eher ein Tätscheln oder Streicheln – dauerte eine Weile.

Dann nahm Peanut einen Felsbrocken, ungefähr von der Größe eines Basketballs oder etwas kleiner und … wie nannte man das? … wiegte ihn in ihrem gebogenen Rüssel. Sie wiegte diesen Stein und schwenkte den Kopf hin und her. Es erinnerte mich – schon lustig, wie der Verstand funktioniert, schwer zu erklären – an diese eine Nacht, als Charlie noch ganz klein war und nicht schlafen konnte und Bernie ihn hin und her geschaukelt hatte.

Nach einer Weile legte Peanut den Stein hin, langsam und vorsichtig, und dann begann sie mit ihrem Rüssel Staub aufzuheben und in die Luft zu werfen, und dabei stampfte sie herum und bewarf sich vielleicht sogar selbst hin und wieder mit Staub, der im Mondlicht in silbrig schimmernden Wölkchen davonstob. Eigentlich war es ein bisschen unheimlich – nicht dass ich Angst gehabt hätte –, und ich war froh, als Peanut schließlich damit aufhörte und wieder den Rüssel hob und trompetete; inzwischen hatte ich mich an das Trompeten gewöhnt, mochte es sogar. Ihre Augen glitzerten, genau wie die schmalen nassen Streifen darunter. Irgendwas ging hier vor sich, und ich versuchte immer noch herauszufinden, was, als unten in der Ebene, die wir gerade durchquert hatten, Lichter auftauchten.

Ich ging zu einem Felsvorsprung und riskierte einen Blick. Das ist ein Ausdruck von Bernie, schwer zu verstehen – vielleicht meinte er das Risiko, dass einem dabei ein Auge herausfallen kann, aber das ist glücklicherweise noch nie passiert, deshalb kann ich es Ihnen nicht genau sagen. Aber was ich Ihnen sagen kann, ist, was ich da unten in der Wüste sah: zwei Jeeps, die in unsere Richtung fuhren. Sie kamen näher, fuhren eine leichte Kurve, steuerten auf eine Erhebung zu, und als sie das taten, konnte ich sie von der Seite sehen, und ich erkannte, dass im ersten Jeep einige uniformierte Männer saßen. Einer davon, der neben dem Fahrer, war Captain Panza – ich erkannte ihn an all den goldenen Litzen. Im zweiten Jeep saßen ebenfalls Uniformierte, zwei vorne und zwei hinten. Und zwischen denen hinten und ihren Gewehren, die im Mondlicht schimmerten, saß ein Mann, der keine Uniform anhatte.

Sofort fing mein Herz an, ganz schnell zu schlagen, und ich hatte schon die Pfote gehoben, bereit loszulaufen, als mir Peanut einfiel. Ich war für sie verantwortlich. Ich blickte mich um. Da stand sie, immer noch in der Mulde, und streichelte wieder mit ihrem Rüssel den Boden. Würde sie irgendwohin gehen? Für mich sah es nicht danach aus. Ich lief los.

Raste los, besser gesagt. Ich dachte nicht mehr an steile Böschungen oder an das stachlige und kratzige Zeug, das da wuchs, schaute nur auf die beiden Jeeps, vor allem auf den nichtuniformierten Mann auf der Rückbank des zweiten. Ich konnte sein Gesicht nicht sehen, aber ich wusste, welcher Ausdruck darauf lag: entschlossen und gleichzeitig ruhig. Wir ließen uns nicht so leicht Angst einjagen, Bernie und ich, das war der ruhige Teil. Und wir ließen uns nicht herumschubsen, das war der entschlossene Teil.

Während ich dahinraste, erreichten die Jeeps die Erhebung – genau genommen eine Art niedriger flacher Kegel, der aus der Ebene aufragte – und verschwanden aus meinem Blickfeld. Ich flog den letzten Hang hinunter, rannte über die Ebene, sprang mit einem Satz über einen ausgetrockneten Flusslauf, flitzte um den flachen

Kegel herum auf die andere Seite, dass die Steinchen unter meinen Pfoten in alle Richtungen spritzten, und sah: nichts. Die Jeeps waren verschwunden, und auch all die uniformierten Männer und Captain Panza und Bernie.

Kapitel 31

Verschwunden, aber wohin? Dieser flache Kegel – wie viele davon hatte ich in diesem Job schon gesehen? Ziemlich viele, mehr als zwei, so weit gehe ich beim Zählen – warum reicht das eigentlich nicht? Zurück zu dem flachen Kegel. An seinem Fuß wuchsen ein paar hohe Kakteen mit Büschen dazwischen, weiter oben war der Hang kahl. Nichts, wohin diese Jeeps hätten fahren können: Das war der springende Punkt.

Konnten sie ihre Scheinwerfer ausgeschaltet haben und davongebraust sein, so schnell und so weit, dass ich es in der kurzen Zeit – zumindest kam sie mir kurz vor – nicht gemerkt hatte? Auspuffgasen folgen – nichts leichter als das, ich schnüffelte also danach, fing dort an, wo die Jeeps hergekommen waren, folgte ihnen zum Fuß des Hangs und dann … Aber es folgte kein Dann. Die Auspuffgase führten nirgendwohin. Ich beschnüffelte die Kakteen und die Büsche, fand eine alte, verrostete Spitzhacke, wie sie Bergarbeiter benutzten. In der Wüste gab es jede Menge verlassene Minen, aber die hatten immer einen Eingang, und hier konnte ich keinen entdecken. Das war irgendwie merkwürdig. Ehrlich gesagt, brachte mich das in Fahrt, und ich rannte einige Male im Kreis herum, stieß auf die Gerüche von Männern. An einen davon glaubte ich mich zu erinnern, nämlich an den von Captain Panza, und einen zweiten kannte ich ganz sicher: den von Bernie.

Ich drehte Kreise – genauer gesagt einen großen Kreis – mit all den Gerüchen der Jeeps und der uniformierten Männer und von Captain Panza und Bernie darin. Kräftige frische Gerüche, was hieß, dass sie aus der Nähe kamen, aber ich war allein hier! Also?

Ich wusste es nicht. Um die Alsos kümmerte sich immer Bernie. Wo war er? Ich dachte *Bernie* und lief schneller im Kreis. *Ganz ruhig, mein Großer.* Das war Bernie, in meinem Kopf, ein angenehmer Klang. Ich hörte auf zu laufen, setzte mich, schnupperte in die Luft. Gerüche kann man voneinander trennen und ihnen einzeln folgen, so ähnlich wie … im Moment fiel mir nichts ein, aber Bernies Geruch von den anderen zu trennen und ihm zu folgen war ein Klacks – und er führte mich zurück zu dem Hang.

Ich stand da und hechelte womöglich ein bisschen, obwohl ich gar nicht erschöpft war, als ich ganz in der Nähe das Geräusch eines Motors hörte – kein Automotor, eher so wie der an unserem Garagentor in der Mesquite Road, in den Tagen, als er noch funktionierte. Das Verrückte daran war, dass es so nah klang, als käme es direkt aus dem Hang. Unmöglich, wie sollten denn Motorgeräusche aus der Erde rauskommen?

Und dann begann sich der Hang zu bewegen. Ich erinnerte mich an diese Schlammlawine während der Monsunregen und sprang zurück. Aber jetzt war kein Monsun, es gab keinen Schlamm, seit einer Ewigkeit kein Tropfen Regen, also …

Moment mal. Der Hang – zumindest ein kleiner Teil davon – schien eine Art Tor zu sein, als befände sich dahinter doch eine Mine. Als sie sich öffnete – ja, wie unser Garagentor, nur mit einer Menge stachliger Ranken drauf –, fiel Licht heraus, und ich sah viel zu viel, um es auf einmal begreifen zu können. Zuerst: die beiden Jeeps, die mit Captain Panza und seinen Männern wegfuhren. Captain Panza steckte etwas in seine Brusttasche. Im Hintergrund: etwas, das aussah wie eine Mine mit Felswänden. Und dann war da noch der Sattelschlepper, den ich das letzte Mal gesehen hatte, als die roten Rosen auf dem Anhänger weiß angemalt worden waren. Jetzt klebten zwei Typen einen riesigen Zirkus-Aufkleber drauf – Clowns, ein Zirkusdirektor, Löwen, ein Zelt. Ich kannte Aufkleber – wir hatten einen von Max' Spareribs-Paradies an unserer hinteren Stoßstange –, aber in diesem Moment war die Sache die, dass ein Mann an der Felswand lehnte und den beiden Aufkleber-Typen beim Arbeiten zusah, und beim Anblick dieses Mannes stellten sich meine Nackenhaare auf. Es war Jocko. Die krumme Nase und die fiesen Augen waren unverkennbar. Und dann – oh nein! Neben Jocko lag, teilweise außerhalb meines Blickfelds, Bernie.

Warum *oh nein*? Weil Bernie schlimm aussah. Sein Gesicht war blutig, eines seiner Augen zugeschwollen, seine Sachen waren zerrissen. Außerdem waren seine Hände mit Handschellen vor seinem Körper gefesselt. Tief aus meiner Kehle stieg ein Knurren.

Die beiden Jeeps kamen aus der Höhle oder der unterirdischen Garage oder was auch immer es war, gerollt. Ich drückte mich in den Schatten, weg von dem Scheinwerferlicht. Das war etwas, was wir oft geübt hatten, Bernie und ich: außer Sichtweite bleiben. Sobald die Jeeps an mir vorbeigefahren waren, war ich auch schon auf dem Weg zum Eingang. Hatte ich einen Plan? Nein. Ich wusste nur …

Die Tür schloss sich, und zwar ziemlich schnell. Ich rannte auf die kleiner werdende Öffnung zu, aber was war das? *Bum-Bum, Bum-Bum.* Wie aus dem Nichts tauchte Peanut auf, überholte mich, kam als Erste bei der Tür an. Die Öffnung war viel zu schmal, als dass Peanut durchgepasst hätte, falls sie das vorhatte. In diesem Moment blickte Jocko in unsere Richtung. Sah er Peanut? Ich war sicher, dass er sie sah, weil seine fiesen kleinen Augen größer wurden. Sah Peanut ihn? Ich wusste es nicht, aber ihr ganzer Körper begann zu zittern, und ich spürte eine große Wut – mehr als Wut, wie hieß das Wort noch mal? – Rage, ja ich spürte, wie Peanut in Rage geriet. Sie stürmte auf die Öffnung zu, die inzwischen wahrscheinlich sogar für mich zu schmal war, und ich rannte hinter ihr her. Ich war für Peanut verantwortlich.

Sie warf sich gegen die winzige Öffnung, das heißt, genau genommen warf sie sich gegen den Hang, der jetzt fast wieder so aussah wie vorher. *Krawumm!* Und plötzlich war da nichts mehr außer einer Öffnung. Wir liefen hinein, Peanut und ich. Hinter uns ertönte ein gewaltiges Krachen, als würde das Dach der Höhle einstürzen. Aber dafür hatte ich jetzt keine Zeit. Ich dachte nur eins – Jocko –, und ich wusste, dass Peanut das Gleiche dachte. Aus dem Anhänger des Sattelschleppers ertönte Löwengebrüll.

»Verdammte Scheiße«, rief Jocko. Er griff nach etwas, das an der Wand hing und das ich erkannte: ein Ankus. Jocko hielt ihn in die Höhe, sodass Peanut ihn sehen konnte und … und Peanut wurde langsamer? Allein durch den Anblick dieses grässlichen Dings? Ich verstand es nicht, aber ich fühlte mich schlecht. Allerdings nicht lange, denn als Jocko den fürchterlichen Haken schwang, erschien ein Ausdruck in Bernies Augen – oder in einem seiner Augen, um genau zu sein, das andere war ja zugeschwollen –, den ich noch nie vorher gesehen hatte. Plötzlich war er auf den Beinen – gut, er schwankte ein bisschen, aber auf den Beinen war er. Er stürzte sich auf Jocko. Jocko sah ihn und schwang den Ankus, aber nicht schnell genug. Bernie holte aus, die gefesselten Hände zu Fäusten geballt, und zielte auf Jockos Gesicht, legte in den Schlag alle Kraft, die er hatte, und das bedeutet eine ganze Menge, das darf man nie vergessen.

Was für ein tolles Geräusch der Schlag machte! Jocko flog das Bandana vom Kopf, und er kippte um, seine Augen verdrehten sich nach oben, bis nur noch das Weiße zu sehen war. Ehe ich michs versah, war ich bei Bernie, stand auf den Hinterbeinen und leckte ihm sein zerschundenes Gesicht. Wegen der Handschellen konnte er mich nicht drücken, aber er hätte es gerne getan, daran bestand für mich nicht der geringste Zweifel.

»Guter Junge«, sagte er. »Bist ein guter Junge.«

Ich fühlte mich toll, das können Sie mir glauben.

»Ich wüsste zu gern, wie du das gemacht hast.«

Was denn genau? Ich war mir nicht sicher. Aber was war besser, als wieder mit Bernie zusammen und bei der Arbeit zu sein?

Bernie sah an mir vorbei. Die beiden Typen, die mit dem Aufkleber zugange gewesen waren, kamen auf uns zu; der eine hatte eine Machete in der Hand, der andere eine Brechstange. Bernie machte einen Satz zur Fahrerkabine des Sattelschleppers, griff hinein, und als er sich wieder umdrehte, hatte er eine Pistole in der Hand.

»Keinen Schritt weiter!«, rief er. Sie ließen ihre Waffen fallen, ohne dass er es ihnen sagen musste, ein gutes

Zeichen. Das waren keine richtig harten Kerle. Die richtig harten Kerle waren wir, Bernie und ich.

»Mit dem Gesicht nach unten auf den Boden!«

Sie folgten seiner Anweisung widerspruchslos. Ich ging zu ihnen rüber und stellte mich neben sie, nur für den Fall, dass sie auf komische Ideen kamen, zum Beispiel, dass sie doch harte Kerle waren. Unterdessen rollte Bernie Jocko mit dem Fuß auf den Bauch, kniete sich neben ihn, legte die Pistole hin und fummelte mit einem Schlüsselbund herum, der an Jockos Gürtel hing. Einen Moment später waren die Handschellen von Bernies Handgelenken runter und an Jockos dran, hinter seinem Rücken, das übliche Verfahren in der Little Detective Agency. Bernie stand auf und deutete mit der Pistole auf die beiden Typen.

»Nicht schießen«, sagte der eine. »Wir haben keine Ahnung von irgendwas.«

»Ein schwaches Argument«, entgegnete Bernie. »Aufstehen!« Sie standen mit erhobenen Händen auf. »Verschwindet!«

»Ja, klar, kein Problem«, sagten sie und drehten sich in die Richtung, wo das Tor gewesen war. Kein Tor mehr, aber auch kein Ausgang: Die Trümmer der eingestürzten Decke versperrten den Weg.

Bernie seufzte. »Mit dem Gesicht nach unten auf den Boden!«, befahl er ein weiteres Mal.

Sie legten sich hin, und ich bewachte sie. Ich merkte, dass Peanut sich wieder in Bewegung gesetzt hatte. Sie rannte nicht, sie ging, und sie ging langsam auf Jocko zu.

»Peanut?«, fragte Bernie und senkte die Pistole, »hast du was Bestimmtes vor?«

Gar kein Zweifel. Ich kannte Peanut. Sie ging weiter.

»Ich kann dich ja verstehen«, sagte Bernie, »und will auch nicht behaupten, dass er es nicht verdient, das tut er nämlich. Aber wir sammeln hier Beweismaterial, und …« Peanuts Ohren schlugen ein paarmal hin und her, aber das hieß nicht, dass sie zuhörte; dem Ausdruck in ihren Augen nach war ich sogar ziemlich sicher, dass sie nicht zuhörte, und Bernie musste das auch begriffen haben, denn er steckte die Pistole in seinen Gürtel, packte Jocko am Kragen, schleifte ihn zur Fahrerkabine des Sattelschleppers und hievte ihn hinein. »Na bitte«, sagte Bernie, »alles unter Kontrolle.«

Er lächelte Peanut an. Peanut ging weiter, war jetzt nur noch ein paar Schritte von Bernie entfernt. Ich lief hinüber und stellte mich vor ihn.

»Nein, Chet«, sagte Bernie. »Komm hierher.«

Dorthin? Das wollte ich eigentlich nicht, aber wenn Bernie es sagte, dann machte ich es eben. Ich ging ein paar Schritte zurück, stellte mich neben ihn.

Peanut kam näher, blieb stehen, sah aus ihrer Höhe auf uns herunter. Mein Herz klopfte wie wild, und ich konnte auch Bernies Herz klopfen hören. Peanut war wirklich beeindruckend.

Niemand bewegte sich – ich nicht, Bernie nicht, Peanut nicht. Dann streckte Peanut langsam ihren Rüssel aus. Genauso langsam streckte Bernie seine Hand aus und berührte ihn mit den Fingerspitzen. Seine Stimme klang sanft und leise. »Dich haben sie ganz schön durch die Mangel gedreht, was?«

Was sollte das heißen? Ich hatte keine Ahnung, aber was es auch bedeutete, es ärgerte Peanut nicht, und daher musste es stimmen.

»Ich wette, du hast Hunger«, sagte Bernie.

Hey – ich auch.

»Ich glaube, ich habe hier irgendwo Bananen gesehen.«

Peanuts Rüssel zuckte.

»Hey«, fragte Bernie die Gesicht-nach-unten-Typen, »gibt's hier irgendwo Bananen?«

Die beiden deuteten auf einen Verschlag.

»Sie da«, sagte Bernie, »mit dem Kinn.«

»Ich?«, fragte einer der Typen.

»Ja, Sie. Holen Sie die Bananen.« Der Typ mit dem Kinn – eins von der vorstehenden Sorte, die man manchmal bei Menschen sieht – stand auf und ging zu dem Verschlag. »Und Sie …« Bernie nickte in Richtung des anderen Typen.

»Ich?«, fragte der.

»Schieben Sie die Rampe an den Anhänger.«

Der zweite Typ – einer von den Menschen ohne Kinn – stand auf und ging zu einer Rampe, die an der Wand stand. Währenddessen warf der Kinn-Typ Bananenbündel in eine Schubkarre.

»Sachte«, sagte Bernie. »Das ist schließlich das Abendessen von jemandem.«

»Hä?«, machte der Kinn-Typ. Aber er hörte auf, die Bananen in die Schubkarre zu werfen, und legte sie stattdessen vorsichtig hinein. Bernie lächelte breit. Owei. Sein Mund war innen drin ganz blutig. Was hatten sie mit ihm gemacht? Ich blickte zu der Fahrerkabine des Sattelschleppers und fragte mich, wie ich reinkommen könnte; ich wusste auch schon, was ich tun würde, sobald ich drin war.

Der Kinn-Typ schob die Schubkarre, die jetzt hoch mit Bananen beladen war, zu uns herüber. Bernie nahm eine Banane und hielt sie Peanut hin. Peanut schwenkte ihren Rüssel zu der Banane, darüber weg und in die Schubkarre. Sie holte ein großes Bananenbündel heraus und verschlang es. Der Kinn-Typ drückte sich an die Wand.

»Gut, was, Peanut?«, sagte Bernie. Er warf einen Blick zu dem Kinn-Typen. »Schieben Sie das Ding in den Anhänger.«

»Was, wenn ich niedertrampelt werde?«

»Dann wird es Ihr Kumpel machen müssen.«

Die Augen die ganze Zeit auf Peanut geheftet, schob der Kinn-Typ die Schubkarre zu dem Anhänger. Der Ohne-Kinn-Typ legte die Rampe an. Der Kinn-Typ ging die Rampe hinauf. Der Löwe brüllte. Der Kinn-Typ kam mit der leeren Schubkarre zurück.

»Mit dem Gesicht nach unten auf den Boden«, befahl Bernie erneut. Die beiden Typen legten sich mit dem Gesicht nach unten hin. Bernie ging zur Rampe. Ich mit. »Komm, Peanut«, sagte er.

Ja, klar, dachte ich.

Aber Peanut kam. Sie folgte uns zu der Rampe. Wir traten zur Seite. Sie stapfte die Rampe hinauf in den Anhänger. Bei Peanut konnte man wirklich nie wissen. Bernie folgte ihr und schloss die Türen, und gerade als er den Riegel vorschob, waren von der anderen Seite des eingestürzten Eingangs Geräusche zu hören. Vielleicht war er nicht so richtig eingestürzt: Von der anderen Seite drang nämlich Licht herein.

Bernie sprang von der Rampe. »Verschwinden wir.« Wir rannten zur Fahrerkabine – Bernie hinkte ein bisschen wegen seiner Kriegsverletzung – und sprangen hinein. Jocko lag ausgestreckt über dem Fahrersitz, die Augen noch immer geschlossen. Bernie schob Jocko in den Fußraum, und dann saßen wir da, Bernie hinter dem Lenkrad, ich auf dem Kopilotensitz, alles wie immer. Ich warf einen Blick in den Seitenspiegel, sah ein großes Loch zwischen den Trümmern und Captain Panza und seinen Leuten, die sich durchwühlten, ein paar von ihnen mit Schaufeln. Möglicherweise nicht ganz so wie immer, aber nahe dran, nur was war das? Der Mann mit dem großen Schnellfeuergewehr, das *Tack-Tack-Tack* machte?

Der Schlüssel steckte im Zündschloss. Bernie drehte ihn, und der Motor sprang an. Seine Hand griff nach dem Ganghebel, wackelte daran. »Ich frage mich, wo der Erste ist«, sagte er. »Vielleicht hier?« Er legte einen Gang ein. Der Sattelschlepper machte einen Satz nach vorne, und der Motor starb ab. Ich erinnerte mich an einen schlimmen Nachmittag zu Ledas Zeiten, als Bernie versucht hatte, ihr das Fahren mit Gangschaltung beizubringen. Das hier konnte unmöglich genauso schlimm werden. Bernie ließ den Motor wieder an, versuchte es mit einem anderen Gang, und wir wiederholten das Nach-vorne-Setzen – Absterben. War das der Löwe, der da brüllte? Und fielen andere Tiere in das Gebrüll ein? Ich war mir nicht sicher, weil in diesem Moment das Gewehr *Tack-Tack-Tack* machte und gleich darauf noch einmal. Ich warf erneut einen Blick in den Seitenspiegel und sah, wie einer der Jeeps langsam über die Trümmer rumpelte. Captain Panza stand auf dem Vordersitz und schrie dem Fahrer etwas zu. Dann zerbrach der Spiegel, und das Bild löste sich in einem Schauer aus winzigen Glassplittern auf, die an meinem Fenster vorbeiwirbelten. Hey! Spiegel waren aus Glas? Und Fenster auch? Um ein Haar wäre mir ein Gedanke dazu gekommen.

»Warum habe ich nie gelernt, wie man so einen großen Brummer fährt?«, stöhnte Bernie und schob den Ganghebel hin und her. Keine Ahnung; ich wusste nur, dass es nicht seine Schuld war. Wir machten wieder einen Satz nach vorne, aber dieses Mal starb der Motor nicht ab.

Tack-Tack! Tack-Tack-Tack!

Bernie trat aufs Gaspedal. Er versuchte, einen anderen Gang einzulegen, was ihm aber nicht gelang. Der Motor heulte auf. Wir donnerten durch die Mine oder was es auch war. Die Wände kamen auf uns zu, und gleich darauf waren wir in einem langen Tunnel, der nur durch unsere Scheinwerfer beleuchtet wurde. Ich kannte solche Tunnel aus einem Drogenschmuggelfall, an dem wir einmal in einer Grenzstadt gearbeitet hatten. Der Name fiel mir im Moment nicht ein, und ich hatte auch keine Zeit, darüber nachzudenken.

Tack-Tack! Tack-Tack-Tack! Von den Felswänden des Tunnels stoben Funken, und von der Fahrerkabine prallten Querschläger ab. Jocko unten auf dem Boden stöhnte.

»Klappe«, fuhr Bernie ihn an. Ich sah zu ihm, sah, dass er das Gaspedal bis zum Boden durchtrat. Der Motor heulte immer lauter, unerträglich laut.

Tack-Tack! Tack-Tack-Tack! Bernies Fenster zersprang, und überall flogen Glassplitter herum. Vor uns beleuchteten unsere Scheinwerfer ein großes Garagenrolltor, so eins wie das, durch das wir reingekommen waren.

»Keine Zeit zum Stehenbleiben!«, rief Bernie. Also? Ich hatte keine Ahnung, aber es war egal. Ich hatte Bernie wieder, und er kümmerte sich um die Alsos. Er griff nach irgendeinem Gerät hinter der Sonnenblende. Es sah so ähnlich aus wie die Fernbedienung für unser Garagentor zu Hause, das nicht mehr funktionierte, falls ich es noch nicht erwähnt habe. »Der müsste es sein«, vermutete Bernie und drückte einen Knopf.

Das Metalltor – das immer näher kam – bewegte sich kein bisschen.

Tack-Tack-Tack! Kugeln schlugen durch das Metalltor und hinterließen ein Lochmuster. »Oder vielleicht der«, sagte Bernie und probierte einen anderen Knopf aus, »obwohl es komisch wäre, wenn Rot ...«

Was er auch sagen wollte, er brachte es nicht zu Ende, weil sich das Tor zu bewegen begann – furchtbar langsam –, während wir darauf zusausten und das *Tack-Tack-Tack* hinter uns immer näher kam. Und dann – *krrrk*, ein lautes metallisches Knirschen über unseren Köpfen, das in meinen Ohren kreischte, bis zu meiner Schwanzspitze lief und wieder zurück, und wir waren draußen! Aus dem Tunnel draußen und im Freien!

Bernie bremste. War das jetzt der richtige Zeitpunkt dafür? Bernie!

Er sah zu mir her und lächelte. »Keine Angst«, sagte er. »Die werden uns nicht verfolgen – wir sind zu Hause.« Zu Hause? Mitten in der Pampa, ringsum nichts als leere Wüste? Bernie streckte die Hand aus uns streichelte mir über den Kopf. »In den guten alten Vereinigten Staaten, mein Großer, sicher und wohlbehalten.«

Er fuhr einen Bogen und leuchtete mit den Scheinwerfern in die Richtung, aus der wir gekommen waren – ein niedriger Hügel, den ich schon mal gesehen hatte: die Stelle, an der uns Jocko auf dem Weg nach Mexiko entwischt war.

Sicher und wohlbehalten in den guten alten Vereinigten Staaten. Mir war es recht. Wir folgten einer Piste, die sich silbrig glänzend durch die Wüste zog. Bernie fand einen Gang, der meinen Ohren nicht so weh tat. Unten auf dem Boden regte sich Jocko und öffnete die Augen.

Bernie warf ihm einen Blick zu. »War es Churchill, der gesagt hat, nichts im Leben ist anregender, als wenn jemand auf einen schießt und nicht trifft?«

Jocko wusste es nicht. Ich auch nicht. Churchill? Wahrscheinlich irgendein Bösewicht. Früher oder später würde er unter der heißen Sonne Steine klopfen. Wir hatten da so unsere Methoden, Bernie und ich. Hinten im Anhänger ließ Peanut ihr Trompeten hören.

Kapitel 32

Wir fuhren durch die Dunkelheit, Bernie hinter dem Lenkrad mit der Pistole im Gürtel, ich auf dem Kopilotensitz, Jocko auf dem Boden, was vielleicht ein bisschen unbequem war. »Gibt's hier an Bord was zu essen, Jocko?«, fragte Bernie.

Eine gute Frage. Wäre mir eine bessere eingefallen? Nein.

»Ich hab nichts zu sagen«, sagte Jocko.

»Wollen Sie echt die Art Verlierer sein?«

»Hä?«

»Wir ziehen in unserem Geschäft eine Menge Verlierer aus dem Verkehr«, klärte Bernie ihn auf. »Letztlich gibt es nur zwei Arten – Verlierer, die weiter verlieren wollen, und Verlierer, die ihre Verluste in Grenzen halten wollen. Raten Sie mal, wer mehr Zeit im Gefängnis verbringt.«

Ich dachte darüber nach und war nahe dran, eine Antwort darauf zu finden, als sich das Problem irgendwie in Luft auflöste und ich mich sofort besser fühlte. Und das, wo ich mich doch sowieso schon so gut fühlte, nachdem ich wieder mit Bernie zusammen war.

Danach blieb es lange still und dann – Überraschung – sagte Jocko: »Schauen Sie in der Konsole.«

Ein Funkeln erschien in Bernies unverletztem Auge – dem Auge, das ich sehen konnte –, ein Funkeln, das normalerweise mit einem Lächeln einherging, aber dieses

Mal nicht. Er öffnete die Konsole und kramte darin herum: »Na bitte. Was haben wir denn da?«

Ich wusste es bereits, versteht sich: Der Geruch von BiFi ist unverkennbar, nichts, was man so leicht vergisst. Und im nächsten Moment machte ich mich über eine BiFi her, die beste, die ich jemals bekommen hatte. Das ist das Komische an BiFis – jede ist immer die beste, die ich jemals bekommen habe. Tolle Leute, die von BiFi. Ich gab mir Mühe, dass meine BiFi möglichst lange reichte, aber darin war ich noch nie besonders gut, das muss ich ehrlich zugeben.

»Chet?«

War das meine Pfote, die an der Konsole kratzte? Huch.

»Tut mir leid, mein Junge – mehr gibt's nicht.«

Ich hörte sofort mit dem Kratzen auf, und falls nicht sofort, dann zumindest bald, weil Bernie nur noch ein paarmal ein mahnendes »Chet?« von sich gab.

Er blickte zu Jocko hinunter. »Sie befinden sich in einer ziemlich guten Position. Hören Sie auf, sich den Kopf zu zerbrechen.«

»Was quatschen Sie da? Mir tut der Rücken scheißweh.«

Bernie hat ein Gesicht für Situationen, in denen er wirklich um jemanden besorgt ist, und eins für Situationen, in denen er will, dass jemand denkt, dass er um ihn besorgt ist. Das Wirklich-besorgt-sein-Gesicht kannte ich sehr gut, weil er damit immer mich ansah; aber jetzt war das andere Gesicht an der Reihe.

»Wir sprechen über Ihre Zukunft, Jocko. Haben Sie diesen Ausspruch schon mal gehört – sei als Erster mit den meisten da?«

»Nee.«

»Nathan Bedford Forrest – klingelt da was?«

»Nee.«

»Ein Südstaatengeneral und vielleicht nicht das allerbeste Vorbild, wenn ich so darüber nachdenke«, sagte Bernie. »Aber wie dem auch sei, Jocko – heute ist Ihr Glückstag.«

»Hä?«

Jocko gehörte nicht zu meinen Lieblingsmenschen – um genau zu sein, war der Reinbeißdrang, den ich manchmal, fast nie, in meinem Maul spüre, plötzlich ziemlich stark, aber in diesem Fall war ich einer Meinung mit ihm. War das ein Glückstag, wenn man gefesselt und zusammengekrümmt auf dem Boden der Fahrerkabine lag, mit einer immer größer werdenden Beule am Kopf, einem kahlen Kopf, wie sich jetzt zeigte, nachdem er das Bandana verloren hatte, was, wenn Sie mich fragen, nicht besonders gut zu den buschigen Koteletten passte?

»Weil«, erklärte Bernie, »Sie der Erste sind. Jetzt müssen Sie nur noch reinen Tisch machen, und Sie sind fein raus.«

»Fein raus?«, fragte Jocko. »Sie lassen mich laufen?«

»Das Nächstbeste«, entgegnete Bernie. »Ich kann mich beim Staatsanwalt für Sie einsetzen – er ist ein guter Freund von mir. Und da es in unserem Staat die Todesstrafe gibt und wir es in diesem Fall mit zwei Morden zu tun haben, werden Sie doch bestimmt nicht wollen, dass Ihnen jemand zuvorkommt und einen Deal aushandelt.«

»Ich weiß von keinen Morden«, behauptete Jocko.

»Uri DeLeath«, half Bernie ihm auf die Sprünge. »Darren Quigley.«

»Kenn ich nicht«, sagte Jocko.

»Mit dem Spruch können Sie Ihr Glück ja bei den Geschworenen versuchen«, schlug Bernie vor. »Das Problem ist nur – das ist nicht Ihre Schuld, eher ein Geburtsfehler –, wenn sich Geschworene einen Mörder vorstellen, dann so jemanden wie Sie. Das übliche Verfahren ist die Giftspritze, aber alternativ bietet der Staat nach wie vor die Gaskammer an. Es geht mich ja nichts an, aber ich würde mich dafür entscheiden.«

»Gas?«

»Gar keine Frage.«

Jockos Augen wandten sich ab. Er wurde still.

Was ging hier vor sich? Ich wusste es nicht genau, ich wusste nur, dass das eine Art Verhör war, und Bernie war gut im Verhören. In der Ferne erschien ein rosa Schimmer am Himmel. »Das Valley«, sagte Bernie.

Jockos Augen wurden schmal. Was immer er dachte, es gefiel mir nicht. »So kann ich nicht gut reden, oder?«

»Wie?«

»Gefesselt. Das tut scheißweh, Mann. Stört mich in meiner Konzentration.«

»Das werden Sie wohl aushalten müssen.«

Auf Jockos Gesicht erschien ein richtig fieser Ausdruck, aber Bernie sah nicht hin.

»Wissen Sie, was ich glaub?«, fragte Jocko und gab sich gleich selbst die Antwort: »Sie sind ein Feigling.«

Bernie und ein Feigling? Nie und nimmer. Bernie ist der mutigste Mensch, den ich kenne.

»Ach ja?«, sagte Bernie.

»Ja. Sie haben die Hosen voll.«

Wovon redete Jocko denn jetzt wieder? Die Hosen voll? Das hatte Leda früher manchmal von Charlie gesagt, als er noch ganz klein war. Ich hatte das natürlich immer schon vorher gewusst. Was Bernies Hosen anging, musste Jocko sich täuschen, sie waren schmutzig und zerrissen, das war aber auch schon alles.

»Was liegt Ihnen auf der Seele, Jocko?«, fragte Bernie. »Spucken Sie's aus.«

Oh nein, bloß nicht, nicht hier in der Fahrerkabine! Manche Menschen – Männer, fast immer Männer – hatten diese schlechte Angewohnheit, wirklich eklig. Und Kautabak-Spucke? Davon fang ich lieber gar nicht erst an.

»Sie haben Schiss, von Mann zu Mann mit mir zu reden«, sagte Jocko. »Da muss ich mich doch fragen, was für 'ne Art Mann Sie sind, oder?«

Bernie hielt den Sattelschlepper an. »Haben Sie Ihren Schläger dabei?«

»Schläger?«

»Ach, hab ich ganz vergessen«, sagte Bernie. »Ihren Schläger hat ja die Polizei. Die Fingerabdrücke stimmen mit denen auf dem Haken überein, den Sie in der fraglichen Nacht verloren haben.«

Jockos Stimme wurde leiser und gemeiner. »Ich brauch keinen Schläger.«

Moment mal. Was ging hier vor sich? In null Komma nichts hatte Bernie die Pistole in der Konsole verstaut, Jockos Handschellen aufgeschlossen, und sie kletterten aus der Fahrerkabine.

»Du bleibst hier, Chet«, befahl Bernie.

Hier bleiben? Sie gingen ein Stück vor den Sattelschlepper, und es sah aus, als wollten sie miteinander kämpfen. Wie konnte ich da …

»Ich meine es ernst, Chet«, sagte Bernie und sah

immer noch zu mir her, als Jocko ausholte, um Bernie einen gewaltigen Schwinger zu verpassen, auf die Seite mit dem schlimmen Auge. Aber Bernie sah den Schwinger trotzdem kommen und duckte sich weg, und nicht nur das: Während er sich wegduckte, packte er Jockos Handgelenk, drehte es herum und zog seinen Arm nach unten, wie beim Handtuchschlagen – wir hatten immer viel Spaß beim Handtuchschlagen, aber davon erzähle ich vielleicht ein andermal –, und gleich darauf folgte ein *Knack*. Es erinnerte mich an das, was Bernie und Suzie an Thanksgiving mit diesem Truthahnknochen gemacht hatten, war nur viel lauter. Als Nächstes lag Jocko auf dem Boden, jammerte und stöhnte und wand sich hin und her.

»Sie haben mir die Scheißschulter gebrochen!«

»Ich würde eher sagen, ausgerenkt«, gab Bernie zurück. »Aber ich bin kein Arzt.«

Er zog Jocko hoch, führte ihn zur Fahrerkabine und schob ihn wieder in den Fußraum, wo er Jockos gute Hand an irgendwas unter dem Sitz fesselte. Und dann fuhren wir weiter, wir hatten kaum Zeit verloren.

Bernie drehte sich zu mir. »Ich schätze mal, das war ein wenig kindisch.«

Ja! Und das war ja gerade das Tolle daran.

Wir erreichten eine asphaltierte Straße, und plötzlich glitten wir dahin.

»Von hier aus geht's in einem Rutsch durch«, kündigte Bernie an.

Jocko begann zu reden. »Quigley – das war alles Tex' Idee. Tex hat nicht viel für Quasselstrippen übrig, außerdem fing Quigley an, Fragen zu stellen – als ob für ihn was dabei hätte rausspringen können.«

»Und DeLeath?«, fragte Bernie.

»Zufall«, behauptete Jocko.

»Es war Zufall, dass er von einer Schlange gebissen wurde, deren natürlicher Lebensraum sich Tausende von Kilometern weit weg befindet?«

»Wir haben bloß rumgeblödelt.«

»Wer ist wir?«

»Ich hab Schmerzen«, stöhnte Jocko. »Starke Schmerzen.«

Bernie schüttelte den Kopf. »Das sind keine starken Schmerzen.«

Schweigen. »Ein paar Jungs aus Mexiko«, sagte Jocko. »Miggy, Flip, Cisco – ich kenn ihre Nachnamen nicht, ich kenn die eigentlich überhaupt nicht.«

»Panzas Leute?«

»Eher so was wie Geschäftspartner.«

»So ein Pech.«

»Hä?«

»Weil dort unten alles etwas anders läuft. Es wird nicht leicht werden, sie zu finden und unter Anklage zu stellen. Es ist viel einfacher, den Mord an DeLeath Ihnen anzuhängen.«

»Ich hatte nicht vor, ihm was zu tun. Er hat es nicht anders gewollt, echt.«

»Wie das denn?«

»Wie er sich aufgeführt hat, Mann. Ich meine, warum musste er denn überhaupt aufwachen?«

»Das war in der Nacht, als Sie Peanut entführt haben?«

»Entführt? Der ist doch bloß 'n dummes Tier.«

Der Muskel an Bernies Kinn begann zu zucken. »Sie halten Peanut für dumm?«

»Ein Tier.«

»Eine Sie übrigens«, sagte Bernie. »Und Sie wiederholen sich.«

»Hä? Was haben Sie denn für ’n Problem? Ich sag doch nur, dass es ein Ding ist, wie ein Auto oder so.« Er schüttelte den Kopf. »Rückkaufgeschäfte bringen wirklich nichts als Ärger – ich hätt’s wissen müssen.«

»Sie haben sich Peanut sozusagen zurückgeholt?«

»Nicht ich. Ich hab nur Anweisungen befolgt.«

»Rosas Anweisungen?«

»Ja. Er musste diesem Dickschädel ’ne Lektion erteilen.«

»Colonel Drummond?«

»Colonel, meine Fresse.«

»Sie sagen es. Was für eine Lektion?«

»Drummond fing an zu spinnen.«

»Inwiefern?«

»Er wollte einen größeren Anteil am Geschäft«, sagte Jocko. »Was denn sonst?«

Bernie lächelte. Er hat das schönste Lächeln auf der Welt; falls ich das bis jetzt nicht erwähnt habe, hätte ich es tun sollen. Warum lächelte er? Es war mir ein Rätsel.

»Und dieses Geschäft besteht darin, exotische Tiere in die Vereinigten Staaten zu schmuggeln?« Bernies Frage war mehr eine Feststellung.

»Ja.«

Hey! Bernie hatte es schon gewusst. Aber das war eben Bernie, jedes Mal – der klügste Mensch weit und breit.

»Und Drummonds Zirkus diente als Deckmantel«, schlussfolgerte Bernie.

»Für einen Teil«, erklärte Jocko.

»Da gibt es noch mehr?«

»Das ist ’n großes Geschäft, Mann, das geht in die

Milliarden, mindestens«, sagte Jocko und klang dabei leicht beleidigt. »Kommt gleich nach Drogen, ist nur viel sicherer.«

»Nicht sicher genug«, widersprach Bernie.

Jocko dachte eine Weile darüber nach. Wir näherten uns den Lichtern der Bürotürme im Zentrum. Sie spiegelten sich schwach in Jockos Augen. »Von mir aus geht der Deal klar«, sagte er.

»Erzählen Sie mir was über die Entführung«, forderte Bernie ihn auf.

»Hab ich doch schon. Drummond hat diese Nummer mit dem Papagei abgezogen. Von irgendeiner Insel, der letzte auf der Welt oder so ’n Scheiß. Aber da ist er bei Tex an den Falschen geraten. Wir haben uns sein Zugpferd geschnappt, damit er es kapiert.«

»Und dieses Zugpferd war Peanut?«

»Hm-hm.«

»Sie haben Quigley was in den Whiskey getan?«

»War nicht weiter schwierig. Alles lief wie geplant, wir haben den Elefanten in den Anhänger verfrachtet, aber dann fing das dämliche Vieh an, verrückt zu spielen ...«

»Deswegen haben Sie den Ankus benutzt?«

»Damit kriegt man sie in den Griff. Aber es war zu spät. DeLeath ist aufgewacht und kam angelatscht, deshalb mussten wir ihn auch mitnehmen.«

»Wer hat beschlossen, ihn umzubringen?«

»Er selbst.«

»DeLeath hat Selbstmord begangen?«

»So was in der Art. Er wollte den Abschiedsbrief nicht schreiben.«

»Also haben Sie ihn mit der Puffotter bedroht?«

»Das war doch bloß Show. Aber die Scheißschlange ist

uns entwischt und hat sich selbstständig gemacht. Der möcht ich nicht im Dunkeln begegnen.«

»Nette Geschichte«, meinte Bernie. »Soweit ich das beurteilen kann, hat sie nur den kleinen Schönheitsfehler, dass DeLeath den Brief dann doch geschrieben hat.«

Es folgte Schweigen. Ich blickte zu Jocko hinunter. Der Reinbeißdrang meldete sich wieder.

»Was wollen Sie denn noch von mir hören?«, fragte Jocko. »Ich hab meine Karten auf den Tisch gelegt.« Ich sah nach unten, entdeckte aber nichts. Langsam kannte ich Jocko, er war einer von den Menschen, denen man nicht trauen konnte, kein bisschen.

»Das wird Ihnen der Staatsanwalt nicht abkaufen«, sagte Bernie. »Da müssen Sie schon ein wenig nachlegen.«

»Was denn zum Beispiel?«, fragte Jocko.

»Wo wohnt Tex?«

Es war immer noch dunkel, als wir vor Tex Rosas Haus in den Golden Eldorado Estates vorfuhren, vielleicht die schickste Siedlung im Valley und diejenige, die Bernie am wenigsten leiden konnte. Wegen der hohen Mauern konnten wir das Haus nicht sehen. Bernie hielt vor dem Tor. Er holte die Pistole aus der Konsole, öffnete die Fahrertür, und wir stiegen aus.

»Was ist mit mir?«, fragte Jocko.

»Sie bleiben, wo Sie sind.«

»Soll das 'n Witz sein? Ich hänge an diesem Scheiß …«

»Und keinen Mucks«, warnte ihn Bernie.

Wir gingen zum Tor. Es war immer noch Nacht, aber eine dunkelrosa Valley-Nacht, und die Klingel war leicht zu erkennen. Bernie drückte drauf. Dann gingen wir schnell zurück in den Schatten. So was hatten wir schon mal gemacht. An die Einzelheiten konnte ich mich nicht genau erinnern, nur daran, dass Bernie damals vergessen hatte, eine Pistole mitzunehmen, was zu Schwierigkeiten geführt hatte. Ich warf einen Blick zu ihm, um sicherzugehen, dass sie in seinem Gürtel steckte, und sah sie freundlich schimmern.

Wir warteten. Warten ist Teil unserer Arbeit, kein Problem, vor allem wenn ich zusammen mit Bernie warte. Nach einer Weile hörte ich Schritte hinter der Mauer. Dann folgten metallische Geräusche, und das Tor schwang auf. Tex Rosa kam heraus, er trug einen Seidenmorgenmantel – der Geruch von Seide ist unverkennbar, einer meiner Lieblingsgerüche, was mir in der Vergangenheit ein paarmal Ärger eingebracht hat –, und die Haare standen ihm vom Kopf ab.

Er sah den Sattelschlepper. »Was zum Teufel ist hier denn los?« Er ging darauf zu, seine Hand glitt nach unten, möglicherweise in eine Tasche – schwer zu sagen, weil er uns den Rücken zuwandte. »Jocko? Bist du das?«

Aus der Fahrerkabine ertönte Jockos Stimme. »Erschießen Sie ihn, Boss.«

»Fallen lassen«, sagte Bernie und trat aus dem Schatten, ich an seiner Seite. Im gleichen Moment wirbelte Rosa herum und schoss durch die Tasche seines Morgenmantels. *Pling* – die Kugel prallte vom Tor ab, das hieß, dass uns nichts passiert war. Bernie drückte den Abzug. Rosa schrie auf und fiel auf den Boden, wo er sich den Arm hielt. Seine Pistole schepperte über den Bürgersteig. Sie hatte noch nicht aufgehört zu scheppern, als ich schon über ihr stand, so wie wir es geübt hatten, Bernie und ich.

Bernie kam herüber, stellte einen Fuß in Rosas Nacken, schön fest.

»Boss?«, rief Jocko aus der Fahrerkabine. »Haben Sie ihn erwischt?«

»Der Deal, über den wir gesprochen haben, Jocko«, rief Bernie zurück, »den können Sie vergessen.«

Tex Rosa drehte den Kopf und stöhnte vor Schmerz. »Wollen Sie mich hier verbluten lassen?«, fragte er. »Was für ein Mensch sind Sie eigentlich?«

Bernie blickte auf ihn hinunter. »Aus der Tasche schießen sieht in Filmen immer sehr einfach aus«, sagte er. »Ist es aber nicht.«

Ich roch Blut, aber nicht viel.

Rick Torres und ein paar Männer vom Metro Police Department kamen und übernahmen die Gefangenen. Bernie und ich kletterten wieder in die Fahrerkabine. »Wir treffen uns auf dem Rummelplatz«, sagte Bernie.

»Nur mit der Ruhe«, erwiderte Rick.

Was meinte er damit? Dass wir uns erst mal ausruhen sollten? Ich hätte nichts gegen ein Nickerchen einzuwenden gehabt. Noch lieber wäre mir allerdings was zu fressen gewesen. Die BiFi war ja nur ein winziger Happen gewesen.

Der Himmel wurde langsam heller, als wir auf dem Rummelplatz ankamen – wunderschöne Farben, die sich überall ausbreiteten. Manchmal, zum Beispiel wenn man die ganze Nacht auf gewesen war, ist alles noch schöner als sonst. Was für ein Leben!

Niemand zu sehen. Wir hielten vor dem Zirkuszelt, und in dem Moment, in dem wir ausstiegen, öffnete sich die Tür des Kassenhäuschens, und Colonel Drummond kam heraus. Er stopfte Papiere in eine Aktentasche und hatte es offenbar eilig.

»Wollen Sie irgendwohin?«, fragte Bernie.

Drummonds Kopf zuckte hoch, und sein Kinn klappte runter, was bei ihm nicht besonders gut aussah.

»Wir haben Peanut mitgebracht«, eröffnete ihm Bernie. »Wollen Sie sie nicht sehen?«

Drummond warf einen Blick auf den Anhänger. »Zu spät«, sagte er.

»Weil Sie auf dem Weg in die Stadt sind?«, fragte Bernie.

»In die Stadt?«

»Um sich selbst wegen des Schmuggels exotischer Tiere und Behinderung polizeilicher Ermittlungen anzuzeigen.« Bernies Stimme wurde hart. »Das ist das Beste, was Sie tun können. Und es könnte auch nichts schaden, wenn Sie damit herausrücken, wo sich dieser Papagei befindet.«

Ohne ein weiteres Wort rannte Drummond davon, mit seltsamen und irgendwie wackeligen Schritten. Hinter ihm flatterten die Papiere durch die Luft. Dauerte es länger als einen Moment, bis ich ihn eingeholt hatte und am Hosenbein packte? Nein. Fall abgeschlossen.

Drummond lag auf dem Boden, ohne sich zu bewegen; das hatte er sofort kapiert. Bernie kam herüber.

»Der verdammte Vogel ist gestorben«, jammerte Drummond. »Ich musste jeden Cent zurückzahlen.«

»Dad!«, rief Charlie. »Du hast es geschafft!« Er sprang in Bernies Arme und drückte ihn fest.

»In erster Linie war es Chet«, stellte Bernie klar.

Gleich darauf drückte Charlie auch mich fest. Ich leckte ihm meinerseits ausgiebig das Gesicht.

»Ich habe Miss Creelman gesagt, dass du in die Klasse kommen und alles erzählen wirst«, sagte Charlie.

»Na ja, ich …«

»Und weißt du was? Sie hat gesagt, du darfst auf die Bühne in der Aula und es der ganzen Schule erzählen!«

»Das wäre vielleicht nicht … also … wir müssen erst, äh …«

Suzie machte dieses Elefantenheim in Tennessee ausfindig und kümmerte sich um alles. Wir verabschiedeten uns von Peanut auf dem Privatflugplatz in Pottsdale, Bernie, Suzie, Popo und ich. Für die Reise musste Peanut in einen Käfig, und sie wirkte nicht besonders glücklich darüber. Popo versuchte, ihr durch die Gitterstäbe den Rüssel zu tätscheln, aber das wollte sie nicht. Ich gab dieses leise, tiefe Bellen von mir, das so viel hieß wie: Mach's gut. Unsere Blicke trafen sich. Ich spürte etwas, das von ihr kam, gar kein Zweifel. Sie luden sie in das Flugzeug. Wir sahen ihm nach, bis es außer Sichtweite war. Ich konnte es immer noch deutlich hören, aber für die anderen war es verschwunden.

Popo drehte sich zu Bernie, seine Augen waren feucht. »Ich weiß gar nicht, wie ich Ihnen danken soll«, sagte er.

»Äh …« Bernie wurde schon wieder verlegen. »Nein … also … Sie müssen nicht …«

»Haben Sie schon die Endrechnung?«

»Wir schicken Sie Ihnen.«

Jetzt, Bernie. Lass dir das Geld jetzt geben. Gab es etwas Besseres als Bargeld? Niemals.

»Chet? Ist irgendwas, mein Junge?«

Wir trafen uns mit Malcolm auf einen Drink im Dry Gulch Steak House and Saloon. Eins meiner Lieblingslokale – nach hinten raus gab es eine Terrasse, wo auch unsereins willkommen war, und das Essen erst …! –, aber warum gingen wir ausgerechnet mit Malcolm dorthin?

»Nett von Ihnen, mich einzuladen, Bernie«, meinte Malcolm. Wir saßen für uns allein an einem Ecktisch. »Vielleicht ist es ganz gut, wenn wir uns etwas besser kennenlernen, wegen der Hochzeit und so.«

»Damit wären wir auch schon beim Thema«, sagte Bernie. »Die Hochzeit.« Er verstummte.

Malcolm schob seinen Untersetzer auf dem Tisch hin und her. Schließlich fragte er: »Sie wollen mit mir über die Hochzeit reden?«

»Ja.« Bernie holte tief Luft. »In Anbetracht meiner Erfolge auf diesem Gebiet ist das vielleicht irgendwie überraschend, aber ich habe ein paar Ratschläge für die Ehe.«

Malcolm lehnte sich zurück. Jetzt sah er schon nicht mehr so freundlich aus, er tat nicht mal mehr freundlich wie vorhin noch. Er mochte Bernie nicht; man musste keine besonders gute Nase haben, um das zu riechen. »Ach so?«, sagte er.

Bernie beugte sich vor. »Machen Sie einen langen Spaziergang mit ihr. Nehmen Sie ihre Hand. Halten Sie die Klappe.«

Malcolm hob die Augenbrauen. »Das ist alles?«

»Im Wesentlichen«, erwiderte Bernie. »Nur eins noch.«

»Und das wäre?«

»Halten Sie sich von Wüstenmotels fern.«

Manchmal verschwindet von einem Moment auf den

anderen alle Farbe aus dem Gesicht eines Menschen. Dabei sehe ich immer gerne zu, und das tat ich auch jetzt.

»Oder überhaupt von Motels, wenn Leda nicht dabei ist. In unserem Beruf haben wir Kontakt mit sehr vielen Motelangestellten, wie Sie sich bestimmt denken können.« Bernie lächelte, eines seiner besonderen Lächeln, strahlend wie ein frisch poliertes Messer. »In einem glücklichen Zuhause wachsen glückliche Kinder auf, Malcolm, und Charlie ist ein glückliches Kind. Ich will nicht mit ansehen müssen, wie sich daran etwas ändert, nicht das kleinste bisschen. Ich bin jederzeit bewaffnet. Das können Sie sich vermutlich auch denken, aber ich sage es Ihnen trotzdem, falls Sie verstehen.«

Hä? Wir hatten im Moment doch überhaupt keine Waffe dabei, wir hatten nie eine Waffe dabei, wenn wir nicht bei der Arbeit waren.

»Haben Sie verstanden, was ich damit sagen will, Malcolm?«

Malcolm nickte.

Bernie hob sein Glas und stieß damit an das von Malcolm. »Zum Wohl!«

Wir machten einen langen Spaziergang durch den Canyon, Bernie, Suzie und ich. Bernies Auge sah schon viel besser aus, fast wieder normal. Nach einer Weile nahm er Suzies Hand. Er hielt die Klappe.

»Du bist heute so still«, wunderte sich Suzie.

Bernie öffnete den Mund. »Ich ...«, setzte er an. Und dann, nachdem viel Zeit vergangen war – jedenfalls kam es mir so vor: »... liebe dich.«

Auf Suzies Gesicht erschien dieser bestimmte Ausdruck, der zeigte, dass tief in ihr drin etwas passierte. Hinter mir spürte ich einen Luftzug. Ich sah mich um. Mein Schwanz wedelte wie wild. Ich schien mich über irgendetwas sehr zu freuen.

Danksagung

Ich danke Lily und Josh, David Brown und all den Stammgästen auf www.chetthedog.com.